KB139360

The Good Earth

대지

펄 S. 벅 지음 / 조인희 옮김

惠園出版社

절대로 땅을 팔지 않겠소!
한 줌씩 밭의 흙을 파다가 우리 자식들에게 먹이겠소.
그러다가 애들이 굶어 죽으면 그 땅에 아이들을 묻겠소.
나도, 내 아내도 그리고 늙은 우리 아버지도
우리에게 생명을 준 그 땅에 묻히겠소!

차 례

대 지

1

왕룽(王龍)이 결혼하는 날이었다. 침대에 둘러쳐진 휘장의 어둠 속에서 눈을 떴을 때, 그는 왜 이날 새벽이 여느 날과 다르게 느껴지는지 그 까닭을 알 수 없었다. 집안에는 늙은 아버지의 맥없는 기침 소리만 간헐적으로 들릴 뿐이었다. 아버지의 방은 가운뎃방 건너 그의 방 맞은 편에 있었다. 아침마다 가장 먼저 들리는 소리가 이 기침 소리였다. 예전 같으면 왕룽은 아버지의 방문 나무 돌쩌귀가 삐걱이는 소리를 내며 열리고, 기침 소리가 점점 가까이 들릴 때에야 비로소 몸을 움직였을 것이다.

그러나 오늘 아침, 왕룽은 그때까지 기다리고 있을 수가 없었다. 그는 자리에서 벌떡 일어나 침대의 휘장을 밀어젖혔다. 아직 훤하지는 않았으나 불그스름하게 동이 트고 있었다. 갈기갈기 찢겨져 종이 조각이 펄럭이고 있는 창문 구멍으로 엷은 구릿빛 하늘이 희미하게 빛나고 있었다. 그는 구멍으로 다가가 종이 조각을 잡아 뜯으며 중얼거렸다.

"이제 봄이니 이런 것은 필요가 없지."

그는 오늘 집안이 말쑥했으면 좋겠다고 말하기가 쑥스러웠다. 창문의 구멍은 그의 손이 들어갈 만큼 컸다. 그는 구멍으로 손을 내밀어 바깥 공기를 느껴 보았다. 부드러운 바람이었다. 좋은 징조였다. 바람이 계속해서 분다면 며칠 안에 비가 내릴 것이다.

어제 그는 아버지에게 이 구릿빛으로 번쩍번쩍 빛나는 햇살이 계속해서 내리쬔다면 밀이 여물지 못할 것이라고 말했었다. 이제 하늘이 그를 축복하기 위해 이날을 선택한 것처럼 보였다. 대지는 이제 결실을 맺을 것이다.

왕룽은 푸른 바지를 입고 무명천의 허리띠를 매면서 급히 가운뎃방으로 들어갔다. 그는 상체를 벗은 채 목욕을 하기 위해 더운물을 준비하러 부엌과 붙어 있는 헛간 속으로 들어갔다. 어둠 속에서 황소가 머리를 흔들다가 그를 향해 음매 하고 울었다. 부엌은 본채와 마찬가지로 밭의 흙을 파서 만든 흙벽돌로 쌓아올리고, 그들이 농사지은 밀짚으로 지붕을 이어 놓았다. 그의 할아버지가 젊었을 때 흙으로 만들어 놓은 부뚜막은 까맣게 그을려 있었다. 부뚜막 위에는 둥글고 깊은 가마솥이 걸려 있었다.

그는 흙항아리의 물을 가마솥에 채웠다. 물이 귀했으므로 한 방울이라도 흘리지 않도록 조심했다. 그러다가 항아리째 번쩍 들어 남은 물을 모두 솥으로 쏟아부었다. 어머니의 무릎 위에서 놀던 어린아이 시절 이후로 아무도 그의 알몸뚱이를 본 사람은 없었다. 오늘은 누군가가 그의 알몸뚱이를 보게 된다. 그래서 그는 온몸을 깨끗이 씻기로 한 것이다.

그는 부뚜막 뒤로 돌아가서 부엌 구석에 쌓여 있는 마른풀과 나뭇가지 한아름을 잎사귀 하나 떨어뜨리지 않은 채 조심스럽게 안고 와서 아궁이에 넣었다. 그리고는 낡은 부싯돌로 불을 만들어서 붙였다. 이내 불길이 일었다.

그가 불을 지피는 일도 이제 오늘 아침이 마지막일 것이다. 6년 전 어머니가 돌아가신 이후 그는 매일 아침 불을 지펴 왔다. 불을 지피고, 물을 끓인 다음 그 물을 사발에 부어 아버지 방으로 가져가곤 했다. 그럴 즈음 아버지는 침대에서 일어나 앉아 기침을 콜록거리며 마룻바닥 위의 신발을 더듬어 찾는다. 이 6년 동안 매일 아침 노인은 자신의 기침을 가라앉히기 위해 아들이 가져오는 물을 기다렸던 것이다. 이제 아버지와 아들은 침대에 누워 더운물을 기다릴 수 있게 된 것이다. 그리고 풍년이 들면 더운물에 찻잎도 띄워 오게 할 수 있을 것이다. 몇 해에 한 번씩 그런 풍년이 있었으니까.

그리고 오늘 맞이하는 여자가 늙어 쇠약해지면 그때에는 자식들이 불을 지펴 주겠지. 그녀는 왕룽에게 많은 자식을 낳아 줄 것이다. 왕룽은 방을 들락날락 뛰어다닐 아이들 생각에 갑자기 하던 일을 멈추었다. 그의 어머니가 돌아가신 이래 집은 반쯤 텅 비어 있었고, 세 개의 방은 그들 부자에게 너무 많은 것 같았다. 또한 식구가 많은 친척들의 성화도 귀찮았다. 특히 올망졸망한 자식을 거느린 그의 삼촌은 울상을 지으며 말했다.

"부자가 사는데 이렇게 많은 방이 필요해? 함께 자면 안 되나. 젊은 몸뚱이의 온기가 늙은이의 기침을 덜어 드릴 수도 있을 텐데 말이야."

그러나 그럴 때마다 아버지는 항상 이렇게 대꾸했다.

"내 손자놈을 위해 방을 비워 두고 있는 게야. 손자놈이 내 뼈를 따뜻하게 녹여 줄 거란 말일세."

자, 이제 그 손자놈들이 태어나겠지. 손자놈 밑에 또 손자놈이! 벽을 따라서, 아니 가운뎃방에도 침대를 들여놔야 될 것이다. 그러면 집은 온통 침대로 가득 차게 되겠지. 왕룽이 생각에 잠겨 있는 동안 아궁이의 불은 꺼지고, 가마솥의 물은 식기 시작했다. 단추를 잠그지 않은 옷을 손으로 쥔 늙은 아버지의 어렴풋한 모습이 문턱에 나타났다. 그는 콜록콜록 기침을 하고 가래침을 내뱉으며 숨찬 목소리로 말했다.

"내 가슴을 따뜻하게 해 줄 물이 아직까지 안 끓으니 어찌 된 일이냐?"

아버지를 물끄러미 쳐다보던 왕룽은 이제까지 생각에 빠져 있던 자신이 부끄러워졌다.

"나무가 눅눅해요. 바람이 축축해서……."

그는 솥 뒤에서 중얼거렸다.

노인은 밭은 기침을 계속했다. 물이 끓을 때까지 그치지 않을 것 같았다. 왕룽은 끓는 물을 찻잔에 붓고 난 다음 부뚜막 선반 위에 놓여 있던 유리 단지를 열어 서넛의 마른 찻잎을 꺼내 물 위에 띄웠다. 노인의 눈이 탐욕스럽게 빛나더니 이내 불평을 늘어놓기 시작했다.

"왜 이렇게 헤프냐? 차를 마신다는 것은 돈을 먹는 것이나 마찬가지야."

"오늘은 제 결혼식 날입니다. 걱정 마시고 어서 드세요."

왕룽은 씨익 웃으며 대꾸했다.

노인은 무어라 불평을 늘어놓으며 뼈가 두드러진 앙상한 손가락 사이로 찻잔을 잡았다. 그는 귀한 것을 그대로 마셔 버릴 수 없다는 듯이 찻잎이 한 잎씩 물 위로 퍼져가는 것을 바라보고 있었다.

"식겠어요. 어서 드세요."

"그렇지, 그래……."

놀란 듯 노인은 말하고 이내 뜨거운 차를 마시는 일에 열중했다. 그러면서도 왕룽이 솥 안의 물을 움푹 팬 나무통 속으로 끊임없이 퍼붓는 것을 놓치지 않고 바라보고 있었다. 그는 고개를 들어 아들을 쏘아보았다.

"그거면 한 해 농사를 짓고도 남겠다."

그러나 그는 물을 다 퍼낼 때까지 아버지의 말에 대꾸하지 않았다.

"어쩌자는 거냐!"

아버지가 다시 역정을 냈다.

"설 쇠고는 한 번도 몸을 닦지 못했어요."

왕룽은 나직한 목소리로 말했다. 색시를 위해 몸을 깨끗이 닦는다는 말을 아버지에게 하기는 부끄러웠다. 그는 급히 나무통을 자기 방으로 옮겼다. 문은 휘어진 나무 창틀에 너무 헐겁게 걸려 있어서 꽉 닫혀지지 않았다. 노인은 뒤뚱거리며 가운뎃방까지 따라와서는 문틈에 입을 대고는 버럭 소리를 질렀다.

"여자에게 그렇게 보이면 집안이 망해! 아침부터 차를 마시고 목욕까지 하다니."

"오늘 하루뿐이에요. 목욕하고 난 뒤 물을 밭에다 버릴게요. 그러면 전혀 낭비는 아니잖아요."

이 말에 노인은 잠잠해졌다. 왕룽은 허리띠를 풀고 옷을 벗었다. 찢어진 창문 구멍으로부터 흘러 들어오는 햇살을 받으며 그는 조그마한 수건을 뜨끈한 물에 담근 후 짜서는 검고 야윈 몸뚱이를 열심히 문질렀다. 날씨가 따뜻하다고 생각했으나 몸뚱이가 물에 젖자 으슬으슬 추워졌다. 그는 재빠른 동작으로 온몸을 열심히 문질렀다. 그리고 나서 어머니가 쓰던 상자로 다가가서 푸른 무명 옷을 한 벌 꺼냈다. 솜이 든 겨울옷이 아니라 좀 추울 것 같았다. 겨울옷은 때가 묻고 군데군데 찢어져 해진 구멍으로는 더러운 솜이 삐죽삐죽 나와 있었다. 그는 첫날부터 솜이 삐죽삐죽 삐져나온 옷을 입고 있는 모습을 여자에게 보여 주고 싶지 않았다. 나중에 그녀가 이 옷을 빨아 꿰매는 한이 있더라도 첫날만은 그럴 수가 없었다. 그는 푸른 무명 옷과 같은 천으로 만든 겉옷을 꺼내 입었다. 이 옷은 1년에 기껏해야 열흘 정도, 명절날에만 입는 옷이었다. 그는 뒤로 길게 땋아 내린 변발을 빠른 솜씨로 풀어 내린 다음, 낡은 책상 서랍에서 빗을 꺼내 머리를 빗기 시작했다.

아버지가 다시 가까이 다가와서는 문틈에다 입을 대고 말했다.

"오늘은 아무것도 먹지 말란 말이냐? 이 나이가 되면 아침에 뭘 먹지 않으면 속이 쓰려 못 견디는 법이야."

"곧 나가요."

아주 빠르고 능숙한 솜씨로 머리를 명주 타래같이 땋아 올리며 왕룽이 말했다.

잠시 후 그는 겉옷을 벗고 변발을 이마 위로 틀어 올리고는 물통을 들고 밖으로 나갔다. 그 동안 아침밥을 까맣게 잊고 있었던 것이다. 그는 옥수수 죽을 만들어 드려야겠다고 생각했다. 하지만 자신은 전혀 아침밥 생각이 없었다. 그때 문득 죽을 끓이자면 다시 불을 지펴야 한다는 사실이 생각났다. 갑자기 그는 아버지에 대해 분노가 치밀었다.

"저 영감쟁인 먹고 마시는 것 이외에는 아무것도 생각할 줄 모른다니까."

그는 부엌 아궁이에 대고 중얼거렸다. 노인을 위해 아침밥을 준비하는 것도 이제 오늘이 마지막이었다. 그는 부엌문 가까이에 있는 우물에서 물을 길어 솥에 조금 붓고 불을 지폈다. 물이 끓기 시작하자 옥수수를 넣고 휘저어서 죽을 만들었다. 아버지에게 갖다 드리면서 말했다.

"오늘 저녁은 쌀밥을 먹을 거예요, 아버지. 지금은 옥수수죽이지만요."

"쌀이 얼마 남지 않았을 텐데."

방 한가운데 놓인 식탁에 앉아 노란 죽을 젓가락으로 휘저으며 노인이 말했다.

"봄철 명절에 쌀을 덜 먹으면 되지요."

그러나 노인은 아들의 말을 들은 척도 하지 않고 후루룩 소리를 내며 죽을 먹었다.

왕룽은 자기 방으로 들어가서 다시 푸른 겉옷을 걸친 다음 변발을 풀어 뒤로 늘어뜨렸다. 그는 면도를 한 이마와 뺨으로 손을 가져갔다. 새로 면도를 하는 것이 좋지 않을까? 아직 해가 뜨지 않았으니 여자가 기다리고 있는 집으로 가기 전에 이발이나 면도를 할 시간은 충분했다. 돈이 좀 있다면 그렇게 하리라고 마음먹었다.

왕룽은 손때가 묻어 번들번들하게 윤이 나는 전대를 허리띠에서 끌러 그 속에 든 돈을 세어 보았다. 여섯 닢의 은전과 두어 줌의 동전이 들어 있었다. 그는 오늘 저녁 사람들을 집으로 초대했다는 말을 아직 아버지에게 하지 않았다. 삼촌과 삼촌의 아들인 그의 사촌 그리고 이웃에 살고 있는 세 명의 농부들을 초대했던 것이다. 그는 성 안으로 들어가 돼지고기와 작은 민물고기 한 마리, 그리고 밤 한 줌을 사올 셈이었다. 밭에서 뽑은 채소를 넣어 고깃국을 끓이기 위해서는 남쪽에서 온 죽순과 약간의 쇠고기도 사야겠다고 생각했다. 그러나 이것들은 콩기름이나 간장을 사고 난 다음 돈이 남는다면 가능할 것이다. 만약 면도를 하게 된다면 쇠고기는 살 수가 없게 되겠지만, 그래도 면도는 해야겠다고 그는 갑자기 결심했다.

그는 아무 말도 하지 않고 밖으로 나왔다. 새벽 어스름이 걷히며 지평선 구름 위로 해가 떠오르고 있었다. 풍성하게 자란 밀과 보리에 맺힌 이슬이 햇살을 받아 빛나고 있었다. 농부로 되돌아온 왕룽은 허리를 굽혀 알을 맺지 못하고 비를 기다리고 있는 이삭들을 살펴보았다. 그는 공기 냄새를 맡아 보며 근심스럽게 하늘을 쳐다보았다. 검은 구름, 세찬 바람, 모두가 비를 품고 있었다. 향을 한 개비 사서 지신(地神)을 모시고 있는 작은 당집에 놓으리라 마음먹었다. 오늘 같은 날에는 그렇게 하고 싶었다.

그는 밭 사이의 구불거리는 좁은 길을 걸어갔다. 멀지 않은 곳에 희뿌연 성벽이 솟아 있는 것이 보였다. 그가 이제 통과할 저 성문 안에는 어렸을 적부터 종으로 자라온 그의 색시가 살고 있는 황 대인(黃大人)의 거대한 집이 있다. '대갓집에서 종노릇 하는 여자에게 장가들기보다는 차라리 혼자 사는 게 낫다'고 말하는 사람들도 있었다. 그러나 '저는 정말 여자를 얻을 수 없나요?'라고 아버지에게 물었을 때 아버지의 대답은 이러했다. '이렇게 살기 힘든 때에 장가를 들자면 큰돈이 든다. 어느 계집이든 금가락지나 비단옷을 해 줘야 시집오겠다고 하니, 가난한 사람들이야 종년이나 데려올 수밖에 없지.' 아버지는 황 대인 집을 방문했고, 시집 보낼 종이 아직 남아 있느냐고 물었었다.

"너무 젊어서도 안 되고 무엇보다 예뻐서는 안 됩니다."

아버지의 주문이었다.

왕룽은 그의 색시가 예뻐서는 안 된다는 것이 마음에 걸렸다. 다른 사람들이 모두 부러워할 만한 예쁜 여자를 얻는다는 것은 누구나 바라는 소원이다. 그러나 못마땅하다는 듯한 그의 얼굴을 보고 아버지가 버럭 소리를 질렀다.

"예쁜 여자를 얻어 무엇에 쓰려고 그래? 우리는 밭에 나가 일도 하며, 집안일을 돌보고 어린애를 많이 낳아 줄 여자가 필요하단 말이다. 얼굴 예쁜 여자가 이런 일을 할 것 같으냐? 아마 다 제 얼굴에 맞는 옷이나 생각하고 있을 게다! 또 부잣집에 있는 얼굴 반반한 종년치고 처녀가 있다는 얘기 들었냐? 젊은 주인들이 모두 저희들 욕심을 채웠지. 얼굴 반반한 여자 백 명과 사는 것보다 차라리 못생긴 여자 한 명과 사는 것이 훨씬 나아. 얼굴 예쁜 여자가 너 같은 농군 손을 부잣집 아드님의 그 보드라운 손만큼 좋아하겠냐? 그 시커멓게 탄 네 얼굴을, 자기를 끼고 놀던 그 사내놈들의 멀끔하고 기름진 낯짝보다 곱다고 생각하겠어?"

아버지의 말씀은 백번 옳았다. 그래도 그는 자기의 욕심을 억누를 수가 없어 거칠게 말했다.

"하지만 곰보나 언청이는 얻지 않겠어요."

"어떤 것이 손에 들어올지는 이제 두고 봐야 알지."

아버지의 대답이었다.

어쨌든 그 여자는 곰보도 언청이도 아니었다. 이것만이 그가 알고 있는 전부였고 그 이상은 알 수가 없었다. 부자는 도금한 두 개의 은반지와 은 귀고리를 샀고, 그것을 아버지가 황 대인 집에 약혼 선물로 가져간 것 이외에 아내가 될 여자에 대해서는 아는 거라곤 아무것도 없었다. 단지 오늘 그녀를 데려온다는 것밖에는.

그는 성문의 썰렁한 어둠 속으로 걸어 들어갔다. 물장수들이 큰 물통을 손수레에 싣고 온종일 이곳을 지나다니는 바람에 물통에서 튀어나온 물이 길에 깔린 돌을 적시곤 했다. 그래서 흙과 벽돌로 두껍게 쌓아올린 이 성문의 굴 속은 항상 축축하고 시원했다. 한여름에도 어찌나 시원한지 참외 장수들은 이곳 돌 위에 과일을 펼쳐놓았고, 또 시원하고 그늘진 곳에서 먹도록 참외를 아예 쪼개 놓기까지 했다. 그러나 아직 철이 이른 때문인지 작고 푸른 복숭아 바구니를 벽에 기대어 놓은 장사꾼들이 소리를 치며 물건을 팔고 있었다.

"자, 올봄에 나온 햇복숭아요…… 햇복숭아! 사서 잡수시고 겨울 동안 뱃속에 쌓인 독을 말끔히 씻어 내세요!"

왕룽은 속으로 중얼거렸다.

'그녀가 복숭아를 좋아하면 돌아갈 때 몇 개 사야지.'

그러나 다시 이 성문을 통해 되돌아갈 때 자기 뒤에 한 여인이 따라오리라는 것을 도대체 실감할 수 없었다.

그는 성문에서 오른쪽으로 돌아 잠시 후 이발사들이 늘어서 있는 거리로 들어섰다. 아직 이른 아침이라 거리에는 사람들이 별로 없었다. 채소를 새벽장에 팔기 위해 전날 밤 성 안으로 물건을 가지고 들어왔다가 다시 들일을 하기 위해 되돌아가는 농부들이 몇몇 눈에 띌 뿐이었다. 간밤에 떨리는 몸으로 기침을 하며 새우잠을 잤던 농부들의 발치에 놓인 광주리는 거의 다 비어 있었다. 왕룽은 그들이 자기를 알아보지 못하도록 몸을 피했다. 누구라도 오늘 자기의 결혼식에 대해 농담을 지껄이는 것을 듣고 싶지 않았기 때문이다. 길거리에는 이발사들이 의자들 뒤에 나란히 서 있었다. 왕룽은 가장 먼 곳에 떨어져 있는 의자에 앉으며, 옆사람과 이야기하며 서 있던 이발사에게 머리를 깎아 달라는 몸짓을 했다. 즉시 다가온 이발사는 풍로 위에 얹어 놓았던 주전자의 뜨거운 물을 놋대야에 따라 부었다.

"면도를 다 하시겠소?"

이발사가 직업적인 투로 물었다.

"머리 부분과 얼굴만 하겠소."

"귀와 콧구멍은 안 후비겠소?"

"그것까지 하면 별도로 얼마를 더 내야 하오?"

"넉 냥이오."

검정색의 천을 뜨거운 물에 담갔다 뺐다 하기 시작하며 이발사가 대답했다.

"두 냥을 내겠소."

"그렇다면 한쪽 귀와 한쪽 콧구멍만 깨끗이 해 드리겠소. 어느 쪽 귀와 콧구멍을 해 드릴까요?"

이발사가 옆에 있는 동료에게 얼굴을 찡긋하며 말하자 그 동료 이발사는 너털웃음을 터뜨렸다. 왕룽은 그들의 장난에 걸려들었다는 것을 알아차렸다. 그들은 가장 천한 계급의 이발사들이지만, 언제나 그랬듯이 이들 도시인들에 대한 말로는 표현할 수 없는 열등감을 느끼며 왕룽은 재빨리 말했다.

"좋을 대로 하오…… 좋을 대로……."

왕룽은 이발사에게 자신을 내맡겨 버렸다. 이발사는 아주 익숙한 솜씨로 어깨와 등을 안마로 시원히 풀어 주고 나서도 별도의 돈을 더 받지 않았다. 위쪽 앞이마를 밀다가 이발사는 왕룽에게 한 마디 던졌다.

"머리만 잘라 버리면 아주 흉한 농부꼴을 면할 텐데, 변발을 잘라 버리는 게 요즘 새 유행이라오."

이발사의 면돗날이 왕룽의 틀어 올린 변발 주위를 왔다갔다하자 왕룽은 소리를 질렀다.

"우리 아버지께 물어 보지 않고는 그걸 자를 수 없소!"

그러자 이발사는 웃으며 머리 가장자리만 면도질을 하였다.

이발이 끝나고 물에 불어 쪼글쪼글한 이발사의 손에 돈을 쥐어 주려 할 때, 왕룽은 가슴이 덜컥 내려앉았다. 너무 많은 돈을 써 버린 것이다. 그러나 면도를 한 살갗으로 시원한 바람이 느껴졌다.

"이번 딱 한 번뿐이야."

그는 시장으로 가 돼지고기 두 근을 산 뒤 잠시 망설이다가 쇠고기도 반 근 샀다. 나뭇잎 위에서 흐물거리는 신선한 두부와 생각했던 물건을 모두 사고 난 다음 두 개비의 향을 샀다. 그리고는 드디어 황 대인 집을 향해 발걸음을 옮겼다.

황 대인 집 대문에 다다르자 왕룽은 또 한번 무서운 생각에 사로잡혔다. 어떻게 혼자 여기까지 왔단 말인가? 아버지나 삼촌, 아니면 그의 가장 가까운 이웃인 칭(靑)과 함께 올걸 하고 후회하였다. 그는 이처럼 큰 집에 와 본 적이 없었다. 어떻게 광주리를 들고 들어가 '색시를 데리러 왔소' 라는 말을 할 수 있단 말인가?

쇠장식이 박혀 있는 두 개의 거대한 검은 대문은 꼭 닫혀 있었다. 대문 양쪽에는 돌로 만든 사자 두 마리가 앉아 있을 뿐 아무도 보이지 않았다. 그는 발길을 돌렸다. 아무래도 들어갈 수가 없었다.

왕룽은 갑자기 현기증을 느꼈다. 그는 우선 어디 가서 무얼 좀 요기하리라 생각했다. 이제까지 아무것도 먹지 못했다. 그는 길거리의 한 작은 식당으로 들어가 식탁 위에 두 냥을 놓은 뒤 자리에 앉았다. 때가 절어 윤이 나는 앞치마에 더러운 옷차림을 한 아이가 왔다.

"국수 두 그릇!"

음식이 나오자 그는 대나무 젓가락으로 국수를 입에 퍼넣으며 게걸스레 먹어치웠다. 아이는 선 채로 더러운 손가락 사이로 동전을 만지작거리며 물었다.

"더 잡수시겠어요?"

왕룽은 고개를 저었다. 그는 자리에서 일어나 사방을 둘러보았다. 비좁고 어둠침침한 식당 안에는 그가 아는 사람이라곤 한 사람도 없었다. 몇 사람이 앉아 음식을 먹거나 차를 마시고 있었다. 손님들 중에서 그가 가장 말쑥하고 부자로 보였던지 지나가던 거지가 다가와 중얼거렸다.

"선생님, 적선하세요. 한 푼만 주세요. 굶어 죽을 지경입니다요."

왕룽은 거지가 자신에게 적선을 청하는 일이 처음이었고, 또한 아무도 그에게 선생님이라고 부른 적도 없었다. 기분이 흐뭇해진 왕룽은 엽전 두 냥을 거지가 들고 있는 그릇에 던져 주었다. 까마귀 발톱 같은 시커먼 손으로 거지는 그것을 냉큼 집어 누더기 속에 넣었다.

해는 점점 높이 솟아오르고 있었다. 초조한 듯이 그의 곁을 오가던 아이가 마침내 불평을 터뜨렸다.

"더 안 드실 거라면 자릿세를 내세요."

왕룽은 이 건방진 말에 화가 치밀어 당장 일어서고 싶었으나, 황 대인 집에 다시 가서 색시를 달라고 할 생각을 하니 그럴 수가 없었다. 마치 밭에서 일할 때처럼 온몸에서 땀이 나기 시작했다.

"차 좀 가져와."

그는 모기만한 소리로 말했다. 말이 떨어지기가 무섭게 차를 날라온 아이는 날카로운 목소리로 찻값을 요구했다.

"돈 주세요."

왕룽은 허리춤에 맨 전대에서 돈을 꺼낼 수밖에 없었다.

"아주 날강도군."

그는 자기도 모르게 무의식적으로 중얼거렸다. 그때 저녁 식사에 초대한 이웃 사람이 식당으로 들어오는 것이 보였다. 왕룽은 성급히 돈을 식탁 위에 놓고 차를 단숨에 꿀꺽 마신 다음 재빨리 옆문으로 빠져 나와 다시 길거리로 나섰다.

"가기는 가 봐야지."

그는 절망적으로 자신에게 타이르듯 말하고 황 대인 집의 육중한 대문을 향해 발길을 옮겼다.

정오가 지나자 대문은 빠끔히 열려 있었다. 문지기는 점심을 먹고 난 뒤 대나무 이쑤시개로 이를 쑤시며 문지방 위에 한가로이 앉아 있었다. 문지기는 왼쪽 뺨 위에 커다란 사마귀가 붙은 키가 큰 사나이였다. 사마귀에는 세 개의 긴 검정 털오라기가 붙어 있었다. 왕룽이 나타나자 손에 든 광주리를 보고 물건을 팔러 온 행상인인 줄 알았는지 크게 소리를 질렀다.

"이 봐, 뭐야?"

왕룽이 어쩔 줄 몰라하며 대답했다.

"왕룽이란 사람이오. 농부입니다."

"음…… 왕룽, 농부 왕룽이라, 그래 무슨 일이지?"

주인이나 마나님의 부잣집 친구들을 제외하곤 아무에게나 방자한 행동을 하는 문지기였다.

"제가 온 것은…… 제가 여기 온 것은……."

왕룽은 말을 더듬거렸다.

"자네가 온 것은 나도 보고 있잖아."

문지기는 사마귀에 난 털을 배배꼬며 재촉하듯 말했다.

"이 댁에 여자 종이 있는데……."

점점 기어 들어가는 목소리로 왕룽이 말했다. 그의 얼굴은 햇볕을 받아선지 흥건히 땀이 배어 있었다.

문지기는 크게 웃음을 터뜨렸다.

"그게 바로 자네군! 오늘 신랑이 한 사람 올 거라는 얘기는 들었지. 그러나 광주리를 들고 있는 자네가 그 신랑이라고는 미처 생각하지 못했네."

"고기가 조금 들었을 뿐이에요."

왕룽은 잘못했다는 듯이 말하고 문지기가 대문 안으로 안내해 주길 기다렸다. 그러나 문지기는 꼼짝도 하지 않았다. 드디어 왕룽이 근심스럽게 말했다.

"혼자 들어가도 좋을까요?"

문지기는 깜짝 놀라는 표정을 지으며 말했다.

"주인 마님이 자넬 죽일 거야……."

그래도 왕룽이 눈치채지 못하자 그가 다시 말했다.

"은전이 바로 열쇠란 말이야."

왕룽은 마침내 그 사람이 돈을 원하고 있다는 것을 알았다.

"전 아주 가난한 사람입니다."

"허리춤에 뭐가 있나 어디 좀 볼까?"

순박한 왕룽은 실제로 광주리를 돌 위에 올려 놓고 겉옷을 걷어 올려 허리춤에서 작은 주머니를 꺼낸 다음, 물건을 사고 얼마 남아 있나 보기 위해 왼손 위에 놓고 흔들어 보았다. 이를 보고 문지기는 싱글거리며 웃었다. 주머니 속에는 은전 한 닢과 동전 열네 개가 남아 있었다.

"은전은 내가 갖지."

문지기가 냉랭한 어조로 말했다. 왕룽이 안 된다고 항의를 하기도 전에 문지기는 그 은전을 옷소매 속에 넣고는 대문을 지나 안으로 들어가며 큰 소리로 외쳤다.

"신랑이오, 신랑!"

왕룽은 분노와 공포를 안고 그를 뒤따라갈 수밖에 없었다. 광주리를 집어 들고 곧바로 문지기를 뒤쫓아갔다.

대갓집 문 안에 발을 들여 놓기는 난생 처음이었지만 왕룽은 후에 아무 것도 기억해 낼 수가 없었다. 화끈거리는 얼굴, 앞서가는 문지기의 고함 소리와 사방에서 킥킥거리는 웃음소리만을 들으며 중간 뜰을 지나갔다. 그가 백여 개는 됨직한 중간 뜰을 지나왔으리라 생각하고 있을 때 문지기 가 갑자기 조그만 대기실로 밀어 넣었다. 문지기가 더 깊숙한 곳으로 들어 갔다가 이내 돌아올 동안 왕룽은 그 방에 우두커니 혼자 서 있었다.

"주인 마나님께서 자네에게 들어오라는 분부시라네."

서두르는 왕룽을 향해 문지기는 볼멘 목소리로 소리를 질렀다.

"이 사람아, 광주리를 들고 마나님 앞에 나갈 수는 없어. 돼지고기나 두 부가 든 바구니를 들고 가다니! 그리고 절은 어떻게 하려고 그래?"

"하긴 그렇군요."

왕룽은 당황했다. 그러나 광주리 속에 들어 있는 물건을 잊어버릴까 두렵기도 했다. 돼지고기 두 근과 쇠고기 반 근, 그리고 작은 생선 한 마리를 걱정하는 눈치를 알아챈 문지기는 멸시하는 어조로 소리쳤다.

"이런 댁에선 그 따위 고기는 개에게나 먹인단 말이야!"

빼앗듯이 광주리를 움켜쥔 문지기는 그것을 문 뒤로 팽개쳐 버렸다. 그리고는 왕룽을 밀듯이 앞장세웠다.

그들은 아름답게 조각이 되어 있는 기둥이 지붕을 받치고 있는 길고 좁은 복도를 한동안 내려가다, 마침내 대청으로 들어섰다. 왕룽의 집을 통째로 스무 채는 합해야 될 직한 그 대청은 엄청나게 넓었고, 천장 역시 매우 높았다. 왕룽은 고개를 들고 정신없이 조각과 색칠을 한 대들보를 쳐다보다가 높은 문지방에 발이 걸려 비틀거렸다. 문지기가 그의 팔을 붙잡지 않았다면 그냥 넘어졌을 것이다. 문지기가 소리쳤다.

"마나님 앞에선 지금처럼 땅바닥에 코를 대고 공손히 인사를 해야 하는 거야. 알겠어?"

수치감을 느끼며 정신을 가다듬은 왕룽은 자기 앞을 바라보았다. 방 한 가운데의 자그마한 단(壇) 위에는 아름답고 조그마한 몸뚱이에 번쩍번쩍 윤이 나는 진주빛 비단옷을 입은 노부인이 있었다. 옆의 의자 위에는 아편대가 놓여 있었는데, 조그마한 램프 위에서 타고 있었다. 그녀는 아주 작고 날카로운 눈으로 쳐다보았다. 야위고 주름진 얼굴에 움푹 들어간, 그러나 아주 날카로운 그녀의 눈은 마치 원숭이의 눈 같았다. 아편대의 한쪽 끝을 잡고 있는 손의 피부는 작은 뼈마디를 보드랍게 덮고 있었고, 도금한 불상(佛像)처럼 노란빛을 띠고 있었다. 왕룽은 무릎을 꿇고 타일을 입힌 마룻바닥에 머리를 조아렸다.

"일으키도록 해라. 그렇게 인사를 차리지 않아도 좋다. 이 사람이 여자를 데리러 온 사람인가?"

"그렇습니다, 마님."

문지기가 대답했다.

"왜 이 사람은 자기 입으로 말하지 않느냐?"

늙은 부인이 물었다.

"바보이기 때문에 그렇습니다, 마님."

사마귀에 붙은 털을 만지작거리며 문지기가 대답했다.

이 말에 왕룽은 화가 치밀어 분노의 눈초리로 문지기를 노려보았다.

"아닙니다. 저는 다만 미천한 사람일 뿐입니다, 마님. 이런 곳에서는 어떤 말을 써야 될지를 몰라서……."

늙은 마님은 위엄 있는 태도로 조심스럽게 왕룽을 쳐다보았다. 그리고 무슨 말을 하려는 것처럼 보였으나, 시종이 들고 있던 담뱃대에 손을 대는 순간 그의 존재를 잊어버리는 듯했다. 마님은 허리를 굽혀 잠시 동안 미칠 듯이 아편대를 빨았다. 그러자 날카로웠던 눈이 몽롱해지며 만사를 모두 잊어버리는 듯한 표정을 지었다. 왕룽은 자기의 모습이 다시 노마님의 눈에 띌 때까지 그녀 앞에 우두커니 서 있었다.

"이 사람은 여기서 무얼 하느냐?"

마님은 갑자기 노기를 띠며 물었다. 그녀는 만사를 모두 잊어버린 듯한 행동을 하고 있었다. 얼굴 표정 하나 바뀌지 않고 서 있는 문지기는 아무 말도 하지 않았다.

"저는 여자를 기다리고 있는 중입니다, 마님."

왕룽이 깜짝 놀라며 말했다.

"여자라? 어떤 여자 말인가?"

그때 그녀 곁에 서 있던 계집종이 그녀에게 허리를 굽혀 무어라고 귓속말을 했다. 그제서야 부인은 제정신을 되찾은 듯했다.

"아 그렇군, 잠깐 동안 잊어버렸군. 너무 하찮은 일이 돼 놔서. 오란이라는 종 때문에 왔다 이거지. 그 아이를 어떤 농부에게 시집 보내기로 약속한 기억이 나는군. 그래, 자네가 바로 그 농부란 말인가?"

"제가 바로 그 사람이옵니다."

왕룽이 대답했다.

"빨리 오란을 부르도록 해라."

늙은 부인은 옆에 있는 종에게 말했다. 부인은 왕룽의 일을 빨리 끝내고 나서, 아편이나 빨며 혼자 조용히 대청에 남고 싶어하는 눈치였다.

얼마 안 있어 푸른색의 깨끗한 무명 옷을 입은 얼굴이 넓적한, 그러나 키가 훤칠한 여자가 나타났다. 왕룽은 한 번 그녀를 힐끔 쳐다보고 다시 고개를 돌렸다. 그의 가슴은 뛰고 있었다. 이 여자가 바로 그의 색시였다.

"이리 오너라. 이 남자가 널 데리러 왔다."

그 여자는 늙은 부인 앞으로 가서 두 손을 모으고 고개를 숙인 채 섰다.

"준비는 다 되었느냐?"

"준비되었사옵니다."

그 여자는 마치 메아리처럼 천천히 대답했다.

그 여자의 목소리를 처음으로 들으며 왕룽은 자기 앞에 선 그녀의 뒷모습을 바라보았다. 과히 크지도 작지도 않고, 그렇다고 또한 성깔이 있어 보이지도 않는, 듣기에 아주 좋은 목소리였다. 그녀의 머리는 정결하고 보드라우며, 입은 옷 또한 깨끗했다. 단지 그녀가 전족(여자 아이가 4, 5세 될 무렵 발을 긴 피륙으로 감아서 작게 하는 것)이 아닌 것을 보고 순간적으로 실망했다. 그러나 왕룽은 그것에 대해 생각할 겨를이 없었다. 늙은 부인이 문지기에게 말을 꺼냈기 때문이다.

"애의 짐을 대문까지 내다 주고, 이들을 잘 보내도록 해라."

그런 다음 부인은 왕룽을 불러 말했다.

"내가 할 말이 있으니 그 아이 곁에 서거라."

왕룽이 앞으로 나서자 부인은 그에게 말했다.

"이 아이는 열 살 때 우리 집에 들어와 스무 살이 되는 오늘까지 우리 집에서 살아 왔어. 애의 부모가 흉년이 들던 어느 해에 먹을 것이 없어 남쪽으로 내려왔을 때 이 아이를 샀지. 애의 부모들은 북쪽 산둥지방에서 왔었는데 나중에 그곳으로 다시 돌아갔어. 그 다음은 나도 모른다. 자네도 보다시피, 이 아이는 자기 나이 또래에 비해 몸도 튼튼하고 소박해. 자네를 위해 밭일이랑 물 긷는 일 등 모두 훌륭하게 해낼 거야. 그렇게 예쁘지는 않지만 그건 자네가 바랄 바가 아니지. 한가한 사내놈들이나 엉뚱한 짓을 위해 얼굴 예쁜 여자들을 좋아한단 말이야. 그리고 이 아이는 또 그렇게 똑똑하지도 못해. 그러나 무엇이고 하라는 일은 모두 할 줄 알고, 성질도 유순해. 내가 알기론 얘는 아직 처녀야. 부엌에만 처박혀 있지 않았다 하더라도 얼굴이 그렇게 예쁘지 않아 내 아들이나 손자놈들이 꼬드길 수가 없었을 거야. 사고가 있었다면 남자 하인 중 어느 놈의 짓이겠지. 하지만 우리 집 마당에 하고많은 예쁜 계집종들이 말처럼 자유롭게 뛰어다니는데, 하필이면 이 아이를 건드렸을 리야 없지. 이 아이를 데려다 잘 살도록 해. 좀 느리고 바보스럽기는 하지만 훌륭한 계집종이야. 난 내세를 위해 이 세상에 많은 생명을 뿌려서 공덕을 쌓으려고 해. 그게 아니라면 이 아이를 집에 붙잡아 놓고 죽을 때까지 부엌일만 시켰을 거야. 하지만 누군가가 내 종을 달라고 하고, 주인도 그들이 필요치 않으면 마땅히 시집을 보내야지."

그리고 부인은 오란에게도 말했다.

"이 남자를 잘 섬겨라. 그리고 아들을 주렁주렁 낳아 주고, 첫아이는 나에게 데려와 보이도록 해라."

"예, 마님."

여자는 공손하게 대답했다.

그들은 안절부절못하고 서 있었다. 왕룽은 무슨 말을 더 해야 할 것인가를 알지 못해서 적잖이 당황하고 있었다.

"자, 이제 가 보도록 해!"

늙은 부인은 성가신 듯 말했다. 황급히 절을 하고 난 왕룽은 곧 돌아나왔다. 그 뒤에는 여자가 따르고 여자 뒤에는 어깨에 궤짝을 멘 문지기가 따르고 있었다. 왕룽이 광주리를 놓아 둔 방에 그 궤짝을 내려놓은 문지기는 그것을 더 이상 메다 주려 하지 않았다. 그는 이렇다할 한 마디 말도 없이 사라져 버렸다.

그제서야 왕룽은 여자에게로 돌아서 그녀를 처음으로 바라보았다. 그녀는 모가 난 정직한 얼굴을 하고 있었고, 나지막하고 넓은 코에는 큼직한 검은 콧구멍이 뚫려 있었다. 큰 입은 얼굴에 마치 깊은 상처가 난 듯했다. 눈은 작고 거무스레했는데 무어라 꼬집어 표현할 수 없는 어떤 슬픔으로 가득 차 있었다. 그는 그녀의 얼굴에서 아름다움이란 도대체 찾아볼 수 없다는 것을 알았다. 그러나 그녀의 거무스레한 얼굴에는 곰보자국도 없었고, 언청이도 아니었다. 그녀의 귀엔 그가 사 준 도금한 귀고리가 달려 있었고, 손가락에는 또한 그가 선물한 반지가 끼어져 있었다. 그는 속으로 커다란 기쁨을 느끼며 돌아섰다. '아, 드디어 여자를 얻게 되었구나!'

"여기 우리가 가져갈 궤짝과 광주리가 있어."

왕룽이 퉁명스럽게 말했다. 한 마디 말도 없이 그녀는 허리를 굽혀 궤짝의 한쪽 끝을 잡아 그것을 어깨 위에 얹었다. 그리고는 그 궤짝 무게를 감당 못해 몸을 휘청거리며 일어나려고 애썼다. 이를 바라보고 있던 왕룽이 갑자기 말했다.

"궤짝은 내가 가져가지. 이 광주리를 들어."

좋은 옷을 입은 것도 생각하지 않고 왕룽은 그 궤짝을 들어 등에 졌다. 아직까지 말 한 마디도 하지 않은 오란은 광주리의 손잡이를 집어들었다. 왕룽은 그가 지나온 수없이 많은 마당과 무거운 짐을 지고 있는 자기의 볼품 없는 몰골을 생각했다.

"뒷문이 있었으면 좋겠는데……."

그가 중얼거렸다. 오란은 왕룽이 한 말을 금방 깨닫지 못한 듯이, 잠시 동안 생각하는 표정을 지은 뒤 고개를 끄덕였다. 그리고는 사용하지 않아서 잡초가 무성하고, 연못도 거의 메워진 한 중간 마당으로 그를 안내했다. 굽은 소나무 밑에 낡고 둥근 문이 있었는데 그녀가 빗장을 벗기고 문을 열었다. 그들은 그 문을 통해 곧 거리로 나왔다.

왕룽은 한두 번 오란을 뒤돌아보았다. 그녀는 넓적한 얼굴에 아무런 표정도 없이 지금 걷고 있는 길을 늘 다녀 본 듯한 익숙한 걸음걸이로 그 큼직한 발을 느릿느릿 옮기며 따라오고 있었다. 성문에 이르자 그는 잠깐 망설이다가 발걸음을 멈추었다. 한 손으로 어깨에 매고 있는 궤짝을 잡은 채, 다른 한 손을 허리춤으로 넣어 주머니 속을 더듬었다. 그는 동전 두 푼을 꺼내 조그만 풋복숭아 여섯 개를 샀다.

"이거 먹어."

퉁명스럽게 그는 말했다.

그녀는 마치 어린아이처럼 탐욕스럽게 아무런 말도 없이 허겁지겁 손으로 움켜잡았다. 밀밭가를 걸어갈 때, 왕룽은 다시 그녀를 돌아보았다. 그녀는 복숭아 하나를 조심스레 조금씩 먹고 있다가 그가 쳐다보는 것을 알고 손으로 가린 채 턱을 움직이지 않았다.

그들은 다시 걸었다. 마침내 그들은 당집이 있는 서쪽 밀밭에 도달했다. 기와로 지붕을 얹어서 만든 집이었다. 왕룽 할아버지가 성 안에서 벽돌을 손수 손수레에 싣고 와서 이 집을 지었다. 바깥쪽 벽에 회칠을 했고, 어느 풍년이 든 해에 한 동네에 사는 화가를 데려다가 그 회벽 위에 언덕과 대나무의 풍경을 그리게 했다. 그러나 세월의 흐름에 따라 지금은 대나무의 잔해만 희미하게 남아 있을 뿐, 언덕의 형태는 거의 사라지고 말았다.

이 당집 안에는 흙으로 만든 근엄한 표정의 두 개의 신상이 모셔져 있다. 당집 근처의 밭에서 나온 흙으로 만든 것이었다. 하나는 지신이고, 다른 하나는 그 지신의 부인이었다. 붉은 종이와 금박을 입힌 종이 옷을 입고 있었고, 지신은 사람의 털로 엮은 턱수염을 듬성듬성 달고 있었다. 매년 왕룽의 아버지는 몇 장의 붉은 종이를 사가지고 와서, 그것을 조심스럽게 오린 다음 이들 한 쌍의 신에게 새 옷을 해 입혔다. 그러나 눈비가 들이치고 여름의 뜨거운 태양이 내리쬐기 때문에 그들의 새 옷은 망가졌다.

그러나 해가 바뀐 지 오래되지 않았으므로 지금 보는 지신들의 옷은 아직 새것이었다. 왕룽은 말끔한 지신들의 모습에 기분이 좋았다. 그는 오란이 들고 있던 광주리를 받아, 맨 밑바닥에 둔 향을 조심스럽게 찾았다. 향이 부러지면 불길한 징조이므로 매우 근심스러웠다. 그러나 온전했다. 그는 그것을 집어서 지신의 상 앞에 쌓인 재를 비집고 나란히 꽂아 놓았다. 이웃 사람들도 모두 이 한 쌍의 지신을 숭배하여 종종 향을 피웠다. 왕룽은 부싯돌과 쇳조각을 꺼내 마른 잎새에 불을 붙인 다음 향에 붙였다.

두 사람은 지신 앞에 섰다. 오란은 빨갛게 달아올랐다가 잿빛으로 변하는 향끝을 바라보고 있었다. 향이 타들어가 재가 길어지면 허리를 굽혀 손가락으로 재를 털었다. 그리고 자기가 한 일에 겁을 먹는 듯한 눈으로 왕룽을 힐끔 쳐다보았다. 그러나 그녀의 행동에는 왕룽이 좋아하는 그 무엇이 있었다. 오란도 그 향불이 그들 두 사람 모두에게 깊은 관계가 있다고 느끼고 있는 모양이었다. 그것이 바로 두 사람이 합쳐지는 결혼의 순간이었다. 향이 완전히 재로 변하는 동안, 두 사람은 한 마디 말도 않고 그곳에 나란히 서 있었다. 그러다가 해가 지기 시작하자 왕룽은 다시 궤짝을 어깨에 둘러메고 오란과 함께 집으로 향했다.

집 문간에는 늙은 아버지가 방금 넘어가고 있는 마지막 햇살을 온몸으로 받으며 서 있었다. 그는 왕룽이 오란과 함께 다가와도 꼼짝 않고 서 있었다. 여자를 눈여겨본다는 것은 체면을 상하는 일이라는 듯, 지금 큰 관심이 집중되어 있는 것은 구름이라는 듯 소리쳤다.

"저 초생달 왼쪽 편에 걸려 있는 구름을 보니 비가 올 징조다. 늦어도 내일 밤 안으로 비가 오겠어."

그러다가 여자에게서 광주리를 받아드는 왕룽을 보자 노인은 다시 소리쳤다.

"넌 또 돈을 많이 쓴 모양이구나!"

"오늘 밤 손님을 몇 명 초대했어요." 하고 왕룽은 짤막하게 대답하고 상자를 자기 방으로 가져가 자신의 옷 궤짝 옆에 놓았다. 그리고 신기한 눈초리로 바라보았다. 그때 노인이 문 앞에 나타나 쏘아붙이듯 말했다.

"이 집구석은 돈을 물쓰듯 하는구나!"

노인도 아들이 손님을 청한 것을 마음 속으로는 은근히 좋아하고 있었다. 그러나 새로 맞이한 며느리가 처음부터 낭비하는 버릇이 들지 않도록 하기 위하여 일부러 불평을 늘어놓았던 것이다. 왕룽은 아무 말 없이 밖으로 나가 광주리를 들고 부엌으로 들어갔다. 오란이 그의 뒤를 따라 들어왔다. 그는 광주리에서 반찬거리를 하나하나 꺼내 그것을 불기 없는 부뚜막 위에 올려 놓으며 오란을 향해 말했다.

"여기 돼지고기가 있어. 이건 쇠고기와 생선이고, 일곱 사람이 식사할 거야. 음식을 만들 수 있겠어?"

이 말을 하면서도 그는 오란을 쳐다보지 않았다. 점잖지 못하게 보일지도 모르기 때문이었다. 그녀는 억양 없는 목소리로 대답했다.

"저는 황 대인 집에 들어가면서부터 줄곧 부엌일을 했어요. 끼니 때마다 고기 요리를 했었어요."

왕룽은 고개를 끄덕이며 그녀를 두고 나왔다. 그리고는 손님들이 밀어닥칠 때까지 부엌에 들어가지 않았다. 쾌활하지만 교활하고 가난한 삼촌, 삼촌의 열다섯 살 난 뻔뻔스러운 아들, 부끄러운지 멀쑥하게 이를 드러내며 웃는 농부 세 사람이었다. 두 사람은 한창 바쁜 추수기에 서로 품앗이를 하거나 씨앗을 서로 바꾸기도 하는 사람이었고, 한 사람은 바로 이웃에 사는 칭이었다. 칭은 말수가 적은 조용한 성품의 체구가 작은 사람이었다. 그들이 가운뎃방에서 자리를 정하고 앉자, 왕룽은 오란에게 음식을 들여오게 하기 위해 부엌으로 내려갔다.

"음식을 상 위에 좀 놓아 주세요. 외간 남자들 앞에 나서기가 뭣해서 그래요."

오란의 얘기를 듣자 왕룽의 마음은 한없이 흡족했다.

왕룽은 이 여자가 자기 여자고, 자기 외의 다른 사람들 앞에 나타나는 것을 꺼려한다는 것이 뿌듯했다. 그는 부엌문에서 음식 그릇을 받아 그것을 가운뎃방에 놓인 상 위에 놓았다. 그리고는 큰 소리로 말했다.

"자아, 삼촌 그리고 형제들, 어서 드세요."

"우린 반달 같은 눈썹의 신부를 볼 수 없나?"

농담을 좋아하는 삼촌이 말했다. 왕룽은 단호하게 대답했다.

"우리 두 사람은 아직 한몸이 못 되었어요. 아직 첫날밤도 지내기 전에 외간 남자가 신부를 본다는 것은 말도 안 되지요."

그리고 그는 사람들에게 많이 먹으라고 거듭 권했다. 그들은 생선에 친갈색의 양념맛을 칭찬하는 사람이 있는가 하면, 잘 익힌 돼지고기 맛을 칭찬했다. 왕룽은 몇 번인가 거듭 대답했다.

"변변치 못한 음식입니다. 차린 것도 별로 없고……."

그러나 왕룽은 마음 속으로 매우 자랑스럽게 생각하고 있었다. 오란은 그 고기에 설탕과 식초와 그리고 약간의 술과 간장으로 양념을 하였고, 왕룽 자신도 이처럼 맛있는 요리를 맛본 일이 없었다.

　그날 밤 손님들이 늦게까지 차를 마시고 농담을 하고 있는 동안에도 오란은 부뚜막 뒤에서 서성거리고 있었다. 마지막 손님을 배웅하고 집에 돌아왔을 때, 그녀는 황소 옆 짚더미 위에서 자고 있었다. 머리카락에는 지푸라기가 붙어 있었고, 이름을 부르며 깨우자 그녀는 잠결에도 마치 누가 자기를 때리거나 하는 것처럼 갑자기 팔을 들어 막는 시늉을 했다. 눈을 뜬 그녀는 말없이 이상한 눈초리로 그를 바라보았다. 왕룽은 마치 어린애를 대하는 듯한 느낌이 들었다. 왕룽은 그녀의 손을 잡고 아침에 그녀를 위해 목욕을 했던 자기 방으로 데리고 갔다. 그는 식탁 위에 놓인 빨간 초에 불을 켰다. 촛불이 켜지고 이제 단둘만이 방 안에 있다는 것을 깨닫게 되자 왕룽은 갑자기 부끄러움을 느꼈다. 그는 자신을 일깨우듯 속으로 중얼거렸다.

　'이 여자가 내 색시다. 이제 그 일을 해치워야지.'

　그는 급히 옷을 벗기 시작했다. 오란은 침대의 휘장 안으로 가서 소리 없이 잠자리를 준비하고 있었다. 왕룽이 무뚝뚝하게 말했다.

　"잠자리에 들 땐 먼저 촛불을 꺼."

　왕룽은 자리에 누워 두꺼운 이불을 어깨까지 끌어 덮고 자는 시늉을 했다. 그러나 잠이 올 리가 없었다. 자기는커녕 몸뚱이의 온 신경은 모두 깨어 있었고 덜덜 떨렸다. 얼마 지나자 방 안이 캄캄해졌다. 오란이 느린 동작으로 조용히 그의 곁으로 기어 들어왔을 때, 왕룽은 온몸이 터질 듯한 희열을 느꼈다. 그는 어둠 속에서 웃음 섞인 거친 숨을 내뱉으며 오란을 꽉 끌어안았다.

2

　생활의 즐거움이란 바로 그런 것이었다. 다음 날 아침 침대에 누운 채 왕룽은 이제 완전히 자기 여자가 된 오란을 쳐다보았다. 그녀는 자리에서 일어나 느린 동작으로 옷깃을 여미고 허리띠를 졸라 매었다. 그리고 헝겊 신을 신고 뒤에 달린 끈을 졸라 매었다. 조그만 창문 구멍으로부터 흘러 들어오는 햇살이 그녀를 비추고 있었다. 왕룽은 희미하게나마 그녀의 얼굴을 볼 수가 있었다. 그녀의 얼굴엔 아무런 변화도 없었다. 마치 여러 해 동안 그렇게 같은 잠자리에서 자기나 한 것처럼 예사로운 모습이었다. 늙은 아버지의 기침 소리가 어슴푸레한 새벽의 어둠 속으로부터 들려 왔다. 그는 오란에게 말했다.

"먼저 따뜻한 물을 한 그릇 아버지께 갖다 드려. 기침이 멈추시게."

"찻잎을 넣을까요?"

오란이 물었다. 그녀의 목소리는 어제와 조금도 다름이 없었다.

이 단순한 물음이 왕룽의 마음을 괴롭혔다. 그는 '아무렴, 찻잎을 넣어야지. 우리가 뭐 거지라고 생각하나?' 라고 말하고 싶었다. 또한 이 집에서는 찻잎을 넣는 것은 당연한 일이라고 그녀가 생각하게 만들고 싶었다. 물론 황 대인 집에서는 아무리 종이라도 그냥 맹물만 마시지는 않았을 것이다. 그러나 첫날부터 오란이 맹물 대신에 차를 가지고 가면 아버지가 화내리라는 것을 왕룽은 잘 알고 있었다.

"차? 안 돼. 그건 기침만 더 나게 할 뿐이야."

왕룽은 침대에 누워 그녀가 부엌에서 불을 지피고 물을 데우는 동안 흐뭇한 만족감에 젖어 있었다. 그는 좀더 잠을 자고 싶었다. 그러나 지난 수년 동안 아침에 일찍 일어나는 것에 너무나 익숙해진 그의 바보스러운 몸뚱이는 더 이상 잠이 오지 않았다.

그는 자기 여자를 생각하자 조금 부끄러웠다. 잠시 밭이며, 밀이며, 비가 오게 되면 추수는 어떻게 될까 하는 것이며, 그리고 값만 맞으면 이웃의 칭에게 사고 싶은 하얀 무씨에 대해서 곰곰이 생각했다. 그러나 늘상 그의 마음 속에 떠오르곤 했던 이러한 생각들 사이사이에 지금 제멋대로 끼여드는 것은 역시 그의 새 생활에 대한 생각이었다. 갑자기 지난 밤을 생각하던 왕룽은 오란이 자기를 좋아하고 있는지 아닌지 알고 싶어졌다. 이것은 새로운 불가사의였다. 황 대인 집의 젊은 도련님들은 부엌종의 평범한 얼굴 뒤에 숨어 있는 그 보드라운 몸뚱이는 미처 보지 못했음이 틀림없었다. 그녀의 몸뚱이는 정말 아름다웠다. 야위었고 뼈마디는 굵직굵직했으나 원숙했고 보드라웠다. 그는 순간 그녀가 그녀의 남편으로서 자기를 사랑하길 바랐고, 그런 생각을 하며 다시 부끄러움을 느꼈다.

문이 열리며, 오란이 양 손에 김이 무럭무럭 나는 찻잔을 받쳐들고 들어왔다. 왕룽은 자리에서 일어나 앉아 그 잔을 받았다. 물 위에는 두 개의 찻잎이 떠 있었다. 그는 재빨리 그녀를 쳐다보았다. 그녀는 곧 두려워하는 표정을 지으며 말했다.

"말씀하신 대로 아버님 잔에는 찻잎을 넣지 않았어요. 하지만 당신에게만은 제가……."

왕룽은 오란이 그에게서 두려움을 느끼고 있다는 것을 알았다. 그것이 왕룽의 마음을 즐겁게 했다. 그래서 그녀가 말을 마치기도 전에 말했다.

"좋아! 나는 차를 좋아하니까!"

그는 찻잔을 입으로 가져가 소리를 내며 맛있게 마셨다.

왕룽은 새로운 환희를 느꼈다. '내 색시는 나를 좋아하고 있구나!'

결혼 이후 몇 달 동안 왕룽은 색시를 바라보는 일 이외에 아무것도 하지 않은 것 같았다. 하지만 실제로 그는 그전처럼 열심히 일했다. 그는 괭이를 어깨에 메고 밀밭으로 가 밭고랑을 갈았다. 그런가 하면 황소에 쟁기를 재워 마늘과 파를 심기 위해 서쪽 밭을 갈아젖혔다. 일하는 것이 즐거웠다. 해가 높이 떠 정오가 되어 집에 돌아가면 점심상이 이미 그를 기다리고 있었다. 식탁의 먼지는 말끔히 훔쳐져 있고, 밥그릇이랑 젓가락이 정갈하게 놓여 있었다. 전에는 피곤하더라도 그 자신이 거의 식사를 준비했다. 가끔 늙은 아버지가 그가 돌아오기 전에 간단한 식사를 준비하거나, 밀가루 반죽 속에 마늘을 넣고 빵 같은 것을 구워 놓을 때도 있었다.

지금은 무엇을 차렸든간에 그를 위한 식사가 언제나 준비되어 있었고, 식탁 옆 의자에 앉기만 하면 곧 밥을 먹을 수 있었다. 흙 바닥은 언제나 깨끗했고, 땔나무는 떨어지는 일이 없었다. 아침에 그가 나가고 나면 그녀는 대나무 갈퀴와 긴 끈을 들고 나가 마을 이곳저곳을 돌아다니며 마른 풀과 나뭇가지들을 긁어 모아, 정오 무렵에는 그날 식사를 짓는데 쓰고도 남을 만큼의 많은 땔감을 묶어 가지고 돌아왔다. 더 이상 땔감을 살 필요가 없게 되자, 왕릉은 그것이 또한 즐거웠다.

오후가 되면 다시 그녀는 괭이와 광주리를 어깨에 메고 노새와 당나귀와 말들이 짐을 싣고 지나다니는 성 안으로 빠지는 큰길로 나갔다. 그 길에서 짐승들의 똥을 주워 집에 돌아온 그녀는 그것을 밭에 줄 비료로 쓰기 위해 마당에 거름을 쌓아올렸다. 이러한 일들을 한 마디의 말도 없이 묵묵히 했다. 누가 그런 일을 하라고 시켜서 하는 것도 아니었다. 그리고 하루 해가 다 진 후에도 부엌에서 황소에게 먹이를 주고, 언제든지 물을 마실 수 있도록 준비해 놓을 때까지 쉬는 법이 없었다.

그리고 오란은 식구들의 누더기 옷들을 꺼내 그녀가 손수 대나무 물레를 사용해 솜에서 빼낸 실로 해진 겨울옷을 손질하고 헝겊을 대어 깁기도 했다. 그녀는 또 침구를 문지방에 널어 햇볕에 쬐었고 이불 호청을 뜯어 빤 다음 대나무 위에 걸어 말렸다. 그리고 여러 해 동안 묵어 굳어지고 회색 빛으로 변한 이불 솜을 빼내, 우글대는 빈대를 모두 잡아 죽인 후, 그것을 하루 종일 햇볕에 쬐었다. 그녀는 날마나 일을 찾아서 했으며, 머지않아 세 개의 방은 모두 깨끗해졌고 제법 풍족한 집같이 보이게끔 되었다. 늙은 아버지의 기침도 점점 나아지게 되었다. 흐뭇한 기분으로 남쪽 담에 기대어 앉아 햇볕을 쬐면서 조는 게 일과였다.

그녀는 일상생활에 꼭 필요한 몇 마디 말 이외에는 통 말이 없었다. 왕릉은 그녀가 그 커다란 발로 이 방 저 방을 돌아다니면서 억척스럽게 일하는 것을 보고도, 또 둔해 보이는 그녀의 넓적한 얼굴이며 무표정하고 약간 겁을 먹은 듯한 두 눈을 보고도 아무런 불평을 하지 않았다. 밤이 되면 오란의 몸뚱이가 얼마나 부드럽고 탄력이 있는가를 잘 알고 있었다. 그러나 낮이 되면, 그가 속속들이 알고 있는 그녀의 몸은 수수한 푸른 무명 옷에 의해 모두 가려졌고, 그녀는 주인에게 묵묵히 그리고 충실히 봉사하는 종 이외엔 아무것도 아니었다. 그러면서도 왕릉은 일부러 그녀에게 '왜 그렇게 말을 안 하지?' 하고 물으려 하지 않았다. 그녀가 자기 일만 잘 해 나가기만 하면 그것으로 만족이었기 때문이다.

가끔 밭에서 일을 하다가 그는 오란에 대해서 곰곰이 생각해 보는 수가 있었다. 수백 개의 마당이 있는 그 대궐 같은 집에서 도대체 무엇을 보았을까? 나에게 통 말하지 않는 그전의 생활은 어떠했을까? 그러다가는 그런 것에 대해서 알고 싶어하는 그 자신이 부끄러워졌다.

어느 날 왕룽이 무르익어가는 밀밭에서 일을 하고 있을 때였다. 그가 몸을 굽혀 일하고 있는 밭고랑에 그녀의 그림자가 나타났다. 괭이를 어깨에 멘 오란이 그곳에 서 있었다.

"해질 때까진 집에 할 일이 없어요."

오란은 짧게 말할 뿐, 더 이상 아무 말도 않고 남편의 왼쪽 고랑으로 들어서서 열심히 괭이질을 시작했다.

이른 여름의 태양은 사정없이 그들 위에 내리쬐고 있었다. 그녀의 얼굴은 이내 땀으로 뒤범벅이 되었다. 왕룽은 웃옷을 벗었지만, 그녀는 얇은 옷을 어깨에 걸친 채 열심히 일하고 있었다. 땀으로 흠뻑 젖은 옷은 그녀의 고운 살결에 찰싹 붙어 있었다. 그들은 서로 한 마디 말도 없이 완전히 하나의 율동을 이루며 움직였고, 그는 아내와의 일체감 속에서 노동의 고통도 잊어버렸다. 왕룽은 이렇다 할 아무런 생각이 없었다. 다만 그들의 땅인 이 밭의 흙을 힘차게 파 뒤집어엎는 일에만 열중했다. 그들의 집을 만들고 육신을 기르며, 그들의 신(神)을 만들어 내는 땅이었다. 검고 비옥한 땅 속에서는 이따금 벽돌 조각이나 나무 부스러기들이 섞여 나왔다. 어느 때엔 남녀의 시체가 이곳에 파묻혔을 것이고, 집이 세워졌다가 허물어져 다시 흙으로 돌아갔을 것이다. 어느 때가 되면 그들의 집 역시 허물어져 흙으로 돌아갈 것이고, 그들의 육체 또한 역시 그렇게 될 것이다. 이 땅의 모든 것은 저마다 그 차례가 있다. 그들은 함께 말없이 움직이며 일을 계속하였다. 이 땅의 열매를 얻기 위하여.

드디어 해가 저물자 왕룽은 천천히 허리를 펴며 그녀를 바라보았다. 땅에 젖은 그녀의 얼굴은 흙투성이였다. 그녀의 피부는 땅의 색깔처럼 갈색이었고, 시커멓게 땀이 밴 옷은 그녀의 네모진 몸에 찰싹 붙어 있었다. 그녀는 마지막 고랑을 천천히 고르고 있었다. 그리고는 항상 하는 꾸밈없는 솔직한 어조로 말했다. 그 목소리는 고요한 저녁 공기 속에서 여느 때보다 더욱 평범하게 느껴졌다.

"아기를 가졌어요."

왕룽은 얼떨떨해서 그냥 서 있었다. 오란은 허리를 굽혀 벽돌 조각을 하나 집어서 밭고랑 밖으로 내던졌다. 그녀는 마치 '차 가져왔어요'라든가, 혹은 '자, 식사를 하세요'라고 말하듯 무덤덤한 어조였다. 그 일이 그녀에게는 아주 평범한 것일지 몰라도 그의 가슴은 크게 부풀기 시작하다가 어느 한계점을 맞아 갑자기 멈춘 듯했다. 그렇다. 이제, 이 땅에 그들의 차례가 찾아왔다.

오란의 손에서 급히 괭이를 빼앗은 왕룽은 벅찬 목소리로 말했다.

"그만하지. 날이 저물었어. 아버지께 빨리 이 사실을 말씀드려야겠어."

그들은 집을 향해 걸었다. 오란은 여자답게 대여섯 발짝 사이를 두고 그의 뒤를 따라왔다. 노인은 몹시 시장한 듯, 집 앞에 나와 있었다. 전과 같이 밥을 지을 리가 없었다. 못 참겠다는 표정으로 노인은 꽥 소리를 질렀다.

"난 너무 늙어서 이렇게 빈 속으로 오래 기다릴 수가 없단 말이다!"

그러나 소리를 지르고 있는 노인을 지나쳐 방으로 걸어가던 왕룽이 말했다.

"제 처가 벌써 아기를 가졌대요."

왕룽은 '오늘 서쪽 밭에 씨앗을 뿌렸어요'라고 말하듯, 대수롭지 않게 말하려고 애썼다. 아주 낮게 억제하여 말했는데도 그에게는 커다란 목소리로 떠벌린 듯한 그런 느낌이 들었다.

잠시 눈을 껌벅이던 노인은 곧 왕룽의 말을 알아듣고 소리내어 웃었다.

"히…… 히…… 히……"

노인은 집에 들어서는 며느리에게 크게 웃으며 말했다.

"그럼 손자 볼 날도 멀지 않았군!"

노인은 어둠 속에서 오란의 얼굴을 볼 수가 없었으나, 그녀는 조용한 말씨로 거침없이 대답했다.

"빨리 저녁을 지을게요."

"그렇지, 그렇지, 밥을 해야지……."

노인은 마치 어린아이처럼 부엌으로 따라 들어가며 힘있게 말했다. 손자 생각에 저녁밥을 잊어버렸던 노인이 이제는 밥 생각에 손자 생각을 잊어버리고 말았다.

한편 왕룽은 어둠 속에서 식탁 옆 의자 위에 두 팔을 포개고 머리를 얹은 채 앉아 있었다. '내 자식이, 새 생명이!'

3

해산 일이 가까워 오자 왕룽은 오란에게 말했다.

"해산할 때 도와 줄 사람이 필요한데, 여자가 말이야."

그러나 설거지를 하고 있던 그녀는 고개를 흔들었다. 아버지는 이미 잠자리에 든 후였다. 솜을 꼬아 심지를 만들고, 콩기름을 가득 채운 조그만 양철 등잔의 불빛이 팔락거리며 그들 두 사람을 비추어 주고 있었다.

"산파가 필요 없다니?"

그는 소스라치듯 놀라며 물었다. 그는 기껏해야 고개나 손을 약간 흔들거나, 아니면 어쩌다 겨우 한두 마디의 말을 그 큰 입에서 마지못해 내뱉는 그녀와의 대화에 익숙해지고 있었다. 이제 그는 그러한 식의 대화에 아무런 불편을 느끼지 않았다.

"그러나 집안에는 남자뿐인데 곤란하잖아? 우리 어머닌 마을에 산파를 한 사람 정해 놓고 있었기 때문에 나는 이런 일에 관해선 아무것도 모른단 말이야. 당신과 친하게 지내던 종이라도 부를 만한 사람이 없을까?"

왕룽은 오란이 살던 집에 관해 얘기를 꺼내기는 이번이 처음이었다. 오란은 작은 눈을 크게 뜨고는 얼굴에 심한 분노의 빛을 띠며, 일찍이 보지 못했던 험한 표정으로 왕룽을 쳐다보았다.

"그 집에서 부를 만한 사람은 아무도 없어요!"

오란이 그를 향해 소리쳤다. 왕룽은 담배를 채우던 곰방대를 떨어뜨리며 그녀를 쳐다보았다. 그러나 그녀의 얼굴은 금방 무표정해졌으며, 아무 말도 하지 않은 것처럼 젓가락을 거두고 있었다.

"참 어처구니없군!"

그는 놀라며 말했다. 그러나 그녀는 아무 말도 하지 않았다. 그래서 그는 설득하듯이 말했다.

"아버지나 나나, 우리 두 사람은 모두 아기를 낳는 데는 아무런 도움도 되지 못한단 말이야. 당신 방에 아버지가 들어갈 수는 없는 일이고, 나도 마찬가지야. 나는 암소가 새끼 낳는 것도 평생 보지 못한 사람이야. 내 서투른 손이 갓난애를 다치면 어떻게 할 거야. 그러니까 종들이 많아서 그치지 않고 애기를 낳고 있는 그 황 대인 집에서 사람이 하나 오면……."

젓가락을 식탁 위에 가지런히 올려 놓은 그녀는 그를 잠깐 바라보다가 입을 열었다.

"제가 그 집에 다시 돌아갈 때는 제 팔에 아들을 안고 갈 거예요. 아이한테는 빨간 웃옷과 빨간 꽃무늬가 있는 바지, 작은 금부처가 달린 모자, 발에는 호랑이가 그려진 신발을 신기겠어요. 저도 새 신발을 신고, 올이 곱고 검은 공단옷을 입고는 제가 일하던 부엌으로, 또 마나님이 아편을 빨고 계신 대청으로 들어가 저와 제 아들의 멋진 모습을 모든 사람들에게 보이겠어요."

그는 그녀에게서 그렇게 많은 말을 들어 본 적이 없었다. 느리기는 했으나 거침없이 쏟아져 나왔다. 그는 오래 전부터 그녀가 이 모든 일을 혼자서 계획했다는 것을 알 수 있었다. 날마다 묵묵히 일만 하기 때문에 그녀가 어린애 생각은 전혀 하지 않는 줄 알고 있었던 것이다. 그러나 그녀는 이미 낳아서 옷을 갖춰 입힌 아기와 새 옷을 입은 그녀 자신을 상상하고 있었던 것이다. 그는 잠시 말을 잃었다. 그런 뒤 손가락 사이로 담배를 둥그렇게 뭉쳐 그것을 곰방대에 쑤셔 넣었다.

"그럼 돈이 좀 필요하겠군."

이윽고 왕룽은 겉으로 무뚝뚝하게 말했다.

"은전 세 닢만 주시면……. 그건 큰 돈이에요. 하지만 전 아주 꼼꼼히 계산해 봤어요. 한 푼도 헛되게 쓰지 않겠어요. 옷감 장사에게서도 다만 한 치라도 손해를 보진 않겠어요."

왕룽은 허리춤을 손으로 더듬었다. 그저께 서쪽 밭가의 연못에서 갈대를 한 짐 반 해서 성 안 시장에 내다 판 덕분에 지금 그의 허리춤에는 그녀가 청하는 돈보다 조금 많은 액수의 돈이 들어 있었다. 그는 세 닢의 은전을 식탁 위에 놓았다. 그리고 조금 머뭇거리다가 그가 노름이라도 좀 하고 싶을 때를 대비해서 오랫동안 간직해 놓았던 은전 한 닢을 더 내놓았다. 그는 노름판을 가도 돈을 잃을까 무서워서 어울려 본 적은 한 번도 없었다. 그는 성 안에 들어갔다가 시간이 남으면 대부분 이야기꾼 집에서 보내곤 했다. 그곳에서는 옛날 이야기를 듣다가 사발이 돌아오면 그 속에 동전 한 푼만 던져 넣어 주면 그만이었다.

"이것도 받아 둬."

그는 등잔불에 종이를 붙여 그걸 재빨리 곰방대에 옮겨 붙이면서 말했다.

"어린애 명주옷도 하나 더 만드는 게 좋을 거야. 어쨌든 그애는 우리들의 첫아기니까."

오란은 그 돈을 즉시 받아 넣지 않고, 얼굴에 아무런 표정도 짓지 않은 채 서서 그것을 바라보고 있었다. 그리고는 속삭이듯이 말했다.

"제 손에 은전을 만져 보기는 처음이에요."

그녀는 재빨리 그 돈을 집어 손에 꼭 움켜쥔 채 급히 침실로 들어갔다.

왕룽은 담배를 피우며 방금 식탁 위에 놓아 두었던 은전을 생각하면서 앉아 있었다. 그 은전은 그가 경작하는 땅, 온통 자신을 바쳤던 그 땅에서 생겨난 돈이었다. 그는 그 땅에서 생명을 받았으며, 땀 흘려 일해서 곡식을 얻었으며, 그 곡식을 팔아 은전을 장만했던 것이다. 그전에는 누구에게 은전을 넘겨 줄 때마다 마치 꼭 자기 생명의 한 조각을 아무렇게나 남에게 던져 주는 것 같았다. 그러나 아무런 고통도 느끼지 않은 채 은전을 내놓아 보기는 태어나서 처음이었다. 그는 성 안 어느 알지 못하는 상인의 손으로 넘어가는 은전을 보는 것이 아니라, 그 은전이 자체의 값어치보다 더 귀중한 무엇으로 변하는 것을 보았다. 그의 첫아들에게 입힐 옷으로 변하는 은전 —— 그리고 묵묵히 일만 할 뿐, 아무것도 생각하지 않고 있는 것처럼 보이는 이 이상한 여인이 그렇게 옷을 입은 아기를 자기보다도 먼저 생각하고 있었던 것이다.

그녀는 남편과 함께 논에서 일을 하고 있었다. 밀을 수확한 뒤 그 밭에 다시 물을 대어 모를 심었었는데 이제 그 수확을 하게 되었던 것이다. 여름 장마와 초가을 햇볕에 이삭이 잘 익어 있었다. 그들은 하루 종일 허리를 굽혀 손잡이가 짧은 낫으로 벼를 베었다. 그녀는 배가 무거웠기 때문에 허리를 많이 구부릴 수가 없었다. 따라서 그녀는 남편보다 느리게 움직였고, 그녀가 베어 가는 줄은 남편의 줄보다 훨씬 뒤처져 있었다. 정오가 지나 오후가 되고, 다시 저녁이 가까워 올수록 그녀의 벼 베는 동작은 점점 느려지기만 했다. 그는 안절부절못하고 몸을 돌려 그녀를 바라보았다. 그때 그녀가 걸음을 멈추고 몸을 일으키며 손에 들고 있던 낫을 땅에 떨어뜨렸다. 얼굴에는 새로운 고통의 땀이 솟아오르고 있었다.

"시간이 됐나 봐요. 집으로 가겠어요. 제가 부를 때까지 방으로 들어오지 마세요. 갈대를 하나 베어다 주세요. 아이의 탯줄을 잘라야 하니까요."

오란은 아무렇지도 않다는 듯이 밭을 가로질러 집으로 향했다. 그녀를 바라보고 섰던 그는 밭가에 있는 연못으로 가서 길쭉한 푸른 갈대를 하나 골라서는 껍질을 벗기고, 그것을 다시 낫으로 쪼갰다. 가을의 짧은 해가 지고 벌써 어둠이 사방에 깔리고 있었다. 그는 낫을 어깨에 메고 집으로 향했다.

집에 도착하자 따뜻한 저녁밥이 식탁 위에 놓여 있었고, 아버지는 이미 식사를 하고 있었다. 저녁을 짓기 위해 조금 빨리 들어갔던 것이다. 왕룽은 오란이 평범한 여자가 아니라고 생각되었다. 그는 방문 앞에 가 크게 소리쳤다.

"여기 갈대를 가져왔어!"

그는 아내가 그걸 가지고 방으로 들어오라고 부르기만을 고대하며 문앞에 서서 기다리고 있었다. 그러나 그녀는 문틈으로 손을 내밀고 갈대를 받았을 뿐 아무 말도 하지 않았다. 그러나 먼 거리를 달려온 동물처럼 가쁜 숨소리만 냈다.

노인은 밥그릇에서 고개를 들며 말했다.

"빨리 밥 먹어라. 식을라. 아직 걱정할 것 없다. 꽤 오래 걸릴 테니까. 첫아이가 태어날 때를 지금도 훤히 기억하고 있지. 이맘때쯤 시작해서 새벽녘이 되어서야 모든 게 끝났어. 허어 참! 나와 네 어머니 사이에 태어난 아이들은 스무 명도 넘을 거야. 정확히 몇 명인지도 모르겠구나. 그러나 살아남은 건 너 하나뿐이야! 여자가 왜 자꾸자꾸 아이를 낳아야 하는지 알겠어."

그리고 노인은 방금 새로 생각난 듯 다시 입을 열었다.

"내일 이맘때쯤이면 나도 손자를 둔 할아버지가 된다 이거지!"

그는 갑자기 웃기 시작했다. 그리고 식사를 멈추고는 어두운 방에서 오랫동안 낄낄거리며 앉아 있었다.

그러나 왕룽은 문 곁에 서서, 마치 짐승의 숨소리와 같은 무거운 신음 소리에 귀를 기울이고 있었다. 뜨거운 피 냄새가 문틈으로 새어나왔다. 그 메스꺼운 냄새에 그는 두려움을 느꼈다. 방 안에서 들려오는 아내의 숨소리는 점점 속도가 빨라지며 높아졌다. 마치 속삭이듯 들리는 신음 소리 같았다. 그러나 결코 그녀는 큰 소리를 지르진 않았다. 드디어 그가 더 이상 참을 수가 없어 방 안으로 뛰어 들어가려고 할 때, 가냘프고도 날카로운 울음소리가 흘러나왔다. 그는 모든 것을 잊어버리고 말았다.

"아들이야?"

그는 산모 생각도 잊은 채 다그쳐 물었다. 신음소리는 끈질기게 계속해서 흘러나왔다. 그는 다시 소리쳤다.

"그것만 얘기해 줘! 아들이야?"

그때 아내의 목소리가 메아리처럼 희미하게 들렸다.

"아들이에요!"

왕릉은 그제서야 식탁으로 다가가 앉았다. 모든 것이 참 빠르게도 돌아갔다. 밥은 이미 식어 있었고, 노인은 의자에서 잠들어 있었다. 어쩌면 그렇게 모든 것이 빠르게 돌아갔을까! 왕릉은 노인의 어깨를 흔들었다.

"아들이래요! 아버지는 할아버지가 됐고, 저는 아버지가 됐어요!"

노인은 잠에서 깨어나 그 낄낄거리는 웃음을 다시 웃기 시작했다.

"그럼, 그럼…… 물론이지. 내가 이젠 할아버지, 할아버지가 됐단 말이야……."

그는 웃음을 그치지 않은 채 침대로 갔다.

왕릉은 식은 밥사발을 들고 허겁지겁 먹기 시작했다. 방 안에서는 부스럭거리는 소리가 들렸고, 찢어지는 듯한 어린아이의 울음소리는 계속해서 울려 나오고 있었다.

"이젠 이 집안도 조용할 날이 없을 것 같군."

그는 자랑스러운 듯 중얼거렸다.

식사를 마친 그는 다시 방문께로 갔다. 그녀가 그를 들어오라고 불렀다. 비릿한 피 냄새가 아직까지 남아 있었으나 나무통 속을 제외하고는 핏자국은 아무 데도 없었다. 오란은 그 나무통 속에 물을 부어, 남편이 핏자국을 보지 못하도록 그것을 침대 밑으로 밀어 두었고, 빨간색의 촛불이 켜져 있었다. 그녀는 이불보가 정결하게 씌워진 침대 위에 누워 있었다. 그리고 그녀의 옆에는 그 지방 풍습에 따라 아버지의 낡은 바지에 싸인 갓난아이가 누워 있었다.

왕릉은 침대 곁으로 다가갔다. 그의 가슴은 심하게 두근거리고 있었다. 그는 아기를 자세히 바라보기 위해 허리를 굽혔다. 아기는 둥글고 주름진 거무스레한 얼굴이었으며, 머리에는 축축하게 물기가 밴 검은색의 머리카락이 나 있었다. 이젠 울음도 그치고 두 눈을 꼭 감은 채 누워 있었다.

그는 아내를 바라보았다. 아내도 남편을 돌아보았다. 그녀의 머리카락은 아직도 축축히 젖어 있었고, 가는 눈은 더욱 움푹 들어가 있었다. 그 외에는 여느 때와 마찬가지의 모습을 하고 있었다. 그러나 아내가 매우 애처롭게 보였고, 아내와 아들에 대한 애정으로 걷잡을 수 없었다. 그러나 별로 할 말이 생각나지 않았다.

"내일 성 안에 들어가 누런 설탕을 한 봉지 사와야겠어. 그걸 뜨거운 물에 타서 먹도록 해."

그리고 왕룽은 다시 어린아이를 쳐다보며, 방금 생각이 난 듯 감격한 어조로 느닷없이 말했다.

"그리고 계란도 한 광주리 사다가 그걸 빨갛게 물들여 동네 사람들에게 돌려야겠어. 그래야 다들 내가 아들을 본 줄 알 테니까 말이야!"

4

해산한 다음 날 오란은 여느 때와 다름없이 일어나 남편과 아버지를 위해 밥을 지었다. 그러나 왕룽과 함께 밭으로 일하러 나가지는 않았다. 왕룽은 정오 때까지 밭에서 혼자 일을 했다. 그런 다음 집으로 돌아와 푸른 옷으로 갈아입고 성 안으로 들어갔다. 방금 낳은 것은 아니었지만 한 알에 1전씩하는, 먹을 만한 계란 50개를 샀다. 그리고 계란과 함께 넣고 끓일 빨간 색종이도 샀다. 그는 다시 설탕 가게로 가 한 봉지 넉넉히 되게 누런 설탕을 샀다. 설탕을 갈색 종이에 잘 싸고 그것을 다시 지푸라기로 묶고 난 가게 주인은 웃으며 지푸라기 위에 빨간색 종이 조각을 끼워 넣었다.

"산모에게 줄 건가 보죠, 그렇죠?"

"예, 첫아들입니다."

왕룽은 자랑스럽게 말했다.

"아주 운이 좋으시군요."

가게 주인은 방금 들어온 깔끔한 차림의 손님에게 시선을 보내며 무관심하게 말했다.

가게 주인은 이런 말을 하루에도 몇 번씩 손님들에게 할 것이다. 그러나 왕룽에게는 그 말이 매우 특별하게 들렸다. 그는 주인의 친절에 마음이 매우 흡족해져 가게를 나올 때 몇 번이고 고개를 숙여 감사하다는 인사를 했다. 먼지가 뽀얗게 일고 햇볕이 쨍쨍 내리쬐는 거리로 나오며 자기만큼 재수가 좋은 사람도 없을 거라고 생각했다.

이러한 생각은 처음엔 그를 즐겁게 했으나, 이내 곧 두려운 생각으로 바뀌며 그의 가슴을 뜨끔하게 했다. 한평생을 사는데 있어서 재수가 너무 좋은 일만 일어나는 것은 아니다. 하늘과 땅에는 인간들의 행복, 특히 가난한 사람들의 행복을 그대로 두고 보기 싫어하는 고약한 귀신들로 가득차 있다. 그는 갑자기 양초가게로 들어가 집안식구 한 사람 한 사람을 위해 네 개비의 향을 샀다.

네 개비의 향을 들고 왕룽은 지신이 모셔져 있는 작은 당집으로 들어가, 그와 그의 아내가 전에 피워서 싸늘한 재로 변한 향무더기 속에 그것을 꽂았다. 네 개비의 향이 타 들어가는 것을 한참 지켜보다가 마음이 좀 풀리자 집으로 향했다. 그 작은 당집 안에 모셔져 있는 두 수호신 —— 그들은 얼마나 위대한 힘을 가지고 있는지 모른다.

그 후 오란은 슬며시 다시 밭으로 나가 남편 곁에서 함께 일하기 시작했다. 추수가 끝나고 그들은 집 앞마당에서 마당질을 했다. 도리깨질을 끝내고 곧 체질을 시작했다. 탈곡된 낟알을 평평한 대광주리에 넣어 공중에서 쏟아 내리며 먼지는 날려 보내고 낟알만 모았다. 마당질이 모두 끝나자, 다시 겨울 보리를 심었다. 그가 소에 쟁기를 재워 밭을 갈면 그녀는 그의 뒤를 따라오며 밭고랑의 흙덩이를 부수었다.

오란은 하루 종일 일했다. 그녀가 일하는 동안, 아기는 낡아 찢어진 이불에 싸인 채 맨바닥에서 잠을 잤다. 아기가 울면 오란은 일을 멈추고 땅바닥에 털썩 주저앉아 젖가슴을 헤쳐 아기의 입에 물렸다. 겨울의 추위가 닥쳐올 때까지 햇볕을 놓치지 않으려는 듯 늦가을의 따가운 태양이 이들 모자에게 맹렬히 내리쬐고 있었다. 그리하여 그들의 피부는 흙의 색깔처럼 갈색으로 변했고, 그들 모자는 마치 흙으로 빚어 놓은 불상처럼 땅 위에 앉아 있었다. 그녀의 머리카락에도, 아기의 보드라운 검정색 머리에도 밭에서 일어난 먼지로 뒤범벅이 되어 있었다.

그러나 풍만한 오란의 갈색 젖꼭지에서는 눈처럼 흰 젖이 아기를 위해 무한히 솟아 나왔다. 아기가 한쪽 젖꼭지를 빨고 있으면 다른 젖꼭지에서도 젖이 샘처럼 흘러 나왔다. 아기는 게걸스럽게 젖을 빨아댔지만 그 젖은 그 아기가 충분히 먹고도 남았고, 한두 아이를 더 먹여도 될 것 같았다. 오란은 그녀의 풍부한 양의 젖을 잘 알고 있었기 때문에 그것이 흘러내리는 대로 무관심하게 내버려 두었다. 가끔 그녀는 옷이 젖지 않도록 젖꼭지를 잡아 쥐고, 땅에 자기의 젖을 짜 내버렸다. 아기는 토실토실 살이 올랐고, 어머니가 주는 무진장의 생명수를 마음껏 마시며 자라났다.

겨울이 닥쳐왔다. 그러나 그들은 만반의 월동 준비가 되어 있었다. 일찍이 보지 못한 풍작이었기 때문에 조그마한 세 개의 방은 곡식으로 가득 찼다. 그들 초가집 서까래에는 말린 파나 마늘 묶음이 주렁주렁 달려 있고, 가운뎃방과 아버지 방, 그리고 심지어는 그들 부부가 쓰는 방에까지도 쌀과 밀이 가득 담긴, 갈대를 엮어 만든 큼직큼직한 가마니들이 들어차 있었다. 이 곡식의 대부분은 물론 팔 것이었으나 왕룽은 검소한 사람이기 때문에 노름이나 맛있는 음식을 사 먹기 위해 돈을 흥청망청 낭비하는 마을 사람들처럼 그것을 쉽사리 팔지는 않았다. 그래서 값이 가장 헐한 추수기에는 곡식을 잘 갈무리해 두었다가 눈이 내리기 시작하거나 설날같이 성 안 사람들이 높은 값으로도 식량을 사려 할 때에야 비로소 내다 팔았다.

그의 삼촌은 곡식이 미처 익기도 전에 팔아 치우곤 했다. 다급할 때는 아직 밭에서 자라고 있는 곡식을 그대로 팔아 넘기는 일도 있었다. 그런데다가 뚱뚱하고 게으른 숙모는 맛있는 음식을 먹고 싶다느니, 성 안에서 새 신을 사고 싶다느니, 무얼 하고 싶다느니 하고 야단을 떨었다. 그러나 왕룽의 아내는 아버지의 신, 남편의 신, 그녀 자신의 신 그리고 아들의 신까지 손수 만들었다. 만약 그녀가 신을 사겠다고 했다면 왕룽은 그녀의 말을 어떻게 받아들여야 할지 몰랐을 것이다.

삼촌의 다 쓰러져 가는 낡은 집의 서까래에는 아무것도 없었다. 그러나 왕룽의 집에는 이웃 칭 서방에게서 산 돼지 다리까지 걸려 있었다. 살이 빠지기 전에 잡은 그 돼지 다리는 엄청나게 컸다. 오란은 돼지 다리에 소금을 속속들이 발라 말리고 있는 중이었다. 그 외에도 창자를 빼고 소금을 넣은 후, 털을 뽑지 않은 채 말리고 있는 두 마리의 닭도 있었다.

따라서 북동쪽 사막 지대로부터 살을 에는 듯한 세찬 겨울 바람이 불어올 때에도 왕룽의 가족은 풍성한 겨울을 보낼 수 있었다. 아기도 거의 혼자 앉게 되었다. 아기의 건강을 비는 의미에서, 한 달째 되는 날 국수 잔치를 벌였다. 왕룽은 그의 결혼식 날 초대했던 사람들을 다시 초대하여 붉게 물들여 삶은 계란 열 개씩을 선물로 나누어 주었다. 그리고 축하해 주러 온 마을 사람들에겐 두 개씩의 계란을 주었다. 어머니를 닮아 광대뼈가 두드러지고 둥그스름한 얼굴, 그리고 단단한 체격의 아들을 둔 왕룽을 모두들 부러워하였다. 겨울이라 왕룽은 들에 나가 일하는 대신 집안 흙마루 위에 펴놓은 이불 위에 앉아 있었다. 남쪽 창문을 열자 따뜻한 햇볕이 쏟아져 들어왔고, 북쪽에서는 찬바람이 불어닥쳤으나 두꺼운 토벽이 그 바람을 잘 막아 주었다.

메마른 바람이 계속해 불면 땅 속에 뿌려 놓은 밀이 싹을 틔울 수가 없기 때문에 왕룽은 근심스럽게 비를 기다리고 있었다. 어느 날인가 바람이 자고, 공기가 후텁지근해지더니 갑자기 비가 내렸다. 집안 식구들은 모두 마음이 흡족해져서 방 안에 앉아 주룩주룩 내리는 비를 바라보았다. 빗물은 집 가까이의 밭에 스며들었고, 지붕에 스며든 물이 처마 끝에서 마구 떨어졌다. 아기는 그렇게 내리는 비를 보고 놀란 듯 은실 같은 빗줄기를 잡으려고 그 작은 손을 밖으로 내뻗쳤다. 그리고는 무엇이 좋은지 깔깔 웃어 댔다. 온 식구들도 아기를 따라 웃었다. 손자 곁에 앉아 있던 할아버지가 말했다.

"이처럼 똑똑한 아이는 온 동네를 찾아봐도 없을 거야. 작은집 아이들은 걸음을 떼어 놓기 전에는 아무것도 몰랐거든."

들에서는 밀알이 싹을 터 축축하게 젖은 갈색 땅 위로 파릇파릇한 새싹을 내밀고 있었다. 이때쯤이면 농부들은 할 일이 없었으므로 아침나절이면 기름을 먹여 만든 커다란 종이 우산을 쓰고 맨발로 들 사이에 난 작은 길을 걸어 이 집 저 집 찾아다니며 차를 마셨다. 부인네들은 집에서 신을 만들기도 하고, 옷을 꿰매기도 하며 설을 준비하고 있었다.

그러나 왕룽이나 오란은 그렇게 돌아다니지 않았다. 이 마을에는 자그마한 집 대여섯 채가 흩어져 있으나 왕룽의 집만큼 풍성하고 온기가 서려 있는 집은 없었다. 왕룽은 마을 사람들과 너무 가깝게 지내면 그들이 무엇이고 꾸어 달랠지 모른다고 생각하고 있었다. 설빔이랑 음식 등을 장만하기 위한 돈을 가지고 있는 사람은 없을 것이다. 그래서 왕룽은 아내가 옷을 꿰매고 바느질을 하는 동안 대나무 갈퀴를 꺼내 살펴보고, 만약 끊어진 곳이 있으면 그가 직접 가꾸어 만든 삼줄로 다시 튼튼히 붙잡아 매고, 살이 부러진 곳은 다시 새살로 갈아 끼웠다.

그는 농기구를 점검했고, 오란은 가재 도구를 손질했다. 만일 항아리가 새면 진흙을 개어 깨진 틈을 메우고, 그것을 천천히 구워 새것이나 다름없이 만들어 놓았다.

따라서 그들은 집안에 눌러앉아 서로 말없이 생활을 즐기고 있었다. 그들이 기껏 주고받는 말이란 아주 간단했다.

'그 큰 호박씨를 남겨 두었나?' 아니면, '밀짚일랑은 팔고, 콩대는 부엌에서 때기로 하지.' 가끔 가다 왕룽은 이런 말도 했다. '참, 이 국수 정말 맛있구먼.' 그러면 오란은 겸손하게 대답했다. '올해 우리가 거둬들인 밀이 아주 좋아서 그래요.'

풍년이 들었기 때문에 왕룽은 추수한 농작물을 팔아 그들이 쓰고도 남을 상당한 액수의 은전을 벌었다. 오란 이외의 다른 사람들에겐 돈에 대해 일절 말을 하지 않았다. 은전은 허리춤에 넣고 다닐 수도 없어 둘 곳을 의논했다. 오란의 꾀로 침대 뒤 벽에 조그마한 구멍을 파서 그 속에다 은전을 집어넣은 뒤 오란이 다시 감쪽같이 진흙으로 그 위를 발라 버렸다. 벽속에는 아무것도 들어 있지 않은 것처럼 보였다. 왕룽과 오란은 부자가 된 듯했다. 왕룽은 다 쓸 수 없을 만큼 많은 돈을 가졌다고 생각하고 있었으므로 이웃 사람들과 나란히 걸어갈 때에도 어쩐지 어깨가 으쓱해지고 마음이 넉넉해졌다.

5

설날이 다가오자 집집마다 설 준비에 바빴다. 왕룽은 성 안의 양초가게로 가서 붓으로 금(金)물을 찍어 복(福)자와 부(富)자를 쓴 네모난 붉은 종이를 샀다. 새해에 행운이 찾아오길 비는 뜻에서 이 종이를 농기구에 붙였다. 쟁기나 황소의 멍에 그리고 비료와 물을 담아 나르던 두 개의 물통에도 빠짐없이 붉은 종이를 붙였다. 그런 다음 집 대문에는 행운의 뜻이 담긴 글귀가 쓰인 기다란 붉은 종이를 붙이고, 그의 방문 위에는 아주 정교하게 꽃 모양으로 오린 색종이를 붙였다. 그리고 왕룽이 사 온 붉은 종이로 아버지는 아주 익숙한 솜씨로 옷을 만들었다. 왕룽은 지신에게 그 새 옷을 입히고 새해의 복을 기원하기 위해 그들 앞에 향을 피웠다. 그리고 집에서 섣달 그믐날, 중간방 벽에 붙은 신상(神像) 아래 놓인 식탁 위에 켜 놓을 두 자루의 빨간 초도 미리 사 놓았다.

왕룽은 다시 성 안으로 들어가 돼지기름과 백설탕을 사왔다. 오란은 그 기름을 하얗고 부드럽게 다져서 쌀가루에 섞었다. 그 쌀가루는 그들이 농사 지은 쌀을 황소가 끄는 연자방아로 찧은 것이었다. 오란은 돼지기름과 설탕을 쌀가루와 섞어 설떡을 빚었다. 황 대인 집에서나 먹을 수 있는 월병(月餅)이란 떡이었다.

왕룽의 가슴은 터질 듯했다. 명절 때 부잣집에서나 먹을 수 있는 이런 떡을 만들 수 있는 여자란 이 마을에서 자기 아내를 빼고는 하나도 없다고 생각했다. 오란은 어떤 떡에는 붉은 산사나무 열매와 푸른 오얏 열매로 꽃과 여러 가지 모양을 예쁘게 만들어 놓았다.

"이건 먹기에는 너무 아까운데."

왕룽이 말했다.

노인은 마치 어린아이가 찬란한 색깔을 보고 즐거워서 어쩔 줄 모르듯,

식탁 주위를 왔다갔다하고 있었다. 그러다가 불쑥 한 마디 했다.

"네 삼촌과 삼촌네 아이들을 불러라! 이걸 좀 보여 주게!"

그러나 제법 넉넉한 살림인데도 왕룽은 매사에 조심스러웠다. 잔뜩 굶주리고 있는 사람들을 불러다 단지 떡을 보고 구경만 하라고는 할 수 없는 일이었다.

"설날도 되기 전에 떡을 보이면 불길한 법이에요."

왕룽은 황급히 대답했다. 그러자 고운 쌀가루와 끈적끈적한 돼지기름으로 손이 엉망이 된 오란이 말했다.

"이건 우리가 먹을 게 아니에요. 모양이 안 들어간 한두 개는 손님이나 맛보이도록 하지요. 우린 아직 백설탕이나 돼지기름을 먹을 만큼 부자가 아니니까요. 이 떡은 황 대인 마님을 위해 만들고 있는 거예요. 정월 초이튿날 아기와 함께 이 떡을 선물로 들고 그곳엘 가려고 해요."

그 말을 듣고 보니 떡은 한층 더 귀중한 것으로 보였다. 왕룽은 자신이 지난날 가난하고 초라한 모습으로 서 있던 그 대청으로 아내가 빨간 옷을 입힌 아들을 안고 제일 좋은 쌀가루와 설탕과 돼지기름으로 만든 이 같은 떡을 가지고 손님으로 찾아가게 된 것을 생각하니 마음이 흐뭇해졌다.

이렇듯 황 대인 집을 방문할 생각을 하니, 설날에 할 다른 일들은 모두 대수롭지 않게 여겨졌다. 오란이 만들어 준 검은 새 무명 옷을 입어 보았을때, 왕룽은 혼자 마음 속으로 이렇게 말했다.

'아내와 아들을 황 대인 댁 대문까지 바래다 줄 때 이것을 입어야지.'

정월 초하룻날 그의 삼촌이랑 이웃 사람들이 집으로 몰려와 그의 아버지와 그에게 세배를 하고, 먹고 마시고 떠들썩할 때에도 왕룽은 그러한 일들에 아무런 관심도 없었다. 그는 맛 좀 보라고 권하지 않으면 야박하다고 할까 봐 모양을 낸 떡은 광주리에 넣어 둔 채 내놓지 않았다. 그러나 아무런 색깔이나 모양을 넣지 않은 하얀 떡에 대해서도 그들이 찬사를 아끼지 않자 왕룽은 이렇게 소리지르고 싶은 마음을 겨우 참고 있었다.

'진짜 모양을 낸 떡은 어떻고!'

정월 초하룻날은 남자들이 노는 날이지만, 초이튿날은 여자들이 서로 집을 찾아다니는 날이었다. 초이튿날이 되자 왕룽의 가족은 새벽부터 일어났다. 오란은 아기에게 빨간 옷을 입히고 그녀가 손수 만든 호랑이 얼굴을 수놓은 신발을 신겼다. 그리고 지난 섣달 그믐날 왕룽이 손수 면도를해 준 머리에는 작은 금부처가 달린 빨간 모자를 씌워서 침대에 앉혀 놓았다. 그리고 그녀의 길고 윤기 있는 머리를 새로 빗고, 낭자를 틀어 올리고, 그가 사다 준 은도금을 한 비녀를 머리에 꽂는 동안, 왕룽은 서둘러 새옷으로 갈아입었다. 오란도 왕룽이 사다 준 검은 천으로 만든 새 겉옷을입었다. 같이 해 입으려고 왕룽이 포목전에서 스물 넉 자를 끊은 것이다.왕룽은 아기를 안고, 오란은 떡이 든 광주리를 들고 겨울철의 황량한 들판길을 걷기 시작했다.

드디어 육중한 황 대인 집 문 앞에 도착하자 왕룽은 뿌듯한 보람을 느끼게 되었다.

오란이 부르는 소리에 가까이 다가온 문지기는 눈을 휘둥그레 뜨고는그들을 바라보았다. 사마귀에 붙은 털을 배배꼬며, 문지기는 크게 소리쳤다.

"이거, 농사꾼 왕 서방 아니야? 이젠 한 사람이 아니고 세 식구구먼!"

그리고 그들의 차림새와 멋진 치장을 한 아기를 보고는 문지기가 다시입을 열었다.

"지난 해엔 운수가 좋았던가 보구려. 올해도 복 많이 받으시오."

왕룽은 손아랫사람에게 말하듯 대수롭지 않게 대답했다.

"농사가 잘 돼서…… 농사가 잘 돼서 말이야……."

왕룽은 의기양양하게 대문 안으로 들어섰다.

"내가 당신의 아내와 아들을 안으로 안내할 동안 누추하지만 내 방에앉아 있으시오."

왕룽은 그의 아내와 아들이 황 대인 집 마님에게 줄 선물을 머리에 이고 마당을 가로질러 안으로 들어가는 것을 바라보았다. 이 모든 것이 그에겐 커다란 명예가 아닐 수 없었다.

왕룽은 문지기의 곰보 마누라가 권하는 대로 가운뎃방 식탁 왼편의 상석에 앉았다. 문지기 마누라가 내온 차에 대하여 고맙다는 표시로 고개만 약간 끄덕했을 뿐, 이 따위 차는 마시지 않는다는 듯이 입도 대지 않았다.

문지기가 아내와 아들을 데리고 다시 돌아왔을 때에는 꽤 오랜 시간이 지난 듯싶었다. 왕룽은 즉시 안채에서의 일이 순조로웠는지를 알아보기 위해 아내를 유심히 바라보았다. 처음에는 분간할 수 없었지만 이제는 아내의 얼굴에서 약간의 변화라도 느낄 수 있게 되었다. 어쨌든 그녀는 아주 무거운 표정을 짓고 있었는데, 왕룽은 안채에서 있었던 이야기를 듣고 싶어 안달이 날 지경이었다.

그래서 문지기 내외에게 약간 허리를 굽혀 인사를 하고 난 왕룽은 서둘러 그곳을 빠져 나왔다. 그는 잠이 든 아기를 받아 안았다.

"그래, 모두 별일 없던가?"

왕룽은 뒤따라오는 아내를 어깨 너머로 돌아보며 물었다. 아내의 느린 동작에 안달이 났다. 그녀는 그에게로 다가오며 속삭이듯 말했다.

"올해 그 댁이 좀 군색한 게 분명해요. 제 눈은 속일 수가 없어요."

"그게 무슨 소리야?"

왕룽은 아내를 재촉하며 물었다.

"큰마님은 작년에 입었던 바로 그 옷을 입고 계셨어요. 전에는 결코 이런 일이 없었거든요. 종들도 하나같이 새 옷을 입지 못했어요."

잠깐 말을 쉬었다가 그녀는 다시 말을 이었다.

"나처럼 새 옷을 입은 종은 한 사람도 보지 못했어요……. 주인댁 작은 마님들의 아기보다 우리 아기가 훨씬 더 잘생기고 옷도 제일 예뻤어요."

오란의 얼굴에는 천천히 미소가 번졌다. 왕룽은 크게 소리내어 웃으며 다정하게 아기를 꼭 껴안았다. 얼마나 일을 훌륭히 치렀는가 —— 얼마나 멋진 일인가! 그러나 다음 순간, 그는 한 가닥 불안한 생각에 사로잡혔다. 어리석어도 분수가 있지. 이처럼 예쁜 사내아이를 안고 넓은 하늘 아래를 뽐내며 걸어가다가 우연히 하늘을 지나가던 나쁜 귀신이 이를 보고 시샘을 한다면 어떻게 할까! 그는 황급히 겉옷자락을 열어 아기의 머리를 품 안에 파묻고는 큰 소리로 외쳤다.

"못난 계집애 같으니……. 곰보딱지까지 된 너 같은 계집아이를 누가 데려가겠니. 어서 빨리 죽기나 하려무나!"

"아무렴요, 아무렴요."

오란도 남편의 의도를 어렴풋이 깨닫고는 재빨리 응답했다.

이러한 예방 조치에 약간 마음이 편안해진 왕룽은 다시 물었다.

"그 댁이 왜 그토록 군색해졌는지 그 이유를 알아?"

"전에 제가 밑에서 일을 도와 드린 부엌어멈과 잠깐 얘기를 해 봤는데 그 부엌어멈 말은 이렇더군요. 젊은 서방님들 중 다섯 분이 먼 곳에 가서 돈을 물쓰듯 하고, 계집을 자꾸 사 가지곤 싫증이 나면 본댁으로 보내곤 한대요. 그리고 주인나리도 해마다 첩을 한둘씩 얻는다는 거예요. 게다가 큰마님이 매일 피우시는 아편 값도 금으로 따지면 신발 두 짝에 가득 찰 정도라더군요. 그러니 아무리 부잣집이라도 오래 가지 못할 거래요."

"그랬었군!"

왕룽은 넋을 잃은 듯 중얼거렸다.

"그리고 그 댁의 셋째 따님이 올봄에 시집을 간대요."

오란이 말을 계속했다.

"그 아씨의 결혼 지참금이 왕자 한 분의 몸값 만큼이나 되고, 큰 도시에서 높은 벼슬자리 하나쯤은 충분히 살 수 있는 돈이래요. 아씨가 입은 옷은 쑤저우(蘇州)나 항저우(杭州)에서 짠 특별한 무늬가 박힌 최고급 공단이라야 한대요. 그리고 아씨는 자기 옷이 어느 나라 여자들의 유행에도 뒤떨어지지 않게 하기 위해 상하이(上海)에서 재봉사와 직공들을 여럿 불러온다는군요."

"누구한테 시집을 가길래 그렇게 많은 돈이 들지?"

왕룽은 그처럼 막대한 돈을 쏟아붓는 데 대해 한편 감탄하고 한편 놀라워하며 물었다.

"상하이 어느 대관(大官)집 둘째 아들에게 시집을 간다고 하더군요."

그녀는 한참 쉬었다가 다시 입을 열었다.

"큰마님이 남쪽 성 밖의 땅을 약간 팔고 싶다는 말을 하는 걸 보면 그

댁이 점점 군색해 가는 것만은 분명해요. 그 땅은 토질도 좋고, 성 옆에는 큰 도랑물이 가득 차 있기 때문에 벼농사는 아주 그만이거든요."

"땅을 팔아? 땅을……."

왕룽은 몇 번 되풀이해 중얼거리다가 겨우 이해하겠다는 듯한 얼굴 표정을 지었다.

"그렇다면 정말 그 댁이 점점 가난해지고 있는 게로군. 땅이란 사람의 살이자 피나 마찬가진데 말이야."

그는 잠시 동안 깊이 생각하다가 갑자기 무슨 생각이 머리에 떠올랐는지 손바닥으로 이마를 치며 소리쳤다.

"왜 그런 생각을 못 했을까! 그 땅을 우리가 사는 거야!"

그들은 멀거니 서로 쳐다보았다. 왕룽은 기쁨에 넘쳐 있었고, 오란은 어리벙벙한 표정이었다.

"하지만 땅을…… 그 땅을……."

오란은 말을 더듬거렸다.

"나는 그 땅을 꼭 사고 말 테야! 나는 그걸 사고야 말겠어."

왕룽은 단호하게 소리쳤다.

"그 땅은 집에서 너무 멀어요. 거기까지 가자면 아침 반나절은 걸어가야 할 거예요."

"아무튼 나는 그걸 사고 말겠어."

그는 마치 자기 요구를 들어 주지 않는 어머니에게 투정을 부리듯 되풀이해서 말했다.

"땅을 사는 건 어쨌든 좋은 일이에요. 돈을 흙벽 속에 묻어 두는 것보다는 확실히 낫지요. 그러나 왜 삼촌네 밭은 한 뙈기도 사지 않아요? 삼촌은 우리 서쪽 밭 가까이에 있는 땅을 팔겠다고 동네방네 떠들고 다니는데요."

"삼촌네 땅은 갖고 싶지 않아. 삼촌은 지난 이십 년 동안 거름 한 줌 안 주고, 콩깻묵 한 덩이 안 넣고 농사를 지었기 때문에 땅은 횟가루처럼 되어 버렸어. 안 사지, 안 사! 난 황씨네 땅을 사고 말 테야."

그는 '황씨네 땅'이란 말을 이웃 농부인 '칭 서방네 땅'이란 말을 지껄이듯 거침없이 하고 있었다. 그는 어리석게 돈을 낭비하는 그 집 사람들보다 더 잘 살 수 있다는 자신이 생겼다. 손에 은전을 한 움큼 들고 가서 아주 태연하게 말을 해야지…….

'돈은 있소. 팔고 싶다는 그 땅 값은 얼마요?'

그는 황 대인 앞에서 그 집 토지 관리인에게 이렇게 말하는 자기 목소리를 벌써 듣는 것 같았다.

"다른 사람들과 똑같이 대해 주시오. 공정한 값을 말해 주시오. 돈은 있으니까……."

그리고 그 거만한 집 부엌에서 종노릇하던 그의 아내는 몇 세대를 지내며 황 대인 집을 위대하게 만들어 주었던 그 땅의 일부를 소유한 남자의 부인이 되는 것이다. 오란은 마치 남편의 생각을 알아채기나 한 것처럼 갑자기 자기의 고집을 꺾으며 말했다.

"그럼 그 땅을 사도록 해요. 뭐라고 해도 쌀이 생기는 논은 좋은 거예요. 큰 도랑 가까이에 있기 때문에 언제나 물이 풍부해요. 그건 확실해요."

미소가 그녀의 얼굴 위로 천천히 번져 갔다. 그러나 그 미소는 그녀의 가늘고 검은 눈까지 밝게 만들어 주지 못하는 바로 그런 미소였다. 한참 있다가 오란이 중얼거리듯 말했다.

"얼마 전까지만 해도 저는 바로 그 댁의 종이었어요."

이런 생각으로 그들은 아무 말 없이 걸음을 옮겨 놓았다.

6

왕룽의 것이 된 토지는 그의 인생을 많이 변화시켰다. 벽 속에 감추어 놓은 은전을 파내어 흥정을 하고 난 후에, 그는 후회에 가까운 절망감을 느끼게 되었다. 은전으로 가득 차 있었던 그 벽 구멍이 이제 텅텅 비었다고 생각하니 그는 그 은전을 모두 도로 되찾고 싶었다. 결국 그 땅을 샀으니 이제 일을 더 많이 해야 되고, 오란이 말한 대로 그 땅은 너무 멀리, 10

리 이상이나 되는 곳에 떨어져 있었다. 더구나 그 땅을 샀다는 사실이 그가 기대했던 것처럼 그렇게 커다란 영광을 가져다 주지는 않았다. 그가 웅대한 황 대인 집을 찾아갔을 때는 이른 아침이었고, 주인 영감은 아직까지 자고 있었다. 정오 때가 다 되어 왕룽은 큰 소리로 문지기에게 말했다.

"주인나리께 내가 중요한 일로 찾아왔다고 일러 주시오. 돈에 관한 일이라고 말이오!"

그러나 문지기는 단호한 어조로 대답했다.

"세상의 모든 돈을 다 준대도 나는 그 늙은 호랑이 영감의 잠을 깨울 수는 없소. 영감은 사흘 전에 얻어온 도화(桃花)라는 새 첩과 지금 주무시고 있소. 내 생명을 걸고서까지 영감을 깨우고 싶지는 않소."

사마귀에 달린 털을 잡아 비틀며 문지기는 장난조로 말을 덧붙였다.

"그리고 은전으로 그분의 잠을 깨울 수 있다는 생각은 하지 마시오. 주인영감은 태어날 때부터 손에 은전을 쥐고 나온 분이니까."

결국 왕룽은 주인영감의 토지 관리인과 흥정을 해야만 했다. 얼굴에 기름기가 번질번질한 그 대리인은 자기 손을 거쳐가는 돈에서 한몫을 톡톡히 떼어 먹었다. 그 후 왕룽은 종종 은전이 땅보다 더 귀하다는 생각을 하곤 했다. 어느 누가 보기에도 은전은 반짝거리니까.

그러나 어쨌든 그 땅은 이제 왕룽의 땅이 되었다. 2월의 흐린 어느 날, 그는 새 땅을 보기 위해 집을 나섰다. 아무도 그 땅이 자기 것이라는 것을 모르고 있었기 때문에, 그는 성벽을 둘러싸고 있는 큰 도랑을 따라 길게 뻗쳐 있는 그 검고 비옥한 땅을 보러 혼자 나섰다. 조심스럽게 걸음으로 재어 보니, 길이가 300보, 너비가 120보쯤 되었다. 땅 네 귀퉁이에는 땅의 경계를 나타내는 표석(標石)이 서 있었는데, 그 표석에는 황 대인 집의 큼지막한 표지가 새겨져 있었다. 이젠 그 표석을 바꿔야겠다고 생각했다. 그 표석을 뽑아 버리고 자신의 이름이 새겨진 표석을 세워야 될 것이다. 그러나 지금은 안 된다 —— 그가 황 대인 집에서 땅을 살 만큼 넉넉하다는 것을 사람들에게 알리기는 아직 너무 이르기 때문이다. 후에 그가 더 부자가 되어 무엇을 하든지 문제가 안 되게 되었을 때 해도 늦지 않을 것이다. 그

길쭉한 땅을 바라보며 그는 속으로 생각했다. '황 대인 집과 같은 큰 집에서는 이 손바닥 만한 땅뙈기는 아무것도 아니겠지. 그러나 나에게는 얼마나 귀중한 땅이냐 말이다!'

그러나 그는 마음이 정반대로 돌아가 이와 같이 작은 땅뙈기도 그토록 중하게 여기는 자기 자신에 대한 경멸감이 부글부글 끓어올랐다. 그 이유는 간단했다. 그가 자랑스럽게 은전을 토지 대리인 앞에 쏟아놓았을 때, 그 은전을 시큰둥한 태도로 긁어 모으던 대리인이 불쑥 이렇게 말했던 것이다.

"어쨌든 며칠 동안 주인마님 아편 댈 돈은 충분하겠군."

그러고 보면 그와 황 부자 집 사이에 놓인 현저한 거리는 지금 그의 앞에 있는 물이 가득 찬 큰 도랑처럼 건널 수 없는 것이요, 그 뒤로 높이 솟은 성벽처럼 넘기 어려운 것임을 새삼스럽게 느끼게 되었다. 그러나 곧 그의 마음은 분노에 찬 결심으로 가득 찼다. 그는 지금 산 이 땅이 극히 작은 것으로밖에 보이지 않게 될 때까지 황 대인의 땅을 자꾸 살 수 있도록 텅 빈 그 구멍을 은전으로 채우고 또 채우리라 마음 속으로 다짐했다.

그리하여 이 한 뙈기의 땅은 왕릉을 분발시키는 하나의 계기이자 상징이 되었다.

세찬 바람과 그리고 비를 머금은 뭉게구름과 함께 봄이 찾아왔다. 겨우내 게으른 나날을 보냈던 왕릉은 다시 밭으로 나가 해가 저물도록 힘겨운 일을 했다. 이제 늙은 할아버지가 손자를 보살폈고, 아내는 남편과 함께 새벽부터 해가 질 때까지 밭에서 일했다. 어느 날 왕릉은 그의 아내가 또 아기를 가진 것을 알게 되자, 그에게 떠오르는 첫 생각은 오는 가을 추수기에 아내가 일을 할 수 없게 되었다는 불안감뿐이었다. 그는 피로로 신경과민이 되어 아내를 돌아보며 소리쳤다.

"하필이면 이런 때를 골라 아기를 가지다니!"

오란은 힘주어 대답했다.

"초산이 좀 어렵지, 이번에는 아무것도 아니에요."

그 후 그녀가 산기를 느끼고 손에 들었던 낫을 내려놓고 집으로 들어가던 가을 어느 날의 아침까지 두 사람 사이에서 두 번째 아이에 관해서는 더 이상의 얘기가 없었다. 왕룽은 그날따라 하늘에서는 천둥과 함께 검은 구름이 모여들고, 들판에는 단으로 묶어야 할 벼들이 널려 있었기 때문에 점심을 먹으러 집에 들어가지 않았다. 해가 지기 전에 오란은 밭에서 일하고 있는 남편 곁으로 돌아왔다. 배가 쑥 들어간 채 기진맥진해 있었으나 그녀의 얼굴은 침착하고 조용했다.

속으로는 '오늘은 힘이 들 테니, 들어가 자리에 누워 있어'라고 말하고 싶은 심정이었다. 그러나 자신의 몸이 피로하고 쑤시는 나머지 몰인정해졌으며, 그녀가 아기를 낳느라고 고통을 겪는만큼 자기도 그날 밭에서 많은 애를 썼다는 생각이 들어서, 낫을 놀리면서 다만 한 마디 묻기만 했다.

"사내야, 계집애야?"

"또 아들이에요."

두 사람은 서로 더 이상 말을 하지 않았다. 그러나 왕룽은 기뻤다. 쉴새 없이 몸을 굽히며 하는 일도 힘이 훨씬 덜 드는 것 같았다. 언덕 위로 달이 떠오를 때까지 그들은 계속 일했다.

저녁을 먹고, 햇볕에 그을은 몸을 시원한 물로 닦고, 차 한 잔으로 입을 축인 후 왕룽은 두 번째 아들을 보기 위해 방으로 들어갔다. 오란은 저녁 상을 차리고 난 후, 침대에 들어가 누웠으며 아기는 바로 옆에 누워 있었다. 첫 아기만큼 크지는 않았으나 토실토실하고 복스럽게 생긴 아기였다. 왕룽은 아기를 들여다본 후 아주 흡족해져 가운뎃방으로 건너갔다. 매년 아들, 아들, 아들을 낳는다면 그때마다 붉은 계란을 준비하는 것도 쉬운 일이 아닐 것이다. 그것은 첫번째 아이 때 했으면 충분하다 —— 매년 아들을 낳는다면 집안은 온통 행운으로 가득 차게 된다. 오란은 이 집에 행운을 가져왔구나 —— 왕룽은 아버지를 향해 소리쳤다.

"아버지! 손자놈이 또 태어났으니 이제 큰놈은 아버지가 데리고 주무세요."

노인은 오래 전부터 큰 손자가 자기 침대에서 자면서 그 어리고 따뜻한 몸으로 자기의 시린 몸뚱이를 따뜻하게 해 주길 바랐다. 그러나 아이는 어머니 곁을 쉽사리 떠나려 하지 않을 것이다. 아이는 뒤뚱거리는 다리를 버티고 서서 어머니 곁에 누운 갓난아기를 물끄러미 바라보다가 아무 소리도 하지 않고 할아버지 침대로 갔다.

그 해의 추수도 풍작이어서 왕룽은 곡식을 팔아 은전으로 바꾼 다음 그것을 다시 벽 속에 감추어 두었다. 황 대인 집에서 산 논에서 거두어들인 쌀은 그의 다른 논에서 거두어들인 쌀을 모두 합친 것의 두 배나 되었다. 그 논의 흙이 얼마나 비옥했던지, 그곳에 심은 벼는 잡초처럼 무럭무럭 자랐다. 이제는 그 땅이 왕룽 땅이라는 것을 모르는 사람이 없게 되었고, 따라서 그를 마을의 이장으로 앉히자는 이야기까지 나돌게 되었다.

7

삼촌은 왕룽이 염려했던 대로 문제를 일으키기 시작했다. 친척이라는 것을 내세워 식구들의 끼니가 곤란하게 되면 왕룽에게 의지하리라 생각하고 있었다. 왕룽과 그의 아버지가 하루하루 끼니를 잇는 것마저 힘들었을 때, 삼촌은 자기 땅에서 거둔 식량으로 일곱이나 되는 자식들을 배불리 먹였다. 그러나 삼촌의 식구들은 먹을 줄만 알지 일을 하지 않았다. 숙모는 몸을 꿈쩍거려 오막살이의 마루 한 번 닦는 일이 없었고, 아이들은 얼굴에 붙은 밥풀 하나 떼어 내려 하지 않았다. 딸들은 점점 자라 이제 시집갈 나이가 되었는데도, 햇볕에 바래 갈색이 된 머리를 빗지도 않을 뿐더러 마을 거리를 뛰어다니고, 어떤 때는 사내들과 거침없이 이야기를 주고받으니 얼굴을 들 수 없을 정도였다. 어느 날 사촌 맏누이의 그러한 꼴을 보게 된 왕룽은 가문의 커다란 수치라고 생각되어 이내 숙모에게로 달려가 말했다.

"누이 단속 좀 잘하세요. 시집갈 나이가 되었는데도 이리저리 뛰어다니고, 오늘도 보니 어떤 놈팽이가 누이의 어깨에 손을 얹는데도 그저 헤헤

웃기만 합디다!"

입만 살아 있고 몸은 꿈적거리고 싶어하지 않는 숙모가 왕룽에게 악다구니로 덤벼들기 시작했다.

"아무렴, 시집갈 나이가 되었지. 허나 결혼 지참금이나 중매 비용이 있어야 말이지. 남아 돌아가는 은전으로 대갓집의 땅을 자꾸 사들이는 사람의 말은 모두 지당하지. 그럼, 지당하고말고. 그러나 네 삼촌은 애초부터 재수가 없었어. 잘못한 일은 하나도 없는데 말이야. 그게 하늘의 뜻이지. 다른 사람들은 모두 곡식을 잘도 거둬들이는데 네 삼촌이 뿌린 씨앗은 그냥 땅 속에서 죽어 자빠진단 말이다. 등이 휘어져라 일하는데도 밭에는 잡초만 무성하고!"

숙모는 이내 눈물을 흘리며 스스로 걷잡을 수 없는 격정 속으로 빠려들어갔다. 머리쪽을 손으로 잡아채 풀어서는 머리카락을 얼굴 위에 늘어뜨린 채 찢어지게 소리지르며 울기 시작했다.

"아이고! 넌 모른다. 사나운 팔자라는 걸 말이다. 다른 사람들의 밭은 곡식이 잘도 여무는데 우리 밭에는 잡초나 자라고, 다른 사람네 집은 백 년 동안이나 끄떡없는데, 하필 우리 집이 서 있는 땅은 밑이 흔들려 벽이 온통 갈라진단 말이다. 그뿐인 줄 알아? 다른 사람들은 사내아이도 쑥쑥 잘 낳는데, 나는 낳고 보면 줄줄이 계집아이들뿐이란 말이다. 아이고, 사나운 내 팔자야!"

숙모는 큰 소리로 흐느꼈다. 이웃 아낙네들이 이 광경을 구경하기 위해 몰려들었다. 그러나 왕룽은 무뚝뚝하게 버티고 서 있다가 하고 싶은 말을 하고야 말았다.

"어쨌든 말이에요……. 제가 삼촌께 이래라저래라 할 입장은 아니지만 이 말은 해야겠어요. 딸자식이란 처녀일 때 시집보내는 것이 좋아요. 암캐를 아무렇게나 길바닥에 풀어 놓았다가 새끼 안 낳는 암캐 보았어요?"

아주 태연스럽게 이 말을 지껄이고 난 왕룽은 아우성치는 숙모를 뒤로 하고 집으로 돌아왔다.

왕룽은 올해도 황 대인의 땅을 더 사리라 마음먹었다. 아니, 할 수만 있다면 매년 더 땅을 사들이리라 굳게 결심하였고, 집에 새로 방을 더 들일 것도 꿈꾸고 있었다. 이렇듯 차츰 지주로 성장해 가려는 판국인데 사촌들의 행실이 올바르지 못한 것이 아무래도 울화가 치밀었다.

이튿날, 왕릉이 일하고 있는 밭으로 삼촌이 찾아왔다. 둘째가 태어나고 열 달이 지나 셋째 아이를 낳게 될 즈음이었다. 이번에는 그리 몸이 좋지 않은 모양이어서 벌써 며칠째 밭에 나오지 못했고, 왕릉은 혼자 일을 하는 중이었다. 옷을 제대로 여미지 않고 어슬렁어슬렁 밭고랑을 따라 걸어오는 삼촌은 바람이라도 불면 벌거숭이가 될 것만 같았다.

"삼촌, 잠시도 일손을 멈출 수 없으니 용서하세요. 아시다시피 콩이 여물자면 이렇게 두 번, 세 번 김을 매야 하니까요. 물론 삼촌네 밭은 끝났겠지요? 전 게으르고 일이 더뎌서 제때에 일을 끝내지도 못 해요."

삼촌은 왕릉의 빈정대는 말을 눈치채고 있었다. 그러나 그의 대답은 부드러웠다.

"나는 참 운이 없는 사람이야. 올해 심은 콩 스무 알에 한 알밖에 싹이 트질 않았어. 그것도 제대로 자라지를 않으니 호미질을 해 봐야 소용 없지. 금년엔 콩을 사 먹는 수밖에 없어."

삼촌은 깊은 한숨을 내쉬었다.

왕릉은 마음을 굳게 먹었다. 삼촌이 지금 그에게 무엇인가 아쉬운 소리를 하러 왔다는 것을 잘 알고 있었다. 그는 한결같이 느린 동작으로 조심스럽게 호미질을 하며, 이미 맨 밭의 작은 흙덩이까지 잘게 부수었다. 햇빛을 받은 콩대들이 땅 위에 선명한 그림자를 던지고 있었다. 마침내 삼촌이 입을 열었다.

"집사람이 내게 그러더구나. 네가 아무짝에도 쓸데없는 우리 집 큰년에 대해 매우 걱정을 하고 있다고…… 네 말이 모두 옳아. 그 아이는 벌써 시집을 보냈어야 했어. 지금 그애 나이가 열다섯 살이니. 어느 미친 놈팽이에게 일을 당해 아기라도 배서 우리 가문의 수치가 되지 않을까 걱정이 태산 같아. 이토록 존경을 받는 우리 가문에 그런 불상사가 일어난다고 생각해 봐라. 바로 네 아버지의 동생인 나에게 말이다!"

왕룽은 힘껏 호미를 땅 속으로 내리찍었다. 그는 되도록이면 언성을 높이지 않고 침착하게 이렇게 말하고 싶었다.

'그렇다면 왜 그애를 엄격하게 다루지 않지요? 왜 집에 잘 붙들어 두고 식구들을 위해 청소랑 밥을 짓거나 옷을 만들게 하지 못하느냐 말예요?'

그러나 어른에게 그런 식으로 말할 수는 없었다. 왕룽은 입을 다물고, 콩포기 둘레에 열심히 호미질을 하면서 삼촌의 다음 말을 기다렸다.

"나도 운이 좋았더라면……. 네 아버지나 너처럼 일 잘하고 사내아이를 쑥쑥 낳는 여자에게 장가를 들었다면 지금쯤 나도 너만큼 부자가 되었을 거야. 마누라는 먹고 살이나 찌고, 계집아이나 쏟아 놓고, 사내아이 하나 있다는 게 게을러빠져서 사내 구실도 못 하는 그런 아이니……. 내가 부자라면 재산쯤은 너의 집과 나누어 가졌을 거야. 네 딸을 좋은 남자한테 시집보내 주고, 네 아들은 내가 보증금을 물어서라도 큰 상점의 점원으로 들여보냈을 거야. 또 집도 수리해 주고, 너희 가족들을 잘 먹였을 거야. 왜냐하면 우리는 모두 핏줄이 같은 한집안 식구들이니까 말이야."

그러자 왕룽이 짤막하게 대답했다.

"아시다시피 저는 부자가 아니에요. 더구나 먹여 살릴 식구가 다섯인데다가 아버지는 일은 못 하시지만 잡수시긴 아직도 장정같아요. 그리고 곧 셋째 아이도 태어난답니다."

삼촌은 언성을 높여 대꾸했다.

"아냐, 너는 부자야. 부자란 말이야! 얼마나 많은 돈을 주고 샀는지는 몰라도 너는 황 대인 집에서 땅을 샀지 않았느냐? 네가 아니면 어떤 놈이 이 동네서 이런 큰일을 할 수 있느냐 말이다. 그렇잖아?"

이 말에 왕룽은 발끈 성이 났다. 그는 호미를 내동댕이치고, 삼촌을 노려보며 갑자기 소리쳤다.

"제가 만일 은전을 조금이라도 모았다면 그건 저와 집사람이 쉬지 않고 일했기 때문이에요. 우린 남들처럼 밭에서 잡초가 자라든 말든, 아이들이 밥을 먹든 말든 한가하게 노름판을 벌이거나 지저분한 집구석을 그대로 두지 않았기 때문이에요!"

삼촌의 누런 얼굴에 핏기가 솟아올랐다. 그는 조카에게 달려들어 그의 양쪽 뺨을 세차게 후려갈겼다.

"이런 버르장머리 없는 놈! 그게 네 아버지나 다름없는 나에게 하는 말버릇이냐! 넌 하늘 무서운 줄 모르고, 삼강 오륜도 모르느냐. 이 불효막심한 놈아! 넌 어른의 결점을 잡지 말라는 성현들의 말씀도 들어 보지 못했느냐, 이놈아!"

왕룽은 꼼짝 않고 서 있었다. 그러나 마음 속에는 삼촌에 대한 분노가 끓어오르고 있었다.

삼촌은 노기에 찬 카랑카랑한 목소리로 소리쳤다.

"이놈, 네가 한 말을 온 동네에 퍼뜨리겠다! 어제는 우리 집에 들이닥쳐 내 딸이 처녀가 아니라고 크게 떠들고, 오늘은 네 부친이 돌아가면 바로 네 아버지 노릇을 할 나에게 못하는 수작이 없구나! 이놈아, 그래 내 딸이 처녀가 아닐지 몰라도 나는 그애들에게서 이런 수모는 받지 못했다!"

삼촌은 자꾸 되풀이해서 뇌까렸다.

"마을 사람들에게 모두 얘기하겠다. 모두 얘길한단 말이야. 암, 하고말고……."

왕룽도 한풀 꺾여서 말했다.

"그래, 저한테 바라는 게 뭐예요?"

이 문제를 동네 사람들 앞에서 떠든다면 그의 체면은 엉망이 될 것이다. 아무튼 삼촌도 같은 피와 살을 물려받은 일가붙이인 것이다.

그러자 삼촌의 분노는 눈 녹듯이 사라졌다. 삼촌은 얼굴에 미소를 지으며 왕룽의 팔에 손을 얹었다.

"그럼, 그래야지. 네 마음은 잘 안다. 근본은 착한 아이니까, 너는……. 넌 나의 아들이나 마찬가지야. 이것 봐, 이 늙은이의 손에 은전 여남은 냥만 쥐어다오. 아니, 아홉 냥도 좋아. 중매쟁이에게 부탁해서 그 말괄량이 같은 딸년을 시집보내야겠어. 아무렴, 네 말이 옳아. 시집을 보내야 할 때가 벌써 됐고말고!"

삼촌은 한숨을 쉬고 머리를 끄덕이며 경건하게 하늘을 우러러보았다.

왕룽은 호미를 집어들었다가 다시 땅에 내팽개치며 말했다.

"집으로 가시죠. 전 부자가 아니라 은전을 몸에 지니고 있진 않아요."

그렇게 말하고는 앞장을 섰다. 땅을 좀더 사기 위해 감추어 둔 귀중한 은전의 일부를 삼촌 손에 넘겨 준다고 생각하니 뭐라고 말할 수 없는 씁쓸한 기분이었다. 어차피 해가 지기도 전에 노름판의 탁자 밑으로 사라져 버릴 게 뻔한데.

왕룽은 대문의 문지방에서 햇볕을 받으며 벌거벗은 채 장난을 치고 있는 어린 두 아들을 밀치듯이 하고 집안으로 들어섰다. 아이들을 불러 허름한 허리춤에서 동전을 꺼내 하나씩 나눠 주는 삼촌은 딴사람이 된 듯했다. 그러고는 토실토실한 둘째를 끌어다가 보드라운 목덜미에 자신의 코를 부비며 귀여워 죽겠다는 듯 어루만졌다.

"야, 이놈들! 많이 컸구나."

그는 큰아이를 다른 한 팔에 감싸 안으며 지껄였다. 그러나 왕룽은 거들떠보지도 않았다. 밝은 태양 아래에만 있다가 안으로 들어가자 매우 어두웠다. 창문 구멍으로 흘러 들어오는 한 줄기의 빛 이외에 아무것도 볼 수가 없었다. 그러나 익숙해져 있는 비릿한 피 냄새가 그의 코를 찔렀다. 그는 놀라서 소리쳤다.

"뭐야, 벌써 해산했나?"

아내의 목소리가, 그가 일찍이 들어 보지 못했던 연약한 목소리가 침대에서 들려 왔다.

"또 낳았어요. 그러나 이번엔 계집애예요. 말씀드릴 염치도 없어요."

왕룽은 조용히 서 있었다. 불길한 예감이 그의 머리를 스쳤다. 계집애라! 삼촌네 집에서는 계집애들이 모든 말썽을 일으키고 있지 않은가. 이제 그 계집아이가 자기 집에도 태어난 것이다.

왕룽은 아무 말도 하지 않고 벽으로 다가가 은전을 감추어 둔 장소를 표시한 꺼칠꺼칠한 부분을 더듬었다. 그리고 흙더미를 옮기고는 은전 꾸러미 속에서 아홉 개의 은전을 세었다.

"은전은 어디에 쓰려구요?"

어둠 속에서 아내가 물었다.

"삼촌에게 좀 빌려 드려야겠어."

잠시 동안 그의 아내는 아무 말도 하지 않았다. 그러나 곧 그녀는 아주 평온하고 무거운 목소리로 입을 열었다.

"빌려 드린다는 말은 하시지 않는 게 좋아요. 그 댁에는 빌려 드린다는 말은 통하지 않아요. 단지 그냥 주어 버리는 거라고 생각해야죠."

"나도 그건 잘 알고 있어. 삼촌에게 주기 위해 내 살을 도려내는 기분이야. 같은 핏줄이라는 것 이외에는 돈 줄 이유가 아무것도 없는데……."

왕룽은 밖으로 나가 문간에 있던 삼촌에게 은전을 던져 주었다. 그리고는 걸음을 재촉하여 다시 밭으로 나가 마치 땅덩이를 밑바닥부터 파헤치려는 듯 일에 몰두했다. 땀 흘려 일해 곡식을 거두고 그 곡식을 팔아 모은 돈, 한 뼘의 땅이라도 더 사려고 했던 그 돈이 이렇게 허무하게 사라지다니!

저녁 나절이 되어서야 분노가 가라앉았다. 허리를 펴고 일어선 왕룽은 그의 집과 또한 따뜻한 저녁밥을 생각했다. 그리고 그날 새로 태어난 어린 생명을 생각했다. 남의 가족을 낳고 길러야 하는 딸자식이 그의 집에도 태어나기 시작했다는 사실이 마음을 무겁게 짓누르고 있었다. 그는 삼촌에 대한 분노 때문에 미처 갓난아기의 얼굴조차 보지 못했다.

왕룽은 마치 구름처럼 그의 집 주위의 나무 숲으로 사라져 가는 까마귀 떼를 멀거니 바라보았다. 그러다가 괭이를 휘두르고 소리를 지르며 까마귀 떼의 뒤를 쫓아 집으로 달리기 시작했다. 까마귀들은 다시 하늘 위로 솟아올라 그의 머리 위를 몇 번이고 빙빙 돌며 그를 비웃기나 하듯 까악까악거리다가 마침내 어두워 가는 하늘 저쪽으로 사라져 갔다.

왕룽은 자신도 모르게 신음 소리를 냈다. 불길한 예감이 그를 휩쌌다.

8

신(神)은 한 번 사람과 등지게 되면 다시는 돌아서지 않는 모양이었다.

이른 여름에 내렸어야 할 비는 전혀 내리지 않고, 따가운 햇살만 내리쬐고 있었다. 땅 위의 모든 것이 메말라 죽어도 아무런 관심도 없는 모양이었다. 하늘엔 구름 한 점 나타나지 않았고, 밤이면 황금빛 별들이 하늘에서 무심하게 반짝거렸다.

왕룽은 죽을 힘을 다하여 김을 맸지만, 땅은 쩍쩍 갈라졌다. 봄이 오자 힘차게 새싹을 내밀던 어린 싹들도 성장을 중단하고 말라 누렇게 뜨고 비틀어져서 이삭이 영글지 않았다. 왕룽이 만든 벼의 못자리도 처음엔 갈색의 땅 위에 비취빛의 푸른 사각형을 그리고 있었다. 밀 추수를 포기한 다음 그는 매일같이 줄기차게 대나무 장대에 무거운 나무통을 달아 어깨에 메고 못자리에 물을 날랐다. 그의 어깨는 움푹 패어지고 사발 크기 만한 못이 박였어도 비는 한 방울도 내리지 않았다.

마침내 연못의 물까지 말라 진흙 바닥이 드러나고 심지어 우물까지 표가 나게 줄어들자 오란은 남편에게 말했다.

"아이들이 물을 마시고, 또 아버님에게 뜨거운 물을 드리려면 못자리를 포기해야겠어요."

왕룽의 노기에 찬 대답도 곧 목메임으로 변하고 말았다.

"못자리가 말라 죽으면 우리들도 모두 굶어 죽을 거야."

다만 큰 도랑 곁에 있는 한 뙈기 땅에서만은 가을걷이를 할 수 있었다. 끝내 그 해 여름은 비 한 방울 내리지 않았기 때문에 그의 다른 논은 모두 포기해 버리고 하루 종일 그 큰 도랑 곁의 논에만 붙어 앉아 물을 퍼서 메마른 땅에 물을 댔기 때문이다. 추수를 끝내자마자 왕룽은 그 곡식을 모두 팔아 버렸다. 곡식을 팔아 받은 돈을 만지작거리다 왕룽은 갑자기 적개심이 차올라 그 은전을 꽉 움켜쥐었다. 신의 가호가 없더라도, 가뭄이 극심하더라도 그는 자기의 결심을 끝내 이룩하리라 마음 속으로 다짐했다. 이 한 줌의 은전을 얻기 위하여 그는 뼈가 부서지고 피땀이 나도록 일을 하지 않았던가. 왕룽은 황 대인 집으로 달려가 토지 대리인을 만나서 대뜸 말을 꺼냈다.

"큰 도랑 곁, 바로 내 땅과 붙어 있는 땅을 사려고 돈을 가져왔소."

왕룽은 여기저기에서 황 대인 집이 말로 표현하기 어려울 만큼 군색해져 있다는 소문을 들었다. 늙은 마님은 며칠씩 아편을 피우지 못하는 때가 많았다. 그럴 때마다 늙은 암펄 꼴이 되어 토지 대리인을 불러 욕설을 퍼붓고, 들고 있던 부채로 그의 얼굴까지 후려치고, 악을 쓰며 소리를 지르곤 한다는 소문이었다.

토지 대리인은 이제 구전까지도 포기한 지 오래라고 했다. 게다가 설상가상으로 주인영감은 젊었을 때 정부로 삼았던 종이 시집가서 나은 딸을 새 첩으로 맞아들여 정욕에 빠져 있었다. 몸은 늙어도 정욕은 조금도 줄지 않는 모양이었다.

또한 부모의 이러한 꼴을 보고 젊은 도련님들은 자기들이 먹고 살 돈은 아직 충분히 남아 있겠거니 생각한다는 것이다. 그들의 공통된 의견이라면 재산을 잘못 관리했다는 이유로 토지 대리인을 책망하는 일이라고 했다. 따라서 왕년에 흥청거리며 얼굴에 기름기가 번들번들 흐르던 토지 대리인이 요즘에는 그 고통으로 인해 뼈가 드러나도록 수척해져 있었다. 왕룽이 토지 대리인에게 '나는 돈이 있소'라고 말하자, 그것은 마치 굶주린 사람에게 '먹을 것이 있소'라고 말하는 것처럼 들렸다.

토지 대리인은 잽싸게 달려들었다. 지난번에는 흥정을 하고 차를 마시고 하느라 오랜 시간이 걸렸지만 이번엔 몇 마디 꼭 할 말만 하고 간단하게 흥정을 끝냈다. 대리인에게 돈이 넘어가고 서류에 서명 날인이 끝나자 그 땅은 바로 왕룽의 땅이 되었다.

왕룽은 그의 살과 피와 같은 은전을 대리인에게 넘겨 주면서 아무런 생각도 들지 않았다. 마음 속으로 항상 바라던 소원과 은전을 바꾸었기 때문이다. 왕룽은 이제 넓고 기름진 땅의 주인이 되었다. 새로 사들인 논은 처음의 것보다 두 배는 컸다. 그 땅이 검고 비옥한 땅이라서기보다는 그것이 한때는 대갓집의 소유지였다는 사실이 한층 왕룽의 마음을 흡족하게 만들었다. 땅을 새로 사들였다는 것을 이번에는 아무에게도 알리지 않았다. 심지어 오란에게까지도.

여러 날이 지났건만 여전히 비는 내리지 않았다. 가을 하늘에는 마지못해 가볍고 조그마한 구름 조각이 모여들었다. 할일 없는 사람들은 근심스러운 눈을 하늘로 향한 채 비가 오기만을 고대했다. 그러나 비를 내려 줄 만한 구름이 미처 모이기도 전에 먼 사막에서 불어닥치는 매서운 바람이 구름을 몰고 가 버렸다. 그러면 하늘은 다시 텅 비어 황망해졌으며, 불같이 뜨거운 태양은 쓸쓸하게 서쪽으로 사라져 버렸다. 그리고 달이 떠올라 마치 작은 태양처럼 밝게 밤 하늘을 비추었다.

왕룽은 밭에서 콩을 조금 거두어들였다. 그리고 못자리가 누렇게 말라 버렸던 곳에 죽으려니 하고 씨를 뿌려 놓았던 옥수수 밭에서는 여기저기 듬성듬성 알이 박힌 형편없는 옥수수를 약간 수확했다. 그는 아내와 함께 콩을 턴 후, 두 아들을 시켜 그 자그마한 손으로 마당 여기저기에 흩어진 콩알을 모두 줍게 했다. 가운뎃방 마루에서 옥수수를 털 때에도 사방으로 흩어져 나가는 옥수수알을 한 알도 놓치지 않으려고 애썼다. 그가 옥수수 대를 한데 모아 땔감으로 쓰려 하자 아내가 소리쳤다.

"안 돼요. 제가 어려서 산둥(山東)에 살 때도 이렇게 흉년이 든 적이 있었는데, 그땐 옥수수대도 모두 갈아 먹었어요. 풀을 먹는 것보다 훨씬 낫지요."

가족들은 모두 입을 다물고 말았다. 누구나 불안한 예감을 느끼고 있었기 때문이었다. 그러나 딸아이만은 아무런 공포도 느끼지 않는 듯했다. 먹고 싶은 만큼 먹을 수 있는 어머니의 풍성한 젖이 있기 때문이었다. 그러나 오란은 딸아이에게 젖을 물리며 중얼거렸다.

"아이고, 이 불쌍한 것아! 먹어라, 먹어. 젖이 있을 때 실컷 먹어 둬라."

그러나 곧 오란은 다시 아기를 가지게 되었다. 그녀의 젖은 점점 말라들어가 집안은 끈질기게 먹을 것을 달라는 아이의 울음소리로 가득 찼다.

왕룽은 황소를 최선을 다해서 돌보았다. 그는 구할 수 있을 때까지 짚과 덩굴풀을 듬뿍 먹였다. 그것이 떨어지자 나뭇잎을 훑어다 먹였으나 나뭇잎도 이내 동이 나고 말았다. 씨앗은 뿌려도 그대로 말라 버리겠기에 모두 먹어치워 버렸다. 왕룽은 소를 들판에 내놓아 스스로 먹이를 찾아 먹게 하였다. 그리고 소를 도둑맞지 않기 위하여 맏아들에게 고삐를 잡고 종일

토록 그 등에 타고 다니게 했다. 그러나 그것도 오래가지 못했다. 이웃 사람일지라도 아이를 해치고 소를 잡아 먹을 것만 같은 지경에 이른 것이다. 그래서 왕룽은 비쩍 마른 소를 마당에다 매 두었다.

그러나 쌀 한 톨, 밀 한 알까지 모두 먹어치우고 겨우 몇 움큼의 콩과 옥수수알이 달랑 남게 된 날이 오고야 말았다. 소도 굶어서 형편없이 말라가고 있었다. 노인이 말했다.

"이젠 황소를 잡아먹을 수밖에 없군."

왕룽은 버럭 소리를 질렀다. 그에게는 '다음엔 사람을 잡아먹을 수밖에 없군' 하는 소리로 들렸던 것이다.

"황소를 잡아 먹어요? 밭은 어떻게 다시 갈고요?"

그러나 아주 침착한 어조로 노인이 대답했다.

"음…… 그러나 네 생명을 살리느냐, 짐승의 목숨을 살리느냐. 아니면 네 아들의 목숨을 살리느냐, 짐승의 목숨을 살리느냐 그게 문제야. 소는 또 살 수 있지만 사람의 목숨은 살 수 없는 법이야."

그러나 그날 왕룽은 소를 잡지 않았다. 다음 날이 지나고 또 다음 날이 지나자 아이들은 먹을 것을 달라고 울부짖었다. 도대체 아이들의 울음을 달랠 길이 없자, 오란은 애원하는 눈초리로 남편을 바라보았다. 왕룽이 퉁명스럽게 말했다.

"이제는 소를 잡을 수밖에 없겠군. 하지만 난 할 수 없어."

왕룽은 방으로 들어가 침대 위에 몸을 던졌다. 그리고 소의 울음소리를 듣지 않기 위해 이불을 머리 끝까지 뒤집어썼다.

오란은 밖으로 나가 부엌에서 커다란 식칼을 들고 와 소 목덜미의 경동맥을 찔렀다. 소는 이내 숨이 끊어지고 말았다. 오란이 처리를 끝내고 고깃국이 식탁 위에 놓여질 때까지 왕룽은 밖으로 나오지 않았다. 황소의 살점을 먹어 보려 하였지만 구역질이 나서 도저히 삼킬 수가 없었다. 간신히 국물만 조금 마셨다. 그러자 오란이 남편에게 말했다.

"소는 단지 소일 뿐이에요. 그리고 너무 늙었더군요. 좀 드세요. 나중에 이보다 훨씬 좋은 놈으로 하나 사면 되잖아요?"

왕룽은 마음이 약간 누그러져 조금씩 고기를 먹기 시작했다. 그러나 황소도 역시 오래 가지 않았다. 이제 남은 것이라곤 가죽뿐이었다. 그 가죽은 오란이 대나무 선반에 펼쳐 말려서 뻣뻣해져 있었다.

마을 사람들은 왕룽이 필시 은전을 감춰 두었고, 또 식량을 몰래 쌓아 두었으리라 생각했기 때문에 적대 감정이 퍼져 있었다. 삼촌이 먼저 왕룽의 집을 찾아와 먹을 것을 좀 달라고 사정했다. 실제로 삼촌의 가족들은 굶고 있었다. 왕룽은 하는 수 없이 삼촌의 옷자락에 얼마의 콩과 귀하디 귀한 옥수수 한 줌을 넣어 주었다. 그리고는 단호하게 말했다.

"이게 제가 드릴 수 있는 전부예요. 아이들도 아이들이지만, 전 첫째로 늙은 아버지를 생각하지 않을 수가 없어요."

삼촌이 다시 찾아왔을 때 왕룽은 버럭 화를 내며 빈 손으로 삼촌을 돌려 보내고 말았다.

그날부터 삼촌은 마치 발에 채인 개처럼 왕룽에게 등을 돌리고는 마을을 돌아다니며 사람들에게 험담을 했다. 집집마다 비축한 식량이 떨어지고, 칼로 살을 에는 듯한 황량한 바람이 사막에서 불어닥치자 마을 사람들의 마음은 비참하게 멍들어 있었다. 그때 왕룽의 삼촌은 굶주린 입술을 움직이며 중얼거렸다.

"먹을 것을 가진 사람이 딱 한 사람 있지……. 아이들이 아직까지 뚱뚱한 집이 있지……."

어느 날 밤 마을 사람들은 작대기를 들고 왕룽의 집으로 몰려와서는 무서워서 벌벌 떨고 있는 아이들까지 집안에서 몰아 낸 다음, 집안 구석구석을 샅샅이 뒤지기 시작했다. 손으로 벽이란 벽은 모두 긁어 젖히며 곡식 숨겨 둔 곳을 찾았다. 그러나 한 줌의 마른 콩과 한 사발 정도의 마른 옥수수밖에 찾아 내지 못하자 마을 사람들은 크게 실망하여 소리를 질렀다. 그리고는 식탁과 의자, 심지어는 노인이 공포에 질린 채 울며 누워 있는 침대에까지 달려들었다.

그때 오란이 그들 앞에 나서서 말했다. 그녀의 느리고 침착한 목소리가 마을 사람들을 완전히 제압했다.

"그건 안 돼요. 아직은 우리 집에서 식탁이랑 의자 그리고 침대를 가져 갈 때가 아니란 말이에요. 여러분들은 지금 우리 집의 곡식을 모두 가지고 계십니다. 그러나 여러분들은 여러분들 집의 식탁이나 의자는 아직 팔아 버리지 않으셨잖아요? 그러니 우리 집 가구도 그냥 내버려 두세요. 우리들 은 지금 모두 같은 처지입니다. 우린 지금 여러분들보다 콩 한 톨, 옥수수 한 알도 더 갖고 있지 않아요. 오히려 여러분들이 우리보다 더 많이 가지 고 계시죠. 지금 우리 집 곡식을 모두 가지고 계시니까 말씀이에요. 만일 여러분들이 무엇이나 더 이상 우리 집에서 가져가시면 하늘이 천벌을 내 릴 거예요. 자, 우리 이제 다같이 밖으로 나가 먹을 수 있는 풀을 찾아보 고, 나무 껍질도 벗깁시다. 여러분들은 여러분의 자식을 위해서, 그리고 저 는 우리 집의 세 자식을 위해서 말입니다. 저는 이 어려운 때에 태어나려 는 넷째 아이를 위해서도 먹을 것을 찾으러 나가야겠습니다."

오란은 이렇게 말하며 자신의 손으로 배를 눌러 보았다. 그녀의 말에 부끄러워진 마을 사람들은 한 사람 한 사람씩 밖으로 나갔다. 그들은 단지 굶주려서 이런 행동을 했을 뿐 악한 사람들은 아니었기 때문이다.

그러나 칭은 서성거리고 있었다. 그는 원래 정직한 사람이었고, 단지 먹 을 것을 달라고 울부짖는 자식 때문에 할 수 없이 나쁜 짓을 하게 된 것 이다. 무엇인가 사과의 말을 왕룽에게 하려는 듯이 보였다. 그러나 사과를 하려면 그는 옷 속에 넣어 둔 콩 한 줌을 도로 내놓아야 할 것이다. 그는 잠시 움푹 팬 눈으로 왕룽의 눈치를 살피다가 말없이 밖으로 나가 버렸다.

왕룽은 마당에 멍하니 서 있었다. 이제 아버지랑 어린 자식들을 먹여 살릴 식량이라곤 아무것도 남지 않았다. 더욱이 뱃속에서 자라나고 있는 생명을 길러야 하는 아내에게조차 먹일 게 하나도 없었다. 그 새 생명은 사정없이 어머니의 살과 피를 빨아 대며 자라나고 있었다. 왕룽은 순간적 으로 극도의 공포를 느꼈다. 곧 혈관 속에 술기운이 돌 듯이 위안감이 들 었다. 그는 마음 속으로 중얼거렸다.

'저희들이 아무리 그래도 내 땅은 빼앗아 가지 못할 거야. 내가 힘들여 일해서 농사지은 곡식을 팔아 마련한 거야. 만일 돈이 있었다면 그들이 빼앗아 갔을 거야. 또 그 돈으로 곡식을 사 두었더라도 그들은 모두 훔쳐갔을 거야. 내게는 아직 땅이 남아 있어. 그건 누가 뭐래도 내 땅이야.'

9

문턱에 앉아 있던 왕릉은 무슨 대책을 세워야겠다고 속으로 중얼거렸다. 이 텅 빈 집에서 죽을 수는 없는 일이었다. 그는 한창 피어나려고 하는 그의 인생을 갑자기 찾아든 액운의 제물이 되게 할 순 없었다. 이따금 그는 미칠 듯한 분노를 이기지 못해 황량한 마당으로 뛰어나가, 무정한 하늘을 향하여 마구 팔을 흔들며 욕지거리를 퍼부었다.

"야, 이 빌어먹을 하늘아! 이 하늘에 있는 늙은 놈아, 이 나쁜 놈아!"

왕릉은 무엄한 소리를 마구 퍼붓다가 이내 두려운 생각이 들어 다시 볼멘소리로 중얼거렸다.

"그래, 이보다 더 나쁠 순 없을 거야!"

언젠가 한 번은 힘없이 후들거리는 한쪽 다리를 질질 끌고 당집으로 가서 지신의 얼굴에 침을 뱉었다. 지신 앞에는 향이 한 개비도 없었다. 향을 피운 것은 이미 여러 달 전의 일이었다. 종이 옷도 다 해져, 찢어발겨진 종이조각 사이로 흙살이 드러나 보였다.

식구들은 자리에서 일어나려고 하지 않았다. 일어날 필요도 없거니와 누워 있으면 쉽게 잠이 와서 배고픔을 잊게 해 주었다. 그들은 말려 둔 옥수수 자루도 다 먹어 버려, 이제는 나무 껍질을 벗겨 먹으며 그날 그날을 견뎠다.

마을의 풀과 짐승은 씨가 말라 버렸다. 소나 당나귀는커녕 흔한 들짐승이나 새 한 마리 구경할 수 없었다.

아이들은 헛배만 부어올랐고, 거리에서 놀고 있는 아이는 찾아볼 수가 없었다. 왕릉의 딸은 혼자 앉아 있을 수 있는 때가 벌써 지났건만, 아직 앉지도 못 했고, 낡은 포대기에 싸인 채 울지도 않고 누워만 있었다. 처음에는 그칠 줄 모르는 울음으로 집안이 시끄러웠건만, 이제는 기운없이 조용히 누워만 있었고, 입 속에 무엇을 넣어 주면 아무것이나 가리지 않고 빨아 댔다. 빼빼 마른 작은 얼굴에 박힌 움푹 팬 까만 눈으로 집안 식구들을 빤히 쳐다보았다. 입은 마치 이빨이 빠진 늙은이처럼 입언저리가 오므라들었고 입술은 파리했다.

끈질긴 이 어린 생명이 왕룽의 애착심을 불러일으켰다. 만약 이 아이가 그 나이의 보통 아이들처럼 토실토실하고 방글방글 웃으며 성장했더라면 계집아이라고 해서 무관심하게 내버려 두었을지도 모른다. 가끔 딸아이를 쳐다보며 왕룽은 부드럽게 속삭였다.

"불쌍한 것 같으니…… 이 불쌍한 것 같으니……."

한 번은 이빨도 나지 않은 잇몸을 보이며 연약한 미소를 띠는 딸을 보고 왕룽은 눈물을 흘리면서 뼈가 두드러진 그의 손으로 딸의 작은 턱을 만져 주었다. 그리고 그의 검지를 잡아 쥐는 딸의 작은 손가락을 감싸 쥐었다. 그 후 왕룽은 종종 아무것도 입지 않은 채 벌거숭이로 누워 있는 딸아이를 들어올려, 그의 옷 속으로 집어넣어 조금이나마 따뜻하게 해 주었고, 또 그렇게 딸을 안고 집 문턱에 걸터앉아 메말라 평평하기만 한 들판을 바라보기도 했다.

굶주림에 대한 공포에서 가장 멀리 떨어져 있는 사람은 왕룽의 아버지였다. 아이들은 굶겨도 노인에게만은 먹을 것을 주었기 때문이다. 왕룽은 죽을 고비를 당해서도 불효를 저지르지 않았다는 이야기를 누구에게나 떳떳이 할 수 있게 된 것을 마음 속으로 자랑스럽게 생각하고 있었다. 자기의 살을 베어 드리는 한이 있어도 노인은 굶기지 않고 봉양할 생각이었다. 어느 날 노인은 갈라진 대나무 틈으로 새어나오는 바람 소리 같이 가냘픈 목소리로 말했다.

"옛날에는 더 심한 때도 있었지. 이보다 더 지독한 때도 있었느니라. 사람들이 아이를 잡아먹는 것을 본 적이 있어."

왕룽은 심한 공포감에 사로잡혀 대답했다.

"우리 집에서는 절대로 그런 짓은 못해요."

하루는 사람의 그림자만도 못하게 말라 버린 칭 서방이 왕룽의 집으로 찾아와 흙처럼 검게 마른 입술로 이렇게 중얼거렸다.

"성 안에선 개나 말, 새도 닥치는 대로 모두 잡아먹는다는군. 우린 밭을 갈던 짐승도 모두 잡아먹었고, 하다못해 풀이랑 나무 껍질도 모두 벗겨 먹었으니 앞으로는 뭘 먹지?"

왕룽은 절망적으로 고개를 흔들었다. 그의 가슴에는 마치 해골처럼 바짝 마른 딸의 몸뚱이가 안겨 있었다. 그는 끊임없이 그를 쳐다보는 딸의 날카롭고 슬픈 눈을 들여다보았다. 눈이 마주칠 때마다 그 작은 얼굴에는 미소가 어른거렸고, 그것을 바라보는 왕룽의 가슴은 터질 듯이 아팠다.

칭은 얼굴을 가까이 내밀며 속삭였다.

"마을에서는 사람 고기도 먹는다고 하더군. 자네 삼촌네도 사람 고길 먹는다는 소문이 돌고……. 그렇잖으면 어떻게 그 사람들이 아직까지 살아서 걸어다닐 힘이 있겠느냐 말이야……. 먹을 것이라곤 아무것도 없다는 사람들이 아닌가?"

왕룽은 가깝게 바라보는 칭의 눈길이 두려웠다. 왕룽은 자신도 이해할 수 없는 공포감에 사로잡혔다. 그는 마치 다가오는 위험을 떨쳐 버리기나 하듯 재빨리 몸을 일으켰다.

"이곳을 떠나야 해. 우리, 남쪽으로 떠나세. 이곳엔 모두가 굶어 죽을 사람들뿐이야. 그러나 하느님이 아무리 간악하다 하더라도 이 한(漢)민족의 아들들을 한꺼번에 쓸어 가지는 않겠지."

칭 서방은 여전히 왕룽을 쳐다보며 말했다.

"우리 부부는 자네보다 늙었어. 그리고 우리에겐 딸아이 하나밖엔 없어. 우린 여기서 죽어도 한이 없지."

"아냐, 자네가 나보다 팔자가 더 낫지. 나는 늙은 아버지가 계시고 아이들이 셋이나 있어. 그뿐인가, 또 하나가 태어나려고 해. 이대로 여기에 있다가는 미친 개처럼 서로 잡아먹게 될지도 몰라."

갑자기 왕룽은 자기가 한 말이 옳다는 생각을 하면서 큰 소리로 오란을 불렀다. 솥에 넣어 끓일 식량도 없으려니와, 또한 식량이 있다 해도 이를 끓일 나무도 없었으므로 오란은 입을 다문 채 침대 위에 누워 있었다.

"여보, 우리 남쪽으로 가자고!"

몇 달 동안 아무도 들어 보지 못하던 왕룽의 유쾌한 목소리였다. 아이들과 노인이 방에서 비실비실 걸어 나왔으며, 침대에서 간신히 몸을 일으킨 오란도 방문 앞으로 다가와 문창살을 붙잡고 말했다.

"그렇게 하는 게 좋겠어요. 이대로 죽을 바에야 길을 걷다가 죽는 게 낫겠어요."

뱃속의 아이는 마치 울퉁불퉁한 과일이 비쩍 마른 허리에 매달려 있는 것 같았다. 그녀의 얼굴에서는 살점이라곤 하나도 찾아볼 수 없었고, 광대뼈가 마치 바위처럼 살갗 위로 불쑥 튀어나와 있었다.

"하지만 내일까지만 기다려 주세요. 내일까지는 아이를 낳을 수 있을 거예요. 뱃속의 아이가 움직이는 걸 보면 알 수 있어요."

"그럼 내일 떠나도록 하지."

왕룽은 아내의 얼굴을 쳐다보았다. 그는 진한 연민의 정을 느꼈다. 이 가엾은 인간은 이제 또 하나의 생명을 낳으려고 하는 것이다. '불쌍한 여편네! 어떻게 길을 걷겠다는 거야.' 왕룽은 속으로 중얼거렸다. 그리고 아직까지 대문간에 몸을 기대고 서 있는 이웃 칭 서방에게 내키지 않은 마음으로 말했다.

"먹을 것이 아직 좀 남아 있으면 애 어멈의 목숨을 살리게 한 움큼만 주겠나? 그러면 자네가 곡식을 빼앗으러 우리 집에 들어왔던 일을 잊도록 하겠네."

칭 서방은 부끄러운 듯이 왕룽을 쳐다보고는 겸손하게 대답했다.

"그 일이 일어난 때부터 나는 편안한 마음으로 자네를 대할 수가 없었네. 나를 꾄 건 바로 개만도 못한 자네 삼촌이었어. 자네는 추수가 잘 되어 곡식을 많이 쌓아 놓고 있다고 그가 말했거든. 나는 하느님 앞에서 자네에게 맹세하겠어. 내가 가진 거라곤 문지방 돌 밑에 묻어 둔 한 움큼 정도의 말린 팥뿐이야. 눈을 감게 될 때, 우리 세 식구 뱃속에 먹을 것을 좀 넣고 죽겠다는 생각에서 묻어 둔 것이네만, 한 줌 나눠 주도록 하지. 그리고 빨리 남쪽으로 떠나게나. 나는 여기 있겠어. 자네보다 늙었고, 아들도 없으니까 내가 살고 죽는 건 아무 일도 아니지."

말을 마친 칭 서방은 집으로 돌아갔다. 그리고 얼마 있다가 흙 속에 묻어 두어서 곰팡이가 난 팥을 두어 줌 무명 손수건에 싸 가지고 돌아왔다. 먹을 것을 보자 아이들은 몸을 벌떡 일으켰고, 노인의 눈에서까지 광채가 빛나고 있었다. 그러나 왕룽은 이날만은 모두 뿌리치고 그것을 침대에 누워 있는 아내에게 갖다 주었다. 오란은 자신이 아무것도 먹지 않는다면 진통중에 죽고 말리라는 것을 잘 알고 있었으므로 마지못해 팥알을 하나하나 집어먹었다.

왕룽은 몇 알의 팥을 손에 감추어 두었다가 그것을 입에 넣어 부드럽게 씹어서는 어린 딸의 입에 넣어 주었다. 딸의 작은 입술이 오물거리며 움직이는 것을 바라보고 있자니, 왕룽은 자기 자신이 음식을 먹는 것처럼 흐뭇했다.

그날 밤 왕룽은 가운뎃방에 우두커니 앉아 오란이 누워 있는 방에 귀를 기울이고 있었다. 오란은 해산할 시간이 거의 다가왔는데도 남편은 가까이 오지 못하게 했다. 그녀는 아이를 낳을 때 쓰는 낡은 나무통에 웅크리고 앉아 혼자서 분만하고, 짐승이 새끼를 낳고 그러듯이 방 안을 기어다니며 손수 뒤치다꺼리를 하려고 했다.

왕룽은 갓난아기의 날카롭고 작은 울음소리가 나기를 고대하고 있었다. 그는 절망감에 휩싸인 채 귀를 기울이고 있었다. 사내아이냐, 계집아이냐 하는 것은 이제 전혀 문제가 되지 않았다. 단지 먹여 살려야 할 또 하나의 생명이 바야흐로 태어나고 있을 뿐이었다.

'차라리 죽은 아이를 낳아 주었으면 더 좋으련만.' 왕룽은 속으로 중얼거렸다. 바로 그때 왕룽은 가느다란 울음소리를 들었다. 그것은 이내 정적 속으로 말려드는 아주 연약한 울음소리였다.

그러나 울음소리는 다시 들리지 않았다. 온 집안은 무거운 정적 속에 잠겼다. 갑자기 왕룽은 그 정적을 감당해 낼 수가 없었다. 그는 무서웠다.

부스스 자리에서 일어나 오란이 누워 있는 방문 곁으로 다가가서 문틈으로 오란을 불렀다. 왕룽의 목소리는 약간 기운이 솟는 듯했다.

"여보, 괜찮아?"

그는 대답을 기다렸다. 그리고 희미하나마 부스럭거리는 소리를 들을 수 있었다. 그녀는 무엇인가 치우고 있는 중인 모양이었고, 드디어 한숨 쉬는 듯한 목소리로 대답했다.

"들어오세요!"

왕룽은 그제서야 방으로 들어갔다. 오란은 침대 위에 누워 있었다. 그녀의 몸이 어찌나 야위었는지, 이불 밑에는 아무것도 없는 것처럼 납작해 보였다.

"아기는 어딨소?"

오란은 침대에 누운 채 손을 움찔했다. 방바닥 위에는 아기의 시체가 있었다.

"죽었구먼!"

"네, 죽었어요"

오란이 힘없이 말했다.

왕룽은 허리를 굽혀 한 줌밖에 안 되는 아기의 시체를 살펴보았다. 한 덩어리의 뼈와 가죽뿐인 계집애였다.

"애의 울음소리를 들었는데……. 살아 있는 줄 알았지."

왕룽이 말했다. 그리고 광대뼈가 앙상하게 드러난 가엾은 침묵의 얼굴 —— 말할 수 없는 고통을 이겨 내며 침대에 누워 있는 그녀를 바라보고 있노라니 왕룽은 아무 말도 꺼낼 수가 없었다. 아내는 굶주림의 고통도 모자라 자기 뱃속에서 자라나는 또 하나의 굶주린 생명에게 자신의 피를 나누어 주었던 것이다.

왕룽은 아무 말도 하지 않고 죽은 아이를 다른 방으로 안고 갔다. 아이의 목에 두 개의 거무스름한 멍이 보였다. 그러나 그는 애써 못본 척하고 가마니에 쌌다. 그리고 힘이 미치는 데까지 집에서 멀리 떨어진 곳으로 가서 그 꾸러미를 어느 오래 된 무덤 한쪽, 움푹 팬 곳에 내려놓았다. 그때 굶주린 늑대와 같은 개 한 마리가 난데없이 나타나 그의 뒤에서 서성거렸다. 그가 집어서 던진 돌이 말라비틀어진 옆구리에 정통으로 맞았는데도 한두 발짝 뒤로 물러설 뿐 더 이상은 도망치려고 하지 않았다. 왕룽은 다리의 힘이 풀려서 두 손으로 얼굴을 감싸고는 절망감에 휩싸여 거길 떠나버렸다.

날이 밝자 왕룽은 이 가련한 가족들을 데리고 이 집을 떠나리라 마음먹었던 것이 마치 꿈만 같았다. 설사 찾아가는 곳에 풍부한 식량이 있다고 해도 어떻게 그들이 천 리 이상이나 갈 수 있단 말인가? 그리고 남쪽에는 먹을 것이 있다는 것을 누가 장담한단 말인가? 이 타는 듯한 하늘이 그곳에도 계속되고 있는지도 모른다. 그들이 마지막 힘을 다하여 남쪽으로 갔다가 거기서 더 많은 굶주린 사람을 만나게 될지도 모른다. 더구나 그들은 모두 낯선 사람들뿐이다. 그렇다면 자기 집 침대에서 죽을 수 있는 고향에 머무르는 것이 훨씬 낫지 않을까? 그는 의기소침해서 문간에 앉아, 식량이건 땔감이건 모조리 뽑혀져 버린 황량하고 비정한 들판을 바라보았다.

왕룽에게는 동전 한 푼 남아 있지 않았다. 그러나 설령 지금 돈이 있다 해도 사 먹을 식량이 없으므로 소용도 없었다. 그는 지금 당장 돈을 받지 않고 거저 먹여 준대도 마을까지 제대로 걸어갈 수 있을 것 같지 않았다.

처음에는 배가 고파 위가 무척 쓰렸으나 이젠 그러한 상태도 지나가고 말았다. 왕룽은 그의 밭 한모퉁이에서 약간의 흙을 퍼 며칠 동안 이 흙을 물에 풀어서 아이들에게 먹였다. 죽처럼 만들어 먹이면 어느 정도 굶주림을 줄일 수 있었고, 헛배 부른 것도 막을 수 있었다. 그는 오란이 아직까지 손에 쥐고 있는 몇 알의 팥에 대해서도 손대려 하지 않았다. 그리고 그녀가 한참만에 그것을 한 알씩 오도독거리며 먹는 소리를 듣고, 막연하나마 마음의 위안을 얻었다.

남쪽으로 가겠다던 희망을 포기하고 침대에 누워 잠을 자다가 아무것도 모르고 기쁘게 죽어가는 것을 꿈꾸듯 생각하며 대문 문지방에 걸터앉아 있을 때, 누군가가 들을 건너오고 있었다. 그들은 왕룽을 향해 걸어오고 있었다. 한 사람은 삼촌이었고, 같이 온 나머지 세 사람은 모르는 사람들이었다.

"요새 참 오래 만나지 못했구나."

삼촌은 정이 뚝뚝 넘치는 아주 커다란 소리로 말했다. 점점 가까이 다가오며 삼촌은 다시 큰 소리로 외쳤다.

"그래, 다 무고하냐? 아버님도 무고하시고? 우리 형님 말이다!"

그제서야 왕룽은 삼촌을 바라보았다. 몸이 마른 것은 사실이었으나 그토록 심하게 굶은 것 같지는 않았다. 왕룽은 위축될 대로 위축된 그의 육체 속에 남아 있는 모든 생명력이 이 사나이, 즉 삼촌에 대한 무서운 분노로 바뀌고 있음을 느꼈다.

"삼촌은 어떻게 지내셨지요? 무얼 어떻게 잡수셨느냐 말이에요!"

왕룽은 볼멘소리로 쏘아붙였다. 그는 곁에 있는 낯선 사람들이나 예의범절 따위는 생각지도 않았다.

"무얼 먹었느냐고! 우리 집에 와 봐라! 제비 한 마리 돌아와도 흙부스러기 하나 쪼아 먹을 게 없다. 넌 숙모가 얼마나 몸이 좋았는지 알고 있지? 얼마나 곱고 통통하고 기름기가 흘렀었느냐 말이다. 그러나 이젠 마치 빨랫줄에 걸린 빨래 같다고! 살가죽 속에선 앙상한 뼈만 달각거리고 있단 말이다. 그리고 우리 집 아이들, 작은 애들 셋은 죽었어. 셋은 죽고 이제 겨우 넷만 남았다. 그리고 나 말이지, 나는 네가 보는 이대로야!"

삼촌은 소리를 지르며 소맷자락을 올려 조심스럽게 양쪽 눈가를 훔쳤다.

"그래도 삼촌은 무엇인가 드셨군요."

왕룽은 퉁명스럽게 되풀이해서 말했다.

"난 그래도 너와 너의 아버지, 즉 우리 형님만 생각해 왔어. 그래, 나는 지금 그 증거를 너에게 보이러 왔다. 이분들은 성 안에 사시는 어른들인데, 나에게 양식을 조금 빌려 주시기에 그 은혜를 갚으려고 이 마을 근방에 있는 땅을 사려는 것을 도와 드리기로 했지. 그래서 널 제일 먼저 생각해 냈던 거야. 이분들은 바로 네 땅을 사러 온 분들이야. 너에게 돈을 주고, 양식을 주고, 생명까지 주실 분들이야!"

말을 마친 삼촌은 한 걸음 뒤로 물러서서 더럽고 누더기같이 낡아빠진 겉옷을 펄럭이며 점잖게 팔짱을 꼈다.

왕룽은 꼼짝도 하지 않았다. 그는 자리에서 일어나지도 않고, 옆에 와 있는 사람들에게 아는 체도 하지 않았다. 그러다가 마지못해 고개를 쳐들고 그들을 한번 올려다보았다. 성 안에서 온 사람들임이 분명했다. 그들의 손은 말끔했으니까.

갑자기 그들에 대한 증오심이 불타올랐다. 자식들에게 흙을 파 먹이고 있는데 바로 자기 곁에 서 있는, 성 안에서 온 이 사람들은 굶은 흔적이 보이지 않았다. 그들은 지금 막다른 골목에 있는 그에게서 땅을 빼앗으러 온 사람들이 아닌가. 왕룽은 분노에 찬 큰 눈으로 그들을 올려다보았다.

"난 땅을 팔지 않겠소."

왕룽은 단호하게 말했다.

바로 그때 왕룽의 두 아들 중 작은 놈이 기어서 대문간으로 나왔다. 먹은 것이 없는 아이는 제대로 걷지 못하고 이따금 땅 위를 엉금엉금 기어 다니곤 했다. 삼촌이 성큼 앞으로 나서며 소리쳤다.

"저게 네 아들이냐? 저 아이가 바로 지난 여름에 내가 동전을 쥐어 줬던 통통하던 놈이란 말이야?"

이때까지 한 번도 울지 않았던 왕룽이 갑자기 숨을 죽이고 울기 시작했다. 터질 듯이 목이 아파오더니 눈물이 뺨을 타고 주르르 흘러내렸다.

"얼마 주시겠소?"

마침내 왕룽은 지친 듯 말했다. 그와 그의 아내는 땅 속에 무덤을 파고 들어가 자는 듯이 죽을 수도 없었다. 그러나 그들 부부에게는 세 명의 아이들과 늙은 아버지가 딸려 있었다.

성 안에서 온 사람들 중 한쪽 눈이 멀어 움푹 들어간 사람이 구변 좋게 말했다.

"이 봐요, 불쌍한 주인양반. 지금 한참 어려운 때이지만 아무것도 먹지 못하고 굶주리는 당신의 아이들을 봐서도 값은 후하게 내겠소. 아주 후한 값을 드리겠단 말이오……."

잠깐 말을 끊었다가 그는 다시 단호하게 말했다.

"한 정보에 동전 백 닢 드리겠소!"

왕룽은 기가 막혀 웃었다.

"아니, 뭐라고? 그건 내 땅을 거저 가지겠다는 거나 마찬가지요. 나는 스무 갑절이나 돈을 더 주고 샀소!"

"흥, 그러나 당신은 굶어 죽어 가는 사람한테서 그 땅을 산 건 아니지 않소?"

성 안에서 온 다른 한 사람이 말했다. 그는 체구가 작고 콧날이 오뚝 솟은 사내였는데, 어울리지 않게 목소리는 크고 거칠고 무뚝뚝했다.

왕룽은 그들 세 사람을 쳐다보았다. 굶주려 기어다니는 아이들과 늙은 아버지를 둔 사람이 무얼 내놓지 않겠느냐는 여유 있는 태도였다. 그런 눈치를 알아채자, 그들에게 굴복하려던 왕룽의 약한 마음은 격렬한 분노로 변하고 말았다. 그는 개가 적에게 달려들 듯이 벌떡 일어났다.

"절대로 땅을 팔지 않겠소! 한 줌씩 밭의 흙을 파다가 우리 자식들에게 먹이겠소. 그러다가 애들이 굶어 죽으면 그 땅에 아이들을 묻겠소. 나도, 내 아내도 그리고 늙은 우리 아버지도 우리에게 생명을 준 그 땅에 묻히겠소!"

바람이 지나가듯 분노는 사라졌으나, 그는 온몸을 부들부들 떨며 웃었다. 삼촌을 비롯한 성 안에서 온 사람들은 얼굴에 엷은 미소를 띤 채 꼼짝 않고 서 있었다. 그들은 왕룽의 분노가 사라지기만을 기다리고 있었다.

오란이 문으로 나와 마치 이런 일을 예상했다는 듯 보통 때와 다름없는 말투로 그들에게 말했다.

"정말 우린 땅은 팔지 않을 거예요. 다시 남쪽에서 돌아오면 우린 먹고 살 양식을 지을 땅이 있어야 해요. 하지만 식탁과 침대 두 개, 이불, 의자 넷, 그리고 부엌에 있는 가마솥은 팔겠어요. 그러나 갈퀴, 괭이, 쟁기 그리고 땅은 절대로 팔지 않겠어요."

오란의 조용한 목소리는 왕룽의 분노에 찬 목소리보다 더욱 강한 힘을 갖고 있었다. 왕룽의 삼촌이 믿기지 않는다는 듯이 물었다.

"정말 남쪽으로 가려고들 그러니?"

애꾸눈의 사나이가 다른 사람들과 무슨 말인가 귓속말을 주고받았다. 그 사나이는 다시 몸을 돌리며 말했다.

"그 형편없는 물건은 땔감으로밖에 못 써요. 은전 두 냥을 주겠으니 몽땅 팔려면 팔고 싫으면 그만두시오."

멸시하는 태도로 이렇게 말하며 사나이가 몸을 돌리려 하자, 오란이 조용히 말했다.

"그건 침대 하나 값도 안 되는군요. 하지만 돈을 가지고 오셨으면 빨리 내시고 그걸 가져가도록 하세요."

애꾸눈의 사나이가 허리춤을 뒤적이더니 오란이 내민 손 위에 두 닢의 은전을 떨어뜨렸다. 세 사람은 집 안으로 들어가 우선 왕룽의 방에서 물건을 끌어 냈고 다시 부엌으로 들어가 솥을 떼냈다. 그들이 노인의 방으로 들어갈 때, 왕룽의 삼촌은 그냥 밖에 서 있었다. 노인을 마룻바닥에 끌어 내려놓고 침대를 들어내는 광경을 차마 볼 수가 없었던 모양이었다. 두 개의 갈퀴와 두 개의 괭이 그리고 가운뎃방 한구석에 놓여 있는 쟁기 이외에는 집안이 텅 비게 되었을 때 오란은 남편에게 말했다.

"이 은전이 두 닢이라도 있을 때에 남쪽으로 떠나요. 이대로 있다가 서까래까지 팔아 버리면, 나중에 돌아온 뒤 기어 들어올 움막조차 남아 있지 않겠어요."

왕룽이 무거운 어조로 말했다.

"그래, 떠납시다."

그는 들 너머로 사라져 가는 성 안 사람들의 뒷모습을 바라보면서 중얼거렸다.

"적어도 땅만은 그대로 있다. 내겐 땅이 있다."

10

대문을 꼭 닫고 자물쇠로 잠그는 것밖에는 아무것도 할 일이 없었다.

옷이란 옷은 모두 꺼입었다. 오란은 아이들의 손에 밥사발과 젓가락 하나씩을 들려 주었다. 마치 어디서 음식이라도 나올 것처럼 꼬마들은 젓가락과 밥사발을 놓치지 않으려고 양 손에 꼭 움켜쥐었다. 이렇게 해서 집을 떠났다. 밭을 지나가는 초라한 작은 행렬은 어찌나 걸음이 느린지 결코 성문에까지는 도달할 수 없을 것같이 보였다.

왕룽은 딸을 가슴에 안고 걸었다. 그러나 자꾸만 쓰러지려는 노인을 보자 아이를 오란에게 넘겨 주고, 허리를 굽혀서 아버지를 등에 업었다. 바짝 말라 바람처럼 가벼운 노인의 몸뚱이를 업고 가는 왕룽도 비틀거렸다. 차가운 날씨에 살을 에는 듯한 바람이 불어오고 있었지만 왕룽의 허약한 몸에서는 비오듯이 땀이 흐르고 있었다. 아이들은 추위를 못 이겨 그만 울음을 터뜨렸다. 왕룽은 그럴싸한 말로 두 아이들을 달랬다.

"너희들은 이제 다 컸어. 그리고 너희들은 지금 남쪽으로 가고 있는 중이야. 거기만 가면 날씨도 따뜻하고, 먹을 것도 있단 말이다. 너도, 그리고 너도. 우린 매일 쌀밥을 먹게 될 거야."

그들은 드디어 성문에 도착했다. 여름엔 시원했지만, 지금은 마치 양쪽 벼랑에서 얼음물이 쏟아지는 듯, 차가운 바람이 성문을 끼고 몰아쳐 와서 왕룽은 이를 악물었다. 발 밑의 두꺼운 진흙 바닥엔 칼날 같은 얼음이 얼어 있어서 아이들은 꼼짝도 할 수가 없었다. 딸을 안고 있는 오란은 자기 몸을 추스리기도 어려웠다. 하는 수 없이 왕룽은 비틀거리는 다리로 아버지를 먼저 업어다 놓고 되돌아와서, 두 아들을 차례로 안아 옮겼다. 왕룽은 몸에서 땀이 비오듯 흐르고 기진맥진하여 축축한 성벽에 오랫동안 몸을 기댔다. 그는 눈을 감고 숨을 헐떡이고 있었고, 가족들은 덜덜 떨면서 그 주위에 서서 멍하니 그를 기다렸다.

그들은 황 대인 집 대문 앞에 이르렀다. 육중한 대문은 꼭 잠겨져 있었고, 그 위에 철문까지 높이 드리워져 있었다. 대문 양쪽에 버티고 앉아 있는 돌사자는 바람에 시달려 잿빛으로 변해 있었다. 대문 앞에는 거지로 보이는 남녀 몇 명이 웅크리고 앉아서, 굶주린 눈으로 꼭 잠겨 빗장이 걸려 있는 육중한 대문을 올려다보고 있었다. 왕룽 일행을 발견한 그 중의 한 사람이 찢어지는 듯한 목소리로 소리쳤다.

"부자놈들 심장은 귀신들 심장만큼이나 단단하단 말이야. 놈들은 아직까지 먹을 쌀이 남아 돌고, 먹다 남은 쌀로 술까지 해 처먹는단 말이야."

그러자 또 한 사람이 한탄조로 말했다.

"내 손에 아직 조금이라도 힘이 남아 있다면 내가 타죽는 한이 있더라도 이 집에 모조리 불을 질러 버리겠어. 이 황가네 자식들을 낳은 부모는 모두 개자식들이야!"

그러나 왕룽의 가족들은 아무런 대꾸도 하지 않고 조용히 남쪽으로 걸음을 옮겼다.

그들이 성 안을 완전히 빠져 나왔을 때, 이미 해는 저물어 어둠이 깔리고 있었다. 떼를 지어 남쪽으로 몰려가는 사람들의 무리가 보였다. 왕룽은 어디에서 하룻밤을 지샐까 생각하면서 성벽 밑을 둘러보았다. 그러나 어느 새 그와 그의 가족들은 군중 속으로 휩쓸려 들어가고 있었다. 그는 자신을 밀쳐 내는 한 사람에게 물었다.

"이 사람들은 지금 어디로 가는 거요?"

그러자 그 사람이 대답했다.

"남쪽으로 가기 위해 화차(火車)를 타러 가는 거요. 저쪽에서 화차가 사람들을 태우고 떠난대요. 은전 한 닢도 채 안 되는 값으로 화차를 탈 수가 있다오."

화차라! 왕룽은 언젠가 찻집에서 사람들이 이 신기한 마차에 대해 떠드는 이야기를 들은 적이 있었다. 여러 개의 마차를 쇠줄로 이은 이 화차라는 물건을 사람도 짐승도 아닌, 마치 용(龍)처럼 생긴 기계가 불과 수증기를 내뿜으며 끌고 간다고 했었다.

왕룽은 의심스럽다는 투로 오란을 돌아보며 말했다.

"그럼, 우리도 이 화차라는 것을 타고 가야 하나?"

그들 부부는 늙은 노인과 아이들을 지나가는 군중으로부터 좀 떨어진 곳에 데려다 놓고, 근심스럽고 잔뜩 겁에 질린 표정으로 서로 바라보았다.

잠시라도 쉬는 때면 노인은 땅 위에 쓰러졌고, 아이들도 지나가는 사람들의 발에 채일 것도 아랑곳 않고 먼지 속에 벌렁벌렁 드러누워 버렸다. 아내의 팔에 안겨 고개를 축 늘어뜨린 채 두 눈을 꼭 감고 있는 딸은 거의 죽은 것처럼 보였다. 왕룽이 놀라서 소리쳤다.

"아니, 애가 죽은 게 아닐까?"

오란이 고개를 흔들었다.

"아직 죽지는 않았어요. 숨이 팔딱이고 있거든요. 그러나 오늘 밤엔 죽을 거예요. 이러다가는 우리도 모두……."

더 말할 기운이 없다는 듯이 오란은 지치고 앙상한 얼굴로 남편을 쳐다보았다. 왕룽은 아무 대꾸도 하지 않았다. 다만 속으로 이렇게 하루만 더 걸으면 밤이 되어서는 모두 죽을 거라고 생각했다. 그는 될 수 있는 한 쾌활하게 말했다.

"일어나거라, 애들아. 할아버지를 일으켜 드리렴. 화차를 타고 남쪽으로 가기로 하자."

그러나 어둠 속에서 용의 울음소리 같은 시끄러운 소리가 터져 나오고, 두 눈에서 불을 내뿜는 괴물이 달려오고, 잇따라 사람들이 함성을 지르며 그쪽으로 달려가지 않았던들 그들이 몸을 움직일 수 있는 기력이 생겨났을지 의문이었다. 왕룽의 가족들은 혼잡 속에서도 서로 떨어지지 않으려고 애를 쓰며, 서로 손을 잡은 채 이리저리 밀리며 드디어 작은 문을 통해 궤짝 같은 기차간에 올라탔다. 그러자 그들을 뱃속에 집어삼킨 그 괴물은 요란한 소리를 내며 어둠 속을 달리기 시작했다.

11

천 리 길의 차비로 은전 두 닢을 내밀자 차장은 한 줌의 동전을 왕룽에게 거슬러 주었다. 그 동전으로 왕룽은 기차가 정거할 때마다 창문 구멍으로 목판을 들이미는 행상인으로부터 네 덩어리의 빵을 샀고, 딸을 위해서는 쌀죽을 샀다. 이렇게 많은 식량을 본 것이 얼마만인지 기억조차 나지 않았다. 너무 굶주린 탓에 음식이 입에 들어가자 도무지 삼킬 수가 없었다. 아이들은 달래고 달래서야 겨우 빵을 삼켰다. 그러나 노인만은 이도 없는 잇몸으로 빵을 끈기 있게 뜯으며 주위 사람들에게 아주 친근한 어조로 말했다.

"먹어야 산다. 밥통이 움직이려 들지 않는다고 내가 굶어 죽을 순 없지."

흰 수염이 턱에 몇 가닥 붙어 달랑거리는 이 말라빠진 노인이 벙글거리면서 하는 말에 사람들은 모두 웃음을 터뜨렸다.

왕룽은 남쪽에 도착했을 때 움막이라도 지을 수 있는 가마때기를 사기 위해 동전을 아껴 두었다. 기차 안에는 남쪽에 가 본 적이 있는 사람이 많은 듯했다. 매년 남쪽의 부유한 도시로 내려가 그곳에서 일을 하고 구걸도 해서 식량 살 돈을 저축했다는 사람도 있었다. 왕룽은 그가 타고 있는 기차에 익숙해지고, 또 찻간 틈으로 내다보이는 스쳐 지나가는 낯선 땅의 광경에 익숙해지자, 점차 다른 사람들의 말에 귀를 기울이게 되었다. 그들은 자신들만이 아는 이야기를 하는 것이 자랑스러운 듯 큰 소리로 떠들어대고 있었다.

"무엇보다도 먼저 가마때기 여섯 장을 사야 해요."

낙타처럼 길게 늘어진 입을 가진, 험상궂게 생긴 한 사나이가 말했다.

"똑똑하게 굴면 동전 두 푼이면 가마니 한 장을 사지만, 촌놈같이 굴다가는 한 장에 세 푼씩 주고야 겨우 사게 되죠. 저희들이 아무리 부자래도 나는 남쪽 사람들한테 속지 않아요."

그는 고개를 쑥 빼고 자기한테 감탄하고 있는 사람이 없는가 하고 사방을 둘러보았다. 왕룽은 아주 주의깊게 그의 말을 듣고 있었다.

"그 다음은?"

왕룽이 재촉했다

"그런 다음은 이 가마때기를 한데 엮어 움막을 만든 다음 밖으로 구걸을 하러 나가는 거요. 구걸을 하러 갈 때는 무엇보다도 먼저 온몸에 진흙 같은걸 발라 가능한 한 불쌍해 보이도록 해야 하오."

왕룽은 이제까지 아무에게도 구걸을 해 본 적이 없었다. 따라서 그는 남쪽 땅의 낯선 사람들에게 구걸을 해야 한다는 말이 마음에 들지 않았다.

"꼭 구걸을 해야 하오?"

"구걸도 먹고 나서 하는 거요. 남쪽 사람들은 어찌나 많은 쌀을 가지고 있는지, 매일 아침 빈민 식당에 가서 동전 한 닢만 내면 얼마든지 하얀 쌀 죽으로 배를 채울 수가 있단 말이오. 그런 다음에는 아주 기분좋게 구걸도 하고 두부, 배추 그리고 마늘 등을 사 먹는단 말이오."

왕룽은 사람들에게서 조금 떨어져 몸을 벽 쪽으로 돌리고는 손을 몰래 허리춤에 집어 넣어 남아 있는 동전을 세어 보았다. 가마때기 여섯 장과 밥 한 그릇을 충분히 살 수 있는 돈, 그리고도 세 푼의 동전이 남았다. 이제 새로운 생활을 시작할 수 있게 되었다는 생각에 왕룽의 마음은 밝아졌다. 그러나 밥그릇을 들고 지나가는 사람들에게 구걸을 해야 된다는 사실은 이내 그의 마음을 우울하게 만들었다. 늙은 아버지나 아이들, 또 아내까지는 혹 그럴 수도 있겠지만 사지가 멀쩡한 그로서는 도대체 말도 안 되는 일이었다.

"그곳엔 남자들이 할 수 있는 일이 없소?"

왕룽이 갑자기 몸을 돌리며 그 사람에게 물었다.

"아, 일거리!"

그 남자는 마룻바닥에 침을 탁 뱉으며 멸시하는 태도로 말했다.

"당신이 원하면야 부자들이 타는 인력거를 끌 수가 있지요. 부자 나리들을 태우고 부리나케 달릴 때에는 피땀이 나고 손님을 기다리는 동안에는 그 땀이 얼어서 얼음 옷을 입은 기분이 된다오. 나 같으면 차라리 비럭질을 하겠소!"

심하게 퍼부어 대는 바람에 왕룽은 더 이상 물어 보지 못했다.

그러나 미리 그곳 사정을 들어 둔 것은 무척 다행한 일이었다. 기차에서 내렸을 때 왕룽은 당황하지 않고 계획을 세울 수가 있었다. 그는 노인과 아이들을 길다란 회색빛 벽 옆에 앉혀 두고, 오란에게 그들을 잘 살펴도록 이른 다음, 곧 가마때기를 사기 위해 밖으로 나갔다. 왕룽은 시장이 어디 있는지 이 사람 저 사람에게 물어 보았다. 그러나 남쪽 사람들의 말씨가 어찌나 간사스러운지 처음에는 그들이 무슨 말을 하는지 거의 알아들을 수 없었다. 그래서 다시 물어 보면 이번에는 그쪽에서 알아듣지 못해 신경질을 부렸다.

왕룽은 마침내 도시 변두리에 위치하고 있는 가마니 가게를 찾아 냈다. 그는 물건 값을 매우 잘 알고 있다는 듯이 동전 몇 푼을 계산대 위에 꺼내놓고는 가마때기를 들고 나왔다. 왕룽이 식구들을 남겨 둔 곳으로 다시 돌아오자, 아이들이 와아 울음을 터뜨렸다. 그들은 이 낯선 고장에 와서 두려움에 싸여 있었던 것이다. 그러나 노인만은 호기심에 찬 눈으로 사방을 두리번거리고 있었다. 그리고 왕룽을 보자 이렇게 중얼거렸다.

"남쪽 사람들은 모두 뚱뚱하구나. 살갗은 어찌 그리 희고 기름기가 도는지 모르겠어. 보나마나 매일 돼지고기를 먹는 모양이야."

그러나 지나가는 사람들 중에 왕룽이나 그의 가족을 눈여겨보는 사람들은 아무도 없었다. 사람들은 모두 곁눈 한번 파는 법 없이 자갈을 깐 큰길을 걸어서 시내로 들어가면서 거지 따위에는 조금도 신경쓰지 않았다. 그리고 이따금씩 벽돌을 넣은 망태기와 커다란 곡식 부대를 등에 실은 당나귀 떼들이 자박자박 걸어가고 있었다. 맨 뒤의 당나귀에는 마부가 타고 있었는데 채찍으로 당나귀의 등을 후려갈기며 소리를 질렀다. 길가에 당황한 듯 서 있는 왕룽 가족들을 깔보는 듯했다. 왕룽 가족의 머리 위로 채찍을 휘둘러 공기를 가르며 그들을 깜짝깜짝 놀라게도 했다. 그리고 재미있는지 낄낄거리며 웃어 댔다. 왕룽은 이런 일을 두서너 번 당하자 화가 머리끝까지 치밀어올라 곧 몸을 돌려 움막을 지을 수 있는 장소를 물색하기 시작했다.

그들 뒤의 담벽에는 이미 많은 움막들이 다닥다닥 들어붙어 있었다. 그러나 담벽 너머에는 무엇이 있는지 아무도 몰랐고, 또 알 수도 없었다. 회색빛의 높은 담벽은 매우 길게 뻗어 있었고, 그 담벽을 따라 조그마한 움막집들이 마치 개 등의 벼룩처럼 촘촘히 붙어 있었다. 왕룽은 이 움막들을 한번 훑어보고 나서, 자신의 움막을 꾸려 보려고 했다. 그러나 갈대를 쪼개 만든 가마때기는 너무 뻣뻣하고 또 다루기도 힘들었다. 그때 오란이 불쑥 말했다.

"제가 해 볼게요. 어렸을 적에 본 기억이 나요."

오란은 딸을 땅에 내려놓고 가마니를 이리저리 맞춰, 속에 사람이 들어가 앉아도 머리가 천장에 닿지 않을 정도의 둥그런 움막을 지어 놓았다. 그리고 땅에 맞붙은 가마니의 가장자리에는 여기저기 아무렇게나 널려 있는 벽돌을 주워서 눌렀다. 그녀는 아이들에게 벽돌 조각을 더 주워 오도록 했다. 일이 끝나자 그들은 움막 속으로 들어갔다. 남은 가마니 한 장을 움막 바닥에다 깔고 그 위에 모두들 앉았다. 그들의 안식처였다.

이렇게 자리에 앉아 서로 얼굴을 마주보고 있노라니 바로 그저께 집과 땅을 버리고 떠나 지금 수천 리 떨어진 타향에 와 있다는 사실이 도대체 믿어지지가 않았다. 이렇게 먼 길을 걸어오자면 몇 주일은 족히 걸렸을 것이고, 또 그랬더라면 그의 가족 중 몇몇은 이곳에 도착하기도 전에 죽었을 것이다.

아무도 굶는 사람이 없어 보이는 듯한 이 풍요로운 땅에 대한 막연한 인상이 가족의 마음을 흐뭇하게 만들었다.

"자, 나가자. 나가서 빈민 식당을 찾아보자."

왕룽이 말하자, 그들은 모두 즐거운 듯 자리에서 일어나 밖으로 몰려나갔다. 그들은 곧 그 담벽 밑에 움막들이 다닥다닥 붙어 있는 그 이유를 알게 되었다. 담벽의 북쪽 끄트머리에서 조금만 더 나가면 큰길이 나타나는데 그 거리에는 많은 사람들이 빈 그릇이나 양철통을 들고 걸어가고 있었다. 모두 빈민 식당으로 가는 사람들이었다. 식당은 그 거리끝에서 멀지 않은 곳에 있었다. 그래서 왕룽과 그의 가족도 이들 군중에 섞여 거적대기로 지은 두 개의 커다란 건물 앞에 다다랐다. 사람들은 모두 이 건물의 열려진 문으로 몰려 들어가고 있었다.

그 건물의 뒤에는 왕룽으로서는 처음 보는 거대한 화덕이 있었는데, 그 화덕에는 연못만큼이나 큰 가마솥이 걸려 있었다. 커다란 나무 뚜껑을 열어젖히자 구름 같은 김을 내뿜으며 흰 쌀죽이 속에서 부글부글 끓고 있었다. 떼지어 모여든 사람들은 제각기 소리를 지르고 있었는데, 어머니들은 아이들이 밟힐까 봐 두려워서 아우성이었고, 또한 아이들은 아이들대로 죽는 소리를 내고 있었다. 가마솥 뚜껑을 열던 사내가 소리쳤다.

"먹을 것은 푸짐하게 있으니 차례차례로 오라고!"

그러나 그 무엇도 이 굶주린 사람들을 제지할 수는 없었다. 먹을 것을 얻을 때까지 그들은 마치 짐승처럼 서로 다투었다. 왕룽은 아버지와 두 아들을 잃어버리지 않기 위해 꼭 잡고 있는 동안 어느 새 커다란 가마솥이 걸려 있는 곳까지 휩쓸려 왔다. 그는 그릇을 내밀어 담아 주는 죽을 받고는 동전 한 닢을 던져 주었다. 일이 순조롭게 끝날 때까지 밀려나가지 않고 그대로 버티고 섰기도 그리 쉬운 노릇이 아니었다.

그들은 다시 밖으로 나와 길거리에 서서 죽을 먹었다. 왕룽은 배를 채우고도 아직 그릇에 음식이 조금 남아 있는 것을 보고 이렇게 말했다.

"이걸 집으로 가져갔다가 저녁에 먹어야겠군."

그러나 제복을 입고 있는 그곳의 수위인 듯한 사람이 가까이 서 있다가 소리를 질렀다.

"안 돼! 뱃속에 집어 넣는 것 외에는 아무것도 가져갈 수 없어!"

그 소리에 왕룽이 깜짝 놀라며 말했다.

"아니, 돈을 냈는데, 뱃속에 넣어 가든 그냥 남겨 가든 당신이 무슨 상관이오?"

"그건 여기의 규칙이야. 심장에 철판을 깐 자들이 여기 와서 빈민들에게 나눠 주는 죽을 마구 사다가 자기 집 돼지에게 먹이는 치들이 있단 말이다. 말이 나왔으니 말이지, 동전 한 푼으로는 이렇게 먹을 수도 없어. 그리고 이 쌀죽은 사람을 위한 것이지 돼지를 위해 만든 죽이 아니야."

왕룽은 이 말에 깜짝 놀라서 큰 소리로 물었다.

"세상에 그런 죽일 놈들이 다 있군! 그런데 왜 가난한 사람들에게 이런 걸 주는 거죠? 누가 이런 걸 주는 겁니까?"

"이 도시의 점잖고 돈 있는 어른들이 하는 거야. 그분들은 이렇게 가난한 민중의 생명을 구해 줌으로써 죽은 뒤에 극락엘 가려고 하기도 하고, 어떤 분들은 이렇게 좋은 일을 해서 세상 사람들한테서 칭찬을 들으려고 하는 거지."

"이유야 어떻든 참 좋은 일들을 하시는군요. 그 중에는 마음이 어질어서 그러는 분도 있을 거예요."

그 사람이 아무런 대답도 하지 않는 것을 보자, 왕룽은 자신을 변명하듯 말했다.

"적어도 몇 분은 그런 사람이 있겠죠?"

그러나 왕룽과의 이야기가 재미없었는지 그 사람은 등을 돌려 느린 곡조로 콧노래를 흥얼거렸다. 왕룽의 가족은 움막으로 돌아왔다. 그들은 이내 자리에 누워 이튿날 아침까지 내내 잠을 잤다. 오랜 만에 배불리 먹었기 때문에 이내 깊은 잠 속으로 떨어지고 말았던 것이다.

이튿날 아침 끼니를 위해 마지막 동전을 써 버렸기 때문에 어떻게 해서든 돈을 마련해야 할 형편이었다. 왕룽은 어떻게 하면 좋을지 몰라 오란을 쳐다보았다. 그러나 그의 눈초리는 황량하고 공허한 들판을 바라보던 실의에 찬 눈빛은 아니었다. 잘 먹어서 살이 통통하게 찐 사람들이 거리를 왔다갔다하고, 시장에는 고기와 야채가 풍성하고, 싱싱한 물고기가 물통에 가득한 이곳에서는 굶어 죽을 것 같지는 않았다. 은전이 있어도 먹을 것을 살 수 없었던 그의 고향과는 너무나도 달랐다. 이런 곳에서의 생활을 익히 알고 있기나 하듯, 오란은 천천히 대답했다.

"저와 아이들은 구걸을 해 볼게요. 아버님도 하실 수 있을 거예요. 아버님의 백발에 사람들은 마음이 움직일 거예요."

오란은 두 아이들을 불렀다. 아이들은 다시 밥을 먹게 되었다는 것, 그리고 낯선 객지에 와 있다는 경이로움에 지나가는 사람들을 물끄러미 쳐다보고 서 있었다. 오란은 아이들에게 말했다.

"각자 밥그릇을 들어라. 밥그릇을 들고 큰 소리로 이렇게 말하는 거야……"

오란은 손에 든 빈 밥그릇을 앞으로 내밀며 측은한 목소리로 중얼대기 시작했다.

"아저씨, 한 푼만요. 아주머니, 한 푼 주세요. 어진 마음으로 한 푼 적선하시고 천국에서 행복하게 사세요! 동전 한 푼으로 굶어 죽는 놈 좀 살려주세요!"

아이들은 어머니를 쳐다보았다. 왕룽도 오란을 쳐다보았다. 이 여자는 도대체 어디서 이런 것을 배웠던 것일까? 그는 이제까지 그녀에 대해 얼마나 많은 것을 모르고 있었던가? 왕룽의 시선에 대답이라도 하듯 오란이 말했다.

"어렸을 때 이렇게 해서 먹고 산 적이 있었어요. 그리고 결국 종으로 팔려 가게 되었지만요."

그들은 구걸하기 위해 모두 밖으로 나갔다. 오란은 애처로운 소리를 지르며 지나가는 사람 앞에 밥사발을 내밀었다. 그녀는 젖가슴을 드러낸 채 딸아이를 안고 다녔는데, 잠들어 있는 아이의 머리는 축 늘어져 있어 정말로 죽어가는 것처럼 보였다. 오란은 구걸할 때마다 그 아이를 손으로 가리키며 소리쳤다.

"아저씨, 아주머니, 한 푼만요. 아이가 죽어 가고 있어요!"

그래서 행인들 중에는 동전 한 푼을 던지고 가는 사람도 있었다.

그러나 아이들은 구걸을 장난하듯 하기 시작했다. 큰아이는 이를 드러내고 히죽히죽 웃기까지 했다. 이를 알아차린 오란은 아이들을 움막으로 끌고와 호되게 꾸짖었다.

"이놈들아, 굶어 죽겠다고 구걸을 하는 놈들이 히죽히죽 웃는 법이 어디 있어! 이 바보 같은 놈들아, 모두 굶어 죽을 작정이냐?"

오란은 손바닥이 아플 때까지 아이들의 뺨을 후려갈겼고, 아이들은 흐느끼며 울기 시작했다. 오란은 아이들을 다시 밖으로 내보내며 소리쳤다.

"그렇게 울며 구걸을 해야 돼! 다시 웃었단 봐라! 더 혼날 줄 알아!"

왕룽은 여기저기서 물어서야 겨우 인력거 세놓는 곳을 찾아 냈다. 그리고 밤에 갚기로 하고 은전 반 닢 값으로 인력거를 한 대 빌렸다.

두 개의 바퀴가 달린, 나무로 만들어진 인력거를 끌고 가며 왕룽은 모든 사람들이 자기를 바라보는 것 같아 어색해져서 거의 발걸음을 옮길 수가 없었다. 다른 인력거꾼들은 손님을 태우고 잘도 달리고 있었다. 그는 우선 대문을 꼭 닫은 주택들만 들어서 있는 좁은 골목으로 들어가 일에 익숙해질 때까지 인력거를 끌고 몇 번이고 그 골목을 오르락내리락했다. 차라리 구걸을 하는 편이 낫겠다고 중얼거리고 있을 때, 학자처럼 보이는 안경쓴 노인이 걸어나와 그를 불렀다.

왕릉은 우선 인력거를 처음 끌기 때문에 빨리 달릴 수가 없다는 것을 그에게 말했다. 그러나 그는 귀머거리였으므로 왕릉이 하는 말을 하나도 알아듣지 못하는 듯했다.

"향교(鄕校)까지 가세."

이 한 마디를 하고는 노인은 더 이상 아무 말도 없이 꼿꼿이 좌석에 앉아 있었다. 그렇게 앉아 있는 그에게 왕릉은 더 이상 아무 말도 물을 수가 없었다. 왕릉은 도대체 향교가 어디쯤 있는지 알지도 못하면서 인력거를 끌기 시작했다. 왕릉은 인력거를 끌고 가며 길을 물어 보았다. 길거리는 어찌나 번잡한지 도저히 빨리 달릴 수가 없었다. 그런데다 처음 해 보는 일이라 흔들거리는 인력거에 무척 신경이 쓰였다. 그러나 될수록 빠른 걸음으로 걸어갔다. 향교의 담벽이 보이기 시작하자, 그의 팔은 쑤시고 손바닥은 물집이 잡히기 시작했다. 괭이의 손잡이와 인력거의 손잡이는 전혀 달랐다.

향교 문 앞에 도착해서 왕릉이 인력거를 내려놓자 노인은 인력거 밖으로 걸어나왔다. 그리고 가슴을 더듬어 은전 한 닢을 꺼내 왕릉에게 건네주며 말했다.

"이것 이상은 줘 본 적이 없어. 불평해야 아무 소용이 없어."

그리고 그는 몸을 돌려 향교 안으로 들어갔다.

왕릉은 그런 은전을 본 적이 없었으므로 불평할 생각은 아예 없었다. 그리고 그는 이 은전이 동전 몇 푼에 해당되는지도 몰랐다. 그는 돈을 바꾸어 주는 가까운 싸전으로 가 은전을 동전 스물여섯푼과 바꾸었다. 왕릉은 남쪽에서는 이렇게 쉽게 돈을 벌 수 있다는데 너무나 놀랐다. 그때 옆에 서 있던 다른 인력거꾼이 왕룽이 돈을 세고 있는 것을 넘겨다보며 물었다.

"겨우 스물여섯 푼이오? 그 늙은이를 어디서 태워다 주었길래?"

왕룽이 자세히 설명하자 그 사람은 크게 소리쳤다.

"저런 노랭이 같은 늙은이 봤나! 겨우 정한 요금의 반값이로군. 떠나기 전에 얼마로 정했는데."

왕룽이 대답했다.

"그냥 가자 해서 태웠을 뿐이오."

다른 인력거꾼이 측은하다는 듯이 왕룽을 바라보았다.

"이런 바보 같은 시골뜨기를 봤나. 꼬리도 아직 안 떨어졌군! 부른다고 무턱대고 값도 정하지 않고 그냥 태우는 바보가 어디 있어. 앞으로 이걸 꼭 알아 두게. 먼저 이렇게 물어 보란 말이야. '태워다 드리면 얼마 줄 테요'라고 말이야. 미리 묻지 않고 태울 수 있는 건 서양놈들뿐이야! 그놈들은 값이라곤 하나도 모르니까 돈을 물쓰듯 하게 할 수 있단 말이야."

이 말을 듣고 있던 사람들이 모두 크게 소리내어 웃었다.

왕룽은 아무 말도 하지 않았다. 이 도회지 사람들 틈에서 그가 기가 눌리고 무시당하는 듯한 느낌을 갖게 되는 것은 아주 당연한 일이었다. 그는 아무런 대꾸도 없이 인력거를 끌고 그곳을 떠났다.

"그러나 내일 아이들을 먹여 살릴 돈을 벌었어."

그는 힘주어 자신에게 타이르듯 말했으나 이내 그의 머리 속에는 밤에 치러야 할 인력거 삯이 생각났다. 그것은 인력거 삯의 반값도 되지 못했다.

그는 오전에 손님을 한 사람 더 태웠다. 그 손님과는 미리 흥정을 했고, 손에 있는 돈을 모두 세어 보니까, 인력거 삯을 내면 겨우 한 푼이 남았다.

추수 때 밭에서 하루 종일 일한 것보다 더 고된 일을 하고서도 겨우 동전 한 푼밖에 벌지 못했구나 생각하자 갑자기 고향 생각이 복받쳐 올랐다. 그는 고향에 땅을 남겨 두고 왔다는 생각을 까맣게 잊고 있었다. 그의 땅이 기다리고 있다는 생각을 하니 마음이 편안해졌다. 이런 평화로운 생각에 젖은 채 그는 이윽고 움막에 도착했다.

움막 속으로 들어와 보니 오란은 그날 하루 구걸로 동전 다섯 푼이 채 못 되는 엽전 마흔 개를 벌었다. 그리고 아이들은 큰놈이 엽전 여덟 개, 작은놈이 열세 개를 구걸해 왔는데, 이것을 모두 합치면 이튿날 아침 쌀 값으로는 충분했다. 작은아이는 자신이 구걸하여 얻은 돈을 손에 꼭 움켜쥔 채 잠이 들었으며, 따라서 식구들은 그가 스스로 아침밥 값으로 그 돈을 내놓기 전까지는 감히 그것을 빼앗을 수 없었다.

그러나 노인은 한 푼도 벌어오지 못했다. 하루 종일 길거리에 멍청하게 앉아 있기만 하고 전혀 구걸을 하지 않았다. 그는 졸다가 잠을 깨서는 지나가는 행인을 멍청히 바라보고, 그러다가 피곤하면 다시 잠을 잤다. 그렇다고 노인을 나무랄 수도 없었다. 노인은 민망했던지 심드렁하게 말했다.

"나는 그전에 밭을 갈아 씨도 뿌리고, 추수도 해서 쌀통을 그득 채웠었단 말이야. 그뿐인가, 아들과 손자도 있단 말이야."

그는 아들도 있고 손자도 두었으니, 이제 먹고 살 걱정은 없을 것이라고 어린애처럼 믿고 있었다.

12

이제 왕룽의 가족들은 굶주림에서 벗어나게 되었다. 왕룽의 노동과 오란의 구걸로 굶는 일이 없게 되자 이 도시에 대해 조금씩 생각해 볼 여유가 생기게 되었다. 인력거 덕분에 왕룽은 차차 이 도시의 사정을 알게 되었고 이곳저곳 은밀한 장소도 구경하게 되었다. 아침에 인력거를 타는 여자 손님들은 시장에 가는 사람들이었고, 남자 손님이면 학교나 아니면 회사에 출근하는 사람들이라는 것도 알게 되었다. 그러나 그곳이 '서구(西歐)대학'이니 또는 '중화대학'으로 불리어진다는 사실 이외에는 그것이 무엇을 하는 학교인지 왕룽은 전혀 알 길이 없었다. 한 번도 학교 교문 안으로 들어가 본 적이 없었기 때문이다. 만약 들어가고 싶어도 누가 그에게로 다가와서는 무슨 일로 들어왔느냐고 물어 보리라는 것을 왕룽은 잘 알

고 있었다. 그리고 사람을 태우고 가는 그 회사라는 곳도 무엇을 하고 있
는 곳인지 알 턱이 없었다. 그저 태워다 주고 돈만 받으면 그만이었기 때
문이다.

그리고 밤에는 찻집이나 아니면 유흥가에 가는 사람들이라는 것도 알게
되었다. 음악 소리가 거리로 넘쳐 흐르고, 상아와 대나무로 만든 마작패를
나무 탁자 위로 던지며 노는 소리도 들려 왔다. 그리고 담 뒤에 은밀히 숨
겨진 조용한 비밀 유흥장도 있었다. 그러나 왕룽은 이러한 유흥장에 대해
서도 전혀 아는 바가 없었다. 그의 움막 외에는 다른 집의 문지방을 통과
한 적이 없었다. 그는 마치 버려진 부스러기나 주워 먹고, 여기저기 숨을
곳이나 찾는, 부잣집에 기생하는 쥐처럼 이 풍요로운 도시에서 소외되어
있었다. 왕룽과 그의 가족들은 마치 외국인처럼 이 남쪽 도시에서 살았다.

왕룽의 고향인 안후이성(安徽省)에서는 말소리가 느리고 그 속에 깊이
가 있었으며 또 그것은 목구멍에서 우러나오는 소리였다. 그러나 이곳 장
쑤성(江蘇省)의 도시에서는 입술과 혀끝으로 말을 굴리며 음절을 딱딱 끊
어서 말했다. 그리고 왕룽의 고향 사람들은 1년에 두 번 벼와 밀을 추수하
고, 그 밖에 약간의 옥수수와 콩과 마늘을 심어서 퍽 한가했는데, 이곳 도
시 주변 사람들은 벼농사 이외에 여러 가지 채소를 빨리 키워 내느라고 1
년 내내 인분 주기에 바쁜 것 같았다.

왕룽의 고향에서는 마늘 조각을 넣은 밀가루 빵 한 조각이면 훌륭히 한
때를 먹을 수 있었지만 이곳 사람들은 돼지고기와 죽순 그리고 온갖 야채
를 섞어 요리해서 먹었다. 어쨌든 이 담벼락에 다닥다닥 붙어 있는 조그마
한 빈민가는 이 도시의 일부도 아니려니와 그렇다고 시외에 뻗쳐진 시골
의 일부도 아니었다.

언젠가 왕룽은 향교 모퉁이에서 한 청년이 군중에게 연설하고 있는 것
을 들은 적이 있었다. 그곳은 누구든지 용기 있는 사람이면 앞으로 나서서
연설을 할 수 있는 곳이었다. 그 청년은 중국은 혁명을 일으켜야 하며, 또
한 중국인은 악질적인 외국인들에게 대항해 모두 일어서야 한다고 역설했
다. 그 소리를 들은 왕룽은 그 말이 바로 자기에게 하는 말이라고 생각되

어 그곳에서 도망쳐 버렸다.

어느 날 우연히 왕룽은 가끔 후한 요금을 주고 비단을 사 가지고 나오는 부인들이 다니는 상점들 앞을 지나가게 되었다. 그때 갑자기 그가 한 번도 보지 못했던 이상한 모습의 사람이 그에게 다가왔다. 여자인지 남자인지도 얼른 알아볼 수 없었다. 어쨌든 키가 컸고, 굵은 천으로 지은 검은색의 긴 옷을 입고 있었으며, 목에는 죽은 짐승의 가죽을 두르고 있었다. 왕룽이 그 앞을 지나가려 하자, 남자인지 여자인지도 구별할 수 없는 사람이 그에게 인력거를 내리라고 손짓을 했다. 왕룽은 하라는 대로 인력거를 내렸다. 그리고 어리둥절해하며 인력거의 손잡이를 잡고 일어나자 그 사람은 서툰 말로 다리 거리까지 가자고 했다. 어리둥절한 그는 인력거를 끌고 달리기 시작했다. 일을 하다 우연히 알게 된 인력거꾼을 만나자 왕룽은 소리쳐 물었다.

"이것 좀 봐요. 내가 지금 태우고 가는 게 도대체 뭐요?"

그 인력거꾼은 뒤를 돌아보며 소리쳤다.

"아, 외국 사람이구먼. 미국 여자야. 당신 좋겠구먼."

왕룽은 뒤에 타고 있는 이상한 사람이 두려워 될 수 있는 대로 빨리 달렸다. 이윽고 다리 거리에 도착했을 때, 녹초가 된 왕룽의 몸은 땀으로 흠뻑 젖어 있었다.

인력거에서 내린 그 외국 여자는 서툰 말로 입을 열었다.

"그렇게 죽도록 힘을 써 달릴 필요는 없잖아요?"

그 여자는 왕룽의 손에 은전 두 닢을 쥐어 주고 그곳을 떠났다. 그것은 보통 때의 두 배나 되는 요금이었다.

비로소 왕룽은 이 사람이야말로 언젠가 청년이 말한 그 외국인이라는 것을 알게 되었다. 그리고 자기와 같이 검은 눈을 가진 사람은 한 족속이고, 옅은 색의 머리와 눈을 가진 사람들은 다른 족속에 속한다는 것도 알게 되었다. 그 이후 왕룽은 이제 이 도시에서 자신은 외국인이 아니라는 확신을 갖게 되었다.

그날 밤 은전을 가지고 돌아온 왕룽은 오란에게 그 이야기를 했다. 그러자 오란이 말했다.

"저도 봤어요. 그런 사람들을 만나면 꼭 구걸을 하거든요. 그러면 그 사람들은 동전 대신에 은전을 꼭 밥주발에 넣어 주지요."

그러나 왕룽이나 오란은 모두 그 외국 사람들이 마음이 좋아서 은전을 주는 것이 아니라, 물건값을 모르기 때문이라고 생각되었다.

어쨌든 왕룽은 청년에게서 배우지 못했던 사실, 즉 자신이 검은 머리, 검은 눈을 가진 같은 족속에 속한다는 것을 알게 되었다.

이 도시에는 먹을 것이 넘쳤다. 자갈이 깔린 생선 시장의 거리 양쪽에는 밤에 강에서 잡아올린 은어 광주리가 늘어서 있었다. 비늘이 번쩍이는 작은 물고기가 가득 담긴 물통이 있는가 하면, 놀란 듯 꿈틀거리며 서로 이빨을 끼우고 있는 누런 게, 그리고 부잣집에서나 구경할 수 있는 뱀장어가 길 가장자리에 줄줄이 놓여 있었다. 또 곡물 시장을 보지 못한 사람은 그 엄청난 양의 곡식을 상상할 수도 없을 것이다. 눈같이 흰 쌀, 갈색의 밀, 약간 푸른빛이 도는 황금빛의 밀, 콩, 팥, 푸른 완두콩, 카나리아 색깔을 한 기장, 회색 참깨 등이 산더미처럼 쌓여 있었다. 그리고 육류 시장에는 통돼지의 배를 갈라서 붉은 살덩어리와 두툼한 비계, 두껍고 하얀 껍질이 보이도록 목을 꿰어 매달아 놓고 있었다. 오리고기 집에는 석탄불에 구운 갈색 오리와 소금에 절인 흰 살코기와 내장 등속이 천장이나 문에 타래로 엮여 매달려 있었다. 거위나 꿩 등 온갖 날짐승을 파는 가게도 많았다.

또 채소 시장에는 사람의 손으로 땅에서 키워 낼 수 있는 것은 무엇이든 다 있었다. 빛깔 좋은 당근, 하얀 연뿌리, 토란, 푸른 배추, 미나리, 숙주나물, 생밤, 향긋한 양갓냉이 등 사람들의 입맛을 돋우는 것이면 무엇이든 다 있었다. 과자와 과일, 기름에 튀긴 감자, 향료를 넣고 밀가루를 입혀 찐 돼지고기, 찹쌀떡 같은 것을 가지고 다니며 파는 행상들도 많았다. 손에 동전을 움켜쥔 도시 아이들은 이런 것들을 파는 행상에게로 달려가, 그것을 사서는 온몸이 기름이나 설탕으로 번들거릴 때까지 먹어 댔다.

이런 도시에서 굶어 죽는 사람이 있으리라고는 아무도 생각하지 않을 것이다.

그러나 왕릉과 그의 식구들은 매일 아침 동이 트면 움막을 빠져 나와 젓가락과 밥사발을 들고, 다른 사람들과 함께 어울려 열을 지어 빈민 식당으로 갔다. 그들은 아침 안개를 몰아 오는 쌀쌀한 강바람을 막기에는 형편 없는 얇은 옷을 입고 덜덜 떨면서, 한 푼으로 흰죽 한 그릇을 사 먹기 위해 그곳으로 갔다. 왕릉이 죽도록 인력거를 끌거나, 오란이 구걸을 해도 그들은 움막에서 밥을 지을 수 있을 만큼 충분한 돈을 벌 수가 없었다. 빈민 식당에서 밥값을 치르고 동전 한 닢이라도 남으면 배추를 샀다. 그러나 배추를 요리해 먹기 위해서는 오란이 두 개의 벽돌을 괴어 만든 아궁이에 땔 나무를 긁어 와야 하기 때문에 그만큼 더 힘이 들었다. 그들은 시내 장터로 땔나무를 팔러 가는 농부들의 뒤를 따르면서 갈대나 풀을 조금씩 훔쳐 내야만 했다. 가끔 땔감을 훔치러 간 아이들이 농부들에게 붙잡혀 혼이 나는 때도 있었다. 어느 날 밤에는 동생보다 소심하고 부끄러움을 잘 타는 큰놈이 농부에게 얻어맞아, 눈두덩이가 퉁퉁 부어 가지고 돌아온 적도 있었다. 그러나 작은놈은 점점 솜씨가 늘어 구걸보다도 좀도둑질에 더 재미를 붙이고 있었다.

그러나 오란은 아무렇지도 않게 생각하는 듯했다. 구걸질을 못 한다면 도둑질이라도 해서 자기 배를 채워야 한다는 것이 오란의 생각이었다.

그러나 왕릉은 아내의 그런 말에 아무런 대꾸도 하지 않았지만, 아이들이 그런 도둑질을 하는 것이 못마땅했고, 따라서 큰놈이 도둑질에 서툰 것을 조금도 나무라지 않았다.

어느 날 밤, 늦게 움막으로 돌아온 왕릉은 큼직한 돼지고기 덩어리가 떠 있는 배추국을 발견했다. 황소를 잡아먹은 이래 고깃국을 먹기는 이번이 처음이었다. 왕릉은 눈을 크게 떴다.

"오늘은 외국인에게 구걸을 한 모양이구먼."

그는 오란을 향해 말했다. 그러나 그녀는 평소처럼 아무 말도 없었다. 작은놈이 우쭐하는 기분으로 입을 열었다.

"내가 훔쳤어. 그건 내 고기야. 푸줏간 주인이 커다란 고깃덩이에서 그걸 배어 놓고 한눈을 팔길래, 그걸 사러 왔던 할머니 팔 아래로 뛰어들어가 들고 도망쳤지. 그걸 가지고 골목으로 도망쳐, 어느 집 뒷문에 있는 빈 물통에 숨겨 두었더니 형이 왔어."

왕룽이 화를 내며 소리쳤다.

"그렇다면, 난 이 고기를 안 먹겠다! 사거나 아니면 구걸해 얻은 고기는 먹을 수 있지만, 훔친 고기는 안 먹겠다. 우린 거지일망정 도둑놈은 아니란 말이야."

그리고는 그는 두 손가락으로 국그릇의 고기를 건져 내어 땅바닥에 내팽개쳤다.

그러자 오란은 아무렇지도 않은 표정으로 앞으로 다가와, 그 고기를 주워서 물에 헹군 다음 그것을 다시 끓는 국솥으로 집어넣었다.

"고기는 고기일 뿐이에요."

오란은 조용히 말했다.

왕룽은 아무 말도 하지 않았다. 그러나 그의 아이들이 이 도시에 와서 도둑으로 자라고 있다는 생각을 하니 그의 마음은 분노와 함께 두려움으로 가득 찼다. 오란이 부드럽게 푹 익은 고기를 젓가락으로 찢어서 큰점은 노인에게 주고, 두 아들에게도 한 점씩 나눠 주고, 딸아이의 입에도 넣어 주고, 또 그녀 자신도 먹었다. 왕룽은 아무런 말도 하지 않고, 배추만 먹었다.

그러나 저녁밥을 먹고 난 후, 왕룽은 그의 아내가 눈치채지 못하도록 작은놈을 데리고 나가 으슥한 곳에 세워 놓고는 머리를 겨드랑이 사이에 끼고 주먹으로 마구 갈겼다. 그는 몸부림치며 울어 대는 아이에게 매질을 그치지 않았다.

"이놈의 자식! 이 도둑놈의 새끼 같으니라고!"

그는 울부짖듯 큰 소리로 야단을 쳤다.

아이는 울음을 그치지 않은 채 움막으로 들어갔고, 왕룽은 속으로 중얼거렸다.

'고향으로 돌아가야겠어.'

13

왕룽은 이 윤택한 도시의 밑바닥에서 하루하루를 가난과 싸우며 살아갔다. 시장에는 음식물이 넘쳐 흐르고, 포목상이 늘어선 거리에는 갖가지 화려한 명주천 깃발이 바람에 흩날리고 있었다. 부유한 사람들은 비단이나 공단으로 몸을 감았으며, 흰 손과 향수 냄새를 풍기는 몸은 마치 아름답게 피어난 꽃과 같았다. 그러나 왕룽의 움막 주위에는 허기증을 면할 만한 식량도, 몸을 가릴 만한 의복도 충분하지 못했다.

이 가난한 사람들은 하루 종일 부자들의 밥상을 차리기 위한 빵과 과자를 굽는 데 종사하고, 어린이들도 새벽부터 밤중까지 일을 하고는 기름때 투성이가 된 채로 맨바닥에 짚더미를 깔고 잤다. 그러나 이들이 받는 품삯은 그들이 남을 위해 만드는 먹음직한 빵 한 개 값도 되지 못했다. 또한 시장에서 재봉 일을 하는 남녀들도 부자들을 위해 사치스러운 모피나 비단 옷을 짓거나 마르는데, 아무리 열심히 일해도 그들 자신은 누더기 같은 시퍼런 무명 조각을 조금씩 주워 모아 겨우 몸을 가리도록 기워 입을 뿐이었다.

그러나 그들은 묵묵히 일할 뿐 별 말이 없었다. 그들은 오란과 같이 무언의 얼굴이었다. 그들의 머리 속에 무엇이 들어 있는지 아무도 몰랐다. 이따금 입 밖에 내는 말이 있다면 그것은 음식에 관한 것이 아니면 동전 이야기였다.

오랜 세월을 너무나 무거운 짐과 씨름을 해 왔기 때문에 자연히 윗입술이 말려 올라가서 이가 드러난 것인데 그것이 마치 화가 나서 이를 드러내 놓은 듯이 보였다. 그리고 힘든 일로 그들의 눈과 입언저리의 근육에도 깊은 주름살이 잡혔다. 그들 자신은 자기네들이 어떤 얼굴을 하고 있는지 전혀 알지 못했다. 그들 중 한 사람이 어느 날 가구를 싣고 지나가는 수레 위의 거울에 비친 자신의 모습을 보고 '저리도 못생긴 녀석이 다 있군!'

하고 소리쳤다. 그러자 주위에 있던 사람들이 모두 소리내어 웃었다. 남들이 왜 웃는지를 몰라서, 혹시 자기가 누구의 비위를 거스르지나 않았나 하고 주위를 두리번거렸다.

다닥다닥 엉겨붙어 있는 움막의 부녀자들은 연방 태어나는 아기들을 위해 누더기를 주워 모아 이불을 만드는 한편 채소밭에 가서 호배추를 조금씩 훔쳐 오거나, 곡물 시장에서 쌀을 한 줌씩 훔쳐 오기도 했다. 그렇지 않으면 1년 내내 언덕배기에 가서 풀을 뜯어 왔다. 추수 때가 되면 일꾼들의 뒤를 쫓아다니며 마치 모이를 찾아 헤매는 새처럼 곡식 한톨, 이삭 하나라도 더 줍기 위해 눈을 부릅뜨고 다녔다. 어린아이들은 이러한 생활 속에서 태어나고 죽어 갔다. 그 부모들은 몇 명이 태어나고 죽었는지, 몇 명이 살았는지도 모르는 형편이었다. 그들은 아이들의 수를 그저 먹여야 하는 식구의 수로만 생각할 뿐이었다. 남자들은 이것저것 닥치는 대로 일을 해서 동전 몇 푼의 품삯을 받고, 부녀자들과 아이들은 훔치거나 구걸을 하거나 혹은 남을 속이기도 했다. 왕룽 일가도 그러한 무리 속에 끼여 있었다. 청년이 된 남자 아이들은 분노와 불평을 늘어놓았다. 그러다가 마침내 그들도 어른이 되고 결혼도 하고 가족이 늘어나 살기에 힘겨워지면, 젊었을 때의 그 산발적인 분노는 심한 절망과 말로써 표현할 수 없는 지독한 반항심으로 변했다. 일생 동안 소나 말보다 더한 노동을 하는 데다 그만큼 뼈빠지게 일을 해도 그 쥐꼬리만한 보수로는 겨우 허기를 때우는 정도였다.

겨울도 다 지나가고 봄 기운이 도는 어느 날 밤이었다. 움막 주위는 눈 석임으로 질퍽이고, 움막 안에까지 물이 흘러들어 집집마다 여기저기에서 주워온 벽돌들을 깔아 그 위에서 새우잠을 자는 형편이었다. 그러나 밑바닥이 그렇게 축축하고 불쾌감을 주는데도 그날 밤은 공기가 부드럽고 아늑하여 봄기운이 완연했다. 이러한 봄기운이 왕룽으로 하여금 가슴을 몹시 설레게 했다. 저녁만 먹으면 으레 자던 버릇과는 달리 그는 거리 한모퉁이로 나가서 멍하니 서 있었다.

그곳은 그의 아버지가 늘 주저앉아 있는 장소였다. 아버지는 여전히 담장에 기대 앉아 저녁밥을 먹고 있었다. 움막 안에는 아이들이 터질 듯이 들어차 시끄럽게 떠들어 댔다. 그리고 노인은 한쪽 손에 베끈을 잡고 있었다. 오란이 자기 허리띠로 만든 것인데 그것을 손녀의 허리에 감고 그 한 끝을 잡고 있으면 계집애는 멀리 가지도 않고 아장아장 걸어다니며 잘 놀았다. 아이는 이제 구걸하러 다니는 제 어머니의 품에 안겨 지내기를 싫어했고, 노인이 매일같이 그러한 방법으로 돌보았다. 더구나 오란은 임신을 하여 계집애를 달고 다니기에는 너무 힘들어 했다.

아이는 넘어졌다가는 일어나고, 일어났다간 다시 넘어지곤 했는데 노인은 그때마다 끈의 양 끝을 잡아당겨 주곤 했다. 이러한 광경을 바라보고 있던 왕룽의 얼굴에 따스한 밤바람이 스쳤다. 그러자 그의 마음 속에는 문득 고향에 두고 온 땅에 대한 그리움이 솟구쳤다.

"이런 날씨에는 밭을 갈고, 밀을 심어야 하는데요."

"네가 지금 무슨 생각을 하는지 잘 안다. 나도 젊었을 때 두서너 번 올해같이 내 토지를 버리고 나와서 그런 생각을 한 적이 있지."

"그렇지만 아버지는 늘 고향으로 돌아오셨잖아요."

"내 땅이 기다리고 있었으니까……."

노인은 간단히 그렇게 말했다.

그래, 우리도 돌아가야 한다. 올해가 아니더라도 내년에는! 왕룽은 마음 속으로 다짐했다. 땅이 있는 한 기필코 돌아가리라!

"무엇이든 팔 것만 있으면 팔아서 고향으로 갈 테다. 젠장, 노인만 없다면 굶어도 좋으니 걸어서라도 가고 싶어. 하지만 노인과 아이들을 천 리나 걷게 할 순 없잖아. 더구나 당신까지 그 부른 배를 해 가지고서 말야!"

오란은 얼마 안 되는 물로 웅크리고 앉아 밥그릇을 씻으며 천천히 대꾸했다.

"팔 거라곤 계집애밖에 더 있겠어요"

왕룽은 기가 막혔다.

"애를 팔다니?"

"나도 팔렸어요. 우리 부모가 고향에 돌아가려고 나를 부잣집에 팔았던 거예요."

"그래서 임자도 자식을 팔겠다는 거야?"

"나를 위해서라면 저애를 파느니보다 차라리 죽어 버릴 거예요……. 나는 하녀 중에서도 가장 비참했으니까요! 하지만 당신을 위해서 저애를 팔겠어요……. 당신이 고향에 돌아갈 수 있도록 말이에요."

"말 같지 않은 소리 하지도 마. 비록 이 황량한 객지에서 굶어 죽는 한이 있어도 그 짓은 못 해."

하지만 그러고 난 뒤 다시 밖으로 나오자 혼자서는 결코 상상조차 못 했던 생각이 의지와는 정반대로 그를 유혹했다. 그는 늙은 아버지가 잡고 있는 베끈 한 끝에서 아장아장 걷고 있는 계집애를 바라보았다. 변변히 먹이지도 못 했으나 키는 제법 자랐고, 토실토실 살이 쪄 있었다. 왕룽을 보자 계집애는 반가운 듯 생글 웃었다.

'저렇게 웃지나 말았으면……'

그러나 다음 순간에는 다시 그 농토 생각이 나서 성난 듯이 외쳤다.

"이제 두 번 다시 내 땅을 볼 수 없게 되는 걸까! 일을 하고, 거지 노릇까지 해도 겨우 그날그날 입에 풀칠만으로 고작이란 말이야!"

그때 어둠 속에서 굵고 걸걸한 목소리가 대답했다.

"자네뿐이 아니야. 자네 같은 사람이 이 도시에는 몇 천, 몇 만 명이나 있어."

한 사나이가 곰방대를 물고 다가왔다. 왕룽의 움막에서 두 집 건너 움막에 사는 사람이었다. 이 사나이는 낮에는 쉬고 밤이 되면 무거운 짐을 실은 손수레를 끌었다. 낮에는 차량과 행인들로 매우 붐비기 때문이었다. 왕룽은 새벽에 인력거를 끌러 나가다가 지친 모습으로 돌아오는 그와 마주친 적이 있었다.

"그래요? 그렇다면 영영 돌아갈 수 없단 말이지요?"

왕룽은 쓰디쓰게 말했다.

"아니지, 방도가 생기게 마련이지. 부자가 너무 큰 부자가 되면 어떤 다른 방도가 생기듯이, 가난뱅이도 궁지로 몰리면 무슨 방도가 트이는 법이지. 나는 작년 겨울에 딸아이 둘을 팔아 견디어 냈는데 이번 겨울에도 만일에 내 마누라가 계집아이를 낳는다면 또 팔게 될 거야. 부자가 너무 큰 부자가 되었을 때 길이 트인다는 것이 내가 잘못 생각한 것이 아니라면, 이제 곧 자네에게도 그 길이 트일 게야."

이렇게 말하고는 곰방대를 잡은 손으로 등뒤에 있는 높은 담벼락을 가리켰다.

"저 담 너머에 들어가 본 적이 있나?"

하고 그 사나이가 물었다.

왕룽은 눈을 치켜뜨며 고개를 저었다. 그 사나이가 말을 이었다.

"나는 딸아이를 팔려고 갔다가 보았지. 이 집에서 돈을 얼마나 많이 벌고, 또 얼마나 많이 쓰는지, 내가 말해도 자네는 아마 믿지 않을 거야. 하지만 이것만은 얘기해 두지. 이 집에서는 하인들도 은을 입힌 상아 수저를 사용하는가 하면, 여자 종들까지 비취나 진주 귀고리를 달고, 신발에는 진주를 박고 있더란 말이야."

이렇게 말하면서 그 사나이는 곰방대를 깊이 빨았다. 왕룽은 입을 딱 벌린 채 듣고 있었다. 이 담 너머에는 정말 그러한 일이 있을까!

"인간이 너무 큰 부자가 되면 다 다른 방도가 생기는 거야."

그 사나이는 또다시 말을 하고는 잠시 입을 다물었다. 그러고는 아무 말도 하지 않은 사람처럼 시치미를 뗀 표정을 지으며 어둠 속으로 사라져 버렸다.

"자, 일을 해야지. 일을 하러 가야지."

그러나 왕룽은 그날 밤 자리에 누워서도 그 담장 너머의 은이니 금이니 진주를 생각하느라 잠을 이룰 수가 없었다. 단벌 누더기옷에다 덮을 것조차 없고, 벽돌 바닥 위에는 겨우 거적 한 장이 깔려 있을 뿐이었다. 자식을 팔고 싶다는 유혹에 사로잡히자 그는 마음 속으로 이렇게 생각했다.

'부잣집에 파는 게 자식을 위해서도 좋을지 모르지. 호사스럽게 살며 주인 마음에 들기만 하면 배불리 잘 먹고, 보석을 몸에 달 수도 있다는 얘기가 아닌가.'

그러나 그러한 욕망을 지워 버리는 듯이 그는 자문자답을 하고 또 이렇게도 생각했다.

'하기야 애를 판댔자 금은 보화가 쏟아질 것도 아니지. 겨우 고향에까지 돌아갈 수 있을 만큼의 노자가 생긴다 하더라도, 농사지을 소나 그 밖의 살림 도구를 다시 장만할 돈은 도대체 어떻게 해서 구한다지? 자식을 판다 하더라도 여기서 굶는 대신 고향에 가서 굶어 죽는 것은 아닐까? 밭에 뿌릴 씨앗조차 없는데.'

그러나 아무리 생각해 보아도 '부자가 너무 큰 부자가 되면 어떤 다른 방도가 생긴다'라는 말뜻은 도무지 알 수가 없었다.

14

봄은 이 움막에도 찾아왔다. 움막촌 사람들도 이제는 언덕이나 묘지 돌아다니며 민들레며 냉이 같은 싱싱한 풀을 뜯을 수 있게 되었다. 겨울처럼 몰래 야채를 훔쳐 올 필요가 없어졌다. 누더기를 걸친 아낙네들과 어린애들이 날마다 움막에서 나와 양철 조각이나 뾰족한 돌, 녹슨 탈과 광주리를 들고는 먹을 수 있는 식물을 찾으러 들판과 거리를 떼지어 다녔다. 오란도 매일같이 두 아들과 함께 그 무리 속에 끼였다.

그러나 봄이 되자, 혹독한 겨울을 견딘 사람들의 가슴 속에 쌓였던 감정이 쏟아져 나와 그것이 말로 변해서 입 밖으로 터져 나왔다. 황혼이 짙어진 저녁때가 되면 사람들은 움막에서 나와 서로 이야기를 나누었다. 왕룽도 가까운 이웃에 살면서도 겨울 동안 알고 지낼 기회가 없었던 이 사람 저 사람과 비로소 인사를 나누었다. 오란이 무엇이든 듣는 대로 남편에게 말을 옮기는 여자였다면, 왕룽도 움막촌 사람들에 대해 알고 있었을 것이다. 그러나 오란은 무엇을 물으면 겨우 마지못해 대답할 뿐 원래 말이 없었다. 그래서 왕룽은 사람들이 모여 있는 맨 뒷전에 어색하게 서서 그들이 주고받는 이야기에만 귀를 기울일 뿐이었다. 이들이 생각하는 것은 다만, '내일은 생선 한 토막이라도 먹을 수 있을까'라든가, '어찌 하면 편히 쉴 수 있을까' 라든가, 때로는 '한두 푼이라도 더 벌어야겠다' 는 따위뿐이었다. 세월이 흘러도 행운이 찾아오지 않는 가난의 연속이기에 그들은 자포자기하여 차라리 힘든 일을 하지 않고 쾌락을 즐겨야겠다는 생각들이었다.

하지만 왕룽은 자기의 토지를 생각하며 이런 난항 속에서 어떻게 하면 고향으로 돌아갈 수 있을까 하고 궁리했다. 그는 이런 부잣집 담장에 붙어 사는 '찌꺼기' 같은 인간도 아니고, 부자도 아니었다. 그는 다만, 흙에서 사는 인간으로서 발에 그 흙의 촉감을 느끼며 봄에는 소가 끄는 쟁기를 잡고, 가을철에는 낫을 쥐지 않으면 살아가는 보람을 느낄 수 없는 그런 소박한 농민이었다. 그래서 그는 자연히 이곳에 모인 사람들과는 멀찍이 떨어져서 그들의 이야기를 듣기만 했다. 자기는 땅을 가지고 있으며, 조상으로부터 물려받은 좋은 밀밭과 저 황 대인 집에서 산 비옥한 논이 있다는 생각이 마음 속에 자리잡고 있었다.

사람들은 언제나 돈타령이었다. 옷감 한 자를 사는데 동전을 몇 푼 주었다느니, 손가락 만한 길이의 생선 한 마리를 얼마 주고 샀다느니, 하루에 얼마나 번다느니 하는 소리들 뿐이었다. 그리고 급기야는 담장 너머에 사는 부자의 금고가 자신의 것이 된다면 무엇을 할 것인가에 대한 화제로 돌아갔다.

"만약 그가 가지고 있는 재산이 내 것이고, 그가 언제나 허리춤에 차고 다니는 은이 내게 있다면 그리고 그의 첩들이 몸에 지니고 있는 진주나 부인이 차고 있는 루비가 내게 있다면……."

만약에 그러한 것이 있다면 그저 배부르게 먹고 늘어지게 자겠다거나 또 여태까지 먹어 보지 못한 맛있는 음식을 먹고, 여기저기 유명한 큰 찻집을 다니면서 노름을 하고, 예쁜 여자를 사서 정욕을 마음껏 만족시키고 싶다는 얘기들 뿐이었다. 그리고는 두 번 다시 일을 하지 않겠다는 것이 그들의 한결같은 마음이었다. 마치 담장 너머의 부자가 전연 일을 하지 않고도 사는 것처럼 그들도 그렇게 하는 것이 꿈이었다.

그들의 얘기를 듣던 왕룽이 갑자기 큰 소리로 외쳤다.

"만약 내게 그만한 금은 보석이 있다면 나는 땅을 사겠소. 기름진 땅을 말이오. 그리하여 그 땅에서 곡식을 거둬들이겠소."

이 말을 들은 사람들은 왕룽을 향하여 일제히 쏘아붙였다.

"저런, 저 돼지꼬리(변발을 가리킴)를 단 촌뜨기를 보게. 도회지에서 돈 쓰는 재미를 전혀 모르니 평생 소나 당나귀 꽁무니나 따라다니며 노예처럼 죽도록 일만 할 위인이야."

그들은 돈을 쓸 줄 아는 자기들이 왕룽보다는 훨씬 부자가 될 자격이 있다고 생각하고 있었다.

하지만 이러한 핀잔에도 왕룽의 마음은 움직이지 않았다. 남들이 듣게끔 말은 하지 않았으나, 그는 마음 속으로 이런 다짐을 할 뿐이었다.

'남이야 뭐라고 하든 나는 금은 보석만 있으면 훌륭하고 비옥한 토지를 위해 쓰겠다.'

이렇게 생각하니 또다시 자신의 땅이 몹시 그리워졌다.

왕룽은 글을 배운 적이 없으므로 성문이나 담벼락에 붙어 있는 종이 조각을 보아도 도대체 무엇인지 알 길이 없었다. 때로는 그런 것을 거리에서 팔기도 하고 그저 주기도 하였다.

맨 처음에 받은 것은 언젠가 그가 마지못해 태운 외국인으로부터였고, 그 다음 번 역시 키가 크고 푸른 눈동자를 가진 외국 사람이었다. 왕룽은 그런 무시무시하게 생긴 사람으로부터 무엇을 받기가 무서웠으나, 그 남자의 이상한 눈과 무서운 코를 보자, 기가 질려 도저히 거절할 수가 없었다. 그래서 마지못해 받았다. 그 서양 사람이 가고 난 뒤에 용기를 내어 자세히 들여다보니 그 종이에는 살결이 하얗고, 입가에 수염이 텁수룩한 남자가 십자로 된 나무에 걸려 있었다.

그날 저녁, 그는 그 그림을 가지고 가서 가족들에게 보였다. 그러나 그 뜻을 아는 사람은 아무도 없었다.

왕룽은 겁이 났다. 도대체 외국인이 왜 이런 것을 자기에게 주었는지를 곰곰히 생각해 보았다. 그 외국인의 형제가 이런 원통한 변을 당했기 때문에 그 원수를 갚기 위해서 주는 게 아닐까. 그래서 이튿날부터 왕룽은 외국인이 많이 다니는 길을 피해 다녔다. 그러는 동안 며칠이 지나자 그 그림에 대한 생각은 잊어버렸으며, 오란이 신바닥을 튼튼하게 한다고 그 종이를 넣어 꿰매 버리고 말았다.

그런데 옷을 잘 입은 이 도회지의 청년이 또 왕룽에게 종이 조각을 주었다. 이번 그림도 피를 흘리고 죽어 있는 사람의 그림이었으나, 다만 이번의 것은 하얀 살결도, 털이 텁수룩한 것도 아니고, 왕룽과 같이 눈도 머리털도 검고, 해진 푸른 무명 옷을 입은 살결이 누런, 가난한 사람의 모습이었다. 그 죽은 사람 곁에는 뚱뚱한 사람이 서서 긴 칼로 죽은 사람을 자꾸만 찌르는 시늉의 그림이 그려져 있었다. 무척이나 소름끼치는 그림이었다. 이 그림을 보고 있자니 왕룽은 그림 밑에 쓰인 문자를 알고 싶었다. 그는 옆에 있는 사람에게 물어 보았다.

"이보시오, 글을 알거든 무슨 뜻인지 좀 가르쳐 주오."

그러자 그 사나이가 대답했다.

"조용히 하고, 저 젊은 선생의 이야기를 들어 보시오. 지금 다 설명하고 있는 중이니."

청년이 몰려든 군중들에게 종이를 뿌리면서 외쳤다.

"이 죽은 사람은 바로 당신들 자신입니다. 힘없는 당신들에게 이렇게 칼질을 하는 살인자는 저 지주요, 자본가입니다. 그들은 여러분들이 죽은 뒤에도 칼로 찌르려고 합니다. 여러분은 그들이 모든 것을 빼앗아 갔기 때문에 가난하고, 천대를 받는 것이지요."

왕룽은 자신이 가난한 것은 제때에 비를 주지 않거나, 홍수를 내린 하늘의 탓이라고 여기고 하늘만 원망했었다. 비와 햇볕이 때맞추어 적당히 쏟아지고, 땅에서 싹이 트고, 곡식이 잘 자라 익을 때면 자기 자신을 가난하다고는 생각하지 않았다. 그래서 그는 하늘과 부자가 어떤 관계가 있는지 흥미가 생겨 좀더 자세히 들어 보려고 애썼다. 그러나 계속되는 청년의 연설에는 알고 싶어하는 내용이 없었다. 그래서 왕룽은 용기를 내어 질문했다.

"선생님, 우리들을 천대하고 있는 부자들은 비를 내리게 해서 농사를 짓도록 하는 무슨 방법을 알고 있나요?"

이 말에 청년은 경멸하는 듯이 왕룽을 노려보면서 대답했다.

"정말 당신은 한심하군요! 누구도 비를 내리게 할 수 있는 사람은 없어요. 다만 부자들이 가지고 있는 것을 우리에게 나누어 주기만 하면 우리들은 누구나 돈을 가지게 되고, 먹을 것이 있으니까 비가 오건 안 오건 상관이 없게 되지요."

듣고 있던 사람들 사이에서 높은 함성이 일어났다. 그러나 왕룽은 이해하지 못한 채 그곳을 떠나고 말았다.

봄철이 되자, 청년들이 움막에 사는 사람들의 마음 속에 심어 놓은 각종 불만과 더불어 새로운 불만이 널리 퍼져 나갔다. 이 새로운 불만이란, 자신들이 가지고 있지 않은 것을 누군가 부당하게 많이 가지고 있다는 것이었다. 그래서 그들은 날마다 이러한 문제를 생각하고 저녁이 되면 모여서 불만을 토로했다. 이런 가운데서 아무리 부지런히 일을 해도 충분히 수입을 올릴 수 없다는 것을 깨닫게 되자, 그들 중 과격한 젊은이들에게는 마치 욕망의 물결이 눈이 녹아서 불어난 강물처럼 막을 수 없는 대단한 기세로 꿈틀거리기 시작했다.

그러나 왕룽은 이런 광경을 보고, 또 사람들의 이야기를 들어서 묘한 불안감과 함께 그들의 분노를 느끼기는 했으나, 그는 단지 이 두 발로 자기의 땅을 밟아 보고 싶다는 것 이외에는 별다른 욕망을 느끼지 못했다.

어느 날 왕룽은 또다시 이해할 수 없는 새로운 일을 목격하게 되었다. 그가 빈 수레를 끌면서 손님을 찾아 거리를 다니고 있을 때 한 사나이가 무장한 군인들에게 붙잡히는 것을 보았다. 사나이가 반항하자 군인들은 사나이의 코앞에 칼을 휘두르며 위협했다. 너무 놀라서 바라보고 있는 순간, 또 한 사람이 붙잡혔고, 잠시 후 또다시 한 사람이 붙잡혔다. 왕룽이 보기에는 붙잡힌 사람들은 모두 자기와 같은 처지에 있는 가난한 사람들이었다. 이 광경을 목격하고 있는 동안 또 한 사람이 붙들렸는데 그는 담 밑 움막촌에 사는 왕룽도 아는 사람이었다.

한동안 멍해 있던 왕룽은 부리나케 수레를 옆골목으로 끌어 넣고, 더운 물을 파는 가게로 뛰어들어갔다. 그는 군인들이 사라질 때까지 커다란 가마솥 뒤에 웅크리고 앉은 채 숨어 있었다. 이윽고 군인들이 보이지 않자 왕룽은 그 가게 주인에게 방금 벌어진 그 광경에 대해 물었다. 뜨거운 김 때문에 얼굴이 익은 노인은 무관심하게 대답했다.

"또 어디서 전쟁이 난 모양이야. 여기저기서 무엇 때문에 전쟁을 하는 지 도대체 알 수 있어야지. 하지만 내가 젊었을 때도 그랬고, 내가 죽은 뒤 에도 계속 그럴걸."

"그렇지만 어째서 내 이웃 사람까지 잡아가는 거죠? 그 사람은 아무 죄 도 없고, 새로 전쟁이 났다는 것도 처음 듣는데요?"

하고 왕룽이 눈을 둥그렇게 뜨고 묻자, 노인은 가마솥 뚜껑을 덜그럭거리 면서 대답했다.

"싸움터로 나가는 군인들의 침구와 총과 탄약을 운반할 인부가 필요하 다는 거야. 그래서 자네 같은 사람을 잡아 강제로 그 일을 시키는 거지. 한 데 자네는 어디서 왔길래 여태 그걸 모른단 말인가?"

"그럼 어떻게 되나요? 품삯은……, 돌아오는 건 어떻게 되고요?"

"품삯은 없어. 하루에 굳은 빵 두 조각에 못물을 퍼먹는다더군. 전쟁이 끝나면 두 다리로 걸을 수 있는 사람은 돌아오겠지."

"그럼 가족들은 어떡하고요?"

"그런 걸 군인들이 생각이나 해 줄 것 같은가?"

노인은 무관심하게 대꾸하고는 물이 끓는지 어떤지를 보려고 나무 뚜껑 을 열어 보고 있었다. 김이 솟아올라 노인을 휩쌌다. 김이 어느 정도 걷히 자 웅크리고 앉아 있던 왕룽을 향해 노인이 속삭였다.

"좀더 허리를 낮추게. 또 군사들이 왔으니까."

왕룽이 가마솥 뒤에서 웅크리고 숨어 있는 동안, 군인들은 자갈길을 저 벅거리면서 서쪽으로 지나갔다. 그 가죽구두 소리가 사라지자 왕룽은 재 빨리 뛰어나와서 빈 인력거를 끌고 움막으로 달렸다.

오란은 길가에서 뜯어 온 푸성귀를 요리하고 있었다. 왕룽은 숨을 헐떡거리며 천천히 목격한 것을 이야기했다. 새로운 공포가 그에게 몰려왔다 —— 자기가 전쟁터로 끌려간다면 늙은 아버지와 온 가족이 남아서 굶어 죽을 것은 물론 자신도 전쟁터에서 피흘리며 죽어 두 번 다시 고향 땅을 볼 수 없게 된다는 것을 생각했다. 그는 갑자기 힘없는 표정으로 오란을 바라보면서 말했다.

"이제 정말 저 딸아이를 팔아서라도 고향으로 돌아가고 싶어졌어."

잠자코 듣고 있던 오란은 한참 동안 무엇인가 생각하고는 여전히 무뚝뚝하게 말했다.

"조금만 더 기다려 봐요. 이상한 소문이 돌고 있으니까요."

왕룽은 이제 낮에는 밖으로 나갈 수가 없었다. 인력거도 맏아들을 시켜 빌려 온 집에 돌려 주었다. 그는 밤이 되기를 기다려 상점 있는 곳으로 가서 인력거의 절반밖에 안 되는 품삯으로 무거운 짐수레를 끌었다. 갖가지 궤짝을 잔뜩 실은 이 손수레는 너무 무거워 적어도 열두 사람이 매달려 끙끙거리면서 끌거나 혹은 밧줄로 끌어당겨야 했다. 궤짝에는 비단이나 무명, 냄새 좋은 담배, 기름이나 술을 넣은 커다란 단지도 있었다.

왕룽은 새벽녘에야 집에 돌아왔으나 너무 지쳐서 한잠 푹 자기 전에는 아무것도 먹을 수가 없었다. 그러나 병사들이 거리에 깔려 있는 낮 동안은 움막 속의 맨 뒤쪽 구석에 오란이 병풍 대신 짚을 쌓아 둔 덕분에 그곳에서 걱정없이 실컷 잠잘 수가 있었다.

대체 어떤 전쟁이며, 누구와 누가 전쟁을 하는 건지 왕룽은 전혀 알지 못했다. 그러나 날이 갈수록 공포와 불안이 점점 짙어 갔다. 종일토록 짐 마차가 부자들과 가재 도구, 또 그들의 보석 따위를 강변으로 실어날랐고, 그러면 배가 부자와 그들의 짐을 옮겨 싣고 어디론가 떠나갔다.

"아버지, 수없이 많은 커다란 궤짝이 잇따라 지나갔어요. 그 속에 무엇이 들어 있느냐고 제가 물었더니, '저 속에는 금화와 은화가 들어 있지. 하지만 부자들이 자기가 가진 것을 모두 다 가지고 가지 못하니까 언젠가는 다 우리들 것이 될 거야' 하고 누군가가 그러더군요. 아버지 그게 무슨 소리예요?"

아이들은 사뭇 의심쩍은 듯 눈을 말똥거리면서 아버지를 쳐다보았다.

"그 따위 놈이 지껄인 것이 무슨 뜻인지 내가 알 게 뭐냐?"

하고 왕릉이 대답하자 아들은 더욱 호기심에 찬 눈으로 말했다.

"우리 거라면 지금 당장이라도 가지러 가고 싶은데…… 과자가 먹고 싶어요. 참깨를 박은 달콤한 과자를 한 번도 먹어 본 적이 없어요."

이 말에 졸던 노인도 얼굴을 번쩍 들고 중얼거리듯 말했다.

"풍년이 들었을 때는 가을 명절에 그런 과자를 해 먹었느니라. 참깨를 털어 거둬 남에게 팔기 전에 과자 재료로 조금 남겨 두었었지."

왕릉도 어느 해 설날 오란이 쌀가루와 돼지기름과 설탕으로 만들어 내놓던 월병이 생각나 갑자기 입에 침이 돌고, 지난날에 대한 그리움으로 가슴이 아팠다.

"아아, 내 고향에 돌아갈 수만 있다면……"

왕릉은 중얼거렸다.

이런 생각을 하자 그는 더 이상 견딜 수 없을 것 같았다. 마음껏 발을 뻗고 잘 자리도 없는 이 비참한 움막에서 이제 단 하루도 못 살겠다. 아니 살을 파고 들어오는 밧줄을 감고 자갈길 위로 짐수레를 끌며 몇 시간이고 버둥대야 하는 그 끔찍한 일은 이제 하룻밤도 더 계속하기 싫다는 생각이 뭉클뭉클 솟아났다.

"아아, 그 기름진 땅을 두고!"

그는 갑자기 소리치며 울기 시작했다. 아이들은 놀라서 움츠렸고, 노인도 어안이 벙벙한 표정으로 아들을 바라보다가, 턱수염이 듬성듬성 난 얼굴을 옆으로 돌렸다.

이때 여느 때와 같이 침착하고 조용하게 오란이 말했다.

"조금만 더 두고 보세요. 꼭 무슨 일이 일어날 거예요. 어딜 가나 그런 소문이 떠돌고 있어요."

왕릉은 움막에서 몇 시간 동안이나 수없이 지나가는 발소리를 들었다. 싸움터로 진군하는 군사들의 발소리였다. 움막에 드리운 거적을 조금 쳐들고 그 틈으로 내다보면 가죽 구두에 각반을 찬 다리들이 줄지어 가는 것이 보였다. 한 사람씩 혹은 수십 명씩, 아니 수천 명이 지나갔다. 밤에 짐수레를 끌다가도 왕룽은 지나가는 군인의 얼굴을 힐끗힐끗 보았다. 그는 병정들의 움직임에 관한 것을 아무에게도 물어 보지 않았다. 그저 소처럼 짐을 끌며, 허겁지겁 밥을 퍼먹고, 낮에는 움막 짚더미 뒤에서 새우잠을 잘 뿐이었다. 거리는 공포로 뒤덮이고, 사람들은 자기 일에만 신경을 쓰고 이제는 아무와도 이야기하지 않았다.

시장의 식료품 가게들도 이제는 물건이 떨어졌다. 포목전도 현란하게 나부끼던 깃발을 전부 내리고 활짝 열렸던 가게 문에는 두꺼운 판자를 서로 가로질러 굳게 봉해 놓았다. 그래서 도시는 마치 대낮에도 깊은 잠에 빠져 있는 것 같았다.

적이 가까이 밀어닥쳐 오고 있다는 소문이 가는 곳마다 파다하게 퍼지고 다소 재산을 가진 사람들은 더욱 겁에 질려 전전긍긍하였다. 그러나 왕룽과 움막촌 사람들은 두려워할 것이 하나도 없었다. 그들은 적이 누구인지 도대체 실감할 수 없었거니와 설사 적이 온다 해도 잃을 것이라고는 아무것도 없었기 때문이다. 가령 목숨을 잃는다 해도 대수로울 게 뭐 있을까. 적군이 올 테면 오라지. 아무려면 지금보다 더 못할라고. 이런 생각을 하면서 그들은 제각기 이전과 다름없이 생활했다. 그러나 어느 누구도 그러한 생각을 입밖에 내지는 않았다.

그러던 중 상점 지배인들이 인부들에게 이제 더 이상 나올 필요가 없다고 말했다. 상품 매매가 거의 없기 때문이었다. 왕룽도 이젠 밤낮으로 움막에만 틀어박혀 아무 할 일도 없게 되었다. 처음에는 이렇게 된 것을 기뻐했다. 그 동안 지칠대로 지친 육신인지라 그는 마치 죽은 사람처럼 계속 잠만 잤다. 그러나 일하지 않고는 아무 수입이 없었다. 거리에서 구걸을 하려 해도 아무도 길거리를 나다니지 않는 그런 상황이었다.

왕룽은 움막에서 어린 딸을 안고 앉아서 얼굴을 물끄러미 내려다보며 부드럽게 말했다.

"너 부잣집에 안 갈래? 그런 집에 가면 잘 먹고 잘 입고 아주 편할 텐데."

어린애는 아버지의 말을 알아들을 수 없었으나 벙글벙글 웃으며 작은 손을 뻗쳐 아버지의 눈을 신기한 듯이 잡으려고 했다. 왕룽은 그러는 모양을 내려다보다가 참을 수 없어 오란을 불렀다.

"여보, 임자는 그 부잣집에서 매를 맞기도 했나?"

오란은 가라앉은 목소리로 덤덤하게 대꾸했다.

"날마다 맞았지요."

왕룽이 다시 소리쳤다.

"끈으로 때리던가, 아니면 대나무나 밧줄로 때리던가?"

"가죽 끈으로 맞았어요. 노새 고삐로 쓰던 가죽이었어요. 항상 부엌 벽에 걸려 있었지요."

왕룽은 자기의 생각을 오란이 이미 알아차렸다는 것을 알면서도 어떤 마지막 기대를 걸고 다시 물어 보았다.

"이애는 지금 보아도 예쁜데 말이오. 예쁜 종도 그렇게 맞는 거요?"

"그럼요. 형편에 따라 다르지만, 매를 맞거나 사내의 침대로 끌려갈지 몰라요. 그것도 한 사내에게만이 아니고 누구든 그애를 원한다면 이 사람 저 사람에게로 불려다녀요. 도련님들은 계집종을 가지고 서로 다투기도 하고 바꿔치기도 하지요. 그리고 도련님들이 모두 싫증낸 종은 청지기들이 물려받아 또 저희들끼리 서로 다투거나 바꾸기도 하며 희롱하는걸요. 예쁜 애들일수록 그런 일을 빨리 당하게 되지요."

왕룽은 신음 소리를 내며 어린애를 껴안고는 계속 나지막하게 말했다.

"불쌍한 자식…… 불쌍한 내 자식."

그러나 마음 속으로는 울부짖고 있었다.

그때 별안간 하늘이 갈라지는 듯한 소리가 났다. 모두 순간적으로 바닥에 엎드려 얼굴을 가렸다. 그 무시무시한 사나운 소리가 그들을 모두 잡아내어 갈가리 찢어 죽일 것만 같았다. 왕룽은 이 무서운 소리로 해서 어떤 일이 닥쳐올지 전연 예감하지 못한 채 한 손으로 딸애의 얼굴을 가렸다. 노인은 왕룽의 귀에 대고 '이런 소리, 난생 처음 듣는다'고 말했다. 두 아들도 겁에 질려 비명을 질렀다.

조용해지자 오란이 고개를 들고 말했다.

"제가 들은 소문대로 정말 일이 벌어졌나 봐요. 적군이 성문을 무너뜨린 모양이에요."

이 말에 대꾸할 틈도 없이 때마침 거리에서 사람들의 부르짖는 소리가 들려 왔다. 처음에는 가느다랗고 약한 소리였으나 차츰 크게 들려 왔다. 마침내 드높은 함성으로 변한 그 무서운 소리가 거리 가득히 퍼졌다.

그리고 잇따라 움막 바로 뒤에 있는 담장 너머의 부잣집 큰 대문이 삐걱거리며 누군가 억지로 여는 듯한 소리가 들려 왔다. 이때 언젠가 저녁에 왕룽과 이야기한 적이 있는 그 곰방대를 물고 있던 사나이가 왕룽의 움막 입구에 불쑥 머리를 들이밀고 외쳤다.

"왜 이렇게 앉아 있소? 때가 왔소……. 부잣집 대문이 열렸단 말이오!"

순간 오란은 무슨 마술에 걸린 사람처럼 그 사람의 팔 밑으로 살짝 빠져 나갔다.

그리고 왕룽은 얼떨떨한 표정으로 어린 딸을 방바닥에 내려놓고 천천히 일어나 밖으로 나갔다. 부잣집의 큰 대문 앞에는 벌써 수많은 남녀가 몰려들어, 아까 움막 속에서 듣던 그 포효와 같은 우렁찬 함성을 지르고 있었다. 이윽고 열어젖혀진 대문 안으로 군중이 밀고 들어갔다. 밀고 밀리며 수많은 군중이 한덩어리가 되어 움직였다. 뒤에서 밀어 대는 사람들에게 떠밀린 왕룽도 군중 속으로 들어가 어쩔 수 없이 점차 앞으로 나아갔다. 그는 이 사태에 대하여 너무도 놀라 생각을 가다듬을 겨를조차 없었다. 밀려 들어가는 바람에 그의 발은 거의 땅에 닿지도 않았다. 성난 야수가 울부짖듯 군중의 그 소리는 그칠 줄을 몰랐다.

몇 개의 마당을 지나 마침내 안마당에까지 떠밀려 들어갔으나, 집은 마치 오래 전부터 비워 놓은 궁전 같았다. 그러나 방 안 식탁에는 음식이 그대로 널려 있고 부엌 아궁이에는 불이 타고 있었다. 군중은 하인이나 여종이 사는 바깥채의 마당은 그대로 지나쳐서 안채로만 휩쓸려 들어갔다. 거기에는 주인과 부인들이 쓰던 호화로운 침대들이 있었으며, 조각을 한 탁자와 의자들도 있었고, 벽에는 족자들도 걸려 있었다. 그러한 보물들이 있는 곳에 몰려든 군중은 궤짝이나 옷장을 열어젖힐 때마다 마구 달려들어 손에 잡히는 대로 끌어 내거나 남이 집은 것을 가로채기도 했다. 그래서 옷가지며 침구며, 휘장이며, 접시까지도 서로 빼앗고 빼앗기며 이 손 저 손으로 옮겨지는 바람에 자기가 무엇을 가졌는지조차 미처 깨닫지 못할 지경이었다.

이러한 혼란 속에서도 왕릉은 빈 손이었다. 여태까지 한 번도 남의 것에 손대 본 적이 없었던 까닭에 쉽사리 집어넣을 수 없었다. 그래서 처음에는 군중 한가운데서 이리저리 몰리다가 마침내 정신을 가다듬게 되자 끈기 있게 버둥거려 간신히 사람의 물결을 헤치고 나올 수 있었다.

그가 서 있는 곳은 부잣집 주인의 아내와 첩들이 거처하는 안채의 뒤꼍이었다. 위급한 때에 사용하기 위해 마련한 뒷문이 열려 있었던 것이다. 이 집 사람들은 이 문으로 빠져 달아나, 시내의 여기저기 숨어서 자기 집에서 들려 오는 요란한 함성을 듣고 있을 게 틀림없었다. 그러나 이들 중에 몸이 너무 비대해서 그랬는지, 아니면 취해 곯아떨어져서 그랬는지 모르겠으나 미처 도망치지 못한 사람이 있었다. 왕릉은 이 사나이와 마주쳤다. 그 사나이는 군중이 한번 휩쓸고 간 텅 빈 내실의 비밀 장소에 숨어 있다가 폭도들이 다 지나간 줄 알고 그제야 슬슬 나와 뺑소니를 치려던 참이었다.

그 뚱뚱한 사나이는 벌거벗고 예쁜 계집을 옆에 낀 채 누워 있었던 모양이었다. 황급히 걸쳐 입은 자줏빛 공단 겉옷 틈으로 맨살의 배가 둥그렇게 드러나 보였다. 그자는 왕릉을 보자 온몸을 와들와들 떨며 마치 칼에라도 찔린 것처럼 비명을 질렀다. 무기 하나 갖지 않은 왕릉은 그 꼴이 하도 이상해서 웃음이 터져 나올 것만 같았다. 그 뚱보는 무릎을 꿇고 타일을 깐 마룻바닥에 머리를 연방 부딪치며 애원했다.

"목숨만 살려 줍쇼…… 목숨만 살려 주십시오…… 제발 죽이지 말아 주십시오. 돈을 드리겠습니다…… 얼마든지 드리겠습니다."

왕릉의 정신을 번쩍 들게 한 것은 바로 '돈'이라는 말이었다. '돈! 그렇다. 내게는 돈이 필요하다!' 그렇게 생각하자 누군가의 입에서 나온 말처럼 다시 한 번 똑똑히 그의 귀에 들려 왔다. '돈…… 돈만 있으면 애를 구할 수 있다…… 저 땅도!'

"그래 좋아. 어서 그 돈을 내놔!"

뚱뚱보는 일어나 울음 섞인 소리로 무언가 중얼거리면서 입고 있는 옷의 주머니를 뒤적이더니 누런 손바닥에 금화를 가득히 담아 내밀었다. 왕룽은 웃옷 앞섶으로 그것을 받고는 또다시 소리쳤다.

"더 내놔!"

사나이는 또 한 번 두 손으로 금화를 잔뜩 꺼내 놓으면서 다시 우는 소리를 냈다.

"이젠 아무것도 없습니다. 남은 건 하찮은 제 목숨뿐이올시다."

사나이는 울음을 터뜨리기 시작했다. 눈물은 기름 방울처럼 퉁퉁한 볼을 타고 흘러내렸다. 왕룽은 치밀어오르는 혐오감에 소리쳤다.

"썩 꺼져 버려! 이 뚱보, 벌레새끼, 때려 죽이기 전에!"

소 한 마리 제 손으로 죽이지도 못하는 마음 약한 왕룽이 이때만은 딴 사람처럼 호통을 쳤다. 그 사나이는 들개처럼 달아났다.

왕룽은 금화를 가지고 혼자 남게 되었다. 그는 금화를 세어 보지도 않고 품안에 넣은 채 열려 있는 태평문을 빠져 나와 뒷골목길만 골라서 움막으로 돌아왔다. 아까 그 사나이의 따스한 체온이 여태 남아 있는 금화를 가슴 속에 끌어안으면서 그는 몇 번이나 되풀이하여 중얼거렸다.

"이제 내 고향으로 돌아간다…… 내일은 고향으로 돌아간다!"

15

꽤 긴 시간 동안 떠나 있었으나 왕룽은 고향을 떠났던 일이 거짓말처럼 생각되었다. 사실 마음만은 결코 고향을 떠나지 않았다. 금화 여섯 닢으로 그는 말과 벼와 옥수수 등 남쪽의 좋은 씨앗들도 사고 또 돈이 있는김에 여태까지 재배해 본 일이 없는 여러 가지 씨앗을 한꺼번에 사 왔다. 미나리나 못에서 자라는 연뿌리나 또 잔치 음식을 만들 때 돼지고기와 함께 익히는 당근, 냄새 좋은 빨간 팥 따위였다.

고향으로 돌아오는 길에서 한 농부가 소를 몰고 밭갈이를 하는 것을 보고 왕릉은 발걸음을 멈추었다. 한시바삐 그들의 집, 그들의 고향에 가 보고 싶었지만, 가족들은 모두 왕릉을 따라 발길을 멈추고 그 황소를 바라보았다. 왕릉은 그 굵고 힘차게 생긴 황소의 목을 보고 감탄했으며 멍에를 어깨에 걸고 쟁기를 끄는 그 늠름한 소의 생김새가 탐스러웠다. 그래서 그는 농부에게 소리를 질렀다.

"어째 쓸모없는 소 같군요! 난 그런 소조차 없어서 그러니 적당한 값을 쳐서 팔지 않겠소?"

그러자 농부는 큰 소리로 대꾸했다.

"마누라를 팔았으면 팔았지, 이 소는 팔지 않겠소. 이제 겨우 세 살이라 한창 부리기 좋은 때라오."

이렇게 말하곤 그대로 밭을 갈면서 왕릉의 말은 들은 체도 안 했다.

그러나 왕릉으로서는 꼭 그 소가 아니면 안 되겠다는 생각이 들었다.

"당신에게는 다른 소를 사고도 남을 만큼 더 드릴 테니 이 소는 내게 파시오."

한참 동안 입씨름을 하고 흥정을 하다가 결국 농부는 이 지방 시세의 반을 더한 값으로 팔기로 했다. 그래도 왕릉은 이 소를 보자 갑자기 금화 쯤은 아무것도 아닌 것같이 생각되어 서슴지 않고 금화를 주었다. 그리고 농부가 멍에를 푸는 것을 정신없이 바라보았다. 왕릉은 고삐를 끌고 가면서 기쁨에 부풀었다.

집에 돌아와 보니 문짝은 떨어져 나갔고, 지붕의 이엉도 없어졌으며, 남은 것이라곤 대들보와 토벽뿐이었다. 그 토벽도 늦추위에 몰아닥친 눈과 초봄에 내린 비로 거의 허물어져 가고 있었다. 처음에는 놀랐지만, 왕릉으로서는 이까짓 것은 아무것도 아니었다. 그는 곧 성 안으로 가서 단단한 나무로 만든 삽 한 자루와 쟁기와 괭이를 두 자루씩 샀다. 지붕을 이을 짚은 추수 때까지 기다리기로 하고 우선 덮어 두고 지낼 거적을 여러 장 사왔다.

이윽고 해가 저물어 그는 문간에 서서 땅을 바라보았다.

'이것이 내 땅이다!'

얼어붙었던 겨울에서 풀려난 밭은 이제 푹신하게 녹아서 파종을 기다리고 있었다. 바야흐로 봄은 한창 무르익고 얕은 못에서는 개구리 울음소리가 요란했다.

처음 얼마 동안 왕룽은 아무도 만나고 싶지 않았다. 간혹 이웃 사람이 찾아오면 —— 지난 겨울의 기근에 용케도 살아 남은 사람들 —— 그는 몹시 언짢아했다.

"너희들 중에 누가 내 집 문짝을 떼어 갔지? 누가 괭이랑 쇠스랑을 훔쳐가고, 누가 지붕을 벗겨가서 땠느냐 말야."

그들은 모두 시치미를 떼며 머리를 저었다. '자네 삼촌이 그랬네' 하고 말하는 사람도 있었고, '아냐, 흉년에다 난리까지 겹쳐서 화적과 도둑놈까지 설치고 다녔으니 누가 무엇을 훔쳤는지 알 수가 있어야지. 사흘 굶어 도둑질 안 하는 사람 없다잖아' 하고 말하기도 했다.

이웃에 사는 칭은 엉금엉금 기다시피해서 왕룽을 찾아왔다. 그는 이렇게 말했다.

"도적 떼가 겨우내 자네 집을 점거해서 이 부근 마을이랑 읍내를 휩쓸며 노략질을 하고 다녔지. 자네 삼촌이 도적 떼와 친했다고들 하지만 이런 판국에 어느 놈의 말이 정말인지 알 수 있어야지. 나로선 누굴 붙들고 나무랄 수도 없었네그려."

그는 마치 유령과도 같았다. 마흔다섯 살도 되지 않은 그는 뼈만 앙상하게 남고 머리도 백발이 되어 있었다.

"자네는 우리들보다 훨씬 지내기가 어려웠던 모양인데, 도대체 무얼 먹고 견디어 왔나?"

칭 서방은 한숨 섞인 낮은 목소리로 대답했다.

"안 먹어 본 게 없지. 읍내에 나가 구걸도 했고, 길바닥에 버린 생선 창자도 주워 먹었고, 죽은 개도 먹었네. 마누라가 죽기 전에 한번은 무슨 고깃국을 끓여 주었는데, 차마 무슨 고기냐고 물어 볼 용기가 있어야. 다만 저 여편네는 제 손으로 무엇이든 잡을 만한 위인이 못 되니까 어디서 주워 온 고기거니 생각하면서 먹었네. 그 뒤에 마누라는 나보다도 기운이 쇠해져 먼저 죽어 버렸고, 딸년은 어느 병정에게 줘 버렸다네. 딸년까지 굶어 죽는 꼴을 차마 볼 수 없어서 말이야. 씨앗이나 좀 있다면 한번 더 뿌려 보겠는데 한 톨도 없으니……"

"이리 오게!"

왕룽은 칭 서방의 손을 잡고는 집 안으로 끌고 들어갔다. 그리고 그에게 누더기 웃옷의 앞자락을 펴게 하고 남쪽에서 사 온 씨앗들을 부어 주었다. 밀, 벼, 거기다가 배추씨까지 나누어 주고 왕룽은 말했다.

"내일 내가 우리 집 소를 몰고 가서 자네 밭을 갈아 주겠네."

칭 서방은 갑자기 울음을 터뜨렸다. 왕룽도 눈시울을 적시면서 외쳤다.

"자네에게 팥 한 줌 얻었던 일을 내가 잊은 줄 아나?"

칭 서방은 아무 대답도 못하고 엉엉 울면서 돌아갔다.

삼촌이 이 마을에서 사라진 것이 왕룽으로선 무엇보다 기뻤다. 어디에 갔는지 아무도 아는 사람이 없었다. 어떤 사람은 도회지로 갔다고 말하기도 하고, 또 어떤 사람은 처자를 데리고 먼 지방으로 갔다고 말하기도 했다. 어쨌든 삼촌이 살던 집에는 아무도 남아 있지 않았다. 딸들을 모두 팔아 먹었다는 말을 들었을 때는 몹시 화가 났었다.

드디어 왕룽은 열심히 땅을 일구기 시작했다. 밥먹고 잠자는 시간마저 아까웠다. 그는 마늘을 곁들인 빵을 싸 가지고 나가 들판에 서서 먹는 중에도 즐거이 할 일을 궁리했다.

"저기엔 울콩을 심고, 여기엔 못자리를 만들어야지."

그리고 너무 고단하면 그대로 밭고랑에 벌렁 드러누워, 땅의 포근한 감촉을 피부로 느끼면서 그대로 잠들었다.

오란도 혼자 힘으로 거적을 꽁꽁 매서 지붕을 이고, 밭에서 흙을 파다가 물에 개어 벽을 수리하는가 하면 부뚜막도 고치고, 빗물로 팬 방바닥의 구멍을 메우기도 했다.

어느 날, 오란은 왕룽과 함께 물건을 사러 읍내에 나갔다. 식구들의 침대를 사고 식탁 하나와 긴 의자, 그리고 커다란 가마솥도 샀다. 그 밖에 검은 꽃무늬가 박힌 빨간 사기 찻주전자와 그것에 어울리는 찻잔을 여섯 개나 샀다. 가운뎃방의 식탁 위 벽에 걸어 둘 종이로 만든 부귀의 신상(神像)도 사고, 백랍 촛대 한 쌍과 백랍 향로, 신전에 켤 붉은 초도 두 자루 샀다.

집으로 돌아오는 길에 당집에 들러 안을 들여다보았다. 딱하게도 얼굴이 온통 비에 씻겨졌으며, 흙으로 만든 몸뚱이가 찢어진 종이 옷 사이로 드러나 보였다. 무시무시한 흉년이 닥친 기간 동안 아무도 돌보지 않았던 것이다. 왕룽은 자신의 꼴을 오히려 만족스레 바라보고, 마치 아이를 꾸짖듯 소리를 질렀다.

"인간에게 화를 내리면 이렇게 되는 거야!"

다시 집은 예전과 같이 되었다. 백랍 촛대가 번쩍이고 그 위에 촛불이 벌겋게 타올랐다. 식탁에는 찻잔과 찻주전자가 놓였으며 침구가 갖추어진 침대도 옛날과 같이 각각 제자리에 놓여졌다. 침실 들창에 새 종이를 바르고, 새로 짠 문도 달고 보니 왕룽은 자신의 이 벅찬 행복에 오히려 겁이 났다. 오란은 또 아이를 가져서 몸이 무거웠다. 큰아이들은 문간에서 강아지처럼 뛰어놀았으며, 남향 벽에는 노인이 기대앉은 채 미소띤 얼굴로 줄곧 졸았다. 못자리에는 볏모가 비취보다도 파랗고 아름답고 싹이 트고, 콩싹도 이제 모자를 쓴 듯한 모습으로 뾰족뾰족 땅 위로 돋아났다. 금화도 아껴쓰면 추수 때까지 온 식구가 먹고 살 수 있을 만큼 남아 있었다.

머리 위의 푸른 하늘과 두둥실 떠가는 흰구름, 알맞게 내리쬐는 햇빛과 촉촉하게 적셔 준 비의 달콤한 감촉을 맛보면서 왕룽은 중얼거렸다.

"저 당집의 양주께도 향을 피워야겠다. 어쨌든 땅을 다스리는 힘을 가졌으니까."

16

어느 날 밤 왕룽은 아내의 젖가슴 사이에서 남자의 주먹 만한 딱딱한 것을 발견하고 물었다.

"대체 이게 뭔데 몸에 달고 있지?"

딱딱하면서도 누르면 속에서 무엇인가 움직였다. 오란은 처음에는 몸을 돌리며 안 보여 주려 했으나 왕룽이 억지로 뺏으려 하자 더 이상 저항을 하지 않고 말했다.

"그렇게도 보고 싶으면 보세요."

그리고는 목에 건 끈을 끊고 남편에게 내주었다.

왕룽은 헝겊에 싼 것을 헤쳐 보았다. 그러자 갖가지 보석이 쏟아져 나왔다. 왕룽은 넋을 잃고 바라보았다. 수박씨같이 검은 것, 밀같이 금빛나는 것, 봄에 움트는 새싹 같은 연두색에다 땅에서 솟아나는 샘물처럼 투명한 것 등 그런 보석 뭉치라곤 상상조차 못했다. 이렇게 많은 보석을 본 적도 없거니와 보석 이름을 들어 본 일조차 없었다. 다만 거친 그의 갈색 손바닥에서 어둠침침한 방 안까지 환하게 비추는 그 광채만을 보고도 자신에게 대단한 재산이 생겼다는 것을 알 수 있었다. 그는 한동안 꼼짝도 하지 않고 보석의 빛깔과 모양에 도취된 채 잠자코 앉아 있었다. 오란도 왕룽의 손바닥에 놓인 것을 묵묵히 바라보고만 있었다. 이윽고 아내를 향해 입을 뗀 그의 목소리는 떨렸다.

"어디서…… 어디서 났지?"

오란도 낮은 목소리로 속삭였다.

"남쪽의 그 부잣집에서요. 첩이 가졌던 보물이었나 봐요. 그때 그 집의 벽돌 한군데가 이상스레 헐거워 보이더군요. 그래서 아무도 몰래 시치미를 떼고 다가가서 그 벽돌을 빼 봤지요. 그랬더니 번쩍이는 물건이 있지 않겠어요? 그래 얼른 소매 속에 넣었지요."

"어떻게 그걸 알았어?"

왕룽은 속으로 감탄하면서 다시금 속삭였다. 오란은 입가에 웃음을 머금은 표정으로 대답했다.

"내가 어릴 적에 부잣집에 있었잖아요? 부자들은 언제나 겁을 내지요. 어느 해인가 흉년이 들었을 때 도적이 들었어요. 종들이나 첩들뿐만 아니라 큰마님까지도 허둥지둥 도망치면서 제각기 가졌던 귀중한 보물을 미리 준비해 두었던 곳에 감추더군요. 그래서 벽돌 한 개가 헐거운 것이 무슨 뜻이라는 걸 이내 알 수 있었던 거예요."

둘은 다시 묵묵히 그 굉장한 보석을 바라보았다. 이윽고 왕룽이 숨을 한번 들이쉬고는 딱 잘라 말했다.

"이만한 보물을 그대로 가지고 있을 수는 없어. 팔아서 안전한 것을 사야 —— 그렇지, 땅을 사 둬야지. 땅만큼 안전한 건 없어. 소문만 나면 우리는 그날로 떼죽음을 당하고, 보석은 도적이 몽땅 가지고 갈 거야. 오늘이라도 땅하고 바꾸잔 말이야. 그러지 않고서는 오늘 밤 한잠도 잘 수 없어."

그는 단호히 말하면서 보석을 다시 헝겊에 싸서 끈으로 단단히 묶었다. 그리고 자기의 옷섶을 열어 품안에 넣으려 하다가 문득 아내의 얼굴을 보았다. 아내의 무표정하던 그 둔중한 얼굴엔 뭔가 바라는 게 있는 듯 보였고 입도 벌어져 있었다.

"왜 그래? 왜 그러는 거지?"

이상하다는 듯 그가 물었다.

"그걸 모두 팔아 버릴 거예요?"

오란은 잦아드는 목소리로 말했다.

"그러지 않으면? 이런 보석을 흙집에 놔둘 필요가 없잖아."

"두 개만 내가 가질 수 없을까요?"

오란의 말투는 불가능한 것을 알면서도 한사코 떼를 쓰는 것처럼 느껴졌다. 왕룽은 아이들이 장난감이나 과자를 달라고 조르는 때와 마찬가지로 마음이 움직였다.

"웬일이야?"

"두 개만 주세요. 작은 것 두 개만……. 하얗고 조그마한 그 진주라도 좋으니 두 개만요……."

"진주?"

왕룽은 입이 딱 벌어졌다.

"주신다면 잘 간수하겠어요……. 몸에 차고 다니진 않겠어요."

오란은 말하면서 눈을 내리뜨고 실밥이 헐거워진 이불섶을 만지작거렸다. 대답을 기대하지 않는 듯하면서도 참을성 있게 기다리고 있었다.

이때 왕룽은 이 둔하고 우직한 아내의 마음 속을 조금이나마 들여다볼 수 있었다. 평생 갖은 고생을 다 했으면서도 아무 보수도 받지 못한 데다 부잣집에서 자랄 때 다른 사람들이 몸에 보석을 달고 있는 것을 보기만 했지 한 번 만져 본 적도 없는 이 여인의 심정을 얼핏 알아챌 수 있었다.

"이따금 만져 보기라도 했으면 좋겠어요."

오란은 혼잣말처럼 덧붙여 말했다.

왕룽은 자신도 모르는 그 무엇에 끌려서 품안에서 보석 꾸러미를 꺼내어 말없이 오란에게 내밀었다. 오란은 햇빛에 그을린 딱딱한 손으로 찬란하게 빛나는 보석들을 찬찬히 뒤적이더니 매끈한 백진주 두 개를 골라서 그것만 따로 내놓고는 다른 것들을 다시 싸서 남편에게 돌려 주었다. 그녀는 웃옷 한 자락을 찢어 진주를 싸서 젖가슴 사이에 넣으며 사뭇 만족한 표정을 지었다.

왕룽은 놀라운 눈으로 아내를 바라보았다. 그러나 이해가 되었다.

그러나 그 후 진주를 꺼내거나 들여다보는 일은 한 번도 눈에 띄질 않았다. 두 사람 모두 그 진주에 대한 얘기는 전혀 입밖에 내지도 않았다.

다른 보석들은 어떻게 할까 여러 가지로 궁리한 끝에 왕룽은 황 대인 집에 가서 아직도 팔 땅이 있는지 없는지를 타진해 보기로 결심했다.

그래서 황 대인 집을 찾아갔지만 늘 그 사마귀털을 만지작거리던 거만한 문지기의 모습은 보이지 않았다. 그 큰 대문은 굳게 닫혀져 있었고 왕룽이 두 주먹으로 쾅쾅 두드렸으나 아무도 나오는 사람이 없었다. 집 앞을 지나가는 행인 몇 사람이 왕룽에게 말했다.

"더 힘껏 두드려 보시오. 주인영감이 나오든지 그렇지 않으면 그 들개 같은 종년이 마음이 내키면 문을 열어 줄지도 모르니 말이오."

"누구야?"

왕룽은 깜짝 놀라서 큰 소리로 대답했다.

"나요, 왕룽이오."

그러자 노기띤 음성이 안에서 들려 왔다.

"왕룽이라니, 대체 어떤 놈이야?"

화난 듯한 말투로 보아 이 집 주인영감이 틀림없다고 왕룽은 생각했다. 그 말투가 청지기나 종을 부리던 입버릇 그대로였기 때문이다. 그래서 왕룽은 더욱 정중하게 대답했다.

"나리, 볼일이 있어 왔는데요. 뭐 나리께 직접 사뢰지 않아도 됩니다요. 대리인만 만나면 되는 일입니다."

그러자 주인영감은 빠끔히 열린 문 틈으로 입만 내민 채 대답했다.

"그 개 같은 놈은 벌써 몇 달 전에 내 집에서 나가고 없어."

이 말에 왕룽은 어떻게 하면 좋을지를 몰랐다. 중개할 사람 없이 주인영감과 직접 흥정할 수는 없는 노릇이었다. 그러나 품안에 들어 있는 보석이 불처럼 뜨거워짐을 느끼자 그는 한시바삐 그것들을 없애고 싶었다. 아니 무엇보다 더 토지를 사고 싶었다. 지금 그가 준비해 둔 씨앗은 그가 가진 토지의 두 배가 된다고 해도 넉넉할 만큼 많아서 비옥한 황 부자의 토지에 더욱 마음이 끌렸다.

"전 돈 문제 때문에 왔습니다만……."

그는 머뭇거리면서 말했다.

그 말이 떨어지기가 무섭게 영감은 도로 대문을 잠궈 버리고 말았다.

"이 집에는 돈이라곤 없어! 그 빌어먹을 강도 같은 대리인 놈이 내 돈을 모조리 들어먹고 갔어……. 그 놈을 낳은 어미와 또 그 어미의 어미까지도 지옥에 떨어질 거야! 꾼 돈을 갚을 형편이 못 돼!"

"아니, 그런 게 아닙니다. 저는 빚을 받으러 온 게 아니라 돈을 드리러 온 겁니다."

그러자 이번에는 가느다란 목소리와 함께 한 여인이 대문 사이로 얼굴을 내밀었다.

"그거 참 오래간만에 듣는 소리군."

여인은 예쁘장하고 영리해 보였고 혈색도 좋았다. 그녀는 왕룽을 찬찬히 훑어보다가 생기 있게 말했다. 그리고 겨우 한 사람이 들어갈 만큼 문을 열어 주어, 안으로 들어선 왕룽이 어리둥절해 있는 동안 그녀는 다시 대문 빗장을 단단히 걸었다.

주인영감은 저만큼 서서 기침을 하면서 왕룽을 힐끔힐끔 바라보았다. 그가 입은 회색 공단옷은 때가 묻었고, 더러워진 모피 조각이 드러나 보였다. 일찍이 소문으로 듣던 이 집 주인어른이 바로 이 노인이라고는 믿어지지 않았다. 지금은 여위어 살가죽이 쭈글쭈글했고, 세수와 면도도 안 한 모양이고 더구나 턱을 쓰다듬거나 늘어진 입술을 만지작거릴 때 누런 손을 부들부들 떨었다.

그러나 여인은 새침한 표정에 오똑한 콧날, 날카롭게 빛나는 검은 눈매가 매를 연상시키는 미인으로서 팽팽한 하얀 피부에 뺨과 입술도 빨갛게, 탄력 있게 보였다. 새까만 머리칼은 검고 매끄럽고 윤이 나서 거울 같았지만, 말투를 들으면 그녀는 이 집 가족이 아니라 종에 지나지 않음을 당장 알 수 있었다. 음성이 날카로운데다가 말투가 거칠었다. 그런데 이상하게도 이전에는 수많은 종들이 바쁘게 왔다갔다하면서 일하던 이 가운데뜰에 지금은 이 여인과 주인영감 단 두 사람뿐이었다.

"돈 이야기라면서요."

여인이 날카롭게 물었으나, 왕룽은 머뭇거렸다. 주인영감 앞에서는 말을 잘 할 수가 없었다. 그러자 여인은 눈치 빠르게도 왕룽의 속마음을 알아채고 언성을 높여 노인에게 쏘아붙였다.

"당신은 좀 비켜 줘요!"

늙은 주인은 한 마디 대꾸도 없이 잔기침을 하며 낡은 우단 신발을 질질 끌면서 물러갔다. 주위가 너무 고요해서 어리둥절했다. 더 안쪽의 뜰을 엿보았으나 역시 아무도 없었다. 다만 오랫동안 아무도 쓸지 않았는지 쓰레기더미와 흩어진 지푸라기, 마른 나뭇잎이 어수선하게 널려 있었다.

"자, 얘기해요. 이런 멍청한 양반."

여인의 말투는 더욱 거칠어졌다. 왕룽은 그 소리를 듣고 깜짝 놀랐다. 생각지도 않던 말투였기 때문이었다.

"무슨 볼일이죠? 돈을 가지고 있거든 좀 보여 주구려!"

"아니오. 돈을 가지고 있다고는 하지 않았소. 볼일이 있다고만 했지."

"볼일이란 것이 바로 돈 얘기가 아니에요? 들어올 돈이건 나갈 돈이건 말이에요. 이 집에는 이제 나갈 돈도 없지만……."

"어쨌든 당신하고 이야기할 문제가 아니오."

왕룽은 부드럽게 거절했다. 아직도 그는 자기가 처해 있는 입장을 파악하지 못해서 다시 사방을 둘러보고 있었다.

"말을 왜 못해요? 여태 모르나 봐, 이 바보가. 이 집에는 아무도 없다니까요."

여인은 큰 소리로 떠들었다.

왕룽은 그 말을 믿을 수 없다는 듯이 멍하게 그녀를 바라보았다. 여인은 다시 소리쳤다.

"나하고 영감하고……. 그 밖에는 아무도 없단 말예요!"

"그럼 다들 어디 갔소?"

왕룽은 너무 놀라서 관계없는 말까지 물었다.

"노마님은 벌써 죽었어요. 화적 떼가 여기에 몰려들어 종이고 살림이고 할 것 없이 다 휩쓸어갔다는 얘길 거리에서 못 들었어요? 그 화적들이 영감의 두 손을 묶어 달아매 놓고는 때리고, 노마님은 의자에 묶고 입에 재갈을 물려 놓고는 모두 달아나 버렸지요. 나는 물이 반쯤밖에 안 들어 있는 독에 숨어 있었구요. 나와 보니까 아무도 없었고, 노마님은 의자에 앉은 채 죽어 있었어요. 화적한테 죽은 게 아니라 무서워서 죽은 거예요. 아편을 오랫동안 피워서 몸이 썩은 갈대처럼 삭아 있었기 때문에 무서움을 이기지 못한 거지요."

"그럼 종들과 그 문지기는?"

왕릉은 숨가쁘게 물었다.

"그 사람들은 그 전에 가 버렸는걸요. 다리가 성한 사람은 다 달아나 버렸어요. 한겨울에 벌써 식량이고 돈이고 다 떨어졌으니까 말예요. 사실은……."

그녀는 갑자기 목소리를 낮추어 말을 이었다.

"이 집 하인들이 화적 떼에 끼여 있었어요. 그 문지기 녀석도 내 눈으로 똑똑히 본걸요……. 그 놈이 앞잡이 노릇을 했어요. 하긴 문지기뿐이 아니에요. 이 집 내용을 샅샅이 아는 놈이 아니고서야 어떻게 보석이랑 여러 가지 귀중한 물건 숨겨 둔 곳을 알았겠어요? 대리인 놈도 수상했어요. 그 자는 이 집하고 먼 친척이 되니까, 그때 직접 나서진 않았겠지만 말예요."

여인은 잠시 입을 다물었다. 넓은 집안에 정적이 무겁게 깔려 있었다. 이윽고 그녀는 다시 입을 열었다.

"그렇다고 이 집이 최근에 갑자기 망하게 된 것은 아니에요. 영감의 윗대부터 망해 가기 시작했지요. 그때부터 자손이 모든 것을 대리인에게 떠맡기고 들어오는 돈을 물쓰듯 써 버렸던 거예요. 이 영감의 대에 오자 땅에 대한 애착이 전혀 없어져서 한 뙈기씩 땅을 팔기 시작한 거죠."

"그럼, 도련님들은 어디로 갔습니까?"

왕릉은 아직도 사방을 두리번거리며 물었다. 여인의 얘기가 믿어지질 않았다.

여인은 흥미없다는 듯이 말했다.

"여기저기 뿔뿔이 흩어졌지요. 그 일이 나기 전에 두 딸이 시집간 건 정말 다행이었죠. 큰도련님은 자기 부모가 일을 당한 이야기를 듣고 사람을 보내어 자기 아버지를 데려가려고 했지만 내가 영감님에게 못 가게 했어요. '이 집을 누가 지키나요? 저 혼자서 이 큰 집을 지킬 수가 없잖아요' 하고 말예요."

이런 말을 하고 여인은 빨간 입술을 정숙한 여자처럼 오므리고 뽐내는 듯한 태도로 눈길을 일부러 내리깔더니 잠시 있다가 다시 입을 열었다.

"나는 몇 해 전부터 영감의 사랑을 받아온 충실한 종인데 나야말로 아무데도 갈 곳이 없는 신세예요."

그 말을 듣자 왕룽은 물끄러미 그녀를 보다가 곧 시선을 돌렸다. 그는 비로소 여인의 정체를 파악할 수 있었다. 왕룽은 경멸하는 어조로 말했다.

"당신이 종이라면 종을 상대해서 내 볼일을 얘기할 순 없소."

그러자 여인은 왕룽에게 소리질렀다.

"하지만 영감은 내 말이라면 무엇이든 듣는걸요."

왕룽은 이 말을 곰곰이 생각해 보았다. 무엇보다 중대한 일은 토지다. 자기가 주저하고 있다가는 다른 사람이 이 여자를 통해서 땅을 사 버리게 될지도 모른다.

"남은 땅은 얼마나 되오?"

"살 만한 땅은 많아요. 서쪽에 약 사십 정보가 있고 남쪽에 팔십 정보가 있는데 다 팔 거래요. 모두 한곳에 있지는 않지만 큰 뙈기들이지요. 모두 다 팔아도 된다오."

여인이 그리 쉽사리 말하는 점으로 보아, 노인이 가진 건 무엇이든지, 단 한 뼘의 땅까지도 다 알고 있다는 것을 왕룽은 알 수 있었다. 그러나 이 여인을 믿고 흥정을 하고 싶지는 않았다.

"그래도 주인어른이 토지를 자식들과 의논도 하지 않고 죄다 팔아 버릴 순 없을 것 같은데요."

그러나 여인은 진지하게 대꾸했다.

"그 점이라면 문제 없어요. 도련님들이 아버지더러 팔 수만 있으면 언제든지 팔라고 해 왔어요. 도련님들은 누구 하나 이 땅을 파먹고 살려 하지 않을 뿐 아니라 흥년에는 화적 떼가 이 지방에 들끓거든요. 그래서 젊은 도련님들은 모두 '그런 곳에서 어떻게 사나. 땅을 팔아서 돈을 나누어 갖자'고 하는 거예요."

"그렇다면 나는 누구에게 돈을 건네주어야 합니까?"

왕룽은 아직도 믿기지 않는다는 듯이 물었다.

"그야 영감한테 드려야지 누구한테 줘요."

그녀는 서슴없이 대답했다. 하지만 그 영감의 손에서 곧 이 여인의 손으로 넘어갈 것은 뻔한 일이라고 왕룽은 짐작했다.

그렇게 생각되자 그는 이 여자와 더 이상 말할 기분이 나지 않았다.

"다음 날…… 또 오지요."

왕룽은 말을 남기고 대문 쪽으로 향했다. 여인은 뒤쫓아오며 벌써 거리로 나온 그의 등뒤에 대고 소리를 질렀다.

"내일 이맘때 와요. 이맘때든 오늘 저녁이든 언제라도 좋아요."

왕룽은 아무 대답도 않고 걸었다. 마치 여우에 홀린 것 같아서 그 여인에게 들었던 이야기를 다시금 생각하면서 발길을 옮겼다. 왕룽은 조그만 찻집에 들어가 값싼 차를 주문했다. 생각하면 할수록 이 고을의 세도가요, 영화를 누렸던 그 굉장한 집안이 이제는 완전히 망하고 일족이 뿔뿔이 흩어졌다는 것이 아무래도 이상하게 여겨졌다.

'농토를 아끼지 않은 탓이다.' 그는 측은한 마음으로 그렇게 생각했다. 그리고 그는 봄의 죽순처럼 자라나는 그의 두 아들을 생각했다. 당장에라도 아이들을 양지쪽에서 놀게만 할 게 아니라 밭일을 시켜 맨발에 느껴지는 흙의 감촉, 딱딱한 괭이의 감촉을 어릴 때부터 뼈와 살에 붙이게 해야겠다고 결심했다.

그러면서도 왕룽은 여태까지 품에 지니고 있는 보석이 새삼 뜨겁고 무겁게 느껴져 겁이 났다. 어쩌다가 보석의 광채가 누더기옷 밖으로 새어나가 누군가 이것을 보고 소리지를 것만 같았다.

'보아라, 이 가난뱅이가 임금만큼 많은 보물을 갖고 있다.'

아무래도 보석을 땅하고 바꾸기 전까지는 마음을 놓을 수가 없었다. 그래서 그는 찻집 주인이 잠시 쉬는 틈을 노렸다가 그 주인을 불렀다.

"내가 차 한 잔 살 테니 들지 않겠소? 성내 소식이나 좀 들려 주시오. 겨우내 다른 데 나가 있었더니……."

가게 주인은 그러한 얘기라면 언제든지 기꺼이 응했다. 자기 가게의 차를 남에게 얻어 마신다는 것이 무척 즐거운 모양이었다. 그는 냉큼 왕룽의 테이블에 와 앉았다.

"그렇지, 흉년으로 많은 사람이 굶었지만 그런 거야 뭐 별로 얘깃거리가 못 되지요. 가장 큰 화제라면 황 대인 집에 화적 떼가 들었다는 얘기일 거요."

그것이 바로 왕룽이 듣고 싶은 이야기였다. 찻집 주인은 신이 나서 이 야기를 계속했다. 남아 있던 종들이 비명을 지르며 놈들에게 끌려갔다는 이야기와 또 남아 있던 첩들은 강간을 당하고 쫓겨났는데, 그중에는 납치 당한 사람도 있으며, 이제는 그 집에서 살려고 하는 사람이 하나도 없다는 이야기들이었다.

"단지 두쳉(杜鵑)이라는 종년과 주인영감뿐이죠. 그 계집은 워낙 약아서 다른 종들은 노상 갈렸지만 몇 해가 되어도 그대로 남아 있는 걸요."

"그럼 이제는 그 여자가 모든 것을 마음대로 하겠군요?"

왕룽은 주의 깊게 들으며 물었다.

"당분간은 제맘대로 할 수 있을 겁니다. 그러니까 그 계집은 이런 다시 없는 기회에 모조리 긁어모으고 집어삼키려고 하고 있습니다. 물론 머지 않아 영감의 자식들이 타관에서 볼일을 마치고 돌아오면 알게 될 테죠. 그 렇게 되면 그 여자도 제아무리 영감을 위해 충실한 종노릇을 했다고 변명 을 늘어놓아 본댔자 아무도 거기에 속아넘어갈 사람은 없을 거고 오히려 그년을 쫓아내 버릴 거요. 하지만 그년은 벌써 평생 먹을거리를 마련해 놓 았소. 그럼, 백 살을 살아도 먹고 남을 걸요."

"땅을 팔까요?"

왕룽은 몸이 달아서 물었다.

"아, 땅!"

그는 무심하게 대답했다. 그때 마침 손님이 들어와서 주인은 자리에서 일어나 그쪽으로 가면서 큰 소리로 말했다.

"판다고 하긴 하던데요. 조상 6대가 묻힌 묘지만 빼놓고 말이오."

왕룽도 일어났다. 듣고 싶던 이야기는 다 들은 셈이었다. 그는 찻집을 나와서 다시 황 대인 집으로 되돌아갔다. 여인이 나와서 대문을 열자 왕룽 은 안으로 들어가지 않고 그대로 서서 말을 했다.

"이것 한 가지만 묻겠소. 주인 영감이 매도증서에 자기 도장을 찍어 줄까요?"

여인은 왕룽에게 시선을 고정시킨 채 자신 있게 대답했다.

"찍고말고요…… 찍고말고요……. 목숨을 걸고 맹세할 수 있어요!"

그 말을 듣고 왕룽은 노골적으로 얘기를 꺼냈다.

"토지 대금은 금화, 은화, 보석 중 어떤 게 좋겠소?"

여인은 눈을 빛내며 말했다.

"보석이 좋겠지요!"

17

왕룽이 소유한 토지는 이제 한 사람의 손과 한 마리의 황소로는 경작하지 못할 만큼 넓어졌다. 또한 추수도 혼자서는 도저히 할 수 없을 만큼 되었다. 그래서 그는 집에 방도 한 칸 더 늘리고, 당나귀도 한 필 사들이고 난 다음, 이웃에 사는 칭과 의논하였다.

"혼자 외롭게 살 것 없이 자네가 가진 땅을 내게 팔고 그 집을 비워 두고 내 집에 와서 내 일이나 좀 도와 주지 않겠나?"

칭은 쾌히 승낙했다. 그리고 무척 기뻐했다.

마침 하늘도 제철에 알맞게 비를 내려 주었다. 못자리의 벼도 잘 자랐다. 밀을 베어 큰 단으로 묶어 거둔 다음 두 사람은 물이 듬뿍 든 논에 모를 심었다. 비가 흡족히 내려서 전에는 물이 안 들던 땅에도 모를 심었다. 이윽고 추수 때가 되자 왕룽과 칭 두 사람만으로는 손이 부족하여 그는 마을 일꾼 두 사람을 더 사서 추수를 했다.

또한 왕룽은 황 대인으로부터 산 농토에서 일할 때마다 그 몰락한 집의 게으른 아들들이 생각나서 두 아들은 엄격하게 자기와 함께 매일 아침 들로 나가도록 했다. 큰일은 할 수 없었으므로 적어도 몸에 뙤약볕을 쬐게 하고 밭고랑 사이를 오락가락하는 단조로운 일이라도 그들에게 익혀 주기 위해서였다.

오란은 식구들의 새 옷을 짓거나 새 신을 만들었고, 침대마다 이불에 새 솜을 넣고 꽃수도 놓았다. 그리고 이번에도 어느 누구의 도움없이 혼자서 아이를 낳았다. 해산을 도와 줄 사람을 살 수도 있었건만, 오란은 혼자 아이 낳기를 원했다.

　이번 해산은 꽤 오랜 시간이 걸렸다. 저녁때 왕룽이 집으로 돌아오니 문간에 서 있던 노인이 싱글벙글 웃으며 말했다.

　"이번엔 계란 하나에 노란자위가 둘이야."

　안방으로 들어가니 사내아이와 계집애 쌍둥이가 마치 쌀알처럼 똑같이 보였다. 그는 유쾌하게 소리내어 웃고는 아내에게 재미있는 말이라도 해 주고 싶어 조용히 말했다.

　"알았어, 그래서 진주 두 개를 품에 지니고 싶다고 했었군……."

　그 말을 하곤 그는 스스로 자기가 한 재치 있는 말에 또 한 번 웃었다. 오란도 기뻐하는 남편을 보자 느리게 씁쓸한 미소를 지어 보였다.

　이즈음의 왕룽에게는 맏딸이 아직 말도 못할 뿐만 아니라 제 나이에 해야 할 것들을 못하고, 아버지를 보아도 그저 어린애처럼 웃기만 하는 것이 근심거리였다. 맏딸이 태어난 해가 흉년이라 몹시 굶어서 그런지, 아니면 무슨 다른 탓이 있어서 그런지는 모르겠으나 다른 애들처럼 '빠빠'란 말이라도 해 주었으면 하고 바랐으나, 아무 의미도 없는 웃음만 지었다. 그 딸을 바라볼 때마다 왕룽은 탄식을 쏟았다.

　"백치 같은 계집애…… 이 불쌍한 것."

　그리고 혼자 마음 속으로 부르짖었다.

　'이 불쌍한 것을 그때 팔았더라면 이렇다는 것을 알고는 죽였을 거야!'

　왕룽은 이 딸을 팔려고 했던 일을 생각했다. 그래서 그는 그 보상으로 그애를 더욱 귀여워했고, 가끔 들에 나갈 때 데리고 다니기도 했다.

　할아버지 때부터 대대로 살아온 이 고장에는 5년쯤마다 흉년이 들었다. 10년간이나 흉년이 들지 않는 때도 있었다. 홍수나 가뭄이 들면 흉년이 왔다. 또는 북쪽의 강둑이 터진다든지 먼 산에 폭우가 내린다든지 혹은 갑자기 쌓였던 눈이 녹아 버려서 몇백 년 동안 사람들이 쌓아 놓은 제방을 무너뜨리고 물이 들판을 온통 쓸어 버리는 수도 있었다.

주민들은 여러 번 이런 일을 겪자 고향을 떠나 어디론가 떠났다가 되돌아오곤 했다. 그러나 왕룽은 설령 앞으로 흉년이 오더라도 농토를 버리지 않고 풍년에 저장을 했다가 다음 해까지 먹고 살 수 있도록 살림의 기반을 다지려고 노력을 기울였다. 그의 그러한 노력을 하늘이 도와서 7년이나 계속하여 풍년이 들었다. 그리하여 해마다 그의 식구와 머슴들이 먹고도 남을 만큼 수확했다. 그래서 그 동안 고용한 머슴이 이제는 여섯이나 되었고, 그가 잠자는 큰방 뒤쪽에 뜰을 내다볼 수 있고, 양 끝에 작은방이 하나씩 딸린 집을 새로 짓게 되었다. 새 집의 지붕은 기와로 잇고, 벽은 밭에서 퍼 온 흙을 이겨서 딴딴하게 쌓아올리고 겉에 회를 발라서 희고 깨끗하게 지었다. 이 새로 지은 집에는 왕룽의 가족이 살고, 옛 집에는 칭을 관리인으로 하여 머슴들이 함께 살도록 하였다.

왕룽은 칭을 여러 면으로 살펴본 결과 정직하고 충실한 사람으로 여겨져 머슴과 농사에 대한 감독을 맡아 보게 했다. 따라서 숙식 외에도 한 달에 은전 두 닢을 따로 주었다. 왕룽은 언제나 칭 서방보고 잘 먹으라고 권했지만, 칭은 도무지 살이 오르지 않았다. 하지만 그는 성실했다. 이른 새벽부터 밤늦게까지 말없이 부지런히 일했다. 꼭 할 말이 있으면 낮은 목소리로 말했고, 시간 가는 줄 모르고 정신없이 괭이질만 했으며, 또 새벽과 해질녘에는 물이나 거름통을 져다가 채소밭에 주곤 했다.

왕룽은 칭이 그렇게 억척같이 일하고 머슴에 대한 감독도 잘한다는 것을 알고 있었다. 머슴 중 누가 매일 대추나무 밑에서 낮잠을 자는지, 여럿이 같이 먹는 밥상에서 맛있는 음식만 골라 먹는지, 추수 때에 자기 처자를 몰래 불러다가 도리깨질하는 곡식을 가져가는지를 잘 기억해 두었다가, 그 해 추수가 끝나서 주인과 머슴들이 한자리에 모여 잔치를 열 때에 왕룽에게 가만히 일러 주곤 했다.

"저 사람하고 이 사람은 다음 철에는 쓰지 말게."

왕룽이 옛날에 팥 한 줌을 칭한테서 받고 또 칭 서방이 약간의 씨앗을 왕룽한테서 받은 것이 인연이 되어, 이 두 사람은 이제 마치 형제 같았다.

다만 나이가 아래인데도 왕룽이 형 대접을 받았다. 그러나 칭은 왕룽에게 고용되어 그의 집에서 살고 있다는 생각을 절대 잊지 않았다.

5년이 지난 뒤, 왕룽 자신은 들에 나가서 일할 틈이 거의 없었다. 토지가 너무 많아져서 농사의 관리라든가, 농산물의 판매라든가, 머슴들을 감독하는 일 등 여러 가지 일이 벅찼기 때문이었다. 특히 글자를 몰라서 여간 큰 불편이 아니었다. 곡물을 매매하는 가게에서 밀이나 쌀을 파는 계약을 할 때 얄미운 장사꾼에게 머리를 숙이며 부탁의 말을 하기란 여간 부끄러운 일이 아니었다.

"이것 좀 읽어 주시오. 미안합니다만…… 난 글씨를 몰라서……."

그리고 문서의 서명마저 제 손으로 못하고 남에게 부탁을 하게 되면 일개 점원까지 눈살을 찌푸리며 붓을 먹물에 적셔서 그의 이름을 아무렇게나 찍찍 갈겨 쓸 때에는 쥐구멍이라도 찾고 싶었다. 그리고 그렇게 대신 써 주면서 농담으로 이렇게 물을 때엔 더욱 창피했다.

"왕룽(王龍)의 룽은 용 룡(龍)자요, 귀머거리 룽자요?"

어느 해 가을에 왕룽은 싸전에서 점원들에게 그러한 조롱을 다시 또 받았다. 왕룽의 아들 만한 젊은이들까지도 웃어 댔다. 그날 집으로 돌아오는 길에 왕룽은 화가 치밀어 중얼거렸다.

"하나같이 손톱 만큼의 땅도 못 가지고 있는 주제에 내가 그까짓 종이에 붓으로 쓴 글자의 뜻을 모른다고 해서 거위처럼 꺽꺽대다니!"

그러는 동안 얼마쯤 화가 가라앉자 속으로 이렇게 뇌었다.

'그렇지만 내가 글을 읽고 쓰지 못하는 것은 분명 창피한 노릇이다. 내 큰아들은 밭일을 시키지 말고 글방에 보내서 배우게 해야겠어. 옳지, 그래서 싸전에 데리고 나가서 나 대신 읽고 쓰게 해야지. 그렇게 되면 지주인 내가 더 이상 놀림거리가 안 되겠지.'

이것이 아주 좋은 생각인 것 같아서 바로 그날로 왕룽은 큰아들을 불렀다. 이제 열두 살밖에 안 되었는데도 키가 훌쩍 크고 어머니를 닮아서 광대뼈가 불거졌으며 손발도 컸다. 눈은 아버지를 닮아 기민했다. 왕룽은 그의 앞에 서 있는 큰아들에게 말했다.

"오늘부터 넌 밭에 나가지 않아도 돼. 우리 집안에 누구 한 사람 나 대신 계약서도 읽고 내 이름도 쓸 선비가 필요하다. 그래야 내가 성내에 나가서 창피를 안 당해."

소년은 얼굴을 붉히며 두 눈을 빛냈다.

"아버지, 저도 2년 전부터 그렇게 되길 바랐어요. 그러나 말씀드릴 용기가 없었던 거예요."

이 말을 엿들은 둘째 아들이 달려와서 늘 그랬던 것처럼 울면서 떼를 썼다. 말도 많고 성미도 까다로워 무엇이든지 자기 것이 남의 것보다 조금만 적어도 울음을 터뜨리는 욕심이 많은 아이였다.

"그럼, 나도 밭에 일하러 가지 않을 테야. 형은 책상에 편히 앉아서 공부를 하는데, 나는 머슴처럼 일만 하라니 불공평해요. 나는 뭐 아버지 아들이 아닌가."

왕룽은 이 둘째놈의 불만이 한 번 터졌다 하면 당해 낼 재간이 없어 무엇이든지 들어 주기 일쑤였다. 결국 승낙할 수밖에 없었다.

"그래, 그래, 둘 다 가거라. 만약에 너희들 중에 하나가 혹시 어떻게 되더라도 내 일을 봐 줄 선비가 하나 있어야 할 테니까 말이다."

그리고 나서 왕룽은 오란을 성 안에 보내 두 아들에게 겉옷을 만들어 줄 옷감을 사 오게 하고 자기도 문방구점에 가서 종이와 붓, 벼루 등을 샀다. 그리고 성문 근처의 어느 노인이 가르치는 글방으로 두 아들을 보내도록 모든 일 처리를 끝냈다. 그 글방의 훈장은 옛날에 과거를 보았다가 낙방한 노인으로 명절 때마다 약간의 월사금을 받고 아이들에게 경서를 가르쳤다. 만일 공부에 게으른 학생이나 전날 새벽부터 해질 때까지 배운 글을 외우지 못하는 학생이 있으면 언제나 큰 부채를 접어 혼을 냈다. 점심을 먹은 후 코를 골며 자다가도 어느 순간 눈을 번쩍 뜨고 글을 읽지 않고 딴짓을 하는 아이들의 머리를 부채로 내리쳤다. 부채로 딱딱 때리는 소리와 맞고 비명을 지르는 아이들 소리를 듣고 이웃 사람들은 말했다.

"역시 훌륭한 훈장이야."

왕룽이 이 글방을 택한 것도 그런 이유에서였다.

아들 둘을 처음 글방으로 데리고 가는 날, 왕룽은 애들 앞에 서서 걸어 갔다. 아버지와 아들이 나란히 걷는 것은 경우에 맞지 않은 일이었다. 왕 룽은 푸른 보자기에다 금방 낳은 계란을 싸 가지고 가서 훈장 앞에 내놓 았다. 커다란 놋테 안경에 검은 빛의 긴 웃옷을 입고, 겨울에도 손에서 놓 지 않는 커다란 부채를 들고 있는 훈장의 위엄에 왕룽은 한없이 존경을 표했다. 그는 훈장 앞에서 넙죽 절을 하고 말했다.

"훈장님, 제 못난 자식들이올시다. 그저 바보 같은 저것들에게 글을 깨 우쳐 주시려면 자주 때려야 하실 겁니다. 아무쪼록 많이 때려서 글을 깨치 도록 해 주십시오."

두 아들을 글방에 남겨 두고 집으로 돌아오는 왕룽의 가슴은 온통 자랑 스러움으로 가득 찼다. 그에겐 글방에 있는 모든 아이들 중에서 자기의 두 아들이 제일 키가 크고 튼튼하고 늠름해 보였다. 성문을 나오다가 만난 이 웃 사람이 어디 갔다 오느냐고 묻자 왕룽은 자랑스럽게 대답했다.

"자식놈들을 글방에 보내고 오는 길이오."

상대방이 깜짝 놀라워하는 듯하자 왕룽은 아무렇지도 않은 듯이 덧붙여 대답하였다.

"이젠 농사 일을 안 시켜도 되니까, 글이나 좀 많이 배우게 하려고요."

그리고 그날부터 두 아들은 큰놈이니 작은놈이니 하고 부르지 않게 되 었다. 훈장이 아버지 직업을 묻고 나서, 큰아들 이름을 눙언(農恩), 작은아 들은 눙원(農文)이라고 지어 주었다. 이 두 이름의 돌림자는 땅을 갈아 재 산을 얻는다는 뜻이었다.

18

왕룽은 이렇게 하여 많은 재산을 모아 갔으나 7년째 되는 해에 북쪽의 큰 강이 범람해 그 지방 일대를 휩쓸었다. 왕룽은 그의 농토의 5분의 2가 한길이나 되는 물 속에 잠겼어도 마음에 두지 않았다.

늦은 봄에서부터 초여름에 이르기까지 물은 불어 마침내 바다처럼 되어 버렸다. 여기저기 주민들이 버리고 피난간 집들은 며칠이 못 가서 무너져 물과 흙으로 되돌아갔다. 사람들은 작은 배나 뗏목을 타고 성을 오갔다. 그리고 다시 이전과 같이 굶주리는 사람들이 생겼다.

그러나 왕룽은 두려워하지 않았다. 곡물 시장에 빌려 준 돈도 있거니와 그의 곳간에는 지난 2년 동안 추수한 곡식이 가득 차 있었고, 그의 집은 물에서 멀리 떨어진 높은 지대에 있었다.

그러나 대부분의 농토가 경작할 수 없게 되었기 때문에 왕룽은 난생 처음 이렇게 한가한 시간을 갖게 되었다. 몸도 한가한데다 맛있는 음식을 마음대로 먹을 수 있고, 자고 싶은 대로 자고, 할 일을 다하고도 남는 시간을 주체할 수 없을 지경이었다. 또한 머슴들도 1년 단위로 고용했으므로, 물이 빠질 때까지 놀고 먹이면서 자기가 일한다는 것은 어리석은 노릇이었다. 그래서 그는 머슴들에게 지붕을 고치게 하거나 농기구를 손질하게 하는 등 허드렛일을 시켰다.

왕룽은 기약 없이 이어지는 휴식에 안정을 못하고 집안을 이리저리 돌아다녔지만, 혈기왕성한 그로선 너무도 심심했다. 그의 아버지는 이제 고령인지라 쇠약할 대로 쇠약했다. 눈이 잘 보이지 않았고, 귀도 거의 듣지 못했다.

말을 전혀 못하고 노상 할아버지 곁에 앉아서 헝겊 조각을 폈다 접었다 하며 히죽히죽 웃는 맏딸과 노인은 왕룽의 말 상대가 되어 주지 못했다. 왕룽은 노인에게 차를 따르면서 맏딸의 볼을 쓰다듬어 주었다. 그녀는 슬프게 얼핏 스쳐가는 귀엽고 공허한 웃음을 지었다. 그러나 곧 본래의 텅 비고 흐리멍덩한 눈빛으로 돌아갔다. 그는 잠시 동안 그 아이를 물끄러미 보다가는 얼굴을 돌렸다. 슬픈 생각으로 가슴이 뭉클했기 때문이었다. 쌍둥이들은 벌써 온 집안을 돌아다녔다.

아이들은 잠깐 웃고 재잘거리다가는 곧 자기네 끼리의 장난으로 돌아가 버린다. 그런 때면 으레 왕룽은 혼자 남아 마음이 불안해졌다. 그러면 그는 아내인 오란에게 눈을 돌리지만 그녀에게서는 어떤 새로운 것을 기대할 수도, 바랄 수도 없었다.

그는 오란을 이렇게 바라보는 일이 처음인 듯싶었다. 그녀는 자기가 남에게 어떻게 보이는지 전혀 신경쓰지 않으며 그저 묵묵히 할 일만 하는 우직하고 평범한 여인으로밖에는 보이지 않는다는 것을 처음으로 깨달았다. 기름을 안 바른 그녀의 머리칼은 부스스하고 빛이 바래 갈색이 되었고, 얼굴은 넓적하고 높낮이가 없는데다가 살결은 거칠고, 어디 한 군데라도 아름답거나 볼 만한 구석이 없었다. 게다가 눈썹은 쥐가 뜯어먹은 것 같고, 숱이 빠져 머리는 성글고, 입은 메기 입과 같았고, 손과 발은 멋없이 컸다. 여태까지와는 색다른 눈으로 아내를 바라본 그는 느닷없이 이렇게 소리질렀다.

"누가 보아도 임자는 가난한 농사꾼의 여편네라고 하지, 어디 머슴을 둔 지주의 부인이라고 하겠어?"

그가 처음으로 오란의 외모를 탓했다. 오란은 천천히 고통스러운 눈으로 남편을 쳐다보았다. 그녀는 의자에 걸터앉아 돗바늘로 신바닥을 꿰매던 손을 멈추고, 그 큰 입을 열어 시커먼 이가 드러나게 웃었다. 이윽고 그녀는 남편이 자기를 하나의 여자로서 바라보고 있다는 것을 비로소 깨달았는지, 불쑥 나온 광대뼈를 붉히며 중얼거렸다.

"저, 쌍둥이를 낳고부터는 몸이 좋지가 않아요. 뱃속에 불덩이가 들어 있는 것 같아요."

순진한 오란은 자기가 7년 동안이나 아이를 갖지 못한 데 대해서 남편이 나무라는 줄 알고 있었다. 그래서 왕룽은 자기도 모르게 거친 말투로 대꾸했다.

"내 말은 그런 게 아니야. 왜 남들처럼 머리에다 기름도 좀 사서 바르고, 검은 천으로 옷도 새로 해 입지 못하느냐는 얘기야. 그리고 그 신발도 임자 같은 지주의 여편네가 발에 걸칠 거냔 말이야."

오란은 아무 대답도 없이 애원하듯 남편을 쳐다보고는 자기도 모르게 두 발을 포개어 걸상 밑으로 숨겼다. 왕룽은 순간 자기를 개처럼 충실하게 섬겨온 이 여인을 나무란다는 것이 부끄러웠고, 또 가난하던 그 옛날 그가 밭에서 일할 때 어린애를 낳고도 금방 밭으로 나와 추수를 거들어 주던 일을 생각했지만, 그래도 그는 가슴 속에 일어나는 울화를 참을 수가 없었다. 그래서 무자비하게 쏘아붙였다.

"죽도록 일을 해서 재산을 이만큼 모았으니, 내 여편네를 농사꾼 여편네 같은 꼴은 만들고 싶지 않아. 도대체 임자의 그 발은……."

그는 여기서 말을 끊었다. 그녀에게서 진저리가 나게 보기 싫은 것은 헐거운 무명 신을 신은 커다란 발이었다. 오란은 걸상 밑으로 더 깊이 발을 숨기면서 들릴락말락한 소리로 입을 열었다.

"난 너무 어렸을 때 팔려 갔기 때문에 우리 어머니가 발을 묶어 주지 않았어요. 그렇지만 저 작은딸년의 발은 내가 기어코 묶어 주겠어요."

왕릉은 아내에 대해서 성을 낸 자신이 부끄러운데다가, 아내 쪽에서 마주 성을 내는 것이 아니라, 지레 겁을 먹는 것이 오히려 못마땅했다. 그는 홧김에 새로 지은 검은 겉옷을 꺼내 입었다.

"에이, 속상해. 찻집에 가 무슨 새로운 이야기가 있나 들어 봐야겠어. 집안에 있는 건 저런 등신과 노망한 영감과 애들뿐이니 살 수가 있어야지."

왕릉은 성내로 걸어가면서 화가 더욱더 치밀었다. 오란이 그 부잣집에서 보석을 한 움큼 집어오지 않았던들, 또 그녀가 그의 요구대로 그것을 내놓지 않았던들 그는 평생 죽도록 일해도 그렇게 많은 토지를 살 수 없으리라는 생각이 문득 떠올랐기 때문이다.

이어서 그는 오란이 그 두 개의 진주를 아직도 가슴 속에 간직하고 있을까 하고 생각해 보았다. 전 같으면 그녀의 가슴은 신기하고 가슴을 두근거리게 했다. 하지만 이젠 축 늘어져 흔들거리고 보기에 흉했기 때문에 그 따위의 가슴 속에 진주를 간직한다는 것은 터무니없고 어울리지 않는 일이라고 생각되었다.

하지만 왕릉이 예전처럼 가난한 농사꾼이라면, 또는 그의 전답이 이번 홍수에 잠기지 않았더라면 이런 생각은 전혀 하지 않았을지도 모른다. 그러나 지금의 그에겐 돈이 있었다. 새로 지은 그의 집 벽 속, 마룻바닥, 안방의 농 속, 침대 요 속 그리고 허리춤 전대에도 은전이 가득 들어 있었다.

돈은 이렇게 부족함이 없었다. 그래서 그전처럼 돈을 쓰는 것이 살을 베어내는 것 같지는 않았다.

지금 그에게는 그 무엇도 전처럼 탐탁하게 보이지 않았다. 여태까지 자신이 하잘것없는 시골뜨기라는 자격지심에서 기를 못 펴고 드나들던 찻집도 이제는 지저분하고 천하게만 생각되었다. 전 같으면 그런 곳에서는 아무도 그를 알아보는 사람이 없었을 뿐 아니라 심부름하는 아이까지 건방지게 굴었지만, 이제는 그가 들어오는 것을 보기만 해도 그곳에 있던 사람들은 저희들끼리 팔꿈치를 쿡쿡 찌르며 수군거렸다.

"저 사람이 왕룽이라는 사람이야. 이전에 기근이 들고 황 대인이 죽던 해 겨울에 그 집 땅을 전부 산 사람이야. 지금은 대단한 부자래."

왕룽은 이런 말을 듣고 겉으로는 무심한 체 자리에 앉았지만, 마음 속으로는 자기의 위치에 대해서 여간 자랑스럽게 생각하지 않았다. 그러나 아내를 나무라고 집을 나온 오늘은 그런 찬사를 들어도 마음이 기쁘지 않았다. 그래서 침울하게 앉아 차만 마시면서, 여태까지 믿어 왔던 것처럼 생활이 그렇게 좋을 것도 없다고 생각했다. 그리고 문득 이런 생각이 떠올랐다.

'아니, 내가 왜 이따위 찻집에서 차를 마셔야 한단 말인가? 주인이란 작자의 수입은 내 집 머슴만도 못할 게 아닌가. 나는 땅을 가지고 있겠다, 자식도 글방에까지 보내고 있지 않은가!'

왕룽은 갑자기 일어서서 찻값을 탁자 위에 던지고 누가 말을 건넬 사이도 없이 나와 버렸다. 그리고 발 닿는 대로 거리를 걸었다. 그는 지나가는 길에 이야기꾼 집에 잠깐 들러, 긴 의자 한쪽 끝에 걸터앉아서 용맹과 지략이 뛰어난 영웅들이 활약하는 《삼국지(三國志)》 이야기를 들었다. 하지만 그는 여전히 마음이 편하지 못했으므로 이야기꾼의 말솜씨에 사로잡힐 수가 없었다. 더구나 이야기꾼이 치는 징소리가 귀에 거슬려 그곳에서 나와 다시 걷기 시작했다.

성 안엔 최근에 문을 연 큰 찻집이 하나 있었다. 성 안에선 하나밖에 없는 2층집이었다. 경영주는 멀리 남방에서 온 사람으로 그런 장사엔 훤한 사람이었다. 전에도 그 앞을 지나간 적이 있었지만 그때는 돈이 낭비되는 것을 끔찍하게 생각했었다. 그러나 지금은 할 일이 없었고, 또 아내에게 너무 지나치게 했다는 양심의 가책에서 빠져 나오기 위해 그 집을 향해 발길을 옮겼다. 거리를 향해 화려하게 꾸며 놓은 찻집에는 탁자가 즐비하게 놓여 있었다. 그는 으스대고 싶었으나 천성이 거만하지 못할 뿐 아니라 몇 해 전만 해도 가난뱅이였던 것을 생각하니 자연 기가 죽었다. 그래서 오히려 그것에 대한 반발심으로 더욱 큰맘먹고 당당히 그 찻집에 발을 들여놓았다.

그처럼 큰 찻집에 처음 들어선 그는 아무 소리 없이 조용히 앉아서 차를 시켜 마셨다. 그리고 놀라운 눈으로 주위를 둘러보았다. 널따란 홀의 천장은 금빛으로 칠해져 있었고, 사방 벽에는 흰 명주에 여자를 그린 족자들이 걸려 있었다. 왕룽은 그림의 여자들을 슬며시 그러나 자세히 바라보았다. 그 여자들은 꿈 속에서나 보았을 선녀 같은 여자들이었다. 첫날은 이렇게 여자들의 그림을 바라보면서 차를 마시고는 곧장 나와 버렸다.

그러나 그의 농토가 홍수에 잠겨 있는 동안 매일같이 그는 그 찻집에 가서 차를 시키고 혼자 앉아서 마셨고, 날이 갈수록 앉아 있는 시간이 길어졌다. 할 일이 없었기 때문이었다. 또한 그는 촌뜨기로 보였고, 이 찻집에 오는 사람들은 모두 비단옷을 입고 있었는데 그만이 무명옷을 입고 있었으며, 또 성 안에 사는 사람들은 변발을 뒤에 늘어뜨린 사람이 없기 때문에 그는 언제나 주위를 끌지 못했을 것이다.

그러던 어느 날 저녁이었다. 왕룽은 떠들썩한 소리 때문에 그의 뒤에서 층계를 내려오는 발소리를 들을 수가 없었다. 그래서 누가 그의 어깨에 손을 얹었을 때, 그는 소스라치게 놀라 쳐다보았다. 조그맣고 예쁜 얼굴, 바로 두쳉이었다. 그가 땅을 살 때 보석을 건네 받던 손의 주인공, 떨리는 황 영감의 손을 바로 잡아서 매도증서에 도장을 찍도록 도와 주던 바로 그 여인이었다. 두쳉은 그를 보고 웃었다. 그녀의 웃음소리는 예리한 속삭임처럼 들렸다.

"아니, 농사꾼 왕 서방 아녜요? 여기서 만나다니 뜻밖이군요!"

두쳉은 농사꾼이란 말을 조롱하는 뜻으로 일부러 길게 뽑으며 말했다.

왕룽은 어떤 대가를 치르더라도 이 여인에게 자기는 한낱 시골뜨기 농사꾼이 아니라는 것을 증명하고 싶었다. 그래서 껄껄 웃으며 큰 소리로 말했다.

"왜, 난들 남만큼 돈을 쓸 수 없나? 이젠 돈에 대한 걱정은 하지 않아. 한재산 모았으니까."

이 말에 두쳉은 웃음을 뚝 그쳤다. 그녀의 눈은 뱀처럼 가늘어지고 반짝거렸다. 목소리가 병에서 흘러 나오는 기름처럼 부드러워졌다.

"누가 그걸 모른다고 했어요? 먹고 입고 남는 돈을 쓰는 데 여기보다 더 좋은 곳이 어디 있겠어요? 여기는 부자와 점잖은 양반들만 와서 놀아요. 이 집 술은 다른 데서는 구경도 못 해요. 그 맛을 보셨나요, 왕룽 씨?"

"나는 여태까지 차만 마셨어. 술과 마작에는 손도 대지 않았어."

이렇게 대답하며 그는 다소 창피함을 느꼈다.

"여긴 호골주(虎骨酒), 효주(曉酒), 향미주(香米酒)가 있는데, 왜 차만 마셔요?"

왕룽이 고개를 떨어뜨리자 두쳉은 갑자기 부드럽고 교활한 목소리로 말했다.

"그럼, 다른 재미도 못 보셨겠군요, 그렇죠? 예쁜 아가씨들의 조그마한 손도, 그리도 달콤한 뺨도…… 그렇죠?"

왕룽의 고개는 더욱더 수그러지고 얼굴에 열기가 확 번졌다. 주위의 사람들이 모두 조롱하는 눈초리로 자기를 쳐다보며 두쳉의 말을 엿듣고 있는 것처럼 느껴졌다. 그는 마음을 단단히 먹고 눈을 살짝 들어 주위를 살펴보았다. 아무도 그에게 주의하고 있지 않았으며 새로 마작패를 던지는 소리만 시끄럽게 들려 올 뿐이었다.

"아…… 아니, 보지 못했어. 난 차만……."

그러자 두쳉은 깔깔대며 여자의 얼굴이 그려진 명주 족자를 가리켰다.

"저게 그 여자들의 그림이에요. 누구든지 마음에 드는 여자를 골라 보세요. 그리고 내 손에 돈을 쥐어 주시기만 한다면 당장이라도 당신 앞에 데려올 테니까요."

왕룽은 의심스럽다는 듯이 되물었다.

"저것이? 난 저것들이 이야기꾼들이 얘기하는 곤륜산에 사는 꿈 속의 선녀들이라고만 생각했었지."

"암요, 꿈 속의 선녀들이고말고요. 하지만 약간의 돈만 내놓으면 당신 것이 될 수도 있는 선녀들이죠."

두쳉은 놀리는 어조로 말했다. 그녀는 자리를 비키면서 주위에 있는 종업원들에게 연신 고개를 까딱거리며 눈짓을 했다. 그 중 한 사람에게 그녀는 왕룽을 가리키며 소곤댔다.

"저기 시골뜨기 멍청일 좀 봐."

왕룽은 새로운 흥미를 느끼면서 여자의 그림을 바라보았다. 만약 내가 처자가 딸린 선량한 농부 왕룽이 아니라면, 아이들이 무엇을 고를 때처럼 이 여자들 중에서 한 여자를 고른다면 어느 여자를 고를 것인가? 그는 이 그림 저 그림의 얼굴을 실물이기나 하듯이 자세히 뜯어보았다. 그리고 그 중에서 제일 예쁘고 조그마하고 가냘픈 그림을 골랐다. 몸이 대나무처럼 날씬하고 조그마한 얼굴은 마치 고양이 새끼 같았으며, 봉오리진 연꽃 줄기를 잡고 있는 손은 뻗어난 고사리처럼 나긋나긋해 보였다.

그림을 바라보고 있자니, 혈관에 마치 술기운이 퍼지는 것처럼 몸이 화끈 달아올랐다.

"꼭 돌배나무 꽃같이 생겼군!"

그는 자기도 모르는 사이에 이렇게 소리내어 말했다. 그리고는 자기 목소리에 깜짝 놀라 부끄러워졌다. 그는 돈을 꺼내 놓고 급히 나와 버렸다. 밖은 벌써 어둠 속에 싸여 있었다. 그는 집을 향하여 발길을 돌렸다.

그러나 들판과 질펀한 물 위에는 휘영청 밝은 달빛이 은빛 안개처럼 드리워져 있었다. 그의 몸 속에는 뜨거운 피가 남모르게 들끓고 있었다.

19

만약 그 당시 왕룽의 농토에서 물이 빠지고 젖은 땅에서는 여름의 태양 아래 김이 피어 올라 갈아 엎고 씨를 뿌려야만 했더라면, 왕룽은 그 큰 찻 집에 다시는 발을 들여놓지 않았을는지도 모른다. 또는 아이들 중에 누가 병에 걸렸든가, 노인이 갑자기 죽을 지경에 이르기라도 했더라면 그는 그 런 새로운 사태에 정신이 빠져서, 대나무처럼 몸이 날씬한 그 여인의 자태 를 잊었을는지도 모를 일이었다.

하지만 잔잔하게 괸 물은 꼼짝도 하지 않았다. 단지 해질녘에 불어 오 는 여름의 미풍이 잔물결을 일으킬 뿐이었다. 노인은 언제나 졸고 있었고, 두 아들은 새벽같이 글방으로 가면 해가 저물어서야 돌아왔다. 왕룽은 집 안에선 마음을 걷잡을 수 없었고, 그를 쳐다보는 오란의 시선도 피했다. 그의 안절부절못하는 모습을 오란은 걱정스러운 눈으로 바라보고 있었다. 7월은 어느 때보다도 해가 길어 좀처럼 어두워지지 않고 황혼녘에는 속삭 이는 듯한 실바람이 물 위를 스쳐갔다.

왕룽은 자기 집 문간에 서 있었다. 그러다가 갑자기 생각난 듯 말없이 자기 방으로 들어갔다. 그리고 명절에 입으라고 오란이 지어 둔 비단같이 빛나는 검은 빛의 겉옷을 꺼내 입었다. 아무에게도 말 한 마디 하지 않고 집을 나서서 물 사이의 둔덕 길을 따라 들을 가로질러 캄캄해진 성문에 다다랐다.

찻집은 밝은 등불로 휘황찬란했다. 그 등들은 모두 해안의 이국 도시에 서 사 온 밝은 석유등이었다. 그렇게 밝은 불빛 아래서 여러 사람들이 술 을 마시며 떠들어대고 있었다. 그들은 시원한 저녁 바람에 옷깃을 풀어헤 친 채 부채를 부치고 있었고, 화사한 웃음소리가 음악처럼 거리로 흘러 나 왔다. 농사만 짓고 살던 왕룽에게는 일찍이 경험해 보지 못한 인생의 쾌락 이 일도 하지 않고 놀기만 하는 사람들이 모인 이 집안에서 벌어지고 있었다.

왕룽은 현관에서 잠시 주춤거렸다. 밝은 불빛이 열린 문으로 쏟아져 나왔다. 그의 피는 전신에서 혈관이 터질 만큼 약동하고 있었으나 원래 마음이 약하고 수줍은 탓에 그냥 그렇게 서 있기만 하다 가 버렸을지도 몰랐다. 그러나 때마침 문간 한귀퉁이 어두운 곳에 기대고 서 있던 여자가 밝은 데로 나왔다. 두쳉이었다. 2층의 여자들에게 손님을 붙여 주는 것이 그녀의 일이었다. 왕룽인 것을 알자 그녀는 어깨를 으쓱하고 말했다.

"난 또 누구라고……. 농사꾼이군!"

왕룽은 자기를 무시하는 듯한 그녀의 무심한 목소리에 충격을 받고 버럭 화가 났다. 그리고는 용기가 솟아났다.

"그래, 난 이 집에 못 들어간단 말이야? 남들이 하는 일을 난들 못할 줄 알아?"

두쳉은 또 한 번 어깨를 으쓱하고 소리내어 웃으며 말했다.

"남들처럼 돈만 있다면야 왕 서방이라고 해서 못할 게 뭐가 있겠어요?"

왕룽은 자기가 하고자 하는 일을 할 수 있을 만큼 돈이 많이 있고 당당하다는 것을 보여 주고 있었다. 그래서 허리춤에 한 손을 넣어 은전을 꺼내 들었다.

"이만하면 충분해? 아직도 부족한가?"

두쳉은 손바닥에 가득한 은전을 보자 지체없이 말했다.

"그럼 이리 오세요. 자, 어느 색시가 마음에 드세요?"

그러자 왕룽은 뭐라 해야 할지 몰라서 낮게 중얼거렸다.

"저 조그만 여자…… 턱이 뾰족하고 얼굴이 조그마한…… 돌배꽃같이 희고 발그레한 귀여운 얼굴에 한 손엔 연꽃을 들고 있는 여자 말이야."

두쳉은 어렵지 않다는 듯이 고개를 까딱했다. 왕룽은 좀 떨어져서 그녀를 따라갔다. 그때 누군가가 농담조로 한 마디 했다.

"아니, 벌써 색시한테 갈 시간인가?"

그러자 다른 사람이 말을 받았다.

"초저녁부터 시작해야 하는 저 색골 좀 보게."

그러나 왕룽은 생전 처음으로 집안에 있는 층계를 올라가는지라 여간 힘들지 않았다. 그러나 막상 2층에 올라가 보니 아래층과 다를 바가 없었다. 다만 유리창으로 밖을 내다보니 무척 높이 올라온 것같이 보일 뿐이었다. 두쳉은 그를 좁다랗고 어둠침침한 복도로 데리고 가면서 소리쳤다.

"오늘 밤 첫 손님이 오신다."

갑자기 복도로 향한 방들의 문이 일제히 열리며 여기저기서 불빛과 함께 여자들이 갸웃갸웃 얼굴을 내밀었다. 마치 햇빛에 활짝 핀 꽃들 같았다. 그러나 두쳉은 그들에게 앙칼지게 말했다.

"네가 아니야, 너도 아니고, 너도……. 누가 너희들 따위를 찾을 줄 알아. 발그레한 작은 얼굴의 석류화 같은 수초우(蘇州)의 렌화(蓮華)에게로 가신다."

수군대는 소리가 여기저기서 났다. 잘 들리지는 않으나 비웃는 소리 같았다. 그러자 석류 빛깔의 붉은 얼굴을 한 여자가 큰 소리로 지껄였다.

"렌화하고 어울릴 거야. 흙 냄새, 마늘 냄새가 물씬 나는데!"

이 말은 왕룽에게도 들렸다. 마음 속으로 자기가 정말 농부로밖에는 보이지 않을 것이라고 생각하니, 그 말은 마치 예리한 칼처럼 그의 마음을 찔렀다. 그래도 그는 자기 허리춤에 은전이 두둑이 들어 있다는 생각을 하고 뚜벅뚜벅 위세 있게 걸었다. 드디어 두쳉은 어느 방문 앞에 멈추어 서서 손바닥으로 거칠게 두드리더니 기다릴 것도 없이 들어갔다. 그 방 안엔 꽃무늬를 수놓은 붉은 누비이불을 덮어 놓은 침대 위에 가냘픈 여자가 앉아 있었다.

만약에 누가 그에게 이 세상에 이렇게 자그마하고 나긋나긋한 손이 있다고 말했더라도 그는 곧이듣지 않았을 것이다. 분홍 공단 신을 신은 남자의 가운뎃손가락만한 자그마한 발, 침대 한끝에 걸터앉아 어린애처럼 달랑거리는 발, 이런 발이 있다고 누가 그에게 말했을지라도 그는 이처럼 보기 전에는 믿지 않았을 것이다.

그는 그림을 바라보듯이 그녀를 바라보았다. 몸에 꼭 끼는 짧은 웃옷을 입고 있는 그녀의 몸은 대나무처럼 가냘프게 보였다. 흰 털을 단 높은 깃 위로 쏙 빠져 나온 조그만 얼굴은 그림과 조금도 다름없이 간드러지게 예뻤다. 눈은 살구씨같이 동그랬다. 이야기꾼이 옛날 미녀를 묘사할 때 살구씨 같은 눈이라고 말하던 뜻을 이제야 이해할 수 있었다. 그녀는 살과 피를 가진 산 여자가 아니고 그림 속의 여자 같았다.

이윽고 롄화는 작은 손을 들어 왕룽의 어깨에 살포시 얹었다. 그러고는 아주 천천히 그의 팔을 쓰다듬어 내렸다. 그는 그처럼 가볍고 부드러운 촉감을 느껴 본 적이 없었다. 마치 그녀의 손길을 따라 불이 일어나 소매를 통하여 자기 팔의 살 속으로 불길이 파고드는 것 같았다. 그의 눈길은 계속해서 그녀의 손길을 따라갔다. 그 손은 소매 끝까지 가서 잠깐 멈칫 하는 듯하더니, 그의 맨손목으로 내려갔다. 다음에는 그의 거칠고 거무스름한 손바닥 속으로 흘러 들어갔다. 그는 그녀의 손을 어떻게 받아야 할지 알 수 없어서 온몸이 떨리기 시작했다.

그러자 웃음소리가 들려 왔다. 5층탑에 달려 있는 은방울이 바람에 대롱거리는 것 같은 밝은 웃음소리였다. 그리고 그 웃음소리처럼 작은 목소리로 말했다.

"이런! 이렇게 어른인 양반이 아무것도 모르시나 봐. 날이 새도록 이렇게 앉아서 바라보기만 하시겠어요?"

왕룽은 비로소 그녀의 손을 두 손으로 모아 쥐었다. 그러나 아주 조심스럽게 모아 쥐었다. 부서지기 쉬운 마른 잎 같았기 때문이다. 그는 자신도 모르게 애원하듯 입을 열었다.

"난 아무것도 모르니 가르쳐 주시오."

그녀는 이윽고 모든 것을 왕룽에게 가르쳐 주었다.

이제 왕룽은 중병에 걸리고 말았다. 그 동안 그가 겪어 온 그 어떤 고통보다도 지금 그가 섬세한 여자의 손에서 받는 고통이 더 컸다.

그는 날마다 찻집으로 갔다. 매일 저녁 롄화를 기다렸다. 저녁때마다 그녀에게로 갔고 밤마다 그녀의 방에서 지냈지만, 여전히 아무것도 모르는 촌뜨기였다. 문간에서 바들바들 떠는 것이나, 그녀 곁에 뻣뻣하게 앉아 있는 것이나, 그녀가 미소를 지을 때까지 언제까지라도 기다리는 것이나, 모든 것이 그러했다. 그의 마음은 뜨겁게 타오르기만 했다. 그리고 게걸스럽게 주린 사람처럼 그녀의 일거일동에 노예처럼 따랐다. 마침내 그녀는 활짝 피어 꺾기를 기다리는 꽃처럼 그에게로 몸을 내맡겼다.

그래도 그는 만족을 할 수가 없었다. 그녀가 마음대로 하라고 온몸을 내맡겨도 그의 갈증과 열병은 가셔지지 않았다. 오란은 그의 육체에 활력을 주었었다. 본능적으로 오란에게 덤벼들어 만족을 얻곤 곧 그녀를 잊어버리고 즐겁게 일할 수 있었다. 그러나 렌화와의 관계에서는 그러한 만족을 얻을 수 없었으며, 또 그녀는 그에게 그러한 활력을 주지 못했다. 왕룽을 더 이상 받아들이고 싶지 않은 밤에는 그녀는 가느다란 손에 힘을 주어서 그의 어깨를 밀어 내고 토라져서 그를 문 밖으로 몰아 냈다. 그러면 그는 돈을 그녀의 품 속에 넣어 주고 나오곤 했는데, 나올 때의 그는 들어갈 때와 마찬가지로 사랑에 굶주려 있었다. 죽을 정도로 갈증인 난 사람이 바다의 짠 물을 마시는 것과 같았다. 왕룽은 계속 그녀에게로 가서 그녀를 완전히 자기 것으로 만들려 했지만, 결국은 만족하지 못한 채 나오고 마는 것이 고작이었다.

더운 한여름 동안 왕룽은 이처럼 이 여자를 사랑했다. 그는 그녀가 어디서 왔는지, 어떤 신분의 여자인지도 몰랐다. 그녀와 함께 있을 때, 그는 이야기를 몇 마디 하지도 않았다. 그녀는 어린아이처럼 명랑하게 웃으며 줄곧 지껄여댔지만, 그는 귀담아듣지 않았다. 다만 그녀의 얼굴, 손, 몸뚱이와 그 서글서글하고 곱다란 눈의 표정을 바라보며 그녀를 기다릴 뿐이었다. 아무리 해도 그는 그녀를 마음껏 소유할 수가 없었다. 그래서 그는 새벽이 되면 멍하니 아쉬운 마음을 안고 집으로 돌아오곤 했다.

아내나 아이들이 말을 걸거나 혹은 칭 서방이 와서 그에게 '물이 곧 빠질 것 같은데, 종자를 준비해야 하지 않을까?' 하고 묻기라도 하면, 그는 버럭 화를 냈다.

"왜 귀찮게 야단이야!"

그리고 내내 그는 렌화에게 만족할 수가 없어서 가슴이 터질 것만 같았다. 매일같이 해가 기울기만 기다렸다. 그는 오란의 근심스러워하는 얼굴이나 아이들의 시선도 피했다. 아이들 역시 그가 가까이 가면 재미있게 놀다가도 조용해졌다. 노인은 그를 옆눈으로 바라보다가 묻곤 했다.

"너 어디 아프기라도 하니? 심사도 거칠어지고, 얼굴이 누런 진흙빛이로구나!"

이럭저럭 밤만 되면 렌화는 그를 그녀의 마음대로 다루었다. 그녀가 한번은 그가 매일 공들여서 빗고 땋고 하는 그의 변발을 비웃었다.

"남쪽 사람들은 그런 원숭이 꼬리 같은 것을 달고 다니지 않아요."

그는 아무 말도 하지 않고 그 길로 가서 변발을 잘라 버리고 말았다. 전에는 사람들이 아무리 비웃고 손가락질을 해도 상관하지 않았다.

변발을 잘라 버린 것을 보자 오란은 기겁을 하고는 소리쳤다.

"당신은 목숨을 잘라 버렸군요!"

그러나 왕룽은 도리어 역정을 냈다.

"그럼 평생 농사꾼 꼴을 하고 다니란 말이야? 성 안 젊은이들은 모두 잘라 버렸어!"

하지만 그도 은근히 후회하는 마음이 없는 것은 아니었다. 그러나 렌화가 그에게 지시하거나 원했다면 아닌게아니라 목이라도 서슴없이 잘랐을 것이다.

이전에는 갈색의 건강한 몸을 씻는 일이 별로 없었다. 일을 해서 땀으로 씻겨진 몸, 그것이 깨끗한 몸이라고 여겼었다. 그러나 지금은 자기 몸을 마치 다른 사람의 몸인 양 살펴보기 시작했다. 하도 매일 몸을 씻으니까, 아내 오란이 참다못해 참견을 했다.

"그렇게 몸을 씻었다간 죽겠어요."

그는 향기 높은 외국제 빨간 화장 비누를 가게에서 사다가 살에 문질렀다. 그리고 렌화 앞에서 냄새가 날까 봐 좋아하는 마늘도 입에 대지 않았다.

집안 식구들은 모두 어떻게 된 영문인지 알 수 없었다.

왕룽은 또 새로 여러 가지 옷감을 사 와서는 오란의 바느질 솜씨를 나무라고, 성 안의 옷 만드는 집에 갖다 맡겨서 성 안 사람처럼 몸에 꼭 맞는 옷을 맞추었다. 그리고 그 위에 껴입을 소매 없는 까만 공단 겉옷을 해 입었다. 평생 처음으로 신도 사서 신었다. 전에 황 영감이 달그락거리며 신고 다니던 검은 비로드 신이었다.

그러나 이렇게 화려한 새 옷을 오란과 아이들 앞에서 입는다는 것이 쑥스러웠다. 그래서 그는 옷을 갈색 기름종이에 싸서, 친숙한 사이가 된 그 찻집 종업원에게 맡겨 두고 2층으로 올라가기 전에 몰래 내실로 들어가 옷을 갈아입었다. 그뿐 아니라, 금을 입힌 은가락지도 사서 끼었다. 그리고 옛날에는 변발할 때 면도질을 했던 앞머리가 자람에 따라 은전 한 닢을 다 주고 조그만 병에 든 향기로운 외국제 머릿기름을 사다 바르고 머리를 곱게 빗어넘겼다.

그러던 어느 날 점심을 함께 먹을 때, 그녀는 한참 동안 그를 바라보고 나서 무섭게 입을 열었다.

"황 대인집 도련님처럼 보이는군요."

왕룽은 이 말에 호탕스럽게 웃으며 말했다.

"마음껏 쓰고도 남을 만큼 돈이 충분한데, 무엇 때문에 언제까지나 촌뜨기처럼 보여야 한단 말이오?"

그러나 왕룽은 아내의 그러한 말을 듣고 그날 하루 종일 내심 기분이 좋았다. 그래서 이날만은 오란에게도 오랜만에 친절하게 대해 주었다.

이제 그의 돈 —— 그 소중한 은전이 그의 손에서 물 흐르듯 헤프게 흘러 나갔다. 렌화와 같이 보낸 시간의 대가를 치러야 할 뿐만 아니라, 갖고 싶다고 졸라대는 것들을 사 주어야 하는데 드는 돈 또한 무시할 수 없었다. 그녀는 갖고 싶어서 가슴이 반쯤 찢기는 듯 한숨을 토하며 중얼거리곤 했다.

"아…… 아!"

렌화 앞에서 이젠 그럴 듯하게 말할 수 있게 된 왕룽은 그녀의 탄식을 듣고 속삭이는 소리로 정답게 물었다.

"왜 그러지, 귀여운 아가?"

그러면 그녀는 이렇게 대답했다.

"오늘은 당신을 대해도 처량한 생각만 들어요. 건너방에 있는 아이는 그이가 금비녀를 사다 주더래요. 난 줄곧 이놈의 낡아빠진 은비녀만 꽂아야 하니 속상해서 못살겠어요."

그러면 왕룽은 그녀의 야들야들한 귀맵시를 볼 수 있도록 곱게 빗은 그녀의 검은 머리를 귀 뒤로 넘기면서 목숨을 거는 한이 있더라도 이렇게 속삭이지 않을 수 없었다.

"그렇다면 나도 사 주지. 내 예쁜이를 위해서라면 금비녀가 뭐 그리 대수롭다고."

마치 어린애에게 새 말을 가르쳐 주듯 렌화는 이러한 사랑의 말들을 왕룽에게 가르쳐 주었다. 왕룽은 여태까지 파종이라든가, 추수라든가, 햇볕이라든가, 비라든가 하는 농사에 관련된 말밖에는 아는 게 없었다. 그는 더듬거리며 그러한 말을 쓰면서도 자기의 사랑하는 심정을 충분히 표현할 수가 없는 것이 안타까웠다.

이리하여 돈은 그의 집의 벽으로부터, 자루로부터 소리없이 흘러 나갔다. 이전 같으면 '왜 벽에 넣어 둔 돈까지 꺼내 가요?' 하고 쉽사리 말할 수 있었을 오란도 이제는 아무 말도 하지 않고, 염려스러운 눈으로 남편을 바라볼 뿐이었다. 그녀는 그가 어떤 생활에 젖어 있는지 모르고 있었다. 그러나 오란은 남편이 그녀의 발이 크다는 것을 새삼스럽게 얘기하던 날부터 남편을 두려워하기 시작했다. 그리고 툭하면 신경질을 내는 남편에게 무엇이든 물어 보는 것이 두려웠다.

어느 날 왕룽이 들을 지나 집으로 오다 보니, 오란이 못가에서 빨래를 하고 있었다. 그는 아무 말 없이 잠시 동안 서 있다가 부끄러움을 감추려고 일부러 거칠게 소리쳤다.

"이 봐, 진주 가진 것 어디다 뒀어?"

오란은 방망이질하던 손을 멈춘 채 그를 쳐다보며 머뭇거렸다.

"지, 진주요? 갖고 있어요."

왕룽은 차마 아내의 얼굴을 바로 마주 볼 수 없어, 거친 손을 내려다보며 말했다.

"쓰지도 않으면서 갖고 있기만 하면 뭘 해?"

"두었다가 귀고리를 만들려고요."

오란은 남편이 비웃을까 봐 재빨리 말을 이었다.

"나중에 작은애 시집 보낼 때 쓰려고요."

왕룽은 마음을 단단히 먹고 언성을 높여 대꾸했다.

"흙처럼 검은 살결에 무슨 놈의 진주야! 진주란 예쁜 여자들에게나 어울리지."

그리고 잠시 말을 늦추었다가 버럭 고함을 쳤다.

"이리 내! 내가 써야겠어!"

오란은 쭈글쭈글한 젖은 손을 가슴 속에 넣어 천천히 조그마한 주머니를 꺼내어 그에게 내주었다. 그리고는 왕룽이 그 주머니를 여는 것을 물끄러미 바라보았다.

왕룽의 손바닥에 놓인 두 개의 진주는 햇빛을 받아 부드럽게 반짝였다. 그는 킬킬거리며 웃었다.

오란은 다시금 방망이질을 시작했다. 그녀의 두 눈에서는 구슬 같은 눈물이 흘러내렸다. 그녀는 눈물을 닦으려고도 하지 않았다. 다만 방망이질을 더욱 힘주어 할 뿐이었다.

20

왕룽의 재산이 거의 탕진될 때까지 이런 상태가 계속될 것만 같아 보이던 그즈음 느닷없이 그의 삼촌이 돌아왔다. 지금껏 어디서 어떻게 살아왔는지의 얘기는 전혀 하지 않았다. 그는 단추가 떨어져 나간 누더기를 걸치고, 하늘에서 뚝 떨어진 듯 문간에 우뚝 서 있었다. 햇볕에 그을리고 바람에 시달려 주름살만 깊어졌을 뿐 지난날 그대로의 얼굴이었다. 아침 밥상에 둘러앉은 식구들 앞에 나타난 그는 이를 드러내고 웃었다. 삼촌이 살아 있는지조차 잊고 있었던 터라 왕룽은 입을 딱 벌리고 말을 잃었다. 흡사 죽었던 사람이 살아 돌아온 것과 같았다. 늙은 아버지는 눈을 껌벅껌벅하며 노려볼 뿐 그가 누구인지조차 알지 못했다.

"안녕하세요, 형님. 그리고 조카, 질부 모두 별일 없었지?"

삼촌이 큰 소리로 말했을 때에야 노인은 비로소 동생임을 알아보았다.

왕룽은 속은 쓰리면서도 얼굴에 반가운 빛을 띠며 공손히 맞았다.

"아이고, 삼촌! 이게 얼마만이오. 아침은 어떻게 하셨죠?"

"아직 안 먹었다. 같이 먹어야겠다."

삼촌은 태연히 대답했다. 그리고 권하기도 전에 아무 말 없이 밥그릇과 젓가락을 집어들어 게걸스레 먹었다. 삼촌이 생선과 콩을 닥치는 대로 먹고 쌀죽을 세 그릇이나 먹어치울 때까지 아무도 입을 열지 않았다. 다 먹고 나자 그는 당연한 권리인 듯 덤덤하게 이런 말을 했다.

"이제 좀 자야겠다. 사흘 밤이나 꼬박 샜으니까."

왕룽은 삼촌의 어처구니없는 행동에 당황했으나 할 수 없이 그를 아버지 침대로 안내했다. 삼촌은 이불을 들고 말끔한 천을 쓰다듬더니 탁자와 큰 나무의자를 바라보면서 말했다.

"네가 부자가 됐단 말은 들었지. 하지만 이처럼 부자인 줄은 생각지 못했다."

그리고 침대에 벌렁 드러누워 이불을 어깨까지 끌어 덮더니 곧 잠이 들었다.

왕룽은 매우 불안한 마음으로 중간방으로 돌아왔다. 그가 먹고 살 만한 이상 삼촌을 부양하는 것은 당연한 일이고, 삼촌을 쫓아 낼 순 없기 때문이었다. 삼촌만이 아니라 숙모까지 따라올 것을 생각하자 왕룽은 더 한층 두려웠다. 누구도 그들이 오는 것을 막을 수는 없었다.

아니나다를까 걱정하던 일이 그대로 일어나고야 말았다. 한낮이 지난 뒤에야 삼촌은 침대에서 기지개를 켜면서 부스스 일어났다. 그런 다음 옷을 걸치면서 방에서 나와 왕룽에게 말했다.

"이젠 네 숙모와 사촌 동생을 데려와야겠다. 이런 큰 집에서 세 식구가 먹고 초라하게나마 입는 것쯤 아무것도 아니겠지?"

침울한 얼굴로 왕룽은 응낙할 수밖에 없었다. 삼촌의 가족을 자기 집에서 내쫓는다는 것은 체면 문제이기 때문이었다. 더욱이 이제는 마을에서 부자로 존경받는 처지에 있는 그에게 수치가 될 것이 뻔했다. 머슴들은 헌 집으로 옮기고 그들이 쓰던 문간방을 치우게 했다. 바로 그날 저녁, 삼촌의 가족이 그 방으로 들어왔다. 왕룽은 화가 치밀었으나 그 화를 가슴 속 깊이 감춘 채 웃음을 띠며 그들을 맞았다. 숙모의 번들거리는 살찐 얼굴을 대하자 울화통이 터질 것 같았다. 그리고 사촌의 건달 같은 뻔뻔스런 얼굴을 보자, 한 대 올려붙이고 싶은 충동을 가까스로 참았다. 그는 화가 나서 사흘 동안 성 안에 들어가지 않았다.

그러는 동안 차차 화가 가라앉았고, 삼촌의 식구들도 신세를 지는 판인지라 고분고분했기 때문에 렌화에 대한 생각이 전보다 더 맹렬하게 피어올랐다. 그는 속으로 중얼거렸다.

'집안에 사나운 개들이 득실거리니, 다른 데서 마음의 평화를 얻을 수밖에 없지.'

잠시 잊고 있었던 정열과 고통이 또다시 그의 가슴에 불타올랐다. 아직도 그는 그녀에 대한 욕정을 만족시키지 못했던 것이다.

그런데 오란은 단순하여 눈치를 못 챘고, 노인은 늙어서 정신이 몽롱했으며, 칭 서방은 왕룽에 대한 우정 때문에 의심하지 못한 것을 숙모가 알아채고, 눈가에 웃음을 흘리며 지껄였다.

"조카가 어디서 꽃을 따려고 하는 참이군."

오란은 무슨 말인지 알아듣지 못하고 숙모의 얼굴을 물끄러미 바라보고 있었다. 그녀는 또다시 웃으며 말했다.

"질부는 수박을 쪼개 보아야만 씨가 있다는 걸 아나? 다시 말해서 네 남편이 요즘 딴계집에게 흠뻑 빠져 있단 말이야."

왕룽은 간밤에 치른 애욕으로 지친 몸을 이끌고 새벽녘에 그의 침실에 들어와 엎치락뒤치락하다가, 방문 밖의 앞뜰에서 숙모가 그런 이야기를 하는 것을 듣고 눈이 번쩍 떠졌다. 그는 숙모의 눈치에 입이 딱 벌어졌다. 숙모의 굵은 목소리가 살찐 목에서 기름처럼 줄줄 흘러 나왔다.

"난 그런 사내들을 많이 봤지. 갑자기 머리에 기름 바가지를 쓴다거나, 새 옷을 산다거나, 새삼스레 비로드 신을 사 신는다거나 하는 것은 틀림없이 계집이 생겼다는 증거야. 그건 뻔할 뻔자야."

그 말에 대꾸하는 오란의 짧은 음성이 들렸다. 그러나 무어라고 하는지는 들리지 않았다.

"이런 천치 같은 사람 봤나! 어느 사내건 한 계집에 만족한다고 생각하면 오산이야. 자기를 위해 뼈를 갈아 가면서 일한 여편네 따윈 대수롭게 여기지 않아. 자네 같은 여자는 남자가 좋아하는 계집은 못 돼. 일이나 해 주니까 소보다 낫다고 생각해 줄까? 이젠 부자가 되었으니 다른 여자를 사서 집에다 들여도 자넨 싫다고 할 수 없어. 사내란 모두 그렇고 그러니까. 우리 영감쟁이 좀 보지. 그렇게 하고 싶은 마음이야 굴뚝 같겠지만 가난뱅이라서 어쩔 수 없는 거야."

이 밖에도 숙모는 구지레한 말을 늘어놓았다. 하지만 왕룽에게는 더 이상 아무 말도 들리지 않았다. 어떻게 하면 사랑하는 렌화에 대한 아쉬움을 만족시킬 수 있을 것인가를 갑자기 깨닫게 된 것이다. 숙모의 말대로 그녀를 사서 집으로 데려오리라. 그런 후 다른 사람은 얼씬도 못하게 하고 혼자 독차지하리라. 그리하여 그녀의 육체를 먹고 마시고 하여 자신의 정욕을 충족시키리라. 그는 침대에서 벌떡 일어나 나와 숙모에게 몰래 손짓하여 대문 밖으로 불러 낸 후 대추나무 밑으로 데리고 가서 말했다.

"아까 안뜰에서 한 숙모님의 이야기를 나도 들었소. 숙모님 말씀대로 여편네 이외에 다른 계집 생각이 없는 건 아니오. 살림이 넉넉한데 안 될 리도 없겠지요?"

숙모는 맞장구를 치며 전적으로 동의했다.

"암, 그렇지. 부자가 되면 사내란 다 그런 거지 뭐. 가난한 사내들이나 한 우물을 파는 거지."

숙모는 왕룽이 무슨 말을 하려고 하는지를 미리 짐작하고 있었다.

"그런데 말이죠. 누가 사이에서 이 일을 해 줄 것인가가 문제죠. 차마 내 입으로 그 여자더러 내 집으로 가잔 말은 못 하겠고."

그러자 숙모가 즉시 말을 받았다.

"이 일은 내게 맡기게. 어느 여자지? 내가 다 알아서 해 줄 테니."

왕룽은 머뭇거리다가 마지못해 입을 열었다.

"롄화라는 여자요."

두 달 전만 하더라도 롄화란 여자가 이 세상에 있는지조차 몰랐던 그였 건만, 지금은 그녀의 이름을 세상 사람이 모두 들어 당연히 알고 있으리라 고 생각하게 되었다. 그렇기 때문에 숙모가 '어디 사는 여자?' 하고 물었 을 때 그는 신경질이 날 지경이었다.

"성 안 큰거리의 제일 큰 찻집이지, 어딘 어디겠소."

그녀는 내민 아랫입술에 손가락을 대고 한참 동안 생각하다가 입을 열 었다.

"거긴 아는 사람이 없는데, 하여간 알아서 해 주지. 그 여자 뒤를 봐 주 는 사람이 누군데?"

예전에 황 대인 집에서 종살이하던 두쳉이라는 여자라고 말하자 숙모는 소리내어 웃고 나서 말했다.

"오, 그래? 황 영감이 죽은 뒤 그런 일을 하고 있었군. 하긴 그년이라면 능히 할 만한 일이지."

또다시 큰 소리를 내어 웃더니 대수롭지 않게 말했다.

"그 여자라면 쉽지! 문제는 간단해. 두쳉이란 여자는 말이야. 손에 은전 만 듬뿍 쥐어 주면 무슨 일이든 되거든. 산이라도 만들어 낼걸."

이 말에 왕룽은 갑자기 입에 침이 마르고 목이 타들어가는 것 같았다.

"돈은 얼마든지 내죠. 은이건 금이건, 내 땅을 다 팔아서라도……."

사랑의 열병이란 정말 불가사의한 것이다. 그날부터 왕룽은 그 일이 성 사될 때까지 찻집에 가지 않기로 결심했다.

'만약 롄화가 내 집으로 와 나 한 사람의 것이 되기를 원치 않는다면,

내 목을 자른다 해도 다시는 그 여자의 곁에 가지 않으리라.'

'만약 렌화가 오지 않겠다면' 하는 생각이 들면 그의 가슴은 두려움으로 덜컥 내려앉았다. 그럴 때마다 그는 숙모에게로 달려갔다. '금이건 은이건 아까운 게 없다고 두챙에게 말하였소?' 하고 묻기도 하고, '렌화에게 내 집에 오기만 하면 아무 일도 안 시키고, 비단옷만 입히고, 또 먹고 싶다면 상어 지느러미 같은 것도 매일 먹을 수 있다고 말해 주시오.' 이런 말을 하도 여러 번 늘어놓았으므로, 숙모는 견디다 못해 눈알을 굴리며 그에게 핀잔을 주었다.

"그만해 두게나. 글쎄, 내가 바보인 줄 아는가, 내가 중매일을 어디 처음 하는가? 다 알아서 처리할 테니까 내게 맡겨."

그리하여 왕룽은 잠자코 손톱이나 깎으며 렌화의 입장이 되어 집 안팎을 둘러볼 뿐이었다. 그러다가 그는 오란을 시켜 마당을 쓴다, 걸레질을 한다, 탁자와 의자를 옮긴다 하고 부산을 떨었다. 오란은 남편이 말을 하지 않아도 자기에게 닥칠 일쯤은 알고 있었으므로 겁에 질려 있었다.

이제 왕룽은 오란과 잠자리를 같이할 수는 없었다. 사랑하는 렌화와 같이 오붓하게 떨어져 살 수 있는 장소가 있어야겠다고 생각했다. 그리하여 숙모가 일을 주선하는 동안 그는 머슴들을 시켜 가운뎃방 뒤에 뜰을 하나 더 만들게 하고, 그런 뒤 둘레에 큰 방 하나, 양쪽에 각기 작은 방 하나씩을 만들게 했다. 머슴들은 그를 의아하게 쳐다봤지만 감히 물어 보지는 못했다. 그는 아무 말도 하지 않았다. 그는 자신이 몸소 그들을 지휘 감독했으며 성 안에서 기와도 사 왔다. 방바닥엔 모두 벽돌을 깔았고, 붉은 천을 사다가 문에 휘장을 쳤다. 새 탁자와 조각된 의자 두 개, 산수화 족자를 두 폭 사다가 탁자 뒤의 벽에 걸었다. 또 붉은 옻칠을 한 뚜껑 달린 둥근 과자함을 사다가 참깨 과자와 돼지기름에 튀긴 과자를 담아서 탁자 위에 놓았다. 그리고는 정교하게 조각된 널찍한 침대를 사 왔다. 작은 방에 가득할 만큼 큰 침대였다. 꽃무늬 있는 휘장을 침대가에 늘어뜨렸다. 그는 이런 일을 오란에게 해 달라고 하기가 부끄러워 숙모에게 부탁했다.

모든 준비가 끝나고 한 달이란 기간이 흘러갔지만, 아직도 그 일은 결

말을 보지 못했다. 왕룽은 렌화를 위해 만든 새 뜰을 바라보다가 그 뜰 한 가운데에 조그만 연못을 만들어야겠다고 마음먹었다. 그래서 머슴을 한 사람 불러 사방 석 자 넓이로 연못을 파고 밑바닥과 사면에 기와를 붙였다. 그리고 직접 성 안으로 들어가 금붕어 다섯 마리를 사다가 넣었다. 이 제는 더 할 일이 없었다. 그는 다시금 조바심을 치며 몸이 달아 기다렸다.

이러는 동안 왕룽은 좀처럼 말을 하지 않았다. 다만 아이들이 코를 흘리면 야단치거나, 사흘 이상이나 머리를 빗지 않았다고 오란에게 고함치는 것이 고작이었다. 마침내 어느 날 아침 오란은 눈물을 뚝뚝 흘리며 소리내어 울었다. 왕룽은 오란이 그렇게 우는 것을 한 번도 본 적이 없었다. 그래서 그는 거칠게 소리쳤다.

"뭐야, 그 말 꼬랑지 같은 머리 좀 빗으라고 했을 뿐인데 왜 이 야단이야?"

"난 당신을 위해서 아들을 낳았어요……. 난 당신에게 자식들을 낳아 주었어요……."

왕룽은 뭐라고 할 말이 없었다. 그녀 앞에 있기가 겸연쩍어 혼자 남겨 두고 나와 버렸다.

이렇게 지내는 동안에 어느 날 숙모가 와서 말했다.

"이젠 이야기가 잘 됐네. 두쳉은 은전 백 닢만 손에 쥐어 주면 렌화를 내주겠다고 했고, 렌화는 비취 귀고리와 옥반지, 금반지와 공단옷 두 벌, 비단 옷 두 벌, 신발 열두 켤레와 비단 이불 두 채만 해 주면 오겠대."

왕룽에게는 다만 '이젠 이야기가 잘 됐네' 하는 말만 들렸다. 그는 큰 소리로 말했다.

"그렇게 해 주지요. 그렇게 해 주지요."

그리고는 즉시 안방으로 뛰어들어가 은전을 가져다가 숙모의 손에 쏟아 놓았다. 여러 해 동안 추수해 들인 것이 이처럼 흘러 나가는 것을 다른 사람에게 보이고 싶지 않아 주위를 살폈다.

"숙모님 몫으로도 은전 열 닢을 가지세요."

숙모는 기겁을 해서 사양하는 척하며 뚱뚱한 몸을 뒤로 젖히고, 고개를 좌우로 설레설레 흔들며 나지막하게 속삭여 말했다.

"아냐, 난 괜찮아. 우린 한가족이 아닌가. 자넨 내 아들이나 다름없는 조카고 난 친어머니나 다름없잖은가. 난 조카를 위해서 한 일이지, 돈을 바라고 한 일이 아니야."

이렇게 말하면서도 그녀는 손을 앞으로 내밀었다. 왕룽은 그 손에다 은전을 놓아 주었다.

그는 돼지고기며 쇠고기, 연어, 죽순, 밤 등을 사 오고 또 국에 넣을 남쪽에서 들여온 제비집에다 상어 지느러미, 또 그가 아는 과자란 과자는 모조리 사다 놓고 기다렸다. 지금 그의 가슴 속에 불타고 있는 것은 렌화를 위한 기다림뿐이었다.

늦은 여름, 햇빛이 뜨겁게 내리쬐는 8월 어느 날 렌화가 그의 집으로 왔다. 그녀는 사방이 가리워진 대나무 가마를 타고 왔다. 왕룽은 들판을 가로지른 좁은 길 위에서 이리저리 흔들리는 가마를 바라보고 있었다. 가마 뒤에는 두쳉의 모습이 보였다. 한순간 그는 두려운 생각이 들어 혼자 중얼거렸다.

"지금 나는 무엇을 집안에 끌어들이고 있는 거지?"

그는 무의식적으로 아내의 방으로 뛰어갔다. 문을 꽉 닫고 착잡한 심정으로 어두운 방 속에서 기다렸다. 이윽고 렌화가 대문까지 당도했으니 나오라는 숙모의 고함 소리가 들려 왔다.

그는 왠지 부끄러워서 마치 렌화를 처음 만나는 여자이거나 한 듯이 천천히 걸어나왔다. 고개를 푹 숙인 채 좌우를 두리번거리며 똑바로 앞을 바라보지 못하는 그를 향해 두쳉이 소리를 질렀다.

"어머, 일이 이렇게 될 줄은 몰랐는데."

그러더니 그녀는 가마꾼이 땅 위에 내려놓은 가마 앞으로 가서 휘장을 걷어 올리며 말했다.

"렌화, 나와요. 이게 당신이 거처할 집이고, 여기 주인어른도 계시네."

왕룽은 싱글벙글 웃는 가마꾼들을 보고 화가 났다. 놈들은 성 안 건달

패들이니까 상관할 것 없다고 생각했지만 그래도 자기 얼굴이 붉어지고 뜨거워지는 게 화가 나서 말 한 마디 하지 않았다.

가마의 휘장이 걷히자 왕룽의 시선은 자신도 모르게 그 안으로 쏠렸다. 화장을 한 롄화가 백합꽃같이 청아하게 그늘진 곳에 앉아 있었다. 순간 왕룽은 빈정거리는 가마꾼들에 대한 노여움도 잊었다. 다만 이젠 이 여자를 자기 것으로 샀다는 것과 영원히 이 집에서 살게 되었다는 것밖에는 생각나지 않았다. 떨리는 몸을 버티고 서서, 바람에 한들거리는 꽃처럼 우아하게 일어서는 롄화의 아리따운 자태만 바라보았다. 그녀는 두쳉의 손을 잡고 걸어나와서는 다소곳이 고개를 숙이고 눈을 내리깐 채 전족한 작은 발로 뒤뚱거리며 걸음을 떼어 놓았다. 왕룽 앞을 지나면서도 말 한 마디 하지 않고 다만 두쳉에게 들릴락말락한 음성으로 속삭였다.

"내 방은 어딘가요?"

그때 왕룽의 숙모가 나와 두쳉의 반대편에서 롄화를 부축하여 안뜰을 지나 그녀를 위해 새로 지은 방으로 인도했다. 왕룽은 칭 서방과 일꾼들을 일부러 멀리 있는 밭으로 일을 내보냈다. 오란도 쌍둥이를 데리고 어딘가가 버렸으며, 두 아들은 글방에 가고 없는데다가, 늙은 아버지는 벽에 기대어 졸고 있어서 아무것도 듣지도 보지도 못했다. 그리고 백치 딸은 제 아버지나 어머니밖엔 지나다니는 사람을 알아보지 못했다. 그런데도 롄화가 방으로 들어가자 두쳉은 곧 휘장을 내려 버렸다.

얼마 뒤 왕룽의 숙모가 그 방에서 심술궂은 웃음을 지으며 나왔다. 그녀는 더러운 것을 털어 버리듯 두 손을 털었다.

"아이고, 향수하고 분냄새가 코를 찔러. 아주 갈보 냄새가 배었어. 조카, 보기보단 늙었군 그래. 남정네들이 거들떠보지 않을 나이에 이르지 않고서야 아무리 잘 산다고 해도 농사꾼한테 비취 귀고리나 금반지나 비단, 공단 정도로 올 리가 없거든."

그리고 여기까지 지껄인 그녀는 너무나 노골적인 자기 말에 왕룽의 얼굴에서 노여움이 떠오르는 것을 보자 곧 이렇게 덧붙였다.

"하지만 미인일세. 그처럼 예쁜 여잔 처음 봤구먼. 황 대인 집에서 종노릇하던 사내 같은 여자만 알던 조카가 이제 팔보채를 맛보게 됐네."

왕룽은 한 마디도 대꾸하지 않았다. 집안을 오락가락하며 귀를 기울이기도 하고, 잠시도 가만히 있지 못했다. 그러다가 단단히 마음을 고쳐먹고 붉은 휘장을 걷고 롄화를 위해 지은 뒤채로 가서, 그녀의 방으로 들어갔다. 그리고는 밤이 될 때까지 그녀 곁에 앉아 있었다.

오란은 그날 새벽 배추잎에 찬밥을 조금 싸 가지고, 벽에 걸린 괭이를 떼어 메고 애들을 데리고 들로 나간 후 여태껏 돌아오지 않고 있었다. 밤의 장막이 내려서야 그녀는 흙투성이가 된 피곤한 몸으로 애들을 데리고 묵묵히 집으로 돌아왔다. 그리고 누구와도 말 한 마디 하지 않고 부엌으로 들어가 저녁을 지은 뒤 다른 때와 마찬가지로 상을 차렸다. 그리고 시아버지를 불러 젓가락을 쥐어 드렸다. 그 다음에 백치 딸을 먹이고 나서 자기도 다른 애들과 함께 조금 먹었다. 이윽고 식구들이 잠들고 왕룽이 아직도 꿈꾸듯 앉아 있을 때, 오란은 여느 때와 같이 몸을 씻고 방으로 들어가 혼자 잠들었다.

밤낮으로 왕룽은 애욕을 만끽했다. 날이면 날마다 롄화가 누워 있는 방으로 들어가서 그 곁에 앉아 그녀의 일거일동을 바라보았다. 초가을이라 아직도 더운 탓인지 롄화는 전혀 밖으로 나오지 않았다. 그저 비스듬히 누워서, 두쳉을 시켜 자기의 가느다란 몸을 미지근한 물로 씻게 한 뒤 기름을 바르게 했다. 그녀는 두쳉을 자기 몸종으로 있어 달라고 간절히 붙들었고, 아낌없이 보수를 준데다가, 두쳉으로서도 찻집에서 뭇색시들의 시중을 들기보다는 한 명을 돌보는 편이 수월했으므로 기꺼이 승락했다. 그래서 그녀도 롄화와 같이 새 집에서 딴 식구들과는 뚝 떨어져서 새살림을 하게 되었다.

롄화는 하루 종일 허리까지 내려오는 팽팽한 옷에 헐거운 바지모양의 초록빛 명주 여름 겉옷만 걸치고, 어두컴컴하고 서늘한 방에 누워서 과자와 과일을 먹어 댔고, 왕룽은 사랑을 만끽했다.

해가 지면 그녀는 귀엽게 아양을 떨면서 왕룽을 밖으로 쫓아 버렸다.

그러고 나서 두쳉을 시켜 목욕을 하고 몸에 향수를 뿌렸다. 그리고는 왕룽이 사다 준 보드라운 흰 명주로 안을 받친 복숭아빛의 새 비단옷을 갈아입었다. 두쳉은 또 그녀의 발에 수를 놓은 작은 신을 신겨 주었다. 그러면 렌화는 뜰로 나가서 작은 연못에서 다섯 마리의 금붕어가 노니는 것을 구경했다. 왕룽은 황홀한 눈으로 그녀를 바라보았다. 왕룽에겐 그녀의 뒤뚱거리는 작은 발이나 간들거리는 손처럼 아름다운 것은 이 세상에 둘도 없어 보였다.

왕룽은 이렇게 사랑에 취했고, 또 그러한 생활에 한껏 만족했다.

21

한 지붕 밑에 여러 명의 여자가 있다는 그 사실 자체가 벌써 평화와는 거리가 먼 이야기지만 왕룽은 그런 걸 예측하지 못했다. 그는 오란의 침울한 표정이나 두쳉의 교활함에서 일이 심상치 않음을 느끼긴 했으나, 렌화에게로 향한 정열의 눈이 어두워 그런 것에 별로 관심을 갖지 않았다.

그럭저럭 하는 사이 낮과 밤이 바뀌고, 또 그렇게 세월이 흐름에 따라 사랑의 갈증이 어느 정도 채워지게 되자, 여지껏 알지 못했던 일들이 차츰 눈에 띄게끔 되었다.

이를테면 오란과 두쳉 사이에 묘한 갈등이 있다는 사실을 알게 된 것이다. 오란이 렌화를 미워할 것이라고 생각하고 있던 왕룽에게 너무도 의외의 일이 아닐 수 없었다. 남편이 첩을 집으로 데리고 들어오면 본처는 대들보에 목을 맨다든가 그렇지 않으면 남편을 못 살게 들볶고 비난한다는 이야기를 들어온 왕룽으로서는 오란이 본래 말이 없는 여자라 자기를 비난하는 말을 생각조차 못한다는 것이 기뻤다. 그러나 렌화에겐 아무 말이 없는 대신, 그 분풀이가 설마 두쳉에게 향해질 줄은 상상조차 못했다.

왕룽은 오로지 렌화를 생각하여 두쳉을 집에 두기로 했던 것이다.

"내 몸종으로 두쳉을 두게 해 주세요. 이 세상에 피붙이가 하나 없잖아요?

채 말도 배우기 전에 부모가 다 돌아가시고 제가 자라자 숙부님이 그런 곳으로 팔아 버렸으니까 제겐 정말 아무도 없어요."

아름다운 두 눈에 눈물을 글썽이며 그렇게 간청하는 렌화를 왕룽으로서는 거절할 수가 없었다. 더구나 렌화의 뒤치다꺼리를 해 줄 사람이 없었을 뿐만 아니라 오란이 자기 남편의 첩을 돌봐 주지 않을 것인즉, 이 집에서 필경 외톨박이가 될 것은 너무나 명백하고 당연했다. 오란은 그녀에게 말도 붙이지 않을 것이고, 집안에 있다는 사실조차 숫제 모르는 체해 버릴 것이다. 숙모가 있기는 하지만 왕룽은 그녀가 렌화 곁에서 잡다한 얘기를 지껄일 것을 생각하니 비위에 거슬렸다. 그리하여 왕룽은 렌화를 돌봐 줄 적격자로 두쳉이 적당하다고 생각하여 굳이 달리 마음먹지 않았다.

오란은 두쳉을 대할 때마다 참을 수 없다는 듯이 행동했다. 왕룽은 오란에게 그런 면이 있을 줄은 미처 몰랐다. 황 부자 집에서는 두쳉은 황 영감의 몸종이었고 오란은 부엌일이나 하던 자기 아랫종이었던 것을 잊을 수는 없었지만 왕룽으로부터 돈을 받는 처지인만큼, 두쳉은 오란을 허물 없이 대하려 했다. 처음 만났을 때 두쳉은 공손하게 말을 걸었다.

"어머, 옛 친구와 또다시 한지붕 밑에 살게 됐군요. 당신은 이 댁의 본댁이자 내 마님이고……. 세상이란 참 변화무쌍하구려!"

그러나 오란은 그녀를 한동안 빤히 바라보다가, 두쳉이 렌화의 몸종으로 왔다는 것을 깨닫자 아무 말 없이 들고 있던 물동이를 땅에 내려놓았다. 그리고는 왕룽이 애욕의 휴식을 취하고 있는 가운뎃방으로 들어가 예사롭게 말했다.

"저 종년은 이 집에서 뭘 하죠?"

왕룽은 놀랐다. 생각 같아서는 '이건 내 집이야. 내가 좋다고 하면 누구든지 들이는 거야. 네가 뭔데 그래?'라며 가장답게 핀잔을 주고 싶었으나, 오란 앞에서는 도무지 그럴 수가 없었다. 그렇지만 순간 돈 있는 남자가 응당 할 수도 있는 일을 했을 뿐 부끄러울 게 조금도 없다는 생각이 들자 자신의 부끄러움에 대해 화가 치밀었다.

하지만 말이 나오지 않았다. 그저 어물쩡하게 이쪽저쪽을 둘러보며 담뱃대를 어디에다 꽂았는지조차 모르는 양 허리춤을 추스를 뿐이었다. 오란은 커다란 발로 떡 버티고 서서 대답을 기다려도 아무 말이 없자 똑같은 말을 되풀이했다.

"저 종년은 이 집에서 뭘 하죠?"

왕룽은 그녀의 속마음을 대강 짐작하고는 낮은 목소리로 되물었다.

"그게 임자와 무슨 상관이지?"

"어려서 내가 황 부자 집에 있을 적에 저년이 나를 얼마나 구박했는지 알아요? 하루에도 몇십 번씩 부엌에 들어와선 영감님의 차나 진지를 빨리 갖고 오라거니, 이건 너무 뜨겁고 저건 너무 차다느니, 요리를 잘못했다느니, 못생겼다느니, 굼벵이라느니, 이러쿵저러쿵 밤낮 소리치곤 했어요."

그러나 왕룽은 여전히 묵묵부답이었다. 뭐라고 해야 할지 몰랐다.

오란은 기다리고 서 있어도 대답이 없으므로 두 눈에 뜨거운 눈물이 서서히 괴기 시작했다. 그녀는 눈물을 삼키려고 눈을 꿈벅거렸다. 드디어는 앞치마 자락으로 눈물을 훔쳐내며 말했다.

"내 집에서 이런 끔찍한 일을 당하다니…… 친정이나 있어야 이 집을 나가지……."

왕룽은 오란이 나가는 것을 보고 혼자 있게 되어 기뻤다. 그러나 마음 한구석은 아직도 부끄러웠고, 또 부끄러워지는 자신에게 화가 치밀었다. 누구와 말다툼이라도 하듯 자신의 생각을 소리내어 중얼거렸다.

"뭐 나 혼자만 그런가? 다른 사람들도 마찬가진데. 나는 그래도 마누라에게 할만큼 했거든. 나보다 더 지독한 사람들이 얼마든지 있는걸."

그러나 오란으로서는 그것으로 끝난 게 아니었다. 그녀는 아무 말 없이 자기 할 일만 했다. 아침마다 노인에게 물을 데워다 바쳤고, 왕룽이 렌화의 방에 있지 않을 때면 그에게 차를 가져다 주기도 했다. 그러나 두쳉이 렌화를 위해 더운물을 뜨러 가면 물이 한 방울도 남아 있지 않았다. 두쳉이 아무리 큰 소리로 물어도 오란은 눈 하나 까딱하지 않았다. 두쳉은 렌화에게 더운물을 주려면 할 수 없이 제 손으로 손수 끓이는 수밖에 없었다. 그때는 이미 아침 죽을 끓이고 있는 참이라 물을 끓일 솥이 비어 있지 않았다.

"작은마님께서 차를 한 모금 달라시는데, 목이 말라 괴로워하셔도 상관없어요?"

아무리 말해도 오란은 들은 둥 만 둥하였다. 가난했던 옛날에 나뭇잎 하나라도 아끼고 조심스럽게 때던 것처럼, 마른 풀과 짚을 알맞게 아궁이에 밀어넣을 뿐이었다. 두쳉은 왕룽에게 불평을 늘어놓았다. 왕룽은 사랑하는 렌화가 그런 일로 괴로움을 받는다는 사실에 화가 치밀어 오란에게 뛰어가 소리쳤다.

"아침에 물을 좀더 많이 끓일 수 없어?"

오란은 그전보다 더 무뚝뚝하고 침울한 표정으로 대답했다.

"이 집에선 종년의 종노릇은 못하겠어요."

왕룽은 화를 참지 못해 오란의 어깨를 움켜쥐고 냅다 흔들었다.

"백치 같은 소리 작작하라고. 누가 종년을 위해서래? 렌화를 위해서지."

오란은 그의 폭행을 참으며 왕룽을 쳐다보고는 짧게 말했다.

"그 계집에게 내 진주 두 개를 주었죠?"

그 말에 왕룽은 손을 놓고 더 이상 말을 못했다. 분노가 어디론지 숨어버리고 부끄러움을 품은 채 돌아와 두쳉에게 이렇게 말했다.

"부엌 하나를 더 만들어 따로 솥을 걸어야겠군. 안방마님은 꽃 같은 몸에 무엇이 맞는지를 도대체 몰라요. 새 부엌이 있으면 자네도 편리할 테고. 새 솥을 걸면 자네 마음대로 요리를 할 거고."

왕룽은 머슴을 시켜 부엌을 한 칸 새로 지은 다음 아궁이를 만들고 비싼 솥을 사왔다.

왕룽은 시끄러운 일도 모두 해결되고 여자들도 잠잠해졌으므로 이젠 마음놓고 사랑을 즐길 수 있으리라고 생각했다. 렌화의 큼직한 눈 위에 백합꽃잎 같은 눈썹이 살짝 내리깔리고 애교 있게 뾰로통해지는 모습이라든지 그를 바라볼 때 눈웃음치는 자태에 결코 싫증이 나지 않을 것이라고 새삼스럽게 느꼈다.

그러나 새 부엌이 생기고 나서 왕룽에게는 골치 아픈 일이 또 생겼다.

그것은 두첸이 매일같이 성 안의 장에 들어가 남쪽 도시에서 온 값비싼 온갖 식료품을 이것저것 사들이는 것이었다. 왕룽이 처음 듣는 식료품도 있었다. 여주 열매, 꿀에 절인 대추, 진기한 찹쌀 과자, 호두와 흑설탕, 뿔 돋힌 바닷고기 또 그 밖의 식료품들은 왕룽이 지출하고 싶은 한도를 넘는 값비싼 것들이었다. 그는 그것들이 두첸의 말처럼 그다지 비싸진 않지만 그렇다고 그녀에게 '너는 내 살을 깎아먹고 있어' 하는 말을 입 밖에 낼 수는 없었다. 그랬다가는 그녀가 화를 낼 것이고 그것으로 렌화의 불만을 살까 두려워서였다. 그리하여 왕룽은 울며 겨자먹듯 돈을 꺼내 줄 수밖에 없었다. 이것이 그에겐 매일 가시가 되었다. 누구에게 호소할 사람도 없어 그 가시는 자꾸만 깊이 그의 가슴에 파고들었고 급기야 렌화에 대한 사랑의 열정을 다소 냉각시켰다.

그 뿐만이 아니었다. 이로부터 생긴 또 하나의 가시가 있었는데 그것은 왕룽의 숙모가 좋은 음식을 얻어 먹으러 식사 때 자주 렌화의 방으로 놀러가는 일이었다. 렌화는 하필이면 왜 이 숙모를 친구로 삼았는지 왕룽은 매우 못마땅했다. 세 여인은 웃고 쉴새없이 떠들어대며 수군거리곤 했다.

"렌화, 왜 그따위 늙은 뚱보 할멈을 좋아하지? 친절하게 해 봤자 소용없어. 나한테만 정을 쏟아 줘. 거짓말쟁이에다 신용할 수 없는 여편네야. 숙모가 새벽부터 해질 무렵까지 렌화 곁에 붙어 있다는 건 반갑지 않아."

이 말을 듣자 렌화는 발끈 성을 내며 비쭉거리고는 그를 외면하면서 대꾸했다.

"그렇다면 난 당신밖에 말할 사람이 없잖아요? 난 사람 많은 즐거운 집에서 살아왔다고요. 이 집엔 나를 싫어하는 당신 큰마누라와 성가신 당신 애들 외엔 내 친구라곤 하나도 없잖아요?"

그리고서 그녀는 그날 밤 왕룽을 그녀의 방으로 들어오지 못하게 생트집을 부렸다.

"당신은 날 사랑하지 않는군요. 사랑한다면 나의 행복을 바랄 게 아녜요?"

왕룽은 기가 죽고 또 걱정이 되어 굴복했다. 그는 미안한 듯 말했다.

"그럼, 하고 싶은 대로 다 해. 좋아, 좋다고."

렌화는 여왕처럼 관용을 베풀어 그를 용서했다. 왕룽은 렌화를 탓하기가 두려워졌다. 그 뒤부터 왕룽이 가도 그녀는 숙모와 차나 과자 따위를 들면서 그를 기다리게 하고는 거들떠보지도 않았다. 그럴 때 왕룽은 숙모와 함께 있으면서도 그에게 들어오라고 하지 않는 게 화가 치밀어 그냥 나와 버리곤 했다. 그러는 동안 자신도 모르게 렌화에 대한 사랑이 점차 식어 갔다.

렌화에 대한 왕룽의 사랑은 그전처럼 그렇게 열렬하거나 완전하지 않았다. 이젠 그의 몸과 마음을 고스란히 빼앗기진 않았다. 작은 분노가 누적되는 바람에 그의 사랑은 야금야금 좀먹어 갔다. 그렇다고 누구에게 속마음을 털어놓을 수도 없었고, 더욱이 오란에게 가서 마음대로 말할 수도 없다는 사실로 하여 더욱더 심각해져 갔다.

한 뿌리에서 솟아 이리저리 사방으로 덩굴이 퍼지는 가시나무처럼 왕룽의 고민은 더욱더 늘어만 갔다. 왕룽의 아버지는 아무것도 못 본다고 생각되는 나이인데, 어느 날 햇볕을 쬐며 평상시처럼 졸고 있다가 눈을 번쩍 뜨고 일어났다. 그리고 그의 70회 생일날 아들이 사다 준 용머리가 새겨진 지팡이를 짚고 걸어가, 렌화가 산책하는 뒤채 뜰로 통하는 중문에 드리워진 휘장을 걷어젖혔다. 노인은 여지껏 그 중문을 보지 못했었다. 뒤채에 집이 세워진 것도 몰랐다. 식구가 더 생겼다는 것도 모르는 모양이었다. 그는 귀가 절벽이어서, 누가 새로운 사실이나 뜻밖의 이야기를 하여도 통 알아듣지 못하기 때문에 왕룽은 첩을 들였다는 사실을 말하지 않았다.

때마침 왕룽과 렌화는 뜰을 거닐고 있었다. 그때 노인은 자기 아들이 짙은 화장을 한 날씬한 여자 곁에 서 있는 것을 보고 목이 째져라고 고함을 쳤다.

"이 집에 웬 갈보가 들어왔느냐!"

왕룽은 렌화가 화를 내면 큰일이므로 —— 그녀는 성이 날 때면 비명을 지르거나 울부짖거나 손뼉을 치거나 하는 버릇이 있었다 —— 계속 고함지르는 노인한테 다가가 바깥채 뜰로 데리고 나가 달래듯이 말했다.

"진정하세요, 아버지. 갈보가 아니고요. 제 작은마누랍니다."

"나는 한평생 마누라 하나밖에 없었다. 우리 아버지도 그랬고, 우린 땅만 파먹고 살았단 말이다…… 그게 갈보 아니고 뭐냔 말이냐?"

이런 일이 있고서부터 노인은 렌화에 대한 일종의 증오감을 누르지 못하고 때때로 꾸벅꾸벅 졸다 깨어나 뒤채로 들어가는 중문으로 가 큰 소리로 외쳐대곤 했다.

"이 갈보야!"

혹은 중문의 휘장을 젖히고는 기와를 깐 마당에 침을 퉤 뱉기도 했고, 돌멩이를 집어 떨리는 손으로 연못에 던져 고기를 놀라게 하기도 했다. 이렇게 심술궂은 아이가 하는 식으로 그의 분노를 나타냈다.

이것 또한 왕룽의 커다란 걱정거리가 아닐 수 없었다. 노인을 탓할 수도 없었고 더구나 까딱하면 화를 내는 렌화가 성낼까 봐 겁이 나기도 했다. 렌화에 대한 노인의 화를 푸는 일은 여간 어려운 게 아니었다. 이것도 또한 그의 애욕을 무거운 짐으로 인식하게 했다.

어느 날 뒤채에서 갑자기 째지는 듯한 렌화의 비명이 들려 왔다. 왕룽이 부리나케 가 보니 쌍둥이가 백치 누이를 사이에 끼고 뒤채의 뜰에 들어와 있었다. 아이들은 뒤채에 사는 렌화에게 잔뜩 호기심을 품고 있었다. 위의 두 아들은 그 여자가 왜 거기에서 살며, 그녀가 그들의 아버지와는 어떤 관계인가를 알고 있었고, 부끄러워하면서 자기네끼리만 남몰래 소곤거렸다. 하지만 어린아이들은 렌화의 방을 빠끔히 들여다보고는 자기네끼리 소리치고 코를 벌름거리면서 그녀의 향수 냄새를 맡고, 밖에 내놓은 그릇을 손가락으로 찍어 맛보는 것만으로는 그들의 호기심을 만족시킬 수가 없었다.

렌화는 왕룽에게 아이들이 들어오지 못하게끔 문을 잠글 수 있으면 좋겠다는 이야기를 했지만, 그럴 때마다 농담으로 얼버무려 버렸다.

"원, 그런 일 가지고 뭘 그래? 제 아비처럼 예쁜 얼굴이 보고 싶은 모양이지."

왕룽은 아이들에게 안뜰에 얼씬 말라고 타일렀다. 아이들은 왕룽이 안

볼 때엔 몰래 드나들었다. 백치인 큰딸은 아무것도 몰랐다. 바깥채 양지에 기대앉아 히죽히죽 웃으며 헝겊 조각을 가지고 놀았다.

그런데 이날 형들이 글방에 가고 없는 틈을 타 쌍둥이는 백치 누나도 뒤채에 있는 여자가 보고 싶을 것이라 생각하고 누이의 손을 이끌고 안뜰로 갔었다. 백치는 렌화의 빛나는 비단옷과 반짝이는 옥귀고리를 보자 신기했던지, 반짝이는 빛깔을 잡으려고 손을 뻗었다. 그러면서 소리를 내어 의미 없이 웃었다. 그래서 놀란 렌화가 째지는 듯한 고함을 질렀던 것이다. 왕룽이 달려 들어가자, 렌화는 화가 머리끝까지 치밀어 올라 작은 발을 동동 구르며 웃고 있는 백치를 손가락으로 가리키며 소리쳤다.

"이런 것이 다시 내 곁에 오면 난 이 집에서 나가겠어요. 이런 징그러운 백치를 볼 줄 알았더라면 들어오지 않았을 거예요. 이 지저분한 당신의 자식들을……."

렌화는 백치의 손을 잡고 멍청하게 서 있는 쌍둥이를 냅다 떠밀었다.

그러자 아이들을 사랑하는 왕룽은 화가 치밀어서 거칠게 소리쳤다.

"내 아이들에게 욕하는 건 듣기 싫어. 누구도 용서할 수 없어. 백치에게도 말이야. 애라곤 가져 보지도 못한 주제에 무슨 소리야!"

그리고 아이들을 모아 놓고 타일렀다.

"너희들은 이제 나가거라. 그리고 다신 여기에 오지 마라. 싫어하는 사람에겐 안 오는 거야. 너희들을 좋아하지 않는 걸 보니 너희들의 아비도 좋아하지 않는 모양이구나."

그런 다음 백치 딸을 향해 매우 부드럽게 말했다.

"이 불쌍한 것아! 자아, 양지쪽으로 가 놀아라."

왕룽은 히죽히죽 웃고만 있는 백치의 손을 이끌고 밖으로 나갔다.

왕룽이 크게 성낸 이유는 렌화가 백치 딸을 심하게 욕한 일 때문이었다. 그는 백치 딸이 새삼스럽게 불쌍했다. 며칠 동안 렌화에게는 가지 않고, 아이들과 놀며 성 안에 들어가 보리 과자를 한아름 사다가 백치에게 주고 그애가 어린애처럼 좋아하는 모습을 보며 자신의 마음을 달랬다.

왕룽이 다시 렌화의 방에 들어갔을 때, 그 어느 쪽도 그가 이틀 동안 오지 않은 이야기는 피했다. 롄화는 왕룽의 비위를 맞추려고 각별히 신경을 썼다.

그의 손을 자기 뺨에 갖다 대면서 아양을 떨었다. 그는 또다시 롄화를 사랑하기는 했으나, 그전처럼 그렇게 깊이 사랑할 수가 없었다. 다시는 그전처럼 온 힘을 다해 그녀를 사랑할 수 없을 것 같았다.

여름이 가고 가을이 왔다. 이른 아침의 하늘은 드높고 바닷물처럼 파랬다. 상쾌한 가을 바람이 들판을 세차게 지나갔다. 왕룽은 잠에서 깨어나 문 밖으로 나가 자신의 밭을 바라보았다. 물이 빠진 검붉은 대지는 황량한 가을 바람과 이글이글 타는 태양 아래에서 빛나고 있었다.

그러자 어떤 소리가 그의 가슴 속으로부터 울려 나왔다. 사랑보다 더 절실한, 토지에 대한 애착이 부르짖는 소리였다. 그는 그의 생애에서 그어떤 소리보다도 더 높은 소리를 들었다. 입고 있던 겉옷과 비로드 신발을 벗어 버리고 흰 버선도 벗고는 바지를 무릎까지 걷어올렸다. 그런 다음 늠름하게 버티고 서서 소리쳤다.

"괭이는 어디 있나? 호미는 어디다 두었지? 밀 씨앗을 뿌려야지. 이보게, 칭 서방…… 어서 모두 불러 모으게. 나는 밭으로 먼저 가네!"

<h1 style="text-align:center">22</h1>

왕룽이 예전에 남쪽 도시에서 돌아왔을 때, 타관에서 겪은 온갖 고생을 위로받았고 마음의 상처를 치유받았듯이 이번에는 또 기름진 검은 땅 덕분에 애욕의 병이 낫게 되었다. 그는 눅눅한 흙의 감촉을 발로 느꼈고, 밀을 심기 위하여 갈아 헤친 밭이랑에서 물씬물씬 솟는 흙 냄새를 맡았다. 그는 이곳저곳에서 일꾼들을 감독했다. 그들은 하루 종일 여기저기 갈며 억척같이 일했다. 먼저 왕룽은 황소 뒤를 따르며 직접 쟁기를 잡고 소등에 회초리를 휘두르면서 보습이 땅 속 깊이 들어가 흙을 뒤엎는 것을 보고서야 칭 서방을 불러 고삐를 넘겨 주었다. 그리고 나서 자신은 괭이로 갈

아 엎은 축축한 검은 흙덩이를 잘게 부수어 흑설탕처럼 부드럽게 만들었다. 일할 때의 감흥을 느끼고 싶었다. 피곤해지면 땅 위에 벌렁 누워서 잤다. 흙 속에서 피어 오르는 건강한 기운이 그의 몸에 배어들어 애욕의 상처를 말끔히 아물게 했다.

밤이 오고 태양이 구름 한 점 없는 서쪽 하늘을 붉게 물들이며 넘어가자 그는 집으로 돌아왔다. 몸은 비록 지치고 아팠으나, 무한한 승리감을 담뿍 안고 안뜰로 들어가는 중문의 휘장을 열어젖혔다. 비단옷을 입은 렌화가 뜰을 거닐고 있었다. 흙투성이가 된 왕룽의 꼴을 본 그녀는 고함을 치며 그가 다가가자 몸을 움츠렸다.

그러나 왕룽은 껄껄 웃으며, 그녀의 자그마하고 나긋나긋한 손을 흙 묻은 손으로 덥석 잡고는 말았다.

"이 봐, 네 남편은 한낱 농사꾼이야. 그러니 너도 농사꾼의 여편네야!"

렌화는 날카롭게 부르짖었다.

"당신이야 뭐든, 난 농사꾼 여편네가 아녜요!"

그는 또다시 너털웃음을 웃고는 미련없이 훌쩍 밖으로 나와 버렸다. 그대로 식사로 하고, 자기 전에서야 내키지 않는 목욕을 했다. 몸을 씻으면서 그는 웃었다. 여자를 위해서 씻는 것이 아니라 자기가 자유롭게 되었다는 기쁨에서였다.

왕룽은 자기가 오랫동안 집안일을 소홀히 했던 탓으로 할 일이 산더미같이 쌓인 것 같았다. 땅을 갈아서 한시바삐 씨앗을 뿌려야 할 시기였다. 그는 하루도 빠짐없이 들에 나가 일했다. 여름내 애욕의 생활로 피부가 창백해졌던 것이 햇볕에 그을려 구릿빛으로 변했고, 그 동안 게으름피우느라 못이 빠졌던 손이 괭이질과 쟁기질로 다시 못이 박여 딴딴해졌다.

집에 돌아오면 오란이 장만한 음식을 먹었다. 좋은 쌀과 두부, 배추, 마늘 등을 듬뿍 넣어 만든 만두였다. 그가 가까이 가면 렌화는 손으로 조그만 제 코를 막고 냄새난다고 소리쳤지만 왕룽은 개의치 않고 껄껄 웃으며 일부러 그녀를 향하여 입김을 내뿜기도 했다. 이제 왕룽은 완전히 건강해져서 사랑병에서도 해방되었다. 렌화의 방에서도 잠깐만 머무르고 볼일이 끝나면 곧 다른 일을 할 수 있었다.

이렇듯 두 여인은 그의 집에서 각기 다른 위치를 차지하였다. 렌화는 왕룽의 노리개로서, 쾌락의 대상으로서 성적 쾌락을 가져다 주었다. 오란은 일하는 마누라이자 그의 아들을 낳아 준 어머니로서 집안을 돌보고 시아버지며 자식들을 봉양하는 역할을 맡고 있었다. 마을 사람들이 부러운 듯이 뒤채에 거처하는 렌화의 이야기를 하는 것을 들을 때면 왕룽은 뿌듯했다. 그들은 마치 진귀한 보석이나 값비싼 물건에 대한 이야기를 하듯 했으며 부자의 상징적인 존재인 것처럼 그를 이야기했다.

삼촌은 귀여움받으려는 개처럼 꼬리를 치면서 왕룽의 치부(致富)에 대해 떠들고 다녔다.

"내 조카는 말이오. 우리 같은 평민은 보지도 못한 꿀단지를 두고 재미를 보고 있다네. 대갓집 귀부인처럼 항상 비단이나 공단 의상을 몸에 휘감고 있는 여자하고 놀아요. 내 눈으로 보지 못했지만 마누라한테 들었지요. 그리고 그 집은 곧 대갓집이 돼요. 그렇게 되면 그 집 자식들도 부자가 되니 평생 일할 필요조차 없을 거야."

그래서 마을 사람들은 왕룽을 점점 더 존경하게 되었고, 대갓집 어른을 대하듯 했다. 그들은 왕룽에게 빚을 얻으러 오기도 했고, 자녀의 혼인에 관한 충고도 들으러 왔다. 만일 땅의 경계를 가지고 시비가 생기면 왕룽에게 해결해 달라고 왔다. 왕룽이 판정을 내리면 무조건 그것을 따랐다.

전에는 애욕에 사로잡혀 있던 왕룽이지만 이제는 그런 생활에 만족했고, 다른 여러 가지 일들로 바빴다. 비도 때맞춰 내렸고 밀도 잘 자랐다. 겨울로 접어들자, 왕룽은 값이 오르기를 기다려 농작물을 팔러 장남과 함께 시장으로 갔다.

종이에 쓴 문자를 장남이 소리내어 읽고 먹을 듬뿍 찍은 붓으로 글을 쓰는 것을 볼 때엔 가슴이 뿌듯했다.

그러나 그처럼 총명한 아들을 가진 것을 대수롭지 않게 여기는 체했다. 그러나 문서를 읽던 아들이 '이 글자는 삼수 변에 써야 하는데 나무목 변으로 잘못 썼군요' 하고 예리하게 지적했을 때, 왕룽은 자랑스러움으로 가슴이 터질 것만 같았다. 그래서 그런 감정을 나타내지 않고 체면을 지키기 위하여 기침을 하고 침을 뱉었다. 그리고 장남이 총명한 데에 놀라 점원들끼리 수군거리는 것을 보고 왕룽은 아무렇지도 않는 듯 말했다.

"그럼, 고쳐 써. 글자 틀린 문서에 도장을 찍을 순 없지."

그리고는 그대로 뽐내고 서서 아들이 붓을 들어 틀린 자를 고치는 것을 지켜보았다.

장남은 틀린 곳을 고쳐 쓰고 나서 곡물 매도증서와 영수증에 왕룽의 이름을 쓰고 도장을 찍었다. 아버지와 아들은 곧장 집으로 발걸음을 옮겼다. 왕룽은 속으로 생각했다.

'내 아들도 이제 다 자랐다. 더구나 장남이니만큼 부모된 도리를 다 해야지. 우선 적당한 며느리감을 골라서 약혼시켜야겠다. 나처럼 구걸이라도 하는 모양으로 대갓집을 찾아가 아무도 원치 않아서 남아 있는 여자를 얻을 필요는 없지. 무어라 해도 이놈은 돈도 있고 당당한 지주인 이 아비의 자식이니까.'

그래서 왕룽은 며느리감을 물색하기 시작했다. 그것은 결코 쉬운 일이 아니었다. 그는 좀 번듯한 집 딸을 며느리로 맞고 싶었다. 그는 어느 날 저녁, 가운뎃방에서 칭 서방에게 이 말을 꺼내 보았다. 칭 서방은 왕룽이 탁자를 사이에 두고 앉아서 이야기하는 동안 공손히 서 있었다. 왕룽이 아무리 권해도 신분이 달라진 뒤로는 칭은 나란히 앉으려 하지 않았다. 왕룽이 그의 아들 이야기와 며느리감 고르는 이야기를 하는 것을 열심히 듣고 있던 칭 서방은 이야기가 끝나자 한숨을 짓고 꺼질 듯한 목소리로 말했다.

"만약 제 딸년이 지금 여기에 있다면 은공의 보답으로 바쳐 올리겠습니다만, 유감스럽게도 어디 있는지 모르겠군요. 벌써 죽었는지도 모르지요."

왕룽은 그 호의에 감사하다고 했으나, 남의 땅을 파는 칭 서방 같은 사람의 딸보다는 훨씬 신분이 높아야 한다는 속마음을 입 밖에 내지는 않았다. 왕룽은 며느리 문제를 아무와도 의논하지 않기로 했으나 다만 찻집에서 어느 처녀 이야기라든가 성 안에 사는 부자가 과년한 딸을 가졌다는 이야기를 들으면 귀를 곤두세우곤 했다.

그 해도 저물어 눈이 쌓이고 설날이 돌아왔다. 설을 쇠며 모두들 먹고 마시고 즐겼다. 왕룽에게는 마을에서는 물론 성 안에서까지 각 계층 사람들이 세배하러 왔다. 세배 온 사람들이 말했다.

"아들도 많고, 부인도 많고, 게다가 돈과 땅 모두 갖추셔서 더 이상 축원해 드릴 일이 없군요."

왕룽은 비단옷을 입고 역시 잘 차려 입은 두 아들을 좌우에 거느리고 앉았다. 탁자에는 먹음직한 떡, 수박씨, 호두 등을 차려 놓았고, 새해를 축하하고 부귀를 축원하는 붉은 색지가 문마다 붙어 있어 왕룽은 스스로도 복이 많다고 생각했다.

따뜻한 봄이 무르익고 해가 길어질 무렵, 오얏나무며 벚꽃이 향기롭게 피어나고, 버들잎도 쭉쭉 뻗어 축 늘어졌다. 나무들은 푸른 잎이 돋아났고 축축한 땅에서는 곡식이 무럭무럭 자라고 아지랑이가 피어 올랐다. 그 무렵에 왕룽의 장남은 몰라보게 자라 벌써 소년 티를 벗고 있었다. 그는 침울하고 괴팍스러워졌다. 음식도 잘 먹지 않았고, 책 읽는 데도 싫증을 냈다. 왕룽은 놀라 어찌할 바를 몰라 의원에게 의논해 보기도 했다.

왕룽이 온갖 부드러운 말로 그의 비위를 맞추고 좋은 음식을 권하거나 하면 아들은 오히려 더 팩팩거리고 우울해졌다. 그렇다고 해서 왕룽이 화를 내기라도 하면, 그는 울음을 터뜨리며 방에서 홱 나가 버렸다.

왕룽은 놀라서 어찌할 바를 몰라 장남의 뒤를 쫓아가서 부드럽게 말했다.

"내가 네 아비 아니냐. 무엇이고 털어놓고 말해 봐라."

그러나 장남은 훌쩍훌쩍 울면서 머리를 세게 가로저을 뿐이었다.

그 뿐만이 아니었다. 그는 글방의 늙은 훈장이 싫어졌다며 글방에 갈 생각도 하지 않았다. 아버지가 야단치고 손찌검까지 하면 하는 수 없이 침울한 얼굴로 집을 나갔다. 그러나 때때로 글방에는 가지 않고 하루 종일 성 안의 거리에서 빈둥거리며 시간을 보냈다. 왕룽은 저녁에 작은아들의 고자질을 듣고서야 그것을 알게 되었다.

왕룽은 분을 참지 못하여 대막대기로 장남을 마구 때렸다. 부자 사이에 끼여든 오란도 수없이 매를 맞았다. 그런데 이상한 것은 대수롭지 않은 꾸중을 들어도 눈물을 짜던 아들이 석상처럼 꼼짝도 않고 파래진 채 꼿꼿이 매를 맞는 것이었다. 왕룽은 도무지 납득이 가지 않았다.

며칠 후 저녁 밥을 먹고 나서 왕룽은 또 그 생각을 하고 있었다. 그날도 글방에 안 가려는 장남을 때렸었다. 그가 생각에 잠겼을 때 오란이 방으로 들어왔다. 그녀는 말없이 들어와 왕룽 앞에 섰다. 무슨 말을 하고 싶어하는 눈치였다.

"무슨 말을 하러 온 거지? 뭐든지 말해 봐."

그제서야 오란은 입을 열었다.

"그렇게 때려봤자 아무 소용이 없어요. 황 대인집 도련님들도 우리 애같이 시무룩해지면서 황 영감님은 으레 종년을 골라 주었어요. 제 힘으로 못 구할 땐 말이에요. 그렇게만 하면 해결되는 거예요."

"그럴 필요 없어. 난 젊었을 때 저렇게 우울해하지도 않았고, 찔찔 짜거나 짜증을 낸 일도 없었단 말이야. 종년도 없었고."

오란은 한참만에 다시 입을 천천히 열었다.

"당신은 들에서 일하느라고 여념이 없었겠지만, 우리 큰애는 집에서 빈둥빈둥 놀고만 있어요. 그때 그 도련님들 같이요."

왕룽은 그 말이 사실은 옳다는 것을 곧 깨닫고 놀랐다. 자기가 젊었을 때는 울적해지는 따위의 배부르고 한가한 시간 여유가 없었던 게 사실이었다. 이른 새벽부터 소를 끌고, 쟁기와 괭이를 가지고 들로 나가 일했었다. 더구나 추수 때는 등뼈가 부러지도록 일했다. 일하지 않으면 당장 입에 풀칠도 할 수 없었으므로 할 수 없이 일에만 매달렸던 것이다. 그러한 생각을 낱낱이 하고는 속으로 중얼거렸다.

'하지만 내 아들의 경우는 달라. 몸도 나보다 튼튼하지 못하고, 내 아버지는 가난했지만, 그애 아비는 부자야. 들에는 일꾼들이 많으니까 그애가 일할 필요는 없어. 더구나 내 아들 같은 학자를 농사일을 시킬 수야 없단 말이야!'

그렇게 생각하자 그는 이러한 아들을 가졌다는 사실이 은근히 자랑스러위 오란에게 말했다.

"그놈이 도련님들과 같든 말든 그건 별문제야. 아무튼 나는 종년을 사주지는 못하겠어. 되도록 빨리 혼처를 찾아서 장가를 들게 할 일이지. 아무래도 그래야겠어."

그리고 일어나 뒤채로 들어갔다.

23

렌화는 왕룽이 자기 앞에서 다른 일을 생각하고 있는 것을 눈치채고는 트집을 부리며 말했다.

"한 해도 채 못 가서 당신이 나를 무심하게 대할 줄 알았더라면, 찻집에 그냥 있는 게 나을 뻔했어요."

그러자 왕룽은 껄껄 웃고 나서 그녀의 손을 잡아 자기 얼굴에 가져다가 향기를 맡으며 대꾸했다.

"아니야. 사내란 옷에 단 보석만을 생각할 수는 없지. 요즘 아들놈 때문에 그래. 그놈은 계집 생각에 마음이 마냥 들떠 있어 야단이야. 장가를 보내야 할 텐데 영 며느리감을 찾을 방법이 없단 말이야. 농사꾼의 딸과 결혼시킬 수도 없고, 더구나 모두 같은 성(姓)들 뿐이라서 같은 종씨끼리 혼사를 할 수도 없고. 그렇다고 내가 성 안 사람 중 터놓고 의논할 만한 사람도 알지 못하지. 병신이나 바보 딸을 가진 사람과 짜고 할까 봐 중매쟁이에게 부탁하기도 싫고 해서 걱정이야."

렌화는 훤칠한 키에 미청년으로 성장해 가는 큰아들을 눈여겨보아 왔던 터라 왕룽의 말에 관심을 갖고 한참 생각하다가 대답했다.

"찻집에 있을 때 자주 오는 손님이 있었는데요. 그이가 자기 딸 얘기를 가끔 했어요. 나처럼 조그마하고 예쁘장하다는 말을 하곤 했어요. 그리고 '내 딸 같아서 사랑해서는 안 되는 사이 같은 생각이 들어' 했었지요. 그래서 나를 가장 좋아하면서도 몸집이 크고 얼굴이 붉은 석류화라는 색시에게 가곤 했어요."

"어떤 사람인데?"

왕룽이 물었다.

"좋은 사람이었어요. 돈 가지고서는 치사하게 굴지 않아 우리는 누구나 다 그 사람을 좋아했어요. 그리고 색시들이 피곤해하면 대부분의 남자들이 잔소리를 했는데 그이는 그렇지 않았어요. 고귀한 분처럼 언제나 부드럽게 '자, 이 돈을 두고 갈 테니 푹 쉬라고. 다시 사랑할 기운이 생길 때까지' 하고 말예요. 정말 친절한 분이었어요……."

왕룽은 롄화가 옛날 생활을 생각하는 것이 싫었으므로, 버럭 소리를 질러 그녀의 옛 생각을 떨치게 하고 난 다음 물었다.

"그만큼 돈이 많다면 대체 무슨 장사를 하는 사람인데?"

"잘은 모르지만, 무슨 곡물 상회 주인이었던가 봐요. 두쳉에게 알아보겠어요. 두쳉은 손님에 관한 거나 돈에 대해선 무엇이든 잘 알고 있으니까요."

그렇게 말하고는 손뼉을 쳤다. 두쳉이 부엌에서 달려왔다.

"있잖아, 나를 가장 좋아하면서도 자기 딸과 내가 너무 닮았다고 석류화한테 간 그 뚱뚱하고 점잖은 분 말야."

두쳉은 금방 대답했다.

"아하, 싸전을 하는 류(劉)생원 말이군요. 참 좋은 분이었지요! 나만 보면 돈을 쥐어 주곤 했어요."

"어느 시장이래?"

왕룽은 여자들 말이 믿어지지 않아 대수롭지 않게 물어 보았다.

"돌다리가 있는 그 길이에요."

그 말을 듣자 왕룽은 기뻐서 손뼉을 치며 말했다.

"그러면 바로 내가 곡물을 갖다 파는 데야. 그것 참 신기한 일이군. 일이 될 것도 같은데."

그는 흥미를 느꼈다. 자기가 거래하는 곡물 상회 주인의 딸을 며느리로 얻게 된다면 여간 다행한 일이 아니라고 생각되었다.

무슨 일이든 돈이 생길 만한 일이라면 두쳉은 기름 냄새를 맡은 쥐처럼 민첩하게 덤볐다. 지금도 앞치마로 손을 훔치며 그녀는 재빨리 말했다.

"나리, 언제든지 도와 드릴 수 있어요."

왕룽은 두쳉의 교활한 얼굴을 의심스러운 듯 바라보았다. 그러나 렌화는 좋아라 떠들었다.

"정말이에요. 두쳉을 류 생원한테 보내는 게 좋겠어요. 그분은 두쳉을 잘 알고, 또 두쳉이 재치가 있으니까 틀림없이 일이 잘 될 거예요. 일이 잘 되면 두쳉에게 수고비를 주면 되잖아요."

두쳉은 벌써 돈이 제 손에 쥐어졌다고 생각되는지 좋아서 벙글거렸다. 어느 새 앞치마를 풀며 당장이라도 달려갈 기세였다.

"지금 가 볼게요. 고기는 다 장만해 놓았고, 채소도 벌써 씻어 놓았으니까요."

그러나 왕룽은 아직 그 일에 대해서 별로 깊이 생각해 보지 않았으므로 급작스레 서두르고 싶지 않았다.

"아냐, 아직 아무 결정도 하지 않았어. 며칠 더 생각해 보고 난 연후에 말하기로 하지."

왕룽이 며칠을 두고도 결정을 못하고 있을 즈음, 그의 결정에 박차를 가하는 사건이 발생했다. 어느 이른 아침, 장남이 술을 잔뜩 마시고 비틀거리며 들어와 토한 뒤 땅바닥에 개처럼 넘어져서 꼼짝도 하지 않았다.

왕룽은 몹시 언짢아서 오란을 불러 둘이서 장남을 일으켰다. 오란은 아들의 얼굴이며 손을 씻겨 주고 침대에다 뉘었다. 어머니가 자리에 눕히기도 전에 장남은 이미 깊은 잠에 떨어져 죽은 듯이 늘어졌다. 아버지가 아무리 물어 보아도 한 마디 대답도 하지 않았다.

왕룽은 두 아들이 쓰는 침실로 갔다. 둘째 아들은 하품을 하고 기지개를 켜고 나서, 글방에 가져갈 책보를 챙기고 있었다. 왕룽이 물었다.

"네 형은 어젯밤 이 방에서 같이 자지 않았지?"

아들은 머뭇거리면서 대답했다.

"네."

둘째 아들의 얼굴에 두려운 빛이 떠올랐다. 그것을 본 왕룽은 사납게 소리쳤다.

"아니 그럼, 네 형은 어디 갔었단 말이냐?"

다그치는 말에 대답을 피하려 하자, 왕룽은 대뜸 멱살을 잡고 마구 흔들며 소리쳤다.

"어서 말해, 이놈의 자식!"

아들은 겁이 나 그만 울음을 터뜨렸다. 울면서 더듬더듬 말했다.

"형이 아버지에게 말하지 말라고 했어요. 말하면 뜨거운 부젓가락으로 지지고 혼내 주겠다고 했어요. 이르지 않으면 돈을 주겠다고 했고요."

왕룽은 이 말을 듣자 그만 기가 차서 고함을 쳤다.

"말하지 않을래? 이 뒈질 놈아!"

"형은 벌써 사흘 밤이나 안 들어왔어요. 뭘 하는지는 모르지만 오촌 아저씨와 같이 나갔어요."

왕룽은 멱살을 풀어 주고는 얼른 삼촌의 방으로 달려갔다. 삼촌의 아들 역시, 장남처럼 술에 취해 얼굴이 새빨갰다.

"내 아들을 어디로 데리고 갔었느냐?"

사촌은 비웃는 듯이 왕룽을 쳐다보며 말했다.

"이젠 조카를 내가 데리고 다니지 않아도 돼요. 혼자서 어디고 갈 수가 있는걸요."

속으로 이 뻔뻔스러운 자식을 차라리 죽여 버릴까 생각하면서 무시무시한 소리로 다그쳐 물었다.

"그애가 엊저녁에 어디 있었느냐!"

사촌은 그의 심상치 않은 목소리에 겁을 먹고 뻔뻔스러운 눈을 내리깔며 마지못해 퉁명스럽게 대답했다.

"옛날 황 대인 집이었던 그곳에 창녀가 살고 있어요."

왕룽은 이 말을 듣자 크게 신음 소리를 냈다. 나이 많은 여자가 적은 돈으로 봉사해 준다는 소문을 왕룽도 들어서 알고 있던 터였다. 왕룽은 아침 식사도 하지 않은 채 부리나케 대문을 나서서 밭둑길을 따라 성 안으로 향했다. 장남 때문에 화가 끓어, 자기 밭에 무엇이 자라는지조차 눈에 들어오지 않았다. 그는 곧장 성문을 지나 예전의 황 대인 집으로 갔다.

커다란 대문은 활짝 열려 있었다. 굵은 쇠경첩이 달려 있지만 이제는 잠그는 사람조차 없어 아무나 마음대로 드나들 수 있었다. 집채마다 가난한 사람들이 세들어 살고 있었고, 더럽기가 이를 데 없었다. 정원에 있던 늙은 소나무는 잘려져 버렸고, 남아 있는 것은 거의 다 죽어가고 있었다. 그리고 연못은 쓰레기장으로 변해 있었다.

그러나 왕룽에게는 그런 것들도 눈에 띄지 않았다. 그는 먼저 발길이 닿은 집에 가서 물었다.

"양(楊)이라는 색시는 어디 있소?"

다리가 세 개인 의자에 앉아서 신발을 깁고 있던 한 여인이 턱으로 그 집채의 곁문 쪽을 가리켰다. 그리고 다시 신을 깁기 시작했다.

왕룽은 그곳으로 가서 문을 두드렸다. 짜증섞인 소리가 들려 왔다.

"그냥 가세요. 오늘 장사는 끝났어요. 밤새 일해서 나도 좀 자야겠어요."

그러나 왕룽은 또 두드렸다. 누구냐고 묻는 소리에 대답도 하지 않고 계속 두드렸다. 이윽고 신발 끄는 소리가 나더니 한 여자가 문을 열었다. 두툼한 입술이 축 처진 그녀는 그다지 젊은 여자는 아니고 얼굴에는 피곤한 기색이 역력했다. 이마에는 분이 얼룩져 있었으며 볼과 입술엔 연지가 지워지지 않은 그대로였다. 그 여자는 왕룽을 쳐다보더니 대뜸 신경질적으로 말했다.

"돌아가요, 안 되겠다니까! 지금은 잠을 좀 자야겠어요."

그러나 왕룽은 그 여자의 꼬락서니를 보고, 장남이 여기 왔다는 생각을 하자 견딜 수 없이 불쾌해서 거칠게 말했다.

"내 일로 온 게 아니야……. 너 같은 사람에게 볼일이 없어. 내 아들 때문에 온 거야."

이렇게 말할 때 그는 아들 생각이 나서 눈물이 날 것만 같았다. 이번에는 여자가 물었다.

"그래, 당신 아들이 어쨌단 말이죠?"

"어젯밤에 내 아들이 여길 왔었어."

"어젯밤에 온 남자들 중 누가 당신 아들인지 알 수 있나요?"

왕룽은 애원조로 말했다.

"기억해 봐. 호리호리한 젊은 앤데 나이보다는 키가 큰 편이지만 아직 어려. 그애가 여자를 생각하리라곤 꿈에도 생각 못했어."

여인은 겨우 생각해 낸 듯이 이렇게 대답했다.

"둘이 같이 왔었지요? 한 사내는 들창코를 하고 무엇이든 모르는 게 없는 체하고, 모자를 삐딱하게 썼고. 또 한 사내는 당신이 지금 말한 것처럼 키가 호리호리한 젊은 앤데, 말하자면 어른이 되려고 애쓰더군."

"그래, 그래. 틀림없어…… 내 아들이야!"

"그런데 당신 아들이 어쨌다는 거죠?"

왕룽은 열심히 말했다.

"알겠지? 그애가 또 오거든 쫓아내 주기 바래. 어른만 받는다고 말해서 말야. 아무튼 무슨 핑계든 대라고. 그렇게 해 주면야 내 그때마다 화대의 두 갑절을 줄 테니!"

"일하지 않고도 돈을 받는다니 누가 마다하겠어요? 물론 그렇게 하고말고요. 사실 말이지, 어른이 더 좋아요. 어린애들은 재미가 없으니까요."

이렇게 말하면서 그 여자는 왕룽에게 고개를 끄떡이며 추파를 던졌다. 왕룽은 그 천한 모습을 보자 그만 구역질이 날 것 같아서 급히 말했다.

"그럼, 꼭 부탁해."

왕룽은 집으로 돌아오는 길에 자꾸만 창녀 얼굴이 떠올라, 침을 뱉으며 그 여자의 생각을 지우려 애썼다.

그는 집으로 돌아와 곧 두칭에게 말했다.

"전에 말한 대로 해 주게. 그 곡물 상회에 가서 그 일을 결정지어 보게. 지참금은 많을수록 좋지만, 처녀만 적당하고 이야기가 잘되면 과히 많지 않아도 괜찮아."

이렇게 말해 놓고 왕룽은 오란의 방으로 가서 자고 있는 장남을 바라보았다. 미끈하게 잘 생겼다고 생각되는 순간, 지저분한 창녀의 모습이 떠올라 가슴이 아프고 울화가 치밀었다.

오란은 더운물에 초를 타 가지고 와서 조심조심 땀을 닦아 주었다. 황 대인 집 도련님들이 만취했을 때 많이 했을 법한 솜씨였다. 취해서 곯아 떨어진 아들의 어린애같이 순진한 얼굴을 보고 있던 왕룽은 화가 나서 벌 떡 일어나 삼촌의 방으로 갔다. 그는 들어가자마자 소리쳤다.

"은혜를 모르는 뱀들에게 방까지 주었더니 결국 나를 무는 격이 아니고 뭐요!"

삼촌은 그때 식탁에 구부정하게 앉아 아침을 먹고 있는 참이었다. 삼촌 은 언제나 한낮이 되어서야 일어났다. 그는 조카의 말을 듣자 고개를 들어 태연하게 말했다.

"하지만 애가 어른이 되는 걸 어떻게 막아? 다 큰 수캐가 암캐를 못 찾 아가게 하는 방법이 있나?"

왕룽은 불현듯 삼촌 때문에 자기가 당해 온 괴로움들이 일시에 떠올랐 다. 삼촌은 옛날 흉년이 들었던 해에 땅을 팔라고 그를 얼마나 꾀었던가? 또 여태까지 삼촌네 세 식구는 아무 일도 하지 않고 그의 뻔뻔스런 식객 이 되어 있다. 또 렌화에게 먹이려고 두쳉이 사 오는 비싼 음식까지 숙모 는 빼먹고 있지 않은가? 그는 혀를 깨물었다.

"가족들을 데리고 당장 이 집에서 나가요! 이제부터는 쌀 한 톨도 못 주겠소. 빈둥빈둥 놀고 얻어먹으면서도 고마워할 줄 모르는 당신들에게 집을 빌려 주느니 차라리 불을 질러 버리는 게 속 편하겠소!"

그러나 삼촌은 태연하게 식사를 계속할 뿐이었다. 왕룽은 온몸의 피가 거꾸로 치솟는 것 같았다. 삼촌은 여전히 대꾸도 하지 않고, 그는 팔을 쳐 들고 삼촌에게로 다가섰다. 그러자 삼촌은 그를 쳐다보며 말했다.

"쫓을 수 있거든 내쫓아 봐라!"

"아니, 뭐? 뭐라고요?"

왕룽이 어쩔 줄 몰라 하자 삼촌은 웃옷을 헤치고 안을 드러내 보였다.

왕룽은 갑자기 몸이 뻣뻣해졌다. 붉은 가짜 수염과 붉은 헝겊 조각을 보자 왕룽의 분노는 씻은 듯이 싹 가셔 버리고 온몸에 힘이 쭉 빠지며 몸이 부들부들 떨렸다.

그것은 북서부를 휩쓸고 다니는 화적단의 표지였다. 화적단은 마을을 습격하고 많은 집을 불사르고 부녀자를 약탈해 갔으며, 선량한 농민들을 집 문간에다 결박해 두어 이튿날에야 사람들이 발견하곤 했다. 그 희생자들은 불고기처럼 불에 타 버리거나 살아남는다 해도 미쳐서 헛소리를 했다. 왕룽은 그 표지를 보자마자 눈알이 튀어나올 것만 같았다. 한 마디도 더 못 하고 그 자리를 나오고 말았다. 그의 등 뒤로 삼촌의 웃음소리가 들렸다.

왕룽은 이제야말로 꿈에도 생각하지 못했던 궁지에 몰려 있는 자신을 발견했다. 삼촌은 여전히 싱글벙글 웃으면서 겉옷을 아무렇게나 걸치고 흰 수염을 날리며 다녔다. 왕룽은 그를 볼 때마다 식은땀이 주르륵 흘렀으나, 어떤 해가 돌아올지 몰라 공손한 말밖에는 하지 않았다. 왕룽이 이처럼 호강을 누려 온 여러 해 동안 다른 집 가족들은 굶어 죽는다고 소란스러웠던 흉년도 있었다. 그런 해에 왕룽은 화적이 들까 봐 밤에 문단속을 단단히 하곤 했지만 그의 집에나 농토엔 화적이 들지 않은 것이 사실이었다. 롄화에게 홀딱 빠졌던 여름까지 그는 부자 행세를 하지 않으려고 일부러 옷을 허름하게 입었다. 그리고 화적이 나타났다는 소문을 들으면 잠도 깊이 이루지 못하고, 밤새 발소리에만 귀를 기울이곤 했다.

그런데 이제 갑자기 그처럼 안전하게 지냈던 까닭을 알게 된 것이다. 삼촌의 식구 셋만 먹여 살린다면, 앞으로도 안전할 수 있다는 데 생각이 미쳤다. 이런 생각을 하노라면 저절로 식은땀이 흘렀다. 그리고 삼촌이 웃옷 안에 지니고 있는 엄청난 표지에 대한 이야기는 아무에게도 꺼내지 못했다.

이제는 삼촌에게 나가란 말은 아예 입 밖에도 내지 못했고, 숙모에게도 애써 공손하게 대했으며, 사촌에게도 속에서 치미는 걸 꾹 참고 억지로 말했다.

"얼마 안 되지만 이 은전 받아. 젊었을 때는 좀 놀기도 해야지."

그러나 장남은 엄중히 감시하여 해가 진 뒤에는 한 발짝도 집에서 나가

지 못하게 했다. 그러면 아들은 마음이 뒤틀려 공연히 화를 내고 트집을
잡아 동생들을 이유 없이 때리곤 했다. 이렇듯 왕룽은 여러 가지 걱정이
쌓였다.

처음에 왕룽은 그런 걱정 때문에 일이 손에 잡히지 않았다. 이 걱정 저
걱정 하다가 삼촌을 몰아 내려면 성 안으로 이사를 가면 되겠다는 생각도
했다. 그러나 매일 들로 일하러 나가야 한다는데 생각이 미쳤다. 가령 아
무런 방비 없이 밭에서 일하고 있는 동안에 어떤 위험이 닥쳐오지 아니하
리라곤 장담할 수 없는 일이었다. 그건 둘째로 치더라도 그는 시내의 집안
에 갇혀 살 수 있을 것 같지 않았다. 차라리 죽으면 모르되 농토와 떨어져
서는 한시라도 살 수 없을 것 같았다. 더구나 언제고 흉년이 닥쳐올 텐데
그런 때엔 성 안이라도 화적을 피할 수는 없었다. 바로 황 대인 집이 망할
때도 그러했지 않은가.

성 안으로 가서 삼촌을 고발한다 해도 누가 자기 친삼촌이 화적이라고
고발하는 놈의 말을 곧이들으려 하겠는가? 필연코 불효자식이라고 해서
오히려 매를 맞을지도 모른다. 그리고 마침내 화적들이 그 소문을 듣고 복
수를 하려 할 테니까 생명의 위협을 받게 될 것이다.

이런 근심만으로는 부족했던지, 두쳉이 곡물 상회에 다녀와서 하는 말
이 또 말썽이었다. 이야기는 잘 진행되었으나, 류 생원의 딸은 아직 열네
살밖에 안 되었으니 지금은 우선 약혼증서나 교환하고, 3년만 더 기다려
달라고 하더라는 것이다. 왕룽은 당황했다. 빈들빈들 놀면서 성이나 내고,
침울해 있는 장남의 표정을 3년이나 어떻게 더 보고 있으란 말인가? 장남
은 요즘 툭하면 글방에도 가지 않는 모양이었다. 왕룽은 그날 저녁을 먹으
면서 오란에게 말했다.

"다른 아이들은 되도록이면 빨리 약혼시키자고. 빠를수록 좋아. 그랬다
가 기회 봐서 곧 혼인시키는 거지. 큰놈과 같은 일을 세 번이나 더 당할
수는 없잖아!"

그날 밤 왕룽은 밤새 자지 못하고 뒤척이다가 다음 날 아침 괭이를 찾
아 들었다. 그리고 큰딸이 앉아서 히죽히죽 웃으며 헝겊 조각을 가지고 놀

고 있는 바깥뜰을 지나다가 혼자 중얼거렸다.

"이 불쌍한 백치가 다른 애들 다 합친 것보다도 차라리 나를 더 위로해 주는구나."

왕룽은 날마다 들에 나갔다. 정다운 대지가 역시 그의 근심을 풀어 주었다. 따갑게 내리쬐는 태양이 그의 가슴에 맺힌 걱정을 녹여 주고, 훈훈한 여름 바람이 평화를 가져다 주었다. 그리고 이번에는 마치 그런 사사로운 걱정 따위는 송두리째 덜어가거나 하려는 것처럼 조그만 구름 한 조각이 남쪽 하늘에 나타났다. 처음에는 안개같이 뽀얗게 지평선 한쪽에 나타나 머물더니 마침내 그것이 부채 모양으로 퍼지기 시작했다.

사람들은 공포에 싸였다. 농작물을 죄다 먹어치워 버리는 메뚜기 떼가 남쪽에서 날아오고 있는 것이 아닐까 하는 생각에서였다. 마침내 바람결에 그들의 발 아래로 무엇이 떨어졌다. 아니나다를까 그것은 죽은 메뚜기였다. 죽은 놈은 산 놈보다 가벼워서 먼저 날려왔던 것이다.

순간 왕룽은 사사로운 근심 따위는 모두 잊어버리고 어쩔 줄 모르고 서 있는 사람들에게 소리쳤다.

"이제부터 우리의 귀한 땅을 지키기 위해 저 메뚜기 떼와 싸웁시다!"

그러나 그중에는 처음부터 고개를 설레설레 흔드는 사람도 있었다.

"무슨 짓을 다 해 봐도 소용 없어. 올해는 하늘이 우리를 굶주리게 명하신 거야. 그 천명을 어기고 별짓을 해 보았자 결국 굶게 될걸 뭐."

부인네들은 울며불며 성 안에 가서 향을 사다가 당집으로 뛰어가기도 했다. 어떤 사람들은 성 안의 절에 가서 지신과 천신에게 치성을 드리기도 했다. 그래도 여전히 메뚜기 떼는 점차 하늘로 퍼져 나갔다.

왕룽은 머슴들을 불러 모았다. 어떤 밭에는 손수 불을 질러 거의 다 익어 베게 된 밀밭을 태우고, 넓은 도랑을 파고 물을 댔다. 그들은 밤낮 없이 잠도 자지 않고 일했다. 오란은 그들에게 식사를 날라다 주고, 다른 아낙네들도 자기네 가족들에게 음식을 날랐다. 밤낮없이 일하는 그 남자들은 들에 선 채로 날라온 음식을 짐승처럼 꿀꺽꿀꺽 집어 삼켰다.

드디어 하늘이 캄캄해지고 쏴아 하고 날개치는 소리가 사방을 덮더니,

메뚜기 떼가 소나기처럼 떨어졌다. 메뚜기 떼가 그냥 지나간 밭은 멀쩡한 데 반하여, 내려앉은 밭에는 아무것도 남기지 않고 싹 먹어 버려, 마치 겨울밭같이 황량해졌다. 한숨을 지으며 '아아, 하늘의 뜻이다!'고 한탄하는 사람도 있었으나, 왕룽은 미친 사람처럼 노기에 차서 메뚜기들을 휘갈기고 짓밟고 했다. 머슴들도 도리깨를 휘둘렀다. 메뚜기들은 타오르는 불에 떨어지기도 하고, 도랑물로 빠져서 죽기도 했다. 몇백만 마리가 죽었다. 그러나 살아 남은 구름 같은 메뚜기 떼에 비하면 그것은 아무것도 아니었다.

그래도 왕룽에게는 애쓴 보람이 있었다. 제일 좋은 밭은 별 피해가 없어 거둬들일 밀이 어느 정도 남아 있었고, 못자리도 쓸 만했다. 그는 만족했다. 오란이 기름에 튀겨 놓은 메뚜기를 머슴들이 아삭아삭 씹어 먹고, 아이들이 겁을 내면서도 조금씩 떼어서 맛보는 것을 못 본 체하며 왕룽은 끝내 먹지 않았다.

왕룽은 메뚜기 떼로 하여 덕을 본 것이 있었다. 며칠 동안 그는 땅밖에는 아무 생각도 하지 않았다. 그래서 마음의 시름은 사라졌다. 그는 조용히 속으로 생각했다.

'자, 사람에게는 누구나 근심이 있게 마련이다. 나도 근심을 가진 채로 살아가는 방법을 생각해 봐야겠어. 삼촌은 나보다 나이가 많으니까 먼저 죽을 거고, 그럭저럭 삼 년만 지나면 큰놈도 장가를 들일 수 있을 게다. 괜히 걱정하면서 스스로 애태울 필요가 없는 거야.'

그는 밀을 거둬들이고 때마침 비가 와서 물이 가득한 논에 모를 심고 하면서 또다시 여름을 맞이했다.

24

어느 날 왕룽이 이젠 집안이 평온해졌다고 생각하고 있을 즈음, 그가 밭에서 돌아오자 장남이 와서 말했다.

"아버지, 제가 만일 선비가 되길 원하신다면, 이제 그 글방 훈장한테서는 더 배울 게 없어요."

왕룽은 마침 부엌에서 끓는 물을 한 대야 떠다가 수건을 적셔 얼굴에 갖다 대던 참이었다.

"그래서 어쩌겠다는 거냐?"

장남은 머뭇거리다가 말을 이었다.

"선비가 되기 위해 남쪽 도시의 대학에 들어가고 싶어요. 꼭 배우고 싶은 게 있어요."

왕룽은 일에 지쳐 뼈마디가 쑤시던 참이라 귀찮은 듯이 날카롭게 대꾸했다.

"뭐라고? 바보 같은 소리 그만해. 그만큼 배워도 충분해."

얼굴을 닦은 후 그는 다시 수건에 물을 축여서 짰다.

그러나 장남은 거기에 선 채 증오에 찬 눈길로 아버지를 쏘아보면서 뭐라고 중얼거렸으나, 왕룽은 알아들을 수가 없어서 버럭 소리를 질렀다.

"할 말이 있거든 알아듣도록 차근차근 말하라고!"

장남은 아버지의 성난 목소리에 불끈 화가 치밀어 분명하게 말했다.

"전 그래도 남쪽으로 가겠어요. 누가 이런 따분한 집구석에서 어린애처럼 감시받고 산댔어요? 성 안이라고 해서 마을보다 나을 것도 없고. 고향을 떠나서 새로운 것도 배우고 다른 지방 구경도 하겠단 말입니다."

왕룽은 장남과 자신을 비교해 보았다. 장남은 은회색의 긴 린네르 겉옷을 말쑥하고 시원하게 차려 입고 있었다. 코밑 수염이 제법 감실감실한 게 어른티가 났으며, 야들야들한 살결에 혈색도 좋았다. 긴 소매 밑으로 보이는 손은 보들보들하여 여자의 손같이 고왔다. 그러나 자신은 흙투성이였다. 더구나 무릎까지 걷어올린 푸른 무명 잠방이만 입고 있을 뿐 허리부터 위는 벌거숭이였다. 누가 보든지 아버지라기보다 머슴으로 보기 십상일 것 같았다. 울화가 치민 그는 소리를 꽥 질렀다.

"그보다 넌 들에 나가 몸에 흙칠이나 하고 와. 누가 보더라도 널 계집애로 보겠다. 네가 먹는 양식을 위해 일 좀 해 봐!"

왕룽은 장남의 글재를 자랑했던 생각을 어느 새 잊고 있었다.

그날 밤 왕룽이 뒤채의 방에 들어갔을 때 롄화가 지나가는 말처럼 이렇게 말했다.

"당신 큰아들이 어디로 뜨고 싶어 꽤 야단하는 모양이더군요."

왕룽은 아직도 아들에 대한 불쾌한 감정이 풀리지 않았던지라 신경질적으로 대꾸했다.

"그 일이 너하고 무슨 관계야? 나이를 그만큼 처먹었으니 이젠 이 방에 들어오지 못하게 해야 할 게 아냐."

롄화는 재빨리 그의 말을 받아넘겼다.

"아녜요, 두쳉한테 들었을 뿐이라고요."

두쳉도 황급히 말했다.

"누가 보더라도 금방 알 수 있어요. 더구나 훌륭한 젊은이가 괜한 생각이나 하면서 집에서 빈둥거려서야 되겠어요?"

왕룽은 아직도 장남에 대한 노여움이 가시지 않아 이렇게 말했다.

"절대 안 돼. 보낼 수 없어. 쓸데없이 돈을 쓸 필요가 없단 말야."

그의 기분이 언짢은 것을 알고 롄화는 두쳉을 나가라고 눈짓했다.

그런 후 아무 말 없이 며칠이 지나갔다. 장남도 마음을 다잡은 것 같았다. 글방에는 가지 않았으나 아버지가 집에 돌아오면 제 방에서 글을 읽었다. 왕룽은 적이 안심이 되어 혼자 생각했다.

'한때의 젊은 기분으로 남쪽에 가겠다고 했겠지. 그앤 제가 원하는 게 뭔지도 잘 몰라. 앞으로 삼 년이나 남았지만, 돈만 쓰면 시간을 당길 수도 있겠지. 추수를 마치고 겨울 밀을 심고 콩밭을 맨 뒤에 류 생원과 그 문제를 의논할까?'

그런 후 왕룽은 아들 일을 잊어버렸다. 추수는 메뚜기 떼에 먹히긴 했지만 그런 대로 풍작이었다. 그리고 이제 롄화 때문에 써 버린 돈을 보충할 만한 수입이 되었고, 돈의 고귀함을 다시 한 번 깨달았다. 가끔 그는 자기가 여자에게 그토록 돈을 헤프게 써 버린 것에 남몰래 놀라곤 했다.

롄화는 그전처럼 그의 열렬한 애정을 일으키게 하지는 못했지만 아직도 매력은 있었다. 그리고 숙모 말대로 보기보다는 나이가 많아 그의 애를 낳아 줄 가망이 없는 건 사실이지만 그래도 그녀를 소유한 것이 자랑스러웠다. 더구나 요즘엔 살이 올라 얼굴도 포동포동해지고 광대뼈도 보이지 않았다. 또한 시원한 눈매와 오목한 입 모양은 살찐 고양이 같았고, 몸에는 부드럽고 매끈매끈한 살이 올랐다. 갓 피어난 연꽃 봉오리가 아니라, 활짝 핀 연꽃이었다.

왕룽의 생활은 다시금 평화를 되찾았다. 맏아들도 마음의 평온을 회복하고 있는 듯하여 그는 만족했다. 그러던 어느 날 밤 늦도록 혼자서 추수한 옥수수와 쌀을 얼마나 팔까를 궁리하고 있을 때 오란이 방으로 조용히 들어왔다. 그녀는 점점 몸이 앙상하게 마르고 광대뼈가 툭 불거져 나오고, 눈이 움푹 패어졌다. 어찌 그리 마르냐고 물으면 그저 이렇게 대답할 뿐이었다.

"속이 타서요."

그녀의 배는 마치 임신한 것처럼 불러 있었다. 그녀는 여전히 새벽부터 일어나 집안일을 돌보았다. 왕룽은 탁자나 정원에 있는 나무 보듯 그녀를 예사롭게 보아넘겼다. 소가 고개를 늘어뜨리거나, 돼지가 죽을 잘 안 먹는 것만큼도 주의 깊게 보지 않았다. 그녀는 일만 했다. 숙모하고도 필요한 말만 했고, 두쳉과는 아예 담을 쌓았다. 그리고 뒤채에는 한 번도 들어가지 않았다. 렌화가 뒤채에서 나와 거니는 일이 있으면 오란은 자기 방으로 들어가 버리고, 누가 렌화가 들어갔다고 일러 주기까지 방에서 나오지 않았다. 그저 아무 말 없이 묵묵히 부엌일을 하거나 추운 겨울에도 얼음을 깨 가며 연못가에서 빨래를 할 뿐이었다. 하지만 왕룽으로서는 이렇게 말할 생각은 꿈에도 없었다.

'이젠 돈도 많은데 식모를 두거나 종을 두지 그래?'

그러면서도 자신은 농사일 외에도 소와 당나귀와 돼지 등 가축들을 기르기 위해서 일꾼을 사들였다.

이날 밤 백랍 촛대에 붉은 초를 켜 놓고 그가 혼자 앉아 있을 때, 오란이 들어와 그의 앞에 서서 두리번거리다가 입을 열었다.

"말할 것이 있어요."

왕룽은 깜짝 놀라 오란을 쳐다보며 말했다.

"무슨 말이지?"

왕룽은 그녀의 움푹 팬 얼굴을 쳐다보면서, 그녀가 얼마나 못생겼으며 또 그녀를 멀리한 지 얼마나 오래됐는가를 새삼스럽게 떠올렸다.

"큰애의 뒤채 출입이 지나쳐요. 당신만 없으면 간다고요."

왕룽은 처음에 그 말뜻을 잘 파악할 수가 없어서, 입을 벌린 채 그녀에게로 몸을 내밀었다.

"뭐라고?"

오란은 대답 대신 아들 방을 가리키고는 마르고 두꺼운 입술을 모아 뒤채의 문 쪽을 가리켰다. 왕룽은 믿기지 않는다는 듯이 그녀를 노려보고 있다가 겨우 입을 열었다.

"꿈꾸고 있구면!"

오란은 고개를 설레설레 흔들며 말하기가 매우 쑥스러운 듯 머뭇거리다가 말을 이었다.

"언제든지 불시에 집에 와 보시구려. 그애를 남쪽으로라도 보내는 게 좋을 거예요."

그런 후 탁자로 가 왕룽이 마시던 찻잔을 만져 보고 나서 식은 차를 벽돌 바닥에 버리고, 다시 주전자에서 뜨거운 차를 따라 놓았다. 그리고는 들어올 때처럼 조용히 나가 버렸다.

왕룽은 오란이 렌화를 질투하는 것이라고 생각했다. 그의 장남은 요새 마음을 잡고 매일 제 방에서 글을 읽지 않은가. 그는 일어서며 어처구니없다는 듯이 껄껄 웃어넘겼다. 여자들의 좁은 소견을 비웃었던 것이다.

하지만 그날 밤 렌화는 뾰로통해져서 말했다.

"아이 더워. 당신 몸에서 나는 냄새가 왜 이렇게 고약스러워요? 내 곁에 누우려거든 몸 좀 씻고 오세요."

그러면서 벌떡 일어나 앉아 얼굴에 흘러내린 머리카락을 초조하게 쓸어 올렸다. 왕룽이 그녀를 끌어당기려 하자 어깨를 움츠리고 피해 버렸다. 졸라 봐도 소용이 없었다. 왕룽은 할 수 없이 가만히 누워 며칠 밤 동안 그녀가 그를 잘 받아 주지 않았다는 것을 떠올렸다. 그때는 그저 단순한 변덕으로 알고 여름의 후텁지근한 더위 때문에 그러려니 생각했었다. 그러나 오늘 밤은 아까 오란이 한 말이 귀에 쟁쟁하여 그는 벌떡 일어나며 말했다.

"좋아, 그럼 혼자 자라고! 너하고 자고 싶어 안달하느니보다는 차라리 내 모가지를 베겠다!"

왕룽은 그 방에서 뛰쳐나와 중간방으로 들어가 의자 두 개를 끌어다 붙여 놓고 그 위에 누웠다. 그러나 잠이 오지 않아 대문 밖으로 나왔다. 그리고는 담을 따라 둘러 있는 대밭 사이를 걸었다. 시원한 밤바람이 화끈거리는 몸을 스쳤다. 어느 새 가을의 서늘함이 깃들어 있었다.

그는 장남이 어디든 멀리 가고 싶어한다던 렌화의 말이 생각났다. 그녀가 그 일을 어떻게 알았을까? 또 요즘 장남은 남쪽에 가고 싶다는 말을 통 하지 않고, 그저 지금에 만족하고 있는 모양이었다. 무슨 까닭일까? 그는 단단히 결심했다.

'내 눈으로 직접 확인해야지!'

날이 밝아 해가 지평선 위로 드러나기 시작하자, 그는 집으로 들어가 아침을 먹고 추수와 파종 때에는 언제나 그렇듯 들로 나가 여기저기 돌아다니며 일꾼들의 일을 둘러보았다. 그러고 나서 집으로 돌아온 그는 온식구들이 들릴만큼 큰 소리로 말했다.

"성 밖 도랑가 논에 갈 텐데, 좀 늦을지 모르겠다."

그는 성 쪽으로 향했다. 반쯤 가서 당집 가까이에 이르렀을 때 그는 길가의 풀밭 둔덕에 앉았다. 그것은 주인 없는 오래된 무덤이었다. 그는 풀을 뜯어 만지작거리면서 생각에 빠졌다. 당집의 지신 양주가 마주 보였다. 그것이 그를 노려보는 것만 같았다.

'이제 집으로 들어가 본다?'

간밤에 렌화가 그를 밀어 내던 일이 얼핏 생각나자 그는 자기가 여태까지 그녀에게 해 준 것들이 떠올랐다.

'찻집에도 몇 해 못 붙어 있을 년이 내 집에서 이렇게 호의호식하는 줄 모르고는 말야.'

화가 있는 대로 치밀어 벌떡 일어난 그는 다른 길로 집으로 돌아와 몰래 뒤채로 통하는 문에 드리워진 휘장 옆에 섰다. 가만히 엿들어 보니 남자의 나직한 목소리가 들려 왔다. 그것은 다름아닌 장남의 음성이었다.

난생 처음 격렬한 분노가 가슴을 치받았다. 사람들이 그를 부자라고 부르게 된 후 사소한 일로도 화를 내며 성 안에서도 거만하게 행세했다. 하지만 지금의 이 분노야말로 그 무엇과도 비교가 되지 않는 것이었다.

더구나 그 상대자가 다름아닌 자기의 친아들이라고 생각을 하자 속이 뒤집혀 참을 수가 없었다.

그는 이를 부득부득 갈면서 그곳을 떠나 대숲으로 가서 낭창낭창한 대나무가지 하나를 골라 꺾었다. 끝에 달린 잔가지만 그대로 둔 채 다듬어서 발소리를 죽여 가며 다시금 휘장 옆으로 갔다. 그리고 갑자기 휘장을 걷었다. 그 안뜰엔 장남이 렌화를 쳐다보며 서 있고, 렌화는 연못의 작은 걸상에 걸터앉아 있었다. 렌화는 연두빛 비단옷을 입고 있었는데 그녀가 아침나절 그런 옷을 입은 것을 왕룽은 한 번도 본 적이 없었다.

두 사람은 다정스럽게 이야기를 나누고 있었다. 렌화는 가볍게 웃으며, 고개를 갸우뚱하고 곁눈질로 아들을 흘겨보고 있었다. 두 사람은 다 왕룽이 오는 것을 보지 못했다. 왕룽은 이를 악물고 얼굴이 하얗게 질려 그들을 노려보았다. 그는 대나무 회초리를 꽉 쥐었다. 두쳉이 나오다가 그를 보고 날카로운 비명을 질렀을 때에야 그들은 비로소 왕룽을 알아보았다.

왕룽은 아들에게 와락 덤벼들어 대나무 회초리로 마구 갈겼다. 아들은 아버지보다 키는 컸지만, 농사일에 단련되어 힘이 장사인 아버지를 당해낼 수가 없었다. 왕룽은 아들의 몸을 피가 나도록 후려갈겼다. 렌화가 비명을 지르며 달라붙자 그는 그녀마저 사정없이 갈겨서, 그녀는 줄행랑을 놓았다. 아들이 땅에 엎어져서 두 손으로 터진 얼굴을 감싸쥐었다.

왕룽은 그때서야 매질을 멈췄다. 벌어진 입에서 헉헉 소리가 났으며 전신에 땀이 흘러내려 먹을 감은 것 같았다. 그리고는 병든 사람처럼 힘이 좍 빠졌다. 그는 대나무 회초리를 내던지고 숨을 헐떡이면서 장남에게 말했다.

"네 방에서 꼼짝도 마라. 만약 내가 너를 내쫓기 전에 나왔다가는 그땐 죽여 버리겠다."

장남은 한 마디 말도 없이 기다시피해서 나갔다.

왕룽은 렌화가 앉았던 걸상에 앉아 머리를 양 손에 파묻고 눈을 감았다. 아직도 숨결은 거칠기만 했다. 누구도 그의 곁에 갈 엄두를 못 냈다. 그는 스스로 분노가 가라앉고 평온을 되찾을 때까지 그렇게 혼자 있었다.

이윽고 그는 피곤한 듯 일어나 렌화의 방으로 들어갔다. 그녀는 통곡을 하면서 침대에 누워 있었다. 그는 그녀에게로 다가가 그녀의 몸을 돌렸다. 얼굴에 시퍼런 맷자국이 나 있었다.

왕룽은 서글펐다.

"이 봐, 창녀짓을 여직 고치지 못해 내 아들에게까지 그 짓을 하는 거야?"

그 말에 그녀는 더 크게 울면서 반박했다.

"그게 아녜요. 절대로 아니에요. 당신 아들이 쓸쓸해선지 놀러 왔어요. 아까 당신이 본 것보다 더 가까이 내 침대 옆에 온 일이 있었느냐고 두챙한테 물어 보세요."

그러면서도 그녀는 무서운 듯이 애처로운 눈으로 왕룽의 얼굴을 쳐다보았다. 그녀는 왕룽의 손을 끌어다가 얼굴에 갖다 대고서 슬픈 목소리로 말했다.

"이거 보세요. 당신이 당신의 렌화에게 이렇게 했어요. 내겐 이 세상에 사내라곤 당신밖에 없어요. 당신의 아들이 나에겐 뭐겠어요!"

왕룽을 쳐다보는 그녀의 아름다운 두 눈엔 눈물이 맺혀 있었다. 애정을 느끼지 말아야 할 때에 억누를 수 없는 애정이 솟아올라 그는 신음 소리를 냈다. 그리고 그는 그녀와 장남 사이에 어떤 일이 있었는가를 차라리 모르는 편이 마음 편할 것이라는 생각이 들었다. 그리하여 그는 다시 한 번 신음 소리를 내고는 나와 버렸다. 장남의 방을 지날 때 왕룽은 들어가지 않고 밖에서 호통쳤다.

"짐을 꾸려 내일 남쪽으로 떠나거라. 거기서 네가 하고 싶은 걸 하는 대신 내가 사람을 보낼 때까진 절대 집에 돌아와서는 안 돼!"

그가 옷을 깁고 있는 오란의 옆을 지나칠 때에도 그녀는 말 한 마디 걸지 않았다. 때리고 소리치고 야단법석을 떠는 것을 들었을 텐데, 아무런 기색조차 보이지 않았다. 왕룽은 그냥 들로 나와 버렸다. 한낮의 태양이 내리쬐고 있었다. 하루 종일 힘든 일을 한 것처럼 그는 온몸이 노곤했다.

25

왕룽은 장남이 집을 떠나자 집안의 큰 불안이 사라진 것처럼 느껴졌다. 장남 자신을 위해서도 잘된 일이라고 생각되었다. 이제부터 다른 자식들을 돌보고 그들의 사람 됨됨이를 알아볼 수 있을 것 같았다. 철따라 농사일에 마음을 써야 했으므로 장남 이외의 다른 아이들에 대해서는 관심을 두지 못했다. 둘째 아들은 일찌감치 글방에서 끌어 내 장사를 가르쳐서, 집안을 시끄럽게 하는 일이 없게끔 미리 손을 써야겠다고 작정했다.

왕룽의 둘째 아들은 장남과는 아주 판이했다. 장남은 북쪽 사람답게 키가 크고, 뼈대가 굵고, 얼굴이 붉은 게 어머니를 닮았지만, 둘째 아들은 작달막한 키에 몸집도 가냘프고 살빛조차 누르스름했다. 왕룽은 이 아들을 볼 때마다 날카로운 눈빛 때문에 자신의 아버지를 연상하곤 했다.

'둘째녀석은 훌륭한 상인이 될 수 있을 거다. 이제 글방에서 데려다가 곡물 상회에서 장사를 배우게 해야겠어. 곡물 상회에 내 아들이 있으면 나도 편리할 거야. 저울눈을 속이지 못하게 보아 주기도 하겠고, 때론 내게 득이 되도록 저울질도 해 주겠지.'

어느 날 왕룽은 두쳉에게 일렀다.

"우리 큰애의 장인이 될 류 생원한테 가서 내가 상의할 일이 있다고 전해라. 류 생원하고는 사돈 관계를 맺게 된 처지니까 어차피 술이라도 한 잔해야지."

두쳉이 다녀와서 말했다.

"언제든지 와 주십사고 하시더군요. 오늘 오셔서 술을 같이 하셔도 좋고, 그분이 이리로 오시기를 원하신다면 그래도 좋으시대요."

이것저것 장만해야 할 것이 겁이 나서 왕룽은 자기가 가기로 했다. 세수를 하고 비단옷으로 갈아입고 밭둑길을 나섰다. 두쳉이 일러 준 대로 우선 돌다리 거리로 갔다. 그가 글자를 알아볼 수 있었던 것은 아니고 다리 오른쪽 두 집 건너 대문이 그 집 대문일 것이라는 짐작으로 지나는 사람에게 물어서 류(劉)자를 확인했던 것이다. 장식은 달지 않았으나 좋은 나무로 만든 대문이었다. 왕룽은 손바닥으로 문을 두드렸다.

대문이 열렸다. 여종이 나와 앞치마로 젖은 손을 닦으면서 누구냐고 물었다. 이름을 대자 한참 쳐다보더니 사랑방으로 안내하고선 앉으라고 권했다. 그런 후 그녀는 주인을 부르러 갔다.

왕룽은 주위를 찬찬히 둘러보았다. 일어서서 문에 드리워진 휘장을 만져 보고, 장식 없는 탁자의 재목을 살펴보기도 했다. 그리고는 적이 안심했다. 넉넉한 살림이지만 지나칠 정도로 부자는 아니었기 때문이다. 부잣집 딸은 거만하고 고분고분하지 않을 뿐만 아니라, 음식이나 옷에 대하여 이것저것 트집을 잡아 남편과 시부모를 이간질하기 십상이기 때문이었다.

문 밖에서 무거운 발소리가 나더니 뚱뚱한 중년 남자가 나타났다. 두 사람은 머리를 숙여 서로 상대방을 살펴보면서 맞절을 했다. 그들은 첫눈에 서로 좋아졌고, 상대방을 존경했다. 그들은 함께 앉아 여종이 따르는 독한 술을 마시며, 이런저런 이야기를 천천히 주고받았다. 농사에 대한 이야기며, 물가며, 풍년이 들면 올해 쌀값이 어떻게 될 것인가 따위의 이야기를 하다가 마침내 왕룽이 말했다.

"한 가지 말씀드릴 일이 있어 왔습니다만, 댁에서 흥미가 없으시다면 딴 이야기를 하도록 합시다. 다름이 아니라 우리 둘째놈이 제법 영리하죠. 혹시 댁의 곡물 상회에 하인이 하나 필요하시다면 그애가 어떨까 해서요. 필요 없으시다면 딴 이야기를 하시죠."

류 생원은 몹시 구미에 당겨 말했다.

"그렇지 않아도 영리한 점원을 하나 두려던 참이었어요. 글을 읽고 쓸 줄 아는지요?"

이 말에 왕룽은 당당하게 대답했다.

"아들 두 놈을 다 가르쳤죠. 그애들은 글자가 틀렸으면 대번에 알아 내고, 삼수 변이 옳은지 나무목 변이 옳은지도 잘 알죠."

"그렇다면 좋습니다. 오고 싶다면 아무 때나 보내 주시지요. 처음엔 일을 배울 때까지 먹여만 주고, 따로 보수는 없습니다. 잘 하면 일 년 후에는 매월 말에 은전 한 닢씩 주기로 하고, 이 년 후에는 세 닢씩 주기로 하죠. 그리고 그 후부터는 배울 것은 다 배웠으니, 제 손으로 장사를 할 수 있을 겁니다. 그리고 지금 말한 보수 외에 고객들한테서 수고비를 받을 수도 있지만 난 그것은 상관않습니다. 더구나 우리는 사돈간이 될 것이므로 보증금을 내시라는 말도 하지 않겠습니다."

왕룽은 마음이 흡족하여 일어났다. 그리고는 껄껄 웃으면서 말했다.

"두 집 사이가 이쯤 가까워졌으니 하는 말씀인데 기왕이면 내 둘째 딸년을 맞을 자제는 없으신지요?"

류 생원은 덩지에 걸맞게 호탕하게 웃었다.

"아들이 하나 있긴 하지만 열 살밖에 안 되어 아직 약혼하지 않았습니다. 댁의 따님은 몇 살이지요?"

왕룽은 또다시 껄껄 웃으며 대답했다.

"오는 생일날이면 만 열 살이 됩니다. 꽃같이 예쁘죠."

류 생원도 따라 웃으며 말했다.

"그렇다면 우린 두 줄로 묶여지는 셈이군요?"

두 사람은 더 이상 말하지 않았다. 이 문제는 당사자들이 그 이상 논의할 수 있는 성질의 것이 아니었다.

왕룽은 집에 돌아와 둘째 딸을 새삼스럽게 살펴보았다. 오란이 전족을 잘해 주어서 아장아장 걷는 것이 여간 예쁘지 않았다. 그는 자세히 보다가 뺨에서 눈물자국을 발견했다. 얼굴은 너무나 창백했고 슬픈 그림자마저 서려 있었다. 그래서 그 작은 손을 잡고 끌어당기며 물었다.

"무슨 일로 울었지?"

어린 딸은 고개를 숙인 채 자기 웃옷에 달린 단추를 만지작거리며 수줍은 듯이 중얼거렸다.

"엄마가 날마다 자꾸만 발을 더 세게 잡아매잖아요. 아파서 밤에 자지도 못해요. 하지만 소리내어 울면 안 된다고 했어요. 아버지가 들으시면, 아버진 마음이 너무 좋아서, 내가 아프다고 떼쓰면 안쓰러워져 묶지 말라고 하신댔어요. 그렇게 되면 엄마가 지금 아버지의 사랑을 못 받듯이 나중에 내가 시집가면 남편의 사랑을 못 받는댔어요."

어린 딸은 아이들이 이야기를 그냥 외듯 단순하게 말했다. 왕룽은 오란이 딸한테 그가 오란을 사랑하지 않는다는 이야기를 했다는 말을 듣고 가슴에 찔리는 게 있었다. 그는 얼른 다른 이야기로 바꿨다.

"그건 그렇고, 오늘 난 아주 훌륭한 네 신랑감을 구했단다. 두쳉을 시켜서 일을 이뤄 보자."

둘째 딸은 빙긋 웃으며 고개를 숙였다. 갑자기 처녀가 된 것 같았다. 왕룽은 그날 저녁 뒤채에 들어가 두쳉에게 지시를 내렸다.

"류 생원 댁에 가서 일이 되도록 해 봐."

그날 저녁 왕룽은 렌화의 곁에 누웠지만 편히 잠을 잘 수가 없었다. 눈을 뜨고 지나온 생애와 오란에 대해 생각했다. 오란은 그가 안 최초의 여자였고, 조강지처로 그에게 언제나 충실했었다. 어수룩해 보이지만 그의 마음을 꿰뚫어보고 있다는 것을 느끼자 슬퍼졌다.

며칠이 지나자 그는 둘째 아들을 성 안으로 보냈고, 둘째 딸의 혼약서에 도장을 찍었다. 지참금도 결정을 보았고, 혼수와 패물을 보낼 날짜도 결정되었다. 왕룽은 한시름 놓고서 자신에게 이렇게 말했다.

"자, 이젠 아이들 걱정도 덜었어. 불쌍한 백치는 헝겊 조각을 가지고 양지쪽에 앉아 노는 것밖에 모르니 말할 것도 없고, 막내놈은 내 뒤를 이어 농사를 시켜야 할 터이므로 글방에도 보내지 말아야지. 글 배운 아들이 둘씩이나 있으니 그것으로 충분하겠지."

아들들을 하나는 학자, 하나는 상인, 또 하나는 농부를 만드는 것을 그는 자랑스럽게 생각했다. 그는 더할 나위 없이 만족했다. 그리고 자식들에 대해선 더 이상 생각하지 않기로 했다. 그러나 그가 원하건 원하지 않건간에 그에게 자식들을 낳아 준 아내 생각이 자꾸 마음에 걸렸다. 여러 해를 오란과 같이 살아온 그가 그녀를 처음으로 생각하는 셈이었다.

결혼 초에도 오란에 대해서 깊이 생각한 적이 없었다. 그럴 한가한 시간이 없었다. 이제는 자식들도 대강 자리잡혔고, 농사도, 다가오는 겨울 준비도 염려가 없었다. 특히 렌화는 그에게 맞고서부터 제법 고분고분해져서 이제 생활에 여유가 생겼으므로 오란에 관한 생각을 하게 된 것이다.

그는 오란을 바라보았다. 하지만 이번엔 그녀를 한 사람의 여자로서, 또는 못생기고 수척하고 살빛이 누런 여자로서 보는 게 아니었다. 그는 일종의 묘한 양심의 가책을 느끼면서 그녀를 살펴보았다. 그녀는 본래 살빛이 거무스름했으나 들에 나가 일할 때는 그 살빛이 붉어지고 갈색이 되었다. 그런데 그녀가 들에 나가지 않은 지가 여러 해 되었건만 살빛에 누런 빛이 돌았다.

하나 왕룽은 왜 그녀가 날이 갈수록 둔해졌는가를 미처 생각지 못했다. 오란은 침대에서 일어날 때라든가, 아궁이에 불을 지피느라고 몸을 구부릴 때에 괴로운 듯이 신음 소리를 냈었다. 그래서 그가 '왜 그래?' 하고 물으면 신음 소리를 뚝 그치곤 했다. 그런데 지금 그녀의 배가 이상하게 부른 것을 보니 양심의 가책이 느껴졌다. 그는 스스로 자신을 변명했다.

'내가 첩을 사랑하듯 오란을 사랑하지 않은 것이 내 잘못은 아니야. 남자란 다 그런 게 아냐? 그리고 나는 오란을 때리지는 않았어. 그뿐인가? 언제든지 달라면 돈도 주었지.'

그렇지만 어린 딸의 말은 비수처럼 그의 가슴을 찔렀다. 오란에게 좋은 남편 역할을 해 왔고, 그 점에서는 다른 남편들보다 오히려 낫다는 생각이 들면서도 왜 그런지 양심의 가책을 떨쳐 버릴 수가 없었다.

그 후부터 왕룽은 그녀가 식사를 날라올 때라든가, 걸어다닐 때 유심히 바라보았다. 어느 날 그들이 식사를 마치고 오란이 벽돌 마룻바닥을 쓸려고 몸을 굽히다가 얼굴이 잿빛이 되어 입을 벌린 채 나직이 헐떡거렸다. 그러면서도 손으로 배를 누르며 계속 비질을 했다. 그것을 본 왕룽은 날카롭게 물었다.

"왜 그러지?"

그러나 오란은 얼굴을 돌린 채 조용히 대답했다.

"아무것도 아니에요. 전부터 속이 좀 아팠어요."

왕룽은 오란을 쳐다보다가 둘째 딸에게 일렀다.

"엄마가 몹시 아픈 모양이구나. 네가 대신 하려무나."

그러면서 왕룽은 지난 여러 해 동안 그 어느 때보다도 상냥스럽게 오란에게 말했다.

"들어가 눕지. 저애한테 물을 끓여 들여보낼 테니, 일어나지 말고 가만히 누워 있어."

그녀는 말없이 그의 말에 따랐다. 방에서는 부스럭거리는 소리가 나더니 신음하는 소리가 나직이 들려 왔다. 왕룽은 벌떡 일어나 성 안으로 들어가 의원의 집을 찾았다.

흰 수염을 길게 늘어뜨린 노인이 한가하게 차를 마시며 앉아 있었고, 콧등에 올빼미 눈 같은 놋테 안경을 걸치고 있었다. 때묻은 회색 겉옷의 소매가 양 손이 푹 파묻힐 만큼 길었다. 왕룽이 아내의 증세를 이야기하자, 그는 입술을 다물고는 옆에 있는 탁자의 서랍을 열고 검은 보자기로 싼 것을 집어들면서 말했다.

"그럼, 가 봅시다."

그들이 오란의 방으로 돌아왔을 때 그녀는 선잠이 들어 있었다. 의원은 그녀의 코밑과 이마에 이슬 같은 땀방울이 맺혀 있는 것을 물끄러미 바라보더니 고개를 좌우로 흔들었다. 그는 맥을 짚고 나서 다시 고개를 저으며 어렵다는 듯 말했다.

"비장이 붓고 간장도 고장났소이다. 그리고 자궁에는 머리만한 돌이 들어 있소. 위장도 거덜이 났고, 심장은 거의 움직이지 않고, 벌레마저 들어 있는 게 분명하오."

이 말을 들은 왕룽의 가슴은 덜컥 내려앉았다. 그는 엉겁결에 성난 사람처럼 소리질렀다.

"그럼, 약을 지어 주시오. 약은 있겠지요?"

고함 소리에 오란은 간신히 눈을 뜨고 그들을 바라보았다. 몹시 괴로워서 의식조차 몽롱해 보였다. 늙은 의원이 다시 입을 열었다.

"어려운 병입니다. 꼭 나을걸 보장 안 해도 좋다면 은전 열 닢만 내시오. 그러면 약초와 말린 호랑이 심장과 개 이빨을 드릴 테니, 그것들을 함께 달여서 먹여 보시오. 완치를 보장하자면 오백 닢은 받아야겠소."

은전 오백 닢이란 말에 오란은 갑자기 정신이 돌아온 듯 가느다란 목소리로 말했다.

"관둬요. 내 목숨은 그만한 값어치가 못 돼요. 그 돈 가지면 좋은 땅을 얼마든지 살 수 있어요."

이 말을 들은 왕룽의 가슴에는 온갖 뉘우침의 감정이 치밀어 올랐다. 그래서 버럭 소리를 지르고 말았다.

"내 집안에서 사람 죽는 건 못 봐. 그만한 돈쯤 낼 수 있다고!"

그만한 돈을 낼 수 있다는 말을 들은 의원의 눈이 탐욕스럽게 빛났지만 다음 순간, 만약 약속을 못 지키게 되면 책임을 져야 한다는 것을 상기한 듯했다.

"그게 아니오. 눈동자의 흰자위 색깔을 보니 내가 잘못 말했구려. 완전히 고치자면 오천 닢은 받아야겠소."

왕룽은 늙은 의사를 묵묵히 바라보았다. 그는 의원의 말뜻을 알아챘다. 땅을 팔지 않고는 그만한 돈을 도저히 마련할 수 없었다. 그러나 땅을 판다 해도 일이 되는 게 아니었다.

그는 의원을 데리고 나와 은전 열 닢을 주었다. 그가 가 버리자 왕룽은 오란이 생애의 대부분을 보낸 어두컴컴한 부엌으로 들어갔다. 그는 그을은 벽을 향해 흐느껴 울었다.

26

오란은 여러 달 동안 빈사 상태로 누워 있었다. 겨우내 그렇게 누워 있었으므로, 왕룽과 그의 자식들은 오란의 집에서의 역할과 또 그녀가 얼마나 그들 모두를 편하게 해 주었던가를 깨달았다. 또 그들은 여태까지 그것을 모른 채 지냈다는 것을 깨닫게 되었다.

아궁이에 불을 지필 때는 어떻게 해야 잘 타는지, 또 프라이팬에서 생선을 구울 때 태우지 않고 잘 익혀 부서지지 않게 뒤집을 수 있는지 아무도 알지 못하는 것 같았다. 또 어떤 채소에 어떤 기름을 쳐야 하는지 알지 못했고, 음식 썩는 냄새가 진동했다.

막내아들은 어머니 대신에 할아버지의 뒷바라지를 했다. 노인은 이제 꼼짝 못하는 갓난애나 다름없었다. 노인은 아무리 오란을 불러도 오지 않자 심술난 어린애처럼 찻잔을 땅에다 내던졌다. 할 수 없이 왕룽은 노인을 오란의 방으로 데리고 들어가, 병석에 누워 있는 오란을 보여 주었다. 노인은 잘 보이지 않은 흐릿한 눈으로 한참 바라보더니, 몽롱하게나마 사정을 짐작한 듯 뭐라고 중얼거리다가 흐느껴 울었다.

더욱이 백치 딸이 문제였다. 누군가가 밤에는 끌어다 재우고, 먹이고, 낮에는 양지쪽에 데려다 주고, 비가 오면 끌어들이고 해야 했다. 그 백치 딸을 밤새껏 밖에 놓아 둔 일도 있었다. 다음 날 새벽 그 불쌍한 것은 벌벌 떨면서 울고 왕룽은 얼마나 화가 났던지 아이들을 마구잡이로 욕하고 나무랐다. 그 후부터는 왕룽은 직접 큰딸을 돌보았다. 비나 눈이 내리든가 바람이 심하게 불면 그는 백치를 안으로 데려다가 부엌 아궁이의 따스한 재 앞에 앉혔다.

오란이 누워 있는 암담한 겨울 동안 왕룽은 들일엔 전혀 관심을 두지 않았다. 일과 머슴 감독 일체를 칭 서방에게 떠맡겼다. 칭 서방은 날마다 조석으로 두 차례씩 오란이 누워 있는 방문 앞에 와서 소곤거리는 듯한 목소리로 병세가 좀 어떠냐고 묻곤 했다. 왕룽은 매일 두 번씩 '오늘은 닭고기 국물을 마셨지' 라든가 '오늘은 미음을 조금 먹었어' 하고 똑같은 말을 되풀이했다. 그러나 나중에는 대답하기에 진력이 나서 이젠 인사하러 오지 말고 일이나 잘 보살피라고 일렀다.

춥고 음산한 겨울 동안 왕룽은 자주 오란의 침대 옆에 가서 앉아 있었다. 날씨가 추우면 화로에 숯불을 피워 그녀의 침대 옆에 놓아 따스하게 해 주곤 했다. 그럴 때마다 오란은 가느다란 목소리로 말했다.

"숯값이 비쌀 텐데 괜히……."

왕룽은 그 소리가 듣기 싫어서 어느 날 오란이 또 그런 말을 했을 때 화를 벌컥 냈다.

"그놈의 소리 그만 좀 하구려! 낫기만 한다면 땅이라도 다 팔겠어."

오란은 그 말에 웃음을 띠며 숨찬 목소리로 속삭이듯 말했다.

"그건 안 돼요. 어느 때고 나는 죽지만…… 땅은 언제까지라도 남아 있을 거니까요."

왕룽은 그 말을 듣고 있을 수가 없어 밖으로 나와 버렸다. 그러나 오란이 곧 죽을 것이라고 생각하고 있었다. 그래서 그는 자기의 의무라고 생각하고, 어느 날 성 안의 장의사에게 가서 진열해 놓은 관들을 하나하나 가늠해 보고 나서 그 중에서 제일 단단하고 무거운 나무로 된 검은 관을 하나 골랐다. 그가 고르는 것을 지켜보던 주인이 눈치빠르게 말했다.

"두 개를 쓰신다면, 삼분의 일 값을 감해 드리죠. 이왕에 손님 것도 사 두시면 마음 놓으실 게 아닐까요?"

"아니야, 그것은 내 아들이 할 일이지."

왕룽은 그렇게 대답하다가, 문득 늙은 아버지 생각이 났다. 여태까지 늙은 아버지의 관을 장만해 두지 않은 것에 그 자신도 놀라서 말했다.

"하기야 연로하신 아버지가 계시긴 해. 그럼, 아주 둘을 써야겠군."

주인은 관을 다시 칠해서 왕룽의 집으로 보내 주기로 했다. 집에 돌아와 오란에게 그 이야기를 하자 오란은 죽음에 대한 준비를 잘 해 주고 있는 것에 만족해했다.

왕룽은 매일 많은 시간을 오란 곁에서 보냈다. 오란은 쇠약했으므로 그녀와 많은 이야기도 할 수 없었다. 왕룽이 곁에 아무 말 없이 조용히 앉아 있는데도 때로 그녀는 자기가 어디 있는지조차 모르는 모양이었다. 어떤 때는 정신없이 자기의 어린 시절을 이야기하기도 했다. 그래서 왕룽은 처음으로 단편적인 말에서 그녀의 마음 속에 있는 것을 알 수 있었다.

"저는 고기를 문간까지만 가지고 가겠어요……. 저는 못생겨서 영감님 앞에 나설 수가 없어요."

또 헐떡이며 이런 말도 했다.

"제발 때리지만 마세요. 다시는 접시에 있는 걸 먹지 않을게요."

그리고 또 되풀이해서 이런 말도 했다.

"아버지…… 어머니…… 아버지…… 어머니……."

"난 못생겨서 사랑을 받을 수도 없어."

이런 헛소리를 들을 때마다 왕룽은 가슴이 미어지는 듯 참을 수가 없어, 뻣뻣한 그녀의 큰 손을 잡았다. 오란에게 그녀를 사랑하고 있다는 걸 느낄 수 있게 해 주고자 그녀의 손을 쓰다듬어 주었으나, 롄화가 그에게 입을 삐쭉해 보일 때 그가 롄화에게서 느낀 그러한 애정이나 매력을 오란에게서는 결코 느낄 수 없다는 것이 부끄러웠다. 그 뻣뻣한 손을 잡았을 때 그는 사랑이 느껴지지 않았고, 오히려 그 손의 감촉이 싫었으므로 그녀에 대한 측은한 생각마저 사라질 지경이었다.

그럴수록 그는 오란에게 더욱 친절하게 대답해 주었다. 그녀에게 특별한 것을 사다 주기도 하고, 또 흰 생선과 배추 속으로 끓인 맛있는 국을 주기도 했다. 그는 롄화에게서도 즐거움을 얻을 수가 없었다. 기분을 전환하기 위해 롄화의 방을 찾아도 오란 생각이 머리에서 떠나지 않았기 때문이다. 롄화를 끌어안고 있던 팔도 오란 생각을 하면 그만 맥없이 힘이 빠져 버리고 말았다.

때때로 오란은 의식이 분명해져서 주위를 알아보는 수도 있었다. 언젠가 한 번은 그녀가 두쳉을 찾았다. 왕룽이 깜짝 놀라 두쳉을 불러왔더니, 오란은 비틀거리면서 몸을 일으키고 매우 덤덤하게 말했다.

"이 봐, 너는 황 영감의 시중을 들고 있었고, 예쁘다고 유세가 대단했었지. 그렇지만 나는 떳떳하게 남편을 섬기며 자식을 여럿 낳았어. 한데 넌 여태까지 종 신세를 면치 못했구나."

두쳉이 발끈해서 화를 내며 이 말에 대꾸하려는 것을 왕룽이 가로막고, 방에서 그녀를 데리고 나가서 달랬다.

"자기도 모르고 하는 소리니 상관할 것 없잖아?"

왕룽이 오란의 방에 들어왔을 때 오란은 아직도 팔에 머리를 괴고 있었다. 그녀는 남편에게 말했다.

"내가 죽더라도 저 여자나 렌화를 내 방에 들어오게 하거나, 내가 쓰던 물건에 손을 대게 해서는 안 돼요. 만약 내 말을 듣지 않으면 죽은 뒤에 귀신이 되어 원수를 갚으러 올 거예요."

그리고는 다시 혼수 상태에 빠진 듯하더니 머리를 베개 위로 떨어뜨렸다.

그러나 설날을 며칠 앞둔 어느 날 오란의 병세가 갑자기 좋아졌다. 그 것은 촛불이 꺼지기 직전에 잠시 불꽃이 밝아지는 것과 같았다. 그녀는 의식이 또렷해지고, 침대에서 일어나 제 손으로 머리를 매만지고 차를 마시고 싶다고 했다. 왕룽이 왔을 때 그녀는 말했다.

"설날이 가까워 오는데, 떡도 고기도 준비가 안 됐어요. 그래서 내가 생각해 봤는데, 내 부엌에다 그 종년을 들일 수는 없고, 우리 큰애와 약혼한 며느리를 불렀으면 좋겠어요. 난 여태까지 그애를 본 적은 없지만 만약 그 애가 오면 그애한테 할 일을 가르쳐 주겠어요."

왕룽은 설 준비야 아무래도 좋았으나, 아내가 그만큼 원기를 차린 것이 기뻐서, 두쳉을 보내 류 생원에게 딱한 사정을 전하게 했다. 그는 오란이 겨울을 넘기지 못할 것이라는 얘기를 듣고, 또 그의 딸도 열여섯이 되었으니 딴 처녀들은 그보다 일찍 시집가는 일이 많았으므로 쾌히 허락했다.

그러나 오란이 병석에 있으므로 아무런 잔치도 하지 않았다. 새며느리는 조용히 가마를 타고 왔다. 자기 어머니와 늙은 몸종이 따라왔을 뿐, 딸을 오란에게 넘겨 준 그녀의 어머니도 곧 돌아가고 몸종만 시중을 들기 위해 남았다.

아이들이 쓰던 방을 다른 방으로 옮기고 그 방을 새며느리에게 주었다. 모든 일이 순조롭게 진행되었다. 왕룽은 체면상 며느리와 말을 하지 않고, 며느리가 인사할 때 점잖게 고개를 숙였다. 며느리는 얌전했으며, 예쁘면서도 교만한 태가 보이지 않았기 때문에 더욱 좋았다. 그녀는 조심스럽게 행동했고 모든 동작이 예의범절에 어긋나지 않았다. 그녀는 정성껏 오란을 간호해 주었다. 이젠 오란의 곁에 있어 줄 여자가 생겨서 아내에 대한 왕룽의 괴로움도 한결 가벼웠다. 그리고 오란도 매우 만족스러워했다.

오란은 사나흘 동안 만족해하더니 무슨 생각이 들었는지, 왕룽이 아침에 문병을 하러 들어왔을 때 말했다.

"죽기 전에 한 가지 더 부탁드릴 게 있어요."

이 말에 왕룽은 벌컥 화를 냈다.

"듣기 싫으니, 제발 그놈의 죽는단 소리는 그만둬!"

그러자 오란은 천천히 미소를 띠었다. 눈에까지 이르기 전에 사라지고 마는, 여전히 느린 웃음이었다. 그리고 그녀는 말했다.

"죽게 돼 있는걸요. 제 몸은 이미 죽음을 기다리고 있어요. 그렇지만 큰애가 집에 돌아와서 의젓한 우리 새며느리와 혼례를 치르는 것을 보기 전엔 죽지 않겠어요. 내 병간호를 어떻게 잘해 주는지…… 어차피 난 죽을 몸이니까, 큰애가 돌아와서 어서 혼례를 치렀으면 좋겠어요. 그래서 당신에게는 손자, 아버님에게는 증손자가 생길 것을 알고서 마음 편히 죽고 싶어요."

그녀가 건강할 때에도 한꺼번에 이렇게 긴 말을 한 적은 거의 없었다. 그뿐만 아니라, 여러 달 만에 처음으로 이토록 또박또박 말했다. 왕룽은 오란의 힘 있는 목소리와 자기의 소원을 열심히 말하는 것을 보고 무척 기뻐했다. 다만 장남의 혼인식은 좀더 미루어서 될 수 있는 대로 성대히 할 생각이었으나 오란의 청을 마다할 수 없었다. 그래서 진심으로 아내의 말에 찬성했다.

"좋아. 그럼 이렇게 하도록 하지. 지금 당장이라도 남쪽으로 사람을 보내지. 그리고 데려다가 혼인을 시키도록 하지. 그럴 테니까 임자도 기운을 차리고 죽는다는 소리는 제발 그만두고, 어서 낫겠다는 다짐을 해 봐. 임자가 없으니 집안 꼴이 엉망진창이고 꼭 짐승들이 사는 굴 속 같아."

아내의 마음을 기쁘게 해 주려고 그렇게 얘기했다. 그녀는 다시 뭐라고 말하지는 않고 희미한 미소를 띠며 다시 눕더니 이내 눈을 감았다.

왕룽은 사람을 남쪽으로 보내며 이렇게 일렀다.

"가서 도련님에게 이렇게 전해라. 어머니께서 위독하신데, 도련님이 돌아와서 혼인을 하는 것을 보기 전에는 마음을 놓을 수 없으시다고. 부모에 대해서 자식된 도리를 하려거든, 그리고 자기 집을 생각하거든 한시 바삐 돌아오라고 일러라. 사흘 후에 잔치를 하기로 하고 손님을 청해 놓을 테니까, 그리 알라고 해."

왕룽은 두챙에게 잔치를 성대하게 차리라고 했다. 그리고 그녀에게 찻집에 있는 요리사들을 청해 일을 돕도록 하고 그녀의 손에 은전을 수북하게 주며 이렇게 말했다.

"돈을 더 줄 테니, 황 대인 집에서 잔치할 때 하던 것처럼 한번 잘 차려라."

그리고 왕룽은 마을로 돌아다니며 남녀노소 누구나 빠짐없이 잔치에 초대했다. 성 안의 아는 사람들도 초대했다. 그리고 삼촌에게도 말했다.

"삼촌 가족들이 아는 사람들도 모두 청해 주세요."

왕룽은 삼촌이 어떤 사람인가를 알게 된 때부터 귀한 손님처럼 대해 왔다.

혼례식 바로 전날 밤, 왕룽의 장남이 집에 돌아왔다. 2년 이상이나 못 본 사이에 키가 훤칠하게 자랐고, 몸집도 튼튼하며, 불그스름한 뺨이 툭 불거지고, 짧은 머리에 기름을 번지르르하게 바른 품이 아주 멋진 젊은이였다. 그는 남쪽의 상점에서나 볼 수 있는 자줏빛의 긴 공단 옷에 짧고 소매 없는 우단 조끼를 입고 있었다. 왕룽은 이런 아들을 보니 자랑스러운 마음으로 가슴이 부풀었다. 그는 지금 눈앞에 있는 그의 훌륭한 아들 외에는 아무 생각도 없었다. 그는 아들을 오란에게 데리고 갔다.

큰아들은 어머니의 침대 곁에 앉았다. 어머니의 병든 모습을 보자 두 눈에 눈물이 괴었다. 그러나 그는 어머니를 기쁘게 해 드리기 위해서 '생각보다는 훨씬 원기가 있어 보이는군요. 아직도 오래 사실 수 있습니다' 라고 했다. 그러자 오란이 말했다.

"네 혼인을 보고 나서 눈을 감겠다."

렌화와 두쳉, 그리고 숙모는 신부를 깨끗하게 목욕시키고, 하얀 천으로 새로 다시 전족을 고쳐 감고 새 버선을 신겼다. 렌화는 자기가 쓰는 향기 진한 편도유를 신부의 몸에 발라 주었다. 꽃무늬가 그려진 하얀 명주 속옷을 입힌 다음, 보드랍고 가벼운 양털로 짠 고급 천으로 지은 옷을 입혔다. 그리고 그 위에 붉은 공단으로 만든 혼인 예복을 입혔다. 또 신부의 이마에는 라임을 문지르고, 명주실을 꼬아서 솜씨 있게 이마의 잔털을 뽑아 낸 다음 드리웠던 앞머리를 올렸다. 매끈한 이마가 반듯하고 훤하게 드러나 대갓집 맏며느리답게 보였다. 또 신부의 얼굴에 분을 바르고 연지를 찍고 붓으로 눈썹을 길게 그렸다. 주렴 달린 족두리를 씌우고, 전족한 작은 발에는 수놓은 신을 신겼다. 손톱에 물을 들이고 손바닥에는 향수를 뿌렸다. 이렇게 해서 신부 단장을 빈틈없이 끝냈다. 신부는 시종 신부답게 주저주저하고 수줍어하면서도 순종했다.

왕룽과 그의 아버지 그리고 삼촌은 다른 손님들과 같이 가운뎃방에 앉아 기다렸다. 신부는 몸종과 왕룽 숙모의 부축을 좌우로 받으며, 고개를 숙이고 정중하게 걸어나왔다.

그리고 다음에 왕룽의 장남이 붉은색의 겉옷에 검은 웃옷을 입고 들어왔다. 머리를 번지르르하게 빗어넘기고, 면도를 한 얼굴은 말끔했다. 신랑 뒤에는 그의 두 동생이 따랐다. 그들이 줄지어 나오는 것을 본 왕룽은 핏줄을 이어 줄 훌륭한 아들이 있는 것이 대견하고 자랑스러웠다. 사태를 깨달은 노인이 쉰 웃음을 터뜨리며 피리 소리와도 같은 음성으로 되풀이해서 말했다.

"옳지, 혼인이구나! 그럼 또 아들 낳고, 손자 낳고……. 좋다, 좋아!"

노인이 너무나 기뻐하며 웃음을 터뜨렸으므로, 손님들도 따라 웃었다. 왕룽은 오란이 같이 참석할 수 있었더라면 얼마나 즐거울까 하는 생각이 들었다. 그리고 장남이 신부를 어떻게 보는가 살펴보려고 그에게서 눈길을 떼지 않았다. 과연 장남은 곁눈질로 색시를 훔쳐 보더니 좋아하는 기색을 나타냈다. 그는 혼자 속으로 자랑스럽게 생각했다.

'거 봐. 내가 내 아들 마음에 드는 신부를 골랐지!'

신랑과 신부는 노인에게 이어서 왕룽에게 절했다. 그리고 오란이 있는 방으로 들어갔다. 오란은 깨끗한 옷으로 갈아입고 있다가, 그들이 들어오자 침대에서 일어나 앉았다. 그녀의 얼굴에 불꽃 같은 붉은 점 두 개가 생겨 있었다. 왕룽은 그것이 회복의 징조라고 잘못 생각하고, 큰 소리로 이렇게 말했다.

"이 정도면 이제 병도 낫겠구나."

신랑 신부가 오란 앞에 나가 절을 하자 오란은 침대를 가볍게 두드리면서 말했다.

"여기에 앉아라. 그리고 술과 혼례 음식을 여기서 들도록 해라. 난 그걸 모두 지켜보고 싶다. 내가 이제 죽은 뒤에는 이 침대가 너희들 것이 될 게다."

신랑 신부는 서로 부끄러운 듯 말없이 나란히 앉았다. 이때 왕룽의 숙모가 들어와 점잔을 빼면서 따끈한 술을 두 잔 따라서 신랑 신부에게 한 잔씩 권했다. 그들은 각각 잔을 들어 한 모금 마신 뒤 그 술을 함께 섞어서 다시 마셨다. 이젠 둘이 하나가 되었다는 뜻이었다. 또 각각 밥을 먹다가 한데 섞어서 먹었다. 이것은 그들의 생명이 하나가 되었다는 것을 뜻했다. 이로써 그들은 부부가 되었다. 그들은 오란과 왕룽에게 다시 절하고 밖으로 나와 손님들에게 절했다.

피로연이 시작되었다. 방과 뜰에 식탁이 빽빽이 놓여졌다. 음식 냄새가 가득했고 웃음소리로 집안이 떠들썩했다. 왕룽이 청한 사람들은 물론 청하지 않은 사람들도 몰려와 붐볐다. 부잣집의 잔치란 말을 듣고 음식을 실컷 먹을 수 있을 거라는 생각에서 온 사람들이었다. 농가 부엌에서는 만들 수 없는 갖가지 맛있는 음식들이 푸짐하게 차려졌다. 요리사들은 성 안에서 만든 음식을 큰 광주리에 담아 가지고 와서는 그것을 데우기만 하면 먹을 수 있도록 해 놓았다. 그들은 뽐내면서 기름 묻은 앞치마를 두르고 분주히 돌아다녔다. 손님들은 마음껏 먹고 마셨다. 그리고 모두 기분 좋게 떠들었다.

오란은 사람들이 웃고 떠드는 소리를 듣고 또 음식 냄새를 맡을 수 있도록 모든 문을 활짝 열고 휘장을 모두 걷게 하였다. 그리고 그녀를 돌보기 위해 종종 드나드는 왕룽에게 몇 번이고 말했다.

"술은 모자라지 않나요? 상 한가운데 있는 팔보채는 식지 않았나요? 돼지 기름이랑 설탕이랑 여덟 가지 과일이 제대로 들어 있나요?"

모든 것이 바라는 대로 진행되고 있다고 왕룽이 다짐을 하자, 오란은 안심한 듯 누워서 흥겨운 소리에 귀를 기울였다.

손님들도 모두 돌아가고 밤이 되었다. 즐거움이 썰물처럼 밀려가고 다시 정적 속에 잠기자, 오란도 힘이 빠지고 피로하여 정신이 가물가물해졌다. 그래서 아들과 며느리를 곁에 불러서 말했다.

"이제 마음이 놓인다. 이젠 죽어도 여한이 없다. 아들아, 부디 너의 아버지와 할아버지를 잘 섬겨라. 그리고 아가, 너는 네 남편과 시아버지와 시할아버지를 잘 섬겨야 한다. 그리고 저기 뜰에 있는 불쌍한 백치를 잘 돌봐다오. 그 밖에 네가 섬길 사람은 아무도 없다."

이 마지막 말은 여태까지 말 한 번 꺼내지 않았던 렌화를 두고 하는 말이었다. 그리고 그녀는 발작적인 혼수 상태에 빠진 것 같았다. 그러다가 다시 깨어나 입을 열었으나, 이번에는 그들이 옆에 있는지조차 잊어버린 듯, 그리고 자기가 어디 있는지도 모르는 것처럼 눈을 감고 고개를 좌우로 흔들며 중얼거렸다.

"난 못생겼어. 하지만 아들을 낳았어. 난 종이었지만, 어엿한 자식들이 있어."

또 이렇게 말했다.

"저 계집이 어떻게 나만큼 남편의 식사를 돌봐 주고 시중을 들 수 있단 말야? 어림없지. 예쁘기만 해 가지고선 아들을 못 낳아!"

오란은 아들 내외의 존재는 잊은 채 계속해서 중얼거리며 누워 있었다. 왕룽은 아들과 며느리에게 나가라고 손짓했다. 그리고는 그녀의 곁에 앉아 정신이 오락가락하는 것을 지켜보았다. 오란이 죽어가고 있는 지금 이 순간까지 자줏빛으로 변한 그녀의 큰 입술에서 이가 드러나 보이는 것이 추하다고 생각하고 있는 자신이 미웠다. 그렇게 지켜보고 있을 때 오란이 갑자기 눈을 크게 떴다.

그러나 그 두 눈에는 이상한 안개라도 낀 것처럼 잘 보이지 않는지 그를 물끄러미 쳐다보았고 그가 누구인지 알아볼 수 없는 듯이 뚫어지게 쳐다보더니 별안간 베고 있던 둥근 베개에서 머리를 떨어뜨렸다. 그녀는 부르르 몸을 떨다가 그대로 숨을 거두고 말았다.

오란이 죽자 왕룽은 그녀 곁에 있기가 싫어서 숙모를 불러 염을 부탁했다. 그리고 숙모와 장남과 새며느리에게 시체를 침대에서 들어다가 그가 미리 준비해 둔 관에 넣으라고 시켰다. 그러나 그는 스스로 마음을 진정시키기 위해 직접 성 안에 가서 관을 봉할 사람도 데려오고, 지관을 찾아가서 장삿날을 받기도 했다. 장삿날은 앞으로 석 달 후였다. 지관은 그전에는 길일(吉日)이 없다고 했다. 왕룽은 지관에게 사례를 하고, 그 길로 성 안의 절에 가서 주지와 의논한끝에 석 달 동안 오란의 관을 그곳에 안치시키기로 했다. 관을 집에 두고 본다는 것은 왕룽으로선 참기가 어려운 일이었다.

하지만 왕룽은 죽은 사람을 위해 할 수 있는 일은 뭐든지 정성껏 해 주었다. 자신이나 아이들이나 모두 상복을 입도록 했다. 흰 각반을 차고, 흰 천으로 만든 신을 신고, 집안 여자들도 흰 천으로 머리를 묶게 했다.

그리고 왕룽은 오란이 죽은 방에서 잠을 자기가 싫어 자기 물건을 모두 뒤채 렌화의 방으로 옮기게 한 후 장남에게 말했다.

"너는 그 방에서 네 처하고 거처하도록 해라. 네 어머니가 죽은 곳이자 너희들을 낳은 곳이니 거기서 자식을 낳는 것이 좋겠다."

아들 내외는 만족해하며 그 방으로 옮겨갔다.

죽음의 신은 한 번 찾아온 집에서는 좀처럼 떠나지 않는 모양이었다. 왕룽의 아버지는 오란의 시체를 입관(入棺)시키는 것을 보고는 정신이 이상해졌는데, 어느 날 아침 왕룽의 둘째 딸이 차를 가지고 그가 누운 곳에 들어가 보니, 듬성듬성한 턱수염을 허공에 쭉 뻗고 고개를 뒤로 젖힌 채 누워 있었다.

둘째 딸은 그것을 보고 질겁을 하여 비명을 지르며 왕룽에게로 달려왔다. 왕룽이 가 보니 노인은 죽은 지 오래 된 듯했다. 아마도 잠자리에 눕자마자 곧 죽은 모양이었다. 왕룽은 손수 노인의 시체를 염하여, 미리 사다 둔 관에 조심스레 누이고 밀봉을 하면서 생각했다.

'집사람 장삿날에 같이 장사지내야겠군. 묏자리는 우리 땅 둔덕 위 양지 바른 곳으로 하고, 나도 죽으면 그곳에 묻어 달래야지.'

왕룽은 아버지의 관을 봉한 다음 중간방에 긴 의자 두 개를 나란히 맞대 놓고 장삿날까지 그 위에 안치해 두었다. 비록 몸은 죽었지만 노인은 그곳에 있고 싶어할 것이라고 생각했으며 그 자신도 아버지의 관 가까이에 있고 싶었다. 그는 아버지가 세상을 떠난 것을 슬퍼했지만 살 만큼 산 아버지의 죽음 자체를 슬퍼하지는 않았다. 더구나 죽을 때까지 여러 해 동안은 살아 있었더라도 반은 죽은 거나 다름없는 상태였기 때문이다.

지관이 정해 준 날은 화창한 봄이 한창일 때였다. 왕룽은 도교(道教) 사원에서 도사들을 불러왔는데 그들은 회색 승복을 입고 머리를 박박 깎고 몸에 아홉 개의 성스러운 부적을 달고 왔다. 스님들은 밤새도록 죽은 두 사람의 명복을 빌기 위하여 북을 두드리며 염불을 했다. 독경을 그칠 때마다 왕룽은 그들의 손에 은전을 쥐어 주었다. 그러면 그들의 염불하는 소리는 다시 높아졌고, 새벽이 될 때까지 염불 소리는 그치지 않았다.

왕룽은 묏자리로서 대추나무가 서 있는 둔덕 아래 양지바른 곳을 택했다. 칭 서방이 일꾼들을 시켜 무덤을 파게 하고 주위에는 흙담을 쌓게 했다. 그 안은 왕룽의 묏자리와 그의 아들들과 며느리들 그리고 손자들까지 묘를 쓸 수 있도록 넓었다. 지대가 높아서 밀밭으로 적당한 곳이었지만 왕룽은 그 땅을 아낌없이 묘지로 썼다. 그것은 그의 가문이 자기네 소유의 땅에 뿌리를 박고 있다는 것을 상징하기 때문이었다. 살았거나 죽었거나, 그들은 자기네 땅에서 휴식을 취할 수 있었다.

승려들이 밤을 새워 염불한 다음 날인 장례식날 왕룽은 하얀 상복을 입었다. 삼촌과 사촌, 그의 아들들과 며느리와 두 딸에게도 모두 똑같은 상복을 입도록 했다. 그리고 성 안에서 가마를 불러다가 모두 그것을 타고 가게 했다. 가난하고 신분이 천한 상주들처럼 그들이 묘지까지 걸어가게 한다는 것은 체면이 손상되는 일이라고 생각했기 때문이었다. 그는 생전 처음 사람들이 어깨에 메는 가마를 타고 절에서 다시 옮겨 온 오란의 상여를 뒤따랐다. 그의 아버지의 상여 뒤에는 삼촌이 탄 가마가 제일 먼저 따랐다. 오란이 살아 있을 때에는 오란 앞에 얼씬도 못하던 렌화도 오란이 죽고 없는 이날은 남편의 본처에게 예를 갖추는 것처럼 남들에게 보이기 위해서 가마를 타고 따랐다. 숙모와 사촌에게도 역시 가마를 세내어 타게 했다. 큰딸은 무슨 영문인지도 모르고 어리둥절하여 곡을 해야 할 때에도 큰 소리로 웃기만 했다.

장례 행렬은 애도하는 소리, 곡소리와 함께 장지를 향했다. 칭 서방과 머슴들도 흰 신을 신고 걸어서 뒤를 따랐다. 왕룽은 두 무덤 옆에 섰다. 오란의 관은 땅에 놓인 채 아버지의 매장이 끝날 때까지 그대로 있었다. 왕룽은 아버지가 묻히는 것을 바라보며 서 있었다. 그의 슬픔은 컸으나 눈물은 나지 않았다. 당연히 일어나야 할 일이 일어났으며, 한편 자기가 해야 할 일은 다 했다고 생각되었기 때문이었다.

그러나 관 위에 흙이 덮이고 봉분을 마치자 그는 조용히 돌아서서, 가마도 먼저 보내 버리고 혼자 집을 향해 말없이 걸었다. 무거운 그의 마음속으로부터 한 가지 일이 뚜렷하게 떠올라서 그의 가슴을 아프게 했다. 그것은 다름아니라 오란이 못가에서 빨래를 하고 있을 때, 그녀에게서 진주두 개를 뺏은 일이었다. 렌화의 귀걸이가 되어 버린 그 진주를 두 번 다시 쳐다볼 수 없을 것 같았다.

이런 침울한 생각에 잠기면서 혼자 걸으며 속으로 중얼거렸다.

'저기 저 무덤에 내 인생의 절반을 묻었다. 내 반쪽이 묻힌 거나 다름없다. 앞으로 내 생활은 전과는 달라질 거야.'

그러자 별안간 눈물이 흘렀다. 그는 어린아이처럼 손등으로 눈물을 닦으며 집으로 돌아왔다.

27

그 동안 왕룽은 집안에서 혼인 잔치다, 장례식이다 하여 너무나 분주했으므로 추수가 어떻게 되는지 농사일을 생각할 겨를이 없었다. 그던 어느 날 칭 서방이 와서 말했다.

"이제 큰일도 다 지나갔으니, 농사일을 말씀드려야겠습니다."

"응, 말해 주게. 다른 일에 정신을 쓰느라고 농사일을 까맣게 잊다시피 했으니까."

칭 서방은 조용히 입을 열었다.

"제발 그렇게 안 되기를 하늘에 축원하지만, 올해는 지금까지 없었던 큰 홍수가 날 것 같군요. 한여름이 되려면 좀더 있어야 하는데 사방에 벌써 물이 불어나고 있어요. 아직 그러기엔 철이 너무 이르거든요."

"난 하늘에 있는 그놈의 신에게서 덕본 것은 아무것도 없어. 분향을 하거나 안 하거나 심술궂긴 마찬가지야. 좌우간 들에 나가 보도록 하세."

왕룽은 힘찬 어조로 대꾸하면서 자리에서 일어났다.

칭 서방은 소심해서 아무리 어려운 경우를 당하더라도 왕룽처럼 감히 하늘을 욕하진 못했다. '하늘이 하는 일이니' 하고 홍수든 가뭄이든 순순히 받아들였지만 왕룽은 그렇지가 않았다.

황 대인 집으로부터 산 큰 도랑가에 있는 논밭은 바닥에서 솟아나오는 물 때문에 질퍽질퍽했고 이미 밀들이 누렇게 병들어 있었다.

큰 도랑물은 호수처럼 차서 넘실거리고 강물의 급류처럼 소용돌이치면서 흘렀다. 아직 한여름도 아니고 장마철도 아닌데 이렇게 된 것을 보면 큰 홍수가 나서 굶게 되리라는 것은 불보듯 뻔한 일이었다. 왕룽은 이곳저곳의 땅을 살펴보면서 바삐 돌아다녔고, 칭 서방은 그림자처럼 말없이 그의 뒤를 따랐다.

"하늘에 있다는 영감쟁이, 기뻐하고 있겠지? 사람들이 아우성치고 굶어 죽는 걸 내려다볼 수 있을 테니까. 염병할 놈들은 그런 걸 보길 좋아하거든."

왕룽이 화가 나서 이렇게 큰 소리로 욕지거리하는 것을 들은 칭 서방은 몸을 떨며 말했다.

"아무리 그렇다고 해도 신께 그런 말을 해서는 안 돼요."

그러나 왕룽은 부자가 된 다음부터는 하늘도 겁나지 않았다. 그래서 자기 하고 싶은 대로 화를 냈다. 그는 농토와 곡식이 물바다가 될 것을 생각하고, 연신 투덜거리며 집으로 돌아왔다.

모든 것이 왕룽의 예상대로 들어맞았다. 북쪽 강의 제방이 무너지기 시작했다. 제일 멀리 있는 둑이 먼저 터졌다. 그것을 본 사람들은 둑을 다시 쌓기 위해 돈을 모으려고 동분서주했다. 집집마다 가능한 돈을 선뜻 내놓았다. 모금한 돈은 신임 지방장관에게 갖다 주고, 공사를 위탁했다. 그런데 이 지방장관은 워낙 가난한 사람이어서 이처럼 많은 돈을 보기는 생전 처음이었다. 돈으로 산 벼슬인지라 그의 가족은 직권을 미끼로 재산을 모으려는 중이었다. 강둑이 다시 터지자 사람들은 아우성치며 그 지방장관 집으로 몰려갔다. 그가 둑을 쌓아 주겠다던 당초의 약속을 지키지 않았기 때문이었다. 그런데 지방장관은 3천 냥이나 되는 그 은전으로 자기 배를 불린 뒤 자취를 감춰 버렸다. 노발대발한 농민들은 물밀듯이 몰려가 아우성을 쳤다. 더 이상 피할 길이 없다는 것을 알고 그 지방장관은 강물에 몸을 던져 자살하고 말았다. 그것으로 농민들의 분노는 가라앉았다.

그러나 돈을 다시 찾을 수는 없었다. 넘실거리는 강물은 다음 둑에 이어서 또 다음 둑을 계속 무너뜨리면서 계속 흘렀다. 그리하여 마침내 이 지방의 제방은 모두 허물어져 어디에 둑이 있었는지조차 알 수 없게 되었다. 강물은 더욱더 불어나서 바다와도 같이 농토를 온통 뒤덮고, 모든 것을 삼켜 버리고 말았다.

　마을은 차례차례 섬처럼 되어 갔다. 사람들은 문짝을 전부 떼어 붙여 뗏목을 만들었다. 그리고 침구며 옷보따리, 세간살이 등 그들이 쌓아올릴 수 있는 것은 모두 그 위에 쌓아올리고, 아이들도 그 위에 태웠다. 땅에 있는 물이 하늘에 있는 물을 끌어내리기라도 하는 것처럼 매일같이 비가 퍼부었다.

　왕룽은 문간에 앉아 물을 바라보았다. 높은 지대에 지은 그의 집에까지는 아직 미치지 않았지만 그의 농토는 모두 물 밑에 잠기고 말았다. 그는 새로 정한 묘지가 물에 잠기지나 않나 하고 그곳을 바라보았다. 누런 흙탕물이 그 근처를 삼킬 듯이 넘실거리고 있었으나, 아직은 그곳까지 물이 들지 않았다.

　그 해는 한 톨의 곡식도 거두어들이지 못했다. 도처에서 사람들이 굶어 죽고, 굶주린 사람들은 그들이 당하는 재앙을 저주했다. 남쪽으로 떠나는 사람도 있었고, 노략질하는 화적단에 들어간 사람도 있었다. 그들은 성 안에까지 침입하려고 했으므로 서수문(西水門)이라고 불리는 작은 문 하나만 열어 놓고 다른 문들은 모두 잠가 버렸다. 그리고 이 문은 병사들이 엄중히 지키다가 밤에는 그것마저 잠가 버렸다. 화적단에 들어가지 않았거나 남쪽으로 가지 못한 사람들은 높은 지대에서 풀이나 나무 잎새까지 모조리 뜯어먹으면서 연명했다. 그러나 뭍에서나 물에서나 많은 사람들이 죽어 갔다.

　왕룽은 이 지방에 전에 없는 기근이 닥쳐오고 있음을 느꼈다. 겨울밀을 심어야 할 때까지도 물이 빠지지 않았기 때문이다. 그렇게 되면 다음 해에도 수확을 기대할 수 없을 것은 뻔했다. 왕룽은 식량과 돈의 지출에 낭비가 없도록 각별히 주의를 기울였다. 이런 상황에서도 두쳉이 매일같이 성 안에 가서 고기를 사 오려고 했기 때문에 왕룽은 그녀와 심하게 말다툼을 하지 않을 수 없었다. 그러다가 다행히도 물이 그의 집과 성 사이를 차단해 버려 두쳉은 나룻배를 타지 않고는 성 안의 시장에 갈 수가 없게 되었다. 그리고 왕룽은 자기가 명령할 때 이외엔 배를 내지 않도록 칭 서방에게 엄히 일러 두었기 때문에 두쳉이 아무리 야단을 해도 칭 서방은 그녀의 말을 들은 체도 하지 않았다.

겨울이 되자 왕룽은 자기의 지시가 없이는 그 무엇도 팔거나 사들이지 못하도록 했다. 가지고 있는 것은 무엇이나 절약하도록 힘썼다. 매일 며느리에게 그날 하루 먹을 만큼씩의 양식을 그의 손으로 내주었고, 머슴들의 것은 칭 서방에게 역시 겨우 족할 정도의 양식을 내주었다. 아무 일도 없이 빈둥거리는 머슴들에게 계속 양식을 대어 주는 것이 그에겐 여간 아까운 일이 아니었다. 그래서 겨울이 닥쳐와서 물이 모두 얼자, 그는 그들에게 봄이 될 때까지 남쪽에 가서 구걸과 품팔이라도 하라고 집에서 내보냈다. 그는 궁핍한 생활을 해 보지 않은 렌화에게만 남몰래 설탕과 기름을 주었다. 설날에도 그들은 호수에서 작은 물고기 한 마리와 그들이 도살한 돼지 한 마리를 먹었을 뿐이었다.

그런데 왕룽은 그가 이처럼 궁색을 떨어 보이는 것처럼 그렇게 가난하지는 않았다. 그는 아들 내외의 방 벽 속에 그들 모르게 많은 은전을 숨겨 두었으며, 지금은 물에 잠긴 그의 가장 가까운 밭에도 그리고 대나무밭 밑에도 은과 약간의 금을 넣은 단지를 묻어 두었던 것이다. 그 외에도 작년에 팔지 않은 농작물도 저장해 둔 것이 있었다. 그러므로 그의 집에서는 굶어 죽을 염려는 없었다.

그러나 그의 주변에는 굶는 사람이 수없이 많았다. 그는 옛날 황 대인 집을 지날 때 굶주린 군중들이 욕지거리하던 것을 생각했다. 그래서 그는 사람들의 미움을 받고 있으리라는 것을 짐작하고 있었다. 그래서 문단속을 단단히 하고 낯선 사람은 일체 집에 들이지 않았다. 그러나 그의 삼촌이 없었더라면, 화적 떼가 활개를 치는 이 무렵 그가 아무리 문단속을 잘한다고 해도 이처럼 안전할 수 있다고 생각할 수 없었다. 만약에 삼촌의 힘이 아니었더라면 그는 이미 식량이고 무어고 송두리째 뺏기고 돈과 아녀자들도 약탈당했으리라는 것을 충분히 알고 있었다. 그래서 왕룽은 삼촌 내외와 사촌에게 여간 친절하게 대하지 않았다. 그들은 이 집에서 귀빈같이 행세했다. 차도 남보다 먼저 마시고, 식사 때에는 맨 먼저 수저를 들어 식사를 시작했다.

왕룽이 자기네들을 두려워한다는 눈치를 챈 그들은 더욱 거만해져서 불평이 그치지 않았다. 특히 숙모의 불만이 심했다. 전처럼 렌화의 방에서 맛있는 것들을 먹을 수 없게 되었기 때문이다.

삼촌은 이제 늙어서 그대로 내버려 두면 불평은 하지 않을 텐데, 아들과 숙모가 자꾸만 들볶고 있다는 것을 왕룽은 알게 되었다. 어느 날 그는 문간에서 두 사람이 삼촌에게 다그치는 말을 엿들었다.

"녀석은 양식과 돈이 많으니, 은전을 듬뿍 달라고 합시다그려. 이런 기회를 놓치면 다시는 오지 않을 거예요. 당신이 붉은 수염당의 부두목이고 당신이 아니었더라면 이 집은 모조리 약탈당해서 텅텅 비고 잿더미가 되어 버렸을 것이라는 걸 조카도 알잖소."

그곳에 서서 몰래 엿듣고 있던 왕룽은 살가죽이 터져 버릴 것처럼 화가 치밀었으나 좋은 묘안이 떠오르지는 않았다. 그래서 이튿날 삼촌이 왕룽에게 이렇게 말했을 때 그는 아무 말도 못했다.

"조카야, 담뱃대 하고 담배를 좀 사야겠다. 네 숙모도 옷이 다 해져서 새옷을 사야겠으니 은전 좀 주려무나."

왕룽은 속으로 이를 갈았지만 허리춤에서 은전 다섯 닢을 꺼내 줄 수밖에 없었다. 가난해서 은전을 만지기가 어려웠던 옛날에도 이번처럼 그것을 내놓기가 불쾌했던 적은 없었던 것 같았다.

"삼촌께서는 우리를 다 굶겨 죽일 셈이오!"

그러나 삼촌은 껄껄 웃으며 아무렇지도 않다는 듯이 말했다.

"너는 운이 좋은 사람이야. 너보다 못한 부자들도 불타고 남은 저희집 대들보에 매달려 있는 걸 모르냐?"

이 말을 듣자 왕룽은 전신에 식은땀이 흘렀다. 그래서 아무 말도 않고 돈을 내주었다. 그리하여 집안의 다른 식구들은 모두 고기라고는 구경도 못하고 지내는데, 삼촌네 식구의 밥상에는 반드시 고기가 올랐다. 왕룽 자신도 어쩌다가 한 번씩밖엔 담배 맛을 보지 못하는 처진데 삼촌은 매일 담뱃대를 입에 물고 살았다.

한편 왕룽의 장남은 신혼 재미에 정신이 팔려서, 집안에서 일어나는 일에 대해서는 아무것도 모르고 있었다. 다만 오촌 아저씨가 자기 아내를 눈여겨보는 것을 경계하며 아내를 지킬 뿐이었다. 그들 둘은 이미 친척이라기보다는 원수 같았다. 장남은 저녁때가 되어 오촌이 외출하기 전에는 아내를 방에서 나가지 못하게 했고, 낮에는 방 안에만 틀어박혀 있게 했다. 그러다 삼촌네 가족이 자기 아버지에게 무례하게 구는 것을 알자 불끈 화를 냈다.

"아버지, 아버지께서 저 따위 호랑이 같은 것들을 아버지의 아들이나 아버지에게 손자를 낳아 주는 며느리보다 더 귀하게 대해 주신다면 차라리 우리는 따로 나가 살림을 차리겠어요."

왕룽은 그제서야 지금까지 아무에게도 말하지 않은 비밀을 장남에게 털어놓았다.

"나도 저것들이 죽도록 밉구나. 어떻게 처치할 방법만 있다면 좋겠다. 하지만 삼촌은 화적단의 부두목이었단 말이야. 그래서 우리가 안전하게 지낼 수 있는 거야. 그러니까 누구라도 저것들을 건드릴 수가 없어."

이 말을 듣자 장남은 눈이 빠질 듯이 찬찬히 아버지를 바라보았다. 한참 동안 생각하고 난 후 그는 더욱 화가 나서 말했다.

"이렇게 하면 어떻겠어요? 밤에 저것들을 한꺼번에 물 속에 처넣지요. 여자는 살만 찌고 힘은 없으니 칭 서방이 밀어넣고, 저는 제 아내를 넘보는 그 망할 놈의 오촌 아저씨를 밀어넣지요. 그리고 아버지는 그 늙은이를 처치할 수 있겠지요?"

그러나 왕룽은 사람을 죽이기는 싫었다. 죽이려고 한다면 그까짓 것 그가 먹이는 소보다도 쉽게 죽일 수 있었다. 그렇지만 밉다고 해서 사람을 죽일 수는 없었다.

"그건 안 돼. 그렇게 하는 거야 쉽지만 그래도 아버지의 동생을 물에 밀어넣지는 못하겠다. 더구나 만일 화적들이 그 소문을 들으면 어떻게 되겠니? 숙부가 살아 있는 한 우리는 안전하다. 그가 없어지면 우리는 재산깨나 가지고 있는 다른 사람들처럼 비참한 꼴을 당하기 쉽지."

둘 사이에 잠시 침묵이 흘렀다. 서로 무거운 표정으로 어떻게 할까 궁리했다. 과연 아버지의 말이 옳다고 장남은 생각했다. 물론 죽이곤 쉽지만 다른 방도도 있을 것이다. 생각에 잠겼던 왕룽이 이윽고 입을 열었다.

"우리에게 해를 끼치지 않고, 돈을 긁어 내지 않게 하는 방도가 있으면 제일 좋겠는데, 그런 묘안이 떠오르지 않는구나."

그러자 장남이 별안간 손뼉을 치며 소리쳤다.

"좋은 생각이 났어요! 아편을 사 줘서 피우게 합시다. 부자들처럼 달라는 대로 자꾸자꾸 사다 주는 거예요. 제가 오촌 아저씨하고 다시 친한 척하며 찻집으로 꾀어 가서 아편을 피우게 하고, 그 부모에게도 사다 주도록 하면 어때요?"

왕룽은 미처 생각지 못했던 일이라 처음에는 망설이듯 느릿느릿 말했다.

"돈이 무척 들 거야. 아편이란 비취만큼이나 비싼 거니까."

"그렇지만 아버지, 그것들을 이대로 내버려 두면 비취보다 더 비싸게 들지 않겠습니까? 그들의 뻔뻔스러운 태도며, 제 아내를 엿보는 꼴을 보고 어떻게 견뎌요?"

장남은 따지듯 말했다.

왕룽은 선뜻 이에 동의하지 않았다. 사건이 일어나지 않았더라면, 물이 빠질 때까지 그들은 종전대로 지냈을지도 모른다.

그러나 왕룽의 사촌이 왕룽의 둘째 딸에게 눈독을 들인 것이다. 둘째 딸은 상인인 둘째 오빠를 많이 닮은 편이었다. 몸집이 조그마하고 갸날픈 데다가, 오빠같이 살결이 누렇지 않고 편도꽃처럼 희고 부드러웠으며, 작고 낮은 코에 입술은 얄팍하고 빨갰으며 발맵시도 작고 예뻤다.

녀석은 어느 날 밤 그녀가 부엌에서 나와 혼자 뜰을 지나갈 때 와락 달려들어 그녀의 젖가슴에 손을 밀어넣었다. 비명 소리를 들은 왕룽이 뛰어나와 그놈의 머리를 호되게 갈겼다. 그래도 그 녀석은 도둑질한 고깃덩이를 물고 놓치지 않으려는 개와 같았다. 왕룽은 간신히 딸을 떼어 놓았다. 그랬더니 그 녀석은 뻔뻔스럽게 웃으며 말했다.

"장난으로 그랬지, 뭐. 어떤 놈이 자기 조카딸에게 못할 짓을 하겠어요?"

그러나 그렇게 말하면서도 그의 두 눈은 정욕에 불타고 있었다. 왕룽은 딸을 제 방으로 데리고 갔다.

그날 밤 장남은 정색을 하고 말했다.

"누이동생을 빨리 성 안의 약혼자 집으로 보냅시다. 그쪽에서 흉년이라 혼사를 못 치르겠다고 해도 무슨 구실을 대고서라도 보내야 합니다. 우리 집에 그 미친 놈이 있는 한 그애의 순결을 지킬 수가 없게 됩니다."

왕룽은 다음 날 몸소 성 안 류 생원의 집으로 찾아갔다.

"내 딸이 이젠 열세 살이 되었으니 어린아이는 아니오. 그러니 곧 혼례를 하는 것이 어떻겠소?"

그러나 류 생원은 내키지 않는 듯 말했다.

"올해는 워낙 흉년이라 가족을 늘리기가 곤란한데요."

그러나 왕룽은 사실을 말하기는 창피했으므로 적당히 이유를 말했다.

"그애는 제법 예쁘고 애를 가질 만한 나이가 되었는데 그애 어머니가 죽고 없으니, 내가 그애의 치다꺼리를 하지 않으면 안 되게 되어 곤란합니다그려. 내 집은 커서 이런저런 사람들로 늘상 어수선해요. 그렇다고 내가 노상 그애만 보살피고 있을 수도 없고요. 그래서 기왕 이댁 식구가 될 사람이니까 일찌감치 댁에 데려다 두는 게 그애의 순결도 지켜질 것 같습니다. 혼례는 나중에 언제 치르더라도 좋으니까, 우선 데려다 두기라도 했으면 합니다."

원래가 너그러운데다가 친절한 류 생원은 대답했다.

"사정이 그러시다면 딸을 보내시구려. 안사람에게 말해 두겠소. 잘 보살펴 줄 겁니다. 혼례는 내년 추수가 끝나면 하도록 합시다."

일이 이렇게 되자 왕룽은 만족해하며 류 생원과 작별했다.

칭 서방이 나룻배를 가지고 기다리고 있는 성문으로 가던 도중, 왕룽은 담배와 아편을 파는 가게를 지나게 되었다. 그는 저녁에 그가 피울 담배를 조금 사려고 그 가게로 들어갔다.

점원이 담배를 저울에 달 때 그는 내키지 않는 듯이 물었다.

"아편이 있소? 값은 어느 정도죠?"

그러자 점원이 대답했다.

"요즘 그걸 내놓고 팔면 법에 걸립니다. 그래서 내놓고 팔지는 못하죠. 하지만 손님이 은을 가지고 사겠다면 뒷방에서 달아 드리죠. 한 돈쭝에 은 전 한 닢입니다.

왕룽은 깊게 생각하지 않고 냉큼 말했다.

"그럼, 여섯 돈쭝만 주시오."

28

왕룽은 둘째 딸을 시집으로 보내고 한시름 놓은 뒤 어느 날 삼촌에게 말했다.

"삼촌, 맛좋은 담배 태우실래요?"

아편 단지를 열자 그 속에서 달콤한 냄새가 풍겼다. 왕룽의 삼촌은 단지를 받아 냄새를 맡고는 입이 헤 벌어지며 빙그레 웃었다.

"거 참 좋구나. 그전에 피워 본 일이 있지만, 좋아하면서도 마음놓고 피워 보진 못했다. 좀 비싸야지."

왕룽은 꾸밈새 없는 태도로 그럴 듯하게 말했다.

"조금밖에 안 돼요. 아버님이 노년에 잠이 안 오신다기에 산 것인데, 오늘 보니 좀 남았군요. 그래서 저보다는 삼촌께 드려야겠다고 생각했죠. 저는 훗날 피워도 되고요. 가지고 계시다가 어디 편찮으실 때 피우시죠."

삼촌은 탐욕스럽게 단지를 끌어안았다. 그리고 온종일 침대에 누워 아편을 피웠다. 왕룽도 아편대를 사서는 여기저기 눈에 띄게 놓아 두어 그 자신도 아편을 피우는 체했다. 그러나 실제로는 그 아편대를 자기 방으로 가지고 갈 뿐, 한 모금도 피우지 않았다. 그리고 그의 두 아들과 롄화에게는 값이 비싸다는 핑계를 붙여 아편에 손도 대지 못하게 했다. 그러나 그의 삼촌과 숙모와 사촌에게는 그것을 권했다. 그리하여 삼촌의 방에는 달콤한 연기가 자욱했고 왕룽은 아편을 사는 데 돈을 아끼지 않았다. 그렇게 함으로써 집안의 평화를 얻을 수 있었기 때문이다.

겨울이 가고 물이 빠지기 시작하자 왕룽은 여기저기 땅을 돌아보았다. 어느 날 그의 장남이 뒤따라오면서 자랑스러운 듯 말했다.

"아버지, 곧 식구가 늘게 되었어요. 아버지의 손자 말입니다."

이 말에 왕룽은 아들을 돌아보고 얼굴에 웃음을 가득 담은 채 손을 비비며 말했다.

"오, 그래? 거참 반가운 일이다!"

그리고 칭 서방을 시켜 성 안에 가서 생선과 그 밖의 맛있는 음식을 사오게 하여 그걸 며느리에게 주며 말했다.

"이걸 먹고 몸이 튼튼한 손자를 낳아야 한다."

그 후 왕룽은 봄 내내 손자가 태어날 일을 생각하면서 마음의 위안을 삼았다. 다른 일로 바쁠 때도 그 생각을 했고, 어려운 일에 부딪쳤을 때도 그 생각을 하고 위로받았다.

봄이 가고 여름이 오자 홍수 때문에 멀리 떠났던 사람들이 지친 얼굴로 되돌아왔다. 그들이 살던 집들은 홍수로 간 곳이 없고 남은 것은 오직 물에 젖은 황토뿐이었다. 황토 위에 거적으로 지붕을 이은 집이 하나씩 둘씩 지어졌다. 왕룽에게 돈을 빌리러 오는 사람이 많았다. 그는 비싼 이자로 돈을 빌려 주었고, 담보로는 반드시 농토를 잡았다. 그들은 돈으로 씨앗을 사서 홍수가 지나간 기름진 땅에 뿌렸다. 그들은 일부를 팔고, 경작할 수 있는 것만 경작했다. 왕룽은 그런 땅을 헐값으로 많이 사들였다.

하지만 끝내 논밭을 팔지 않으려는 사람들도 있었다. 그러한 사람들은 소를 사서 경작하기 위하여 땅 대신 딸을 팔았다. 왕룽은 부자인데다가 세력이 있고 친절한 사람으로 알려져 있었으므로 그에게 딸을 팔러 왔다.

그는 머지않아 태어날 손자와 또 앞으로 다른 아들이 장가가면 얻게 될 손자들을 위해 여종을 다섯이나 샀다. 그 가운데 둘은 발이 크고 몸이 튼튼한 열두 살짜리 계집애였고, 둘은 집안에서 온갖 심부름을 하게 될 나이가 더 어린 아들이었다. 나머지 하나는 렌화의 시중을 들 계집애였다. 두 청이 늙어가고, 둘째 딸이 시집간 뒤로 집안일에 일손이 모자랐다. 왕룽은 이 아이들 다섯을 하루 동안에 다 샀다.

며칠이 지나서였다. 어떤 사람이 일곱 살 가량 된 아주 연약한 계집애를 데리고 와 그에게 팔려고 했다. 그애는 너무 작고 약했으므로 왕룽은 처음엔 거절했다. 그러나 렌화는 그애를 보고 마음에 들어서 졸라댔다.

"이 예쁜 애를 내가 데리고 있고 싶군요. 지금 시중드는 애는 거친데다가 염소고기 같은 냄새가 나서 질색이에요."

겁먹은 듯한 예쁜 눈에 몸은 애처로울 정도로 호리호리했다. 그는 안쓰럽기도 하고, 또 렌화의 소원도 들어줄 겸 해서 허락했다.

"그것이 소원이라면 사지 뭐."

그는 은전 스무 닢에 그애를 샀다. 그애는 안채에서 살면서 렌화가 자는 침대 밑바닥에서 잤다.

왕룽은 이제 아무 걱정이 없다고 생각했다. 물이 빠지고 여름이 다가와 밭에 씨앗을 뿌릴 무렵, 그는 그의 논밭을 두루 살피며 여기저기 거닐었다. 그리고 칭 서방과 함께 기름진 땅과 메마른 땅을 일일이 가려 내어 그 토질에 따라 각기 어떤 씨를 뿌려야 할 것인지를 상의했다. 그는 들에 나갈 때마다 꼭 셋째 아들을 데리고 갔다. 그는 셋째 아들에게 그의 뒤를 이어 농사를 맡아 보게 할 생각이었다. 소년은 항상 고개를 숙이고 우울한 표정으로 거닐었기 때문에 그애가 무슨 생각을 하고 있는지 아무도 알 수가 없었다.

'늙기도 했거니와 이젠 집에 머슴들과 아이들이 많고 집도 평온하니 내가 직접 들에 나가 일하지 않아도 되겠지.'

하지만 왕룽에겐 편안한 날이 거의 없었다. 아들에게 배필을 얻어 주었고, 시중드는 종들도 많이 사주었고, 삼촌과 숙모에게 온종일 즐기도록 아편을 사주었건만, 그래도 집안에는 평화가 깃들지 않았다. 그것은 그의 장남과 삼촌의 아들 때문이었다.

왕룽의 장남은 오촌의 악행에 대한 의심이나 그에 대한 증오감을 버리지 못했다. 그는 청년 시절 오촌의 나쁜 행실과 성질을 잘 기억하고 있었으므로 요즈음에는 오촌이 찻집에 가지 않으면 자기도 가지 않으려 했고, 찻집에 가서도 오촌을 감시하다가 그가 나올 때면 따라나왔다. 그는 여종들에 대한 오촌의 행동을 의심하는 한편 심지어는 뒤채의 렌화와의 관계조차 의심했다. 그러나 렌화는 요즘 날이 갈수록 늙어가고 살만 쪄서 먹을 것과 마실 것 이외에 다른 생각이 없었다. 더구나 왕룽의 사촌이 가까이 와도 거들떠보지도 않았다. 그녀는 왕룽이 늙어서 자주 찾지 않게 된 것을 오히려 기쁘게 생각하고 있을 정도였다.

왕룽이 막내아들과 함께 밭에서 돌아오자 장남이 말했다.

"아버지, 전 그 불한당이 여종들에게 야비한 눈초리로 기웃거리며 다니는 꼴을 더 이상 볼 수가 없습니다."

그러나 렌화와의 관계는 차마 말할 수 없었다. 그도 옛날에 렌화를 침범한 일이 있었던 게 생각나서였다. 살찌고 늙은 요즘의 그녀를 볼 때마다 예전의 기억이 악몽처럼 생각되었다. 의기양양하게 밭에서 돌아온 왕룽은 장남이 집안의 골치아픈 일을 말하자 불끈 성이 났다.

"넌 언제나 그 따위에만 신경을 쓰니? 그건 사내답지 못해. 사내 대장부가 제 계집에게 푹 빠져서는 못 쓰지. 마치 창녀를 사랑하듯 쩔쩔 매서야 어디 사내꼴이 되느냐 말이다."

장남은 이 꾸지람에 가슴이 뜨끔했다. 자기의 행동이 점잖지 못하다고 비난을 받는 일을 무엇보다도 두려워했다.

"천만에요. 제 아내 때문이 아닙니다. 아버지의 체면을 생각해서 말하는 겁니다."

하지만 왕룽은 그 말을 귀담아들으려 하지 않았다. 그는 얼굴을 찌푸리고 생각에 잠겨 있다가 다시 입을 열었다.

"원 참, 내가 언제까지 이 집안의 남녀 문제로 골치를 앓아야 한단 말이냐? 이젠 늙어서 욕정도 없어지고, 앞으로는 좀 편하게 지낼 수 있을까 했더니, 내 자식놈의 욕정과 질투 때문에 또다시 골치를 앓아야 한단 말이냐? 그래, 날더러 어떻게 하란 말이지?"

장남은 아버지의 화가 풀어지기를 참을성 있게 기다렸다. 따로 할 말이 있었기 때문이었다. 왕룽 역시 아들의 속셈을 대강 눈치채고 있었다.

"우리 모두 이 집을 떠나, 성 안에 들어가 살았으면 좋겠어요. 언제까지나 여기서 머슴처럼 살 수는 없지 않겠어요. 여기에 아저씨네 식구는 남겨 두고……."

왕룽은 이 말에 쓴웃음을 지었다. 아들의 그런 소망은 생각해 볼 가치도 없다고 일축해 버렸다.

"이건 내 집이야. 네가 이 집에 살든지 말든지 그건 네 자유다. 다만 이건 내 집이고 내 땅이란 말이야. 땅이 없었더라면 우린 모두 굶어 죽었을 것이다. 좋은 토지를 가졌기에 너도 행세할 수 있는 게 아니겠느냐?"

이런 말을 남기고 왕룽은 자리에서 벌떡 일어나, 일부러 요란스럽게 퉁탕거리며 걸어갔다. 그러면서 아무데나 침을 뱉는 등 두드러지게 농사꾼 행세를 했다. 마음 한구석으로 아들의 세련된 모습을 끔찍이 기뻐하면서도, 그의 꿋꿋한 농부 기질이 그러한 아들을 꾸짖었던 것이다.

그러나 장남은 단념하지 않았다. 아버지의 뒤를 따르며 말했다.

"황 대인 집 있잖습니까. 그 큰 저택 바깥채에는 어중이떠중이 가난한 사람들이 들어 있지만, 안채는 쓰는 사람이 없어 잠겨 있대요. 우리가 그 안채를 빌려서 사는 게 어떨까요? 거기서 아버지와 막내동생은 논밭도 둘러볼 수 있을 것이고 저는 그 개망나니의 꼴을 보고 화를 안 내도 되는 게 아니겠어요?"

그는 열심히 아버지를 설득시키려고 하면서 억지로 눈물까지 짜내고 두 볼에 흐르는 눈물도 닦지 않았다.

"저는 착한 아들 노릇을 하려고 무척 힘쓰고 있습니다. 저는 노름도 하지 않고 아편도 피우지 않고, 아버지가 골라 주신 제 아내 하나로 만족하면서 이 조그마한 일을 부탁드리는 것뿐입니다."

왕룽은 그 옛날 오란을 데리러 갔을 때 당한 수모를 떠올렸다.

그는 말없이 앉아 아들에게 아무런 대답도 하지 않았다. 담뱃대에 담배를 넣어 옆에 있던 불쏘시개로 불을 붙여 가면서, 그가 하고자 하면 할 수도 있는 그 일에 대한 생각에 골몰했다. 언제나 크나큰 저택으로만 보였던 황 대인 집에서 살 수도 있다고 꿈꾸는 것은 아들 때문이라거나 사촌 때문이 아니라는 생각이었다.

왕룽은 마침내 혼자 중얼거렸다.

"그도 그래. 개 같은 놈하고는 한지붕 밑에서 살 수 없지."

그는 삼촌 내외를 유심히 살폈다. 아편을 피우기 때문에 몸은 마르고 살빛은 누렇게 떴으며, 허리도 굽고, 많이 늙은데다가 기침을 하면 피가 묻어 나왔다. 이제 삼촌 내외는 왕룽에게 그리 귀찮은 존재는 아니었다. 왕룽이 아편으로 술책을 쓴 것이 소원대로 열매를 맺는 단계였다.

다만 사촌이 골치였다. 아직 결혼 전이어서 정욕이 야수처럼 들끓고, 그의 부모처럼 아편에 정신이 팔려 욕망을 거기서 채우려 하지 않았다. 더구나 왕룽은 사촌을 장가보내고 싶은 마음이 추호도 없었다. 장가를 보내면 이 집에서 애를 낳게 될 것이고, 그런 녀석은 하나만으로도 충분했다.

왕룽은 어느 날 곡물 상회에 들러 둘째 아들에게 의논해 보았다.

"네 형은 말이다. 황 대인 집 안채를 빌려서 살자고 하는데 네 생각은 어떠냐?"

둘째 아들도 이젠 늠름한 청년이었다. 키는 여전히 작고 눈빛도 교활했으며 살갗은 누랬지만, 다른 점원들처럼 말쑥했다. 둘째는 부드러운 음성으로 대답했다.

"참 좋은 생각이에요. 저도 무척 편리하겠어요. 그리 되면 저도 결혼해서 아내를 데리고 그 큰 저택에서 살 수 있잖겠어요? 대갓집답게 한집에서 모두 살 수 있고요."

둘째 아들은 원래 침착하고 냉정했으며 욕정의 티라고는 조금도 없어 보였다. 왕룽은 다른 여러 가지 일에 정신이 쏠려 아들 장가들이는 일을 거의 잊고 있었다. 그는 둘째 아들에 대해 무관심했던 일을 미안하게 생각하며 대답했다.

"네 결혼에 대해서 늘 생각은 하면서도 이것저것 일이 바빠서 여지가 없었다. 그 동안 흉년도 들었고, 잔치할 형편도 못되고 해서 미뤘지. 이제 형편이 피기 시작했으니 서두르도록 하자."

왕릉은 적당한 혼처가 없을까 하고 속으로 궁리해 보았다. 그때 아들이 말했다.

"서둘러 주신다면 따르겠습니다. 여자가 그리워 창녀에게 돈을 갖다 뿌리는 것보다는 한결 나을 테니까요. 또 자식도 낳아야 하고요. 하지만 저는 형수 같은 성 안 색시는 싫어요. 밤낮 친정 자랑만 늘어놓고 눈이 높아서 돈만 헤프게 쓴다면 거참 신경질날 일이지."

이 말에 왕릉은 적이 놀랐다. 그는 여태까지 맏며느리가 정숙하고 얌전하다고만 생각해 왔었다. 한편 둘째 아들의 말이 이치에 합당한 말이고, 돈을 아낀다는 마음씨에 감동을 받았다. 그애가 곡물 상회로 간 후 누가 그에게 아들이 몇이나 되냐고 물을 때, '음, 셋이구먼' 하고 대답할 경우에야 비로소 이 둘째 아들의 존재를 기억했을 정도였다.

그는 지금 둘째 아들을 새삼스러운 눈으로 쳐다보았다. 짧은 머리에 기름을 바르고, 자잘한 무늬가 있는 회색 명주 겉옷을 입었는데, 동작은 민첩하고 침착하면서도 예리한 눈을 가지고 있었다.

그는 놀라며 '내게 이런 아들도 있었구나!' 하고 생각하며 입을 열었다.

"그래, 넌 어떤 색시가 좋지?"

그러자 아들은 서슴지 않고 침착하게 말했다.

"전 농가에서 자라난 색시가 좋아요. 가난한 친척도 없고, 상당한 액수의 지참금도 있는 지주의 딸 말예요. 얼굴은 예쁘지도 밉지도 않고 수수하면 돼요. 음식 솜씨도 좋고, 부엌의 종들을 잘 다룰 수 있고, 쌀을 살 때도 한꺼번에 필요 이상으로 한 홉도 더 사지 않고, 옷감도 마르고 나면 손바닥만큼도 남지 않게끔 꼭 맞게 사는 여자, 전 그런 여자가 좋습니다."

이 말에 왕릉은 더 한층 놀랐다. 자기 아들이지만 그런 성격을 가졌을 줄은 꿈에도 생각하지 못했었다. 젊었을 때의 그나 그의 장남 역시 그런 면은 가지고 있지 않았다. 그는 슬기로운 둘째 아들에게 감탄하여 웃으면서 말했다.

"그러면 그런 색시를 골라야겠구나. 칭 서방을 시켜 물색해 보지."

그는 아들과 헤어져서 싱글벙글 웃으며 황 대인 집이 있는 거리로 향했다. 돌사자가 서 있는 대문 앞에서 잠시 주춤거리다가 아무도 그를 제지하는 사람이 없으므로 그는 문 안으로 거침없이 들어갔다. 앞뜰은 그가 장남 때문에 창녀를 찾아왔던 때와 다름없었다.

옛날 황 대인의 가족들이 살고 있었을 때 왕룽도 그들과 같은 처지로서 대인을 미워하고 두려워했으나, 지금의 그는 여기에 파리 떼처럼 모여든 가난뱅이들을 멸시하는 듯한 눈으로 보았다. 그는 속으로 그들을 추한 것이라고 중얼거리며 그들이 풍기는 냄새를 안 맡으려고 코를 하늘로 향하고 숨을 죽이며 그들 사이를 지나쳐 갔다. 그는 마치 그 자신이 지난날의 황 대인이기나 한 것처럼 그들을 경멸하고 싫어했다.

왕룽은 이 집을 빌리려고 결정한 것은 아니지만, 단순한 호기심에서 안으로 깊이 들어갔다. 안채에는 대문이 잠겨 있었는데 그 옆에 노파 한 사람이 졸고 있었다. 자세히 살펴보니 그 노파는 지난날 이 집 문지기의 곰보 마누라였다. 왕룽은 깜짝 놀랐다. 그의 기억으로는 복스럽게 생긴 중년 부인이었는데, 지금의 그녀는 수척하고 주름살투성이고 머리 카락은 백발인데다가 누런 이빨은 금세라도 빠질 것같이 드러나 있었다. 그 여자를 보고 있자니 왕룽은 그가 젊었을 때 첫아들을 안고 여기에 찾아왔던 때부터 세월이 얼마나 유수같이 흘러갔는가를 새삼스레 깨달을 수 있었다. 그리고는 난생 처음 그는 자기 자신도 늙은 것을 뼈저리게 느꼈다.

"나를 대문 안으로 좀 인도해 주시오."

노파는 눈을 깜박거리며 마른 입술을 축였다.

"이 안채 전부를 빌리지 않을 사람이면 열어 주지 말라고 했소이다."

갑자기 왕룽은 결심한 듯 말했다.

"마음에 들기만 하면 다 빌리고말고."

그러면서도 그는 자기의 정체를 밝히지 않고 노파의 뒤를 따라갔다. 기억이 생생한 길이었다. 안뜰은 고요했다. 그가 광주리를 맡겨 두었던 작은

방이 그대로 있었고, 빨간 칠을 한 보기 좋은 기둥이 지붕을 받치고 있는 긴 복도도 그대로였다. 그는 노파를 따라 대청 마루에 다다랐다. 이 집의 여종을 아내로 얻으려고 이곳에 서서 기다리던 그 옛날이 주마등처럼 스쳐갔다. 그의 눈앞에는 조각을 한 커다란 의자가 그대로 남아 있었다. 그 의자는 지난날 노마님이 몸종을 거느리고 연약한 몸에 은빛 공단옷을 걸쳐 입고 앉던 것이었다.

야릇한 마음의 충격을 받은 왕릉은 다짜고짜 노마님이 앉았던 의자에 가서 걸터앉았다. 그리고는 손을 그 앞의 탁자 위에 놓았다. 그리고 높은 자리에서, 그는 흐리멍덩한 눈을 깜박이며 무얼 하는 것인가 하고 그를 쳐다보는 노파를 내려다보았다. 그러자 무의식중에 그가 늘 동경하고 있던 묘한 만족감이 그의 마음 속에서 솟아올랐다. 그는 느닷없이 손으로 탁자를 탁 치며 말했다.

"좋아, 이 집을 내가 빌리겠소!"

29

요즘 왕릉은 한번 결정한 것이 있으면 미루지 못했다. 나이가 많아짐에 따라 그는 일을 서둘러서 해치워 버리고 싶어했다. 아침 나절에 땅을 한번 둘러보고 난 후에는 하는 일 없이 편히 앉아 있거나 낮잠으로 소일하고 싶었다. 그는 장남에게 그가 결정한 것을 말하고 모든 일을 주선하라고 일렀다. 그리고 둘째 아들에게 이사 준비를 거들게 했다. 준비가 끝난 어느 날 그들은 이사를 했다. 우선 렌화와 두쳉과 종들의 물건을 챙겨 가고, 다음에 장남 내외가 그들의 종들을 데리고 갔다.

하지만 왕릉은 셋째 아들과 함께 그대로 남아 있었다. 자기가 태어나서 자란 농가를 떠나기란 생각했던 대로 쉽게 되지 않았던 것이다. 아들들이 빨리 옮기라고 성화를 했을 때 그는 말했다.

"하여간 내가 혼자 쓸 뜰이나 마련해 두렴. 마음이 내키는 대로 옮기겠다. 손자놈이 태어나기 전에는 가지. 그리고 생각이 나면, 다시 돌아올 테니까."

아들들이 또다시 재촉을 하자 왕룽은 이번에는 이렇게 말했다.

"불쌍한 백치 딸애가 걸린다. 그애를 데리고 갈 것인지 아닌지는 아직 정하지 못했다. 내가 아니면 누가 그애가 먹는지 안 먹는지 돌봐 줄 사람이 없을 테니 데리고 가긴 해야지만 말이다."

왕룽은 맏며느리를 질책하는 뜻으로 이런 말을 했다. 맏며느리는 백치를 자기 가까이에 얼씬도 못 하게 하였고, 잔소리가 심하고 성격이 까다로웠다. 언젠가 그녀는 이렇게 말했다.

"저런 건 죽는 게 나아요. 보기만 해도 뱃속의 애가 나빠질 것 같애."

장남도 아내가 백치를 몹시 싫어하는 걸 알고 있었으므로 아버지의 말에 그 이상 아무 대꾸도 할 수 없었다. 왕룽은 자기가 괜한 말을 했다고 느끼고 부드러운 목소리로 말했다.

"둘째놈의 색시감이 정해질 때까지 여기에 있겠다. 그때까지는 칭 서방이 있는 이곳에 남는 편이 좋겠구나."

둘째 아들은 더 이상 아버지를 재촉하지 않았다.

그래서 이 집에 남게 된 식구는 왕룽과 셋째 아들과 백치 그리고 삼촌 내외와 그 아들과 칭 서방과 머슴들뿐이었다. 삼촌의 가족은 렌화가 거처하던 뒤채로 옮겼으나 왕룽은 그것을 탓하지 않았다. 삼촌은 살 날이 얼마 남지 않았고, 그 게으른 늙은이가 죽어 버리면 이제 어른에 대한 도리는 끝나게 된다. 그 뒤에 사촌을 쫓아 내더라도 아무도 그를 욕하지는 않을 것이다. 칭 서방과 머슴들은 바깥채로 옮겨가고 왕룽과 셋째 아들과 백치 딸은 가운데 방에서 기거하기로 하고, 그들이 부릴 건강한 여종 한 사람을 고용했다.

왕룽은 마냥 자고 쉬고, 어떤 일에도 신경을 쓰지 않고 날을 보냈다. 갑자기 피로가 몰려온 건 집안이 평화로운 탓이기도 했다. 셋째 아들은 아버지 곁에 가까이 오지 않았고, 너무도 말이 없었으므로 그 아들에 대해 왕룽은 도무지 아는 게 없었다.

며칠 뒤 왕룽은 칭 서방에게 둘째 며느리감을 구해 보라고 재촉했다.

칭 서방도 이제는 늙은 데다가 갈대같이 마르고 쇠약해졌다. 왕룽은 그에게 괭이를 들게 하거나 소를 몰아 밭을 갈게 하지 않았다. 그는 일꾼들의 감독은 물론 추수 때 곡식을 저울에 달 때도 감독했다.

이 마을 저 마을 돌아다니며 처녀들을 살펴보고 돌아온 그가 말했다.

"세 마을 건너 아주 참한 신부감이 하나 있는데 착하고 복스럽고 조심성 있고 더할 나위 없지만, 한 가지 흠이라면 잘 웃는 편이지요. 그 색시 아버지도 이 집과 사돈을 맺었으면 하고 원하고 있죠. 지참금도 상당히 있는 모양이고, 또 지주라고 합니다. 좌우간 신랑댁 의향을 듣기 전에는 회답 못 하겠노라고 해 두었어요."

왕룽은 그만하면 혼처 자리로 적당하다고 생각해 빨리 성사시키고 싶어 곧 승낙했다. 그리고 예서(禮書)가 왔을 때 도장을 찍고 나자 마음이 가뿐해졌다.

"남은 건 막내아들 하나구나. 며느리를 보랴, 시집을 보내랴 하는 일도 거의 끝냈다. 이제부터 좀 편하게 됐으니 다행이로군."

왕룽은 이전에 그의 아버지가 그랬던 것처럼 가끔 양지쪽에 앉아서 졸기도 했다.

칭 서방이나 그 자신도 늙어 몸이 쇠약해져서, 식사 뒤에는 몸이 무거워지고 졸립기만 했다. 또 셋째 아들은 아직 책임을 맡기기에는 나이가 너무 어렸으므로 먼 곳의 밭은 가까이 있는 마을 사람들에게 추수를 반분(半分)하기로 하고 소작을 주었다.

그렇게 되자 농사일이 이전보다 수월해졌으므로, 왕룽은 이따금 성 안에 들어가 그를 위해 마련된 방에서 자는 일도 있었다. 하지만 그는 날만 새면 아침해가 뜰 때 다시 농토로 돌아갔다. 그는 매캐한 흙 냄새를 맡아야만 흐뭇한 만족감을 만끽할 수 있었다.

신들은 왕룽의 노년을 편하게 해 주기 위해 친절을 베풀기나 하는 것 같았다. 갑자기 조용해진 집안에 일꾼의 아낙네인 튼튼한 여종 한 사람뿐,

여자라곤 볼 수 없게 되었으므로, 사촌은 싫증이 나 있던 터에 북쪽에 전쟁이 터졌다는 소식을 듣고 와서 왕릉에게 이렇게 말했다.

"북쪽에 전쟁이 터졌답니다. 구경도 할 겸 심심풀이로 군대에나 가 보렵니다. 군복과 침구와 어깨에 둘러메는 외제 총 살 돈을 주십시오."

왕릉은 가슴이 뛸 정도로 기뻤으나 그 기쁨을 꾹꾹 누르고 짐짓 반대하는 체했다.

"너는 삼촌의 외아들이 아니냐. 삼촌의 혈통을 이을 사람은 너밖에 없는데 네가 전쟁터에 나가 버리면 어떻게 하나?"

사촌은 웃으면서 대답했다.

"내가 뭐 등신인 줄 아세요? 목숨이 위험한 곳이라면 절대로 가지 않고, 적과 싸움이 벌어지면 싸움이 끝날 때까지 나타나지 않으면 되잖아요. 여태까지와 다른 생활을 좀 해 보고 싶고, 여행도 해 보고 싶고, 나이가 더 많아지기 전에 낯선 곳도 좀 구경해야겠습니다."

왕릉은 이번만큼은 돈을 주는 것이 하나도 아깝지가 않았다. 그는 사촌의 손에 은전을 듬뿍 쥐어 주었다.

'제 발로 기어나가겠다니 걸렸던 학질이 떨어지는 셈이군. 이 나라에선 항상 어디서고 전쟁이 그칠 날이 없으니까. 내 운수만 좋다면야 저 녀석이 전쟁터에서 죽을 수도 있겠지. 전쟁에서 죽는 것은 흔한 일이니까.'

그는 아들이 떠난다는 말을 듣고 눈물을 흘리는 숙모를 위로해 주었다. 그전보다 아편을 더 많이 주고 아편대에 불을 붙여 주기까지 하면서 숙모에게 말했다.

"사촌은 군관으로 꼭 출세할 겁니다. 그래서 우리 가문을 빛낼 겁니다."

그 후 그의 집안은 평화를 되찾았다. 삼촌 내외는 밤낮 누워만 있고, 성 안의 집에서는 그의 손자가 태어날 날이 가까워 오고 있었다.

왕릉은 손자가 태어날 시일이 가까워짐에 따라 성 안 집에서도 머무는 날이 많아지게 되었다. 그 집 마당을 거닐면서 한때 영화를 누리던 황 대인 집에서 그의 자식과 며느리들이 살게 되고, 3대째 되는 손자까지 태어난다는 것은 아무리 생각해도 벅찬 행복이라 감개무량했다.

그는 마음이 흐뭇하여 물건을 사는 데 돈 같은 건 아끼지 않았다. 남쪽 산 흑단나무로 만든 조각된 의자와 탁자에 평범한 무명옷을 입고 앉는다는 것은 어울리지 않는다 하여 그의 가족의 옷은 모두다 공단과 명주로 바꾸게 했다. 그리고 종들에게도 헌 옷을 버리고 푸른 무명, 검은 무명 등으로 말끔하게 해 입으라고 좋은 옷감을 사 주었다. 그 후 맏아들이 성 안에서 사귄 친구들을 몰고와 집 구경을 시킬 때, 그는 마음이 흡족했다.

또 이전 같으면 마늘과 밀떡으로 만족했으나, 요즘은 아침 늦도록 자고, 더구나 손수 밭에서 일하지 않은 탓인지 웬만한 음식은 맛이 나지 않았다. 그는 부유한 사람들이 줄어든 식욕을 돋우게 하기 위하여 먹는 겨울 죽순, 새우 알, 남해 어물, 북해의 조개, 비둘기 알, 그 밖의 비싼 것만 골라서 그의 아들들이나 렌화도 다 같이 먹었다. 이렇게 모두 변해 가는 것을 본 두 쳉은 웃으면서 말했다.

"옛날 내가 이 집에서 살던 그때와 똑같이 되었어요. 달라진 것이라곤 내가 이젠 늙고 시들어서 영감님에게 쓸모가 없어진 것뿐이지요."

이런 말을 하면서 왕룽에게 추파를 던지며 다시금 웃었다. 왕룽은 그가 그 옛날의 황씨 영감과 비교되는 것이 은근히 기뻤다.

이토록 하는 일 없이 사치스런 생활에 젖어 일어나고 싶으면 일어나고 자고 싶으면 자면서 왕룽은 손자가 태어나기를 고대했다. 그러던 어느 날 아침, 그는 여인의 신음 소리를 듣고 장남의 거처로 갔다. 장남이 그에게 말했다.

"해산 기미가 있는 것 같아요. 두쳉의 말이 산모의 몸이 약해 난산이겠다고 하는군요."

며느리의 신음 소리를 듣자 오랜만에 무서움을 느꼈다. 그는 가게에 들러 향을 사 가지고 성 안에 있는 절로 향했다. 금박을 입힌 불당에는 관세음보살이 모셔져 있었다. 왕룽은 할 일이 없는 한가한 스님을 불러 돈을 주고는 관세음보살 앞에 향을 피워 달라고 했다.

"내가 향을 피우는 것은 어울리지 않으니 대신 좀 피워 주시오. 내 맏손자가 곧 태어나려고 하는데, 산모가 몸이 약해 난산일 거라오. 내 아내가 세상을 떴으니 향을 올릴 사람이 있어야죠."

중이 향로에 향을 꽂는 것을 지켜보던 왕룽은 문득 두려운 생각에 사로잡혔다. 만약 새로 태어나는 애가 계집애일 때는 어떻게 하나 하는 두려움이었다. 그리하여 그는 황급히 소리쳤다.

"손자를 보게 해 주신다면 관세음보살께 붉은 새 옷을 만들어 올리지요. 하지만 계집애일 때엔 아무것도 안 합니다!"

그는 다시 가게에 들러 향을 더 샀다. 날이 덥고 거리에는 먼지가 한 자 가량이나 덮여 있었는데도 그는 정신없이 성 밖으로 나가 지신을 모셔 놓은 당집으로 갔다. 그는 거기에 향을 꽂고 불을 붙이고는 중얼거렸다.

"저희 집안은 대대로 지신님을 섬겨 왔습니다. 제 아버지, 저 그리고 제 자식 모두 말입니다. 지금 제 아들에게 아이가 생길 모양인데, 만일 그애가 아들이 아니라면 다시는 지신님 양주를 안 섬기겠습니다."

그는 부처님과 지신님에게 할 일을 다 하고 몹시 피곤한 몸으로 돌아왔다. 그는 방 탁자 앞에 앉아 종에게 차를 가져오라고 하고 싶었고, 또 얼굴을 씻기 위하여 뜨거운 물수건도 가져오라고 하고 싶었다. 그는 손뼉을 쳤다. 그러나 아무도 나타나지 않았다. 모두들 분주하게 오가면서 그에게 주의를 하지 않았다.

어두워지기 시작할 무렵에야 롄화가 두쳉의 부축을 받으면서 걸어왔다. 그녀는 비둔한 몸을 작은 발로 뒤뚱거리며 걸어와 웃음 섞인 큰 소리로 말했다.

"손자요, 손자. 산모, 아기, 다 건강해요. 아기가 참 잘생겼어요."

그 말에 왕룽은 덩달아 웃으며 일어나 손뼉을 쳤다.

"오, 그래? 젠장, 난 내 첫아들을 낳을 때처럼 그저 어쩔 줄 모르고 걱정만 했지."

왕룽은 롄화가 자기 방으로 가 버리자 다시 생각에 잠겼다.

'오란이 내 첫아들을 낳을 때에도 나는 이렇게 애타지는 않았었는데……' 묵묵히 앉아 생각하노라니, 지난날의 일들이 생생하게 떠올랐다. 오란은 해산할 때 혼자 그 작고 어두운 방에 들어갔었으며, 그리고 혼자서 아이들을 낳았다. 그녀는 신음하는 소리도 내지 않고 해산을 했고, 그리고는 곧 밭에 나와서 그의 옆에서 다시금 일을 했었다. 그런데 그의 며느리는 진통을 견디다 못해 어린애처럼 울고, 집안의 종들이 정신을 못 차리게 뛰어다니게 만들고, 자기 남편을 문간에서 기다리게 했다.

그는 마치 지난날의 꿈을 회상하듯이, 오란이 밭에서 일하다가 잠깐 쉬는 틈을 타서 어린애에게 젖을 먹이던 정경을 생각했다. 그녀의 젖은 넉넉해서 먹이고도 남아 버리기까지 했었다. 그런 사실이 있었다는 것이 믿어지지 않을 정도로 아득한 옛날 일같이 느껴졌다.

그때 장남이 웃음을 띤 얼굴로 자랑스러운 듯이 들어와서 큰 소리로 말했다.

"아버지, 아들을 낳았어요. 그런데 유모를 빨리 구해야겠어요. 어린애에게 젖을 먹이면 얼굴도 못 쓰게 되고 힘도 약해진다니, 제 처가 그렇게 되어서야 쓰겠어요? 성 안에선 신분이 있는 집 아낙네들은 절대로 자기 젖을 먹이지 않는답니다."

왕룽은 까닭모를 슬픔에 잠기어 간신히 말했다.

"그래? 제 자식에게 젖을 먹여 키우지 못하겠다면…… 그렇게 해야만 되겠다면, 그렇게 하려무나."

아이를 낳은 지 한 달 되는 날, 왕룽의 장남은 잔치를 베풀고, 그의 장인 장모를 비롯하여 성 안에서 중요한 사람들을 빠짐없이 초청했다. 그는 수백 개의 달걀을 주홍색으로 물들여, 그것을 손님들과 축하 선물을 보내 온 모든 사람에게 나누어 주었다. 어린아이는 토실토실하게 잘 자랐으므로 아무런 걱정도 없었으며, 그 잔치는 자못 성대했다.

잔치가 끝났을 때 장남은 왕룽에게 와서 말했다.

"이제 우리 가문의 삼대가 한 집에서 살게 되었습니다. 그러니까 우리도 훌륭한 집안들과 마찬가지로 조상의 위패(位牌)를 모셔야 합니다. 그리고 경사가 있을 때마다 조상께 제사를 올리는 것이 좋겠습니다. 이만하면 우리도 대갓집 행세를 해야 할 때가 되었으니까요."

이 말을 들은 왕룽은 무척 기뻐하면서 곧 그것을 만들게 했다. 그리고 위패를 대청에 나란히 세웠다. 그의 할아버지의 이름을 새긴 위패와 그의 아버지 이름을 새긴 위패를 세웠고, 왕룽 자신과 장남이 죽은 후에 들어갈 공간도 남겨 두었다. 그리고 장남은 향로를 하나 사서 그 위패들 앞에 놓았다.

그 일이 끝나자 왕룽은 관세음보살에 붉은 옷을 만들어 주기로 약속한 생각이 나서 절에 가서 그 값을 치렀다.

그런데 신들은 인간에게 한결같이 은혜를 베풀어 주는 것만으로는 만족할 수 없어서 그 은혜의 한구석에 가시를 숨겨 두지 않고서는 못 배기는 모양이었다. 왕룽이 절에서 돌아오자, 한창 추수에 분주할 밭에서 사람이 숨이 턱에 차게 달려와 칭 서방이 죽어가고 있는데, 죽기 전에 그를 보고 싶어한다고 전했다. 왕룽은 화가 치밀어 소리를 질렀다.

"옳지. 절에 가서 관세음보살에게만 새 옷을 바쳤더니 당집의 지신 양주 따위가 샘을 낸 모양이군 그래! 그들이야 땅에 대해서나 힘을 쓰지 애 낳는 것하고 무슨 상관이 있다고 그러는 거야!"

그는 점심 준비가 되어 있는데도 손도 대려고조차 하지 않았다. 또 렌화가 저녁 바람이 서늘해진 다음에 나가 보라고 권하는 것도 뿌리치고 집을 나섰다. 렌화는 종을 시켜서 자기 우산을 주어 따라가게 했다. 그러나 왕룽의 걸음이 너무 빨라 여종이 우산을 그의 머리 위에 받치고 따라가기가 힘들었다.

왕룽은 다짜고짜 칭 서방이 누워 있는 방으로 가서 큰 소리로 물었다.

"어찌 된 영문이냐?"

그 방에는 머슴들로 꽉 차 있었다. 그들은 왕룽이 묻는 말에 웅성대며 앞을 다투어 대답했다.

"몸소 타작을 하시다가…… 나이드신 분이라 그만두라고 했지만…… 새로 들어온 머슴이 하나 있었는데…… 그 녀석이 도리깨질을 못한다고 칭 서방이 가르쳐 준다고 나서는 바람에…… 노인에게 좀 무리한 편이어서……"

이런 말을 듣자 왕릉은 목이 터져라 호령했다.

"그놈을 이리로 데려오너라."

그 머슴은 왕릉 앞으로 밀려나와 후들후들 떨고 있었다. 몸집이 크고 낯이 붉은 촌뜨기로 덧니를 아랫입술 위로 내밀고 있었고, 두 눈은 황소 눈깔처럼 눈망울이 굵고 둔해 보였다. 왕릉은 아무런 동정심도 가질 수 없었다. 먼저 그의 양쪽 뺨을 후려갈긴 뒤 여종의 손에서 우산을 빼앗아 그의 머리를 마구 때렸다. 아무도 말리려 하지 않았다. 매맞고 있는 그 시골뜨기는 훌쩍훌쩍 울면서 덧니만 연신 빨뿐 용케 견뎌 내고 있었다.

그때 침대에 누워 있던 칭 서방이 신음 소리를 내자, 왕릉은 우산을 던지며 소리질렀다.

"이 멍청이를 때리고 있는 동안에 칭 서방이 죽어 버리겠네!"

그는 칭 서방 곁에 앉아서 그의 손을 잡았다. 마른 떡갈나무 잎처럼 가볍고 앙상한 손에 어떻게 피가 흐르고 있을까 하고 의심스러웠다. 창백하고 누르스름했던 칭 서방의 얼굴에 검은 빛이 돌고, 얼마 안 되는 피가 여기저기에 반점을 이루고 있었다. 반쯤 뜬 그의 두 눈은 안개에 가린 듯 보지 못했고 그의 숨결도 가빴다. 왕릉은 머리맡에서 귀에다 입을 대고 큰 소리로 말했다.

"내가 여기 왔네. 우리 아버지의 것에 못지않는 관을 사 주겠네!"

그러나 칭 서방의 귀에는 피가 고여 있었다. 왕릉의 말이 들렸는지 안 들렸는지 아무런 반응도 나타내지 않고 그대로 누워서 숨을 헐떡이며 죽어가고 있었다. 그러기를 몇 번 한 뒤 마침내 숨을 거두어 말했다.

칭 서방이 죽자 왕릉은 그에게 엎드려 자기 아버지가 죽었을 때보다도 더 서럽게 울었다. 그는 최상급 관을 주문했으며 장례식에는 중도 부르고 흰 상복을 입고 상여 뒤를 따랐다. 그리고 친척이 죽기나 한 것처럼 장남에게 흰 띠를 두르게 했다. 장남은 불평했다.

"어쨌든 칭 서방은 우리 집 상머슴에 지나지 않아요. 머슴을 위해서 이처럼 상복을 입다니 말이 안 돼요."

그러나 왕릉은 사흘 동안 그렇게 하도록 강요했다. 그리고 왕릉의 마음대로만 했더라면 그는 그의 아버지와 오란이 묻힌 가족 묘지의 흙담 안에 칭 서방을 묻었을 것이다. 그러나 그의 아들이 완강히 반대하여 가족 묘지의 울타리 입구에 묻었다. 그리고 그가 한 일에 대해 만족하면서 말했다.

"됐어. 이만하면 됐어. 칭 서방은 평생 나를 재산으로부터 지켜 주었으니까."

그리고 아들들에게는 자기가 죽거든 칭 서방과 가장 가까운 데에 묻어 달라고 일렀다.

그 뒤 왕룽은 그의 농토를 보러 가는 것도 차츰 뜸해졌다. 칭 서방이 죽고 나자 혼자 나가는 것이 너무나 적적했고, 거친 논밭길을 걸으면 뼈가 쑤시기까지 했다. 그래서 그는 약간의 농토만 남겨 두고 나머지는 모두 소작을 주었다. 그의 농토가 비옥하다는 것이 널리 알려져 있었기 때문에 사람들은 다투어 소작을 원했다. 그러나 왕룽은 한 뙈기의 땅도 팔겠다는 말은 입 밖에 내지 않았다. 소작도 1년 계약으로 했다. 그래서 그 땅은 아직도 그의 소유라고 실감할 수 있었고 자기의 땅에 산다는 것을 느낄 수 있었다.

그리고 그는 처자 있는 머슴을 골라서 그의 농가에서 살게 하며, 아편에만 매달려 있는 삼촌 내외를 돌보게 했다.

어느 날 셋째 아들의 침울한 두 눈을 보고 말했다.

"너도 나하고 같이 성 안 집으로 가자. 저 불쌍한 누이도 데리고 말이다. 내 방에 두면 되니까. 칭 서방이 없어서 너도 적절할 게다. 그리고 말이다. 우리 백치가 맞았다든가 제대로 못 먹는다든가를 알려 줄 만큼 친절한 사람이 있을 것 같지도 않구나. 또 칭 서방이 없으니 너에게 농사일을 가르쳐 줄 사람도 없고."

그리하여 왕룽은 막내아들과 백치를 데리고 성 안 집으로 옮기고 그 후부터는 오랫동안 성 밖 집에는 거의 가지 않았다.

30

이제 왕룽에게는 현재의 형편 이상을 바랄 것은 아무것도 없는 것 같았다. 양지쪽에 의자를 내다 놓고 백치 딸 곁에 앉아서 담배나 피우며 편히 소일할 수 있게 되었고, 땅은 소작을 주어 그로서는 아무런 수고를 안 해도 수입이 어김없이 들어왔다.

이러한 상태는 그의 장남이 없었더라면 실상 그렇게 되었을는지도 모른다. 이 장남은 현재 진행되는 일에는 결코 만족하지 못하는 듯, 무언가 보다 나은 것을 찾고 있었다. 어느 날 그는 아버지에게 와서 이렇게 말했다.

"아직 필요한 것이 많습니다. 그저 이 집 안채에 산다고 해서 그것만 가지고 우리가 대갓집 구실을 하고 있다고 생각하시면 오산입니다. 동생 결혼식이 앞으로 여섯 달밖에 안 남았는데 그때 여러 방에 손님들이 앉을 의자, 탁자들도 모자라고 그릇도 부족합니다. 더구나 손님들에게 바깥채 가난뱅이들이 풍기는 냄새를 맡으며 그 소란한 가운데를 지나오게 해서야 창피한 노릇 아니겠어요? 게다가 동생이 결혼을 하면 조카들이 생길 게고, 또 저의 식구도 더 늘어난다면 아무래도 바깥채까지 필요하게 될 거예요."

왕룽은 화려하게 차려 입고 자기 앞에 선 장남을 넘겨다보고는 눈을 감은 채 담배를 한 번 힘있게 빨고 못마땅한 투로 말했다.

"오냐, 그래서 그 다음엔 뭐냐? 또 그 다음엔……."

아들은 아버지가 귀찮아한다는 것을 알면서도 완강하게 말했다. 이번에는 좀 큰 소리였다.

"바깥채까지도 우리가 써야 합니다. 그만큼 돈도 있고 좋은 농토도 갖고 있다면 그에 걸맞게 여러 가지 갖출 건 갖춰야지요."

왕룽은 담뱃대를 문 채 중얼거렸다.

"아무리 말해 봤자 농토는 모두 내 거야. 네가 도와 준 적은 없어."

"하지만 아버지, 저를 선비로 만들려고 한 것은 아버지가 아니십니까?

제가 대지주의 아들답게 해 보려고 하는데 아버지는 오히려 저를 꾸짖으시고, 저와 안사람을 농사꾼 취급하시는군요!"

아들은 분해서 목을 홱 돌리더니 뜰에 서 있는 비틀어진 소나무를 머리로 들이받는 시늉을 했다.

왕룽은 이것을 보자 혹시 상처라도 입을까 봐 질겁을 하고 소리질렀다.

"좋을 대로 해라, 네 마음대로. 다만 그런 것 가지고 나를 괴롭히지는 마라!"

이 말을 듣자 비로소 만족한 아들은 아버지가 마음 변하기 전에 급히 물러나왔다. 그리고는 재빨리 아름답게 조각을 한 쑤저우(蘇州) 족자를 사왔다. 또 남쪽에서 본 듯한 돌동산을 정원에 꾸미기 위하여 신기하게 생긴 바위도 사들이며 분주한 나날을 보냈다.

그런 일로 그는 거의 매일 바깥채를 여러 번 지나다녔고, 그럴 때마다 그들이 풍기는 냄새 때문에 코를 쳐들고 다녔다. 바깥채 사람들은 그가 지나간 뒤에 그를 보고 비웃곤 했다.

"저 녀석의 아비가 살던 농가에는 앞마당에 거름더미가 쌓여 있었는데 그 냄새도 잊은 모양이야!"

마침내 새로 집세를 정하는 날이 되었을 때, 가난한 사람들은 세가 터무니없이 올려진 것에 놀라워했다. 그것이 왕룽의 장남의 조작이라는 것을 그들은 잘 알고 있었다. 그가 남들 몰래 먼 곳에 가 있는 황씨 영감의 아들에게 편지로 교섭한 결과였다. 황씨 아들은 누구에게 빌려 주든지 그 집에서 가능한 돈만 많이 나오면 되니까 두말 없이 승낙했던 것이다.

이리하여 가난한 사람들은 쫓겨나게 되었다. 그들은 부자들의 횡포를 저주하고 불평을 하면서 딴데로 옮겨갔다.

그러나 그러한 원성이 왕룽의 귀에는 전혀 들리지 않았다. 그는 안채에서 거의 나오는 일이 없었고, 만사를 장남의 손에 맡겨 두었기 때문이다. 장남은 목수와 재주 있는 석공을 불러, 망가진 방들과 뜰과 뜰 사이에 있는 둥근 중문들을 수리하게 했다. 그리고 연못을 고쳐서 잉어와 금붕어를 사다 넣었다. 그 일이 모두 끝나고 만족할 만큼 꾸며지자 그는 연못에 연과 백합을 심고, 붉은 열매가 열리는 인도의 대나무며, 그 밖에 남쪽 도시에서 본 것 중에서 기억나는 것들을 모조리 사다 심었다. 그의 아내도 그가 해 놓은 것을 둘러보며 미흡한 것을 지적하면, 그는 그녀의 말대로 다시 꾸몄다.

그리하여 이 일은 사람들의 화젯거리가 되었고, 전에는 농사꾼 왕 서방이라고 부르던 사람들도 이제는 왕 대인(王大人)이라든가 왕 부자(王富者)라고 불렀다.

이런 일의 비용은 모두 왕룽의 주머니에서 나갔으나 조금씩 야금야금 빠져 나가기 때문에 왕룽은 나가는 돈을 의식하지 못했다. 장남은 늘 '은전 백 냥쯤 있어야 하겠는데요'라든가 '저 문은 돈을 조금만 들여서 고치면 새것같이 되겠는데요', 또는 '저곳에다 긴 탁자를 갖다 놓아야 어울리겠어' 라고 말했다. 왕룽은 자기 방에서 담배를 피우며 한가로이 앉았다가 조금씩 은전을 내주곤 했다. 추수할 때마다, 또 필요할 때마다 돈이 얼마든지 들어왔기 때문에 돈을 내주는 것도 쉬웠다.

그러던 어느 날 새벽, 둘째 아들이 왕룽에게 와서 이야기를 하지 않았더라면 그는 돈을 모두 얼마나 내주었는지도 몰랐을 것이다.

"아버지, 언제까지 돈을 물쓰듯 하시려는 겁니까? 우리가 궁궐 같은 데서 살 필요가 있나요? 그만한 돈을 이할 이자로 남에게 꾸어 준다면 돈이 몇백 냥, 몇천 냥씩 굴러 들어올 거예요. 이 따위 연못을 판다, 열매도 안 맺는 꽃나무를 심는다, 쓸데없는 백합을 심는다, 그런 게 다 무슨 소용이 있어요?"

왕룽은 이 일로 형제끼리 싸움이 벌어질 것을 생각하고 또 집안의 평화가 깨질까 봐 황급히 말을 막았다.

"하지만 그게 다 네 혼례를 치르기 위해서야."

둘째 아들은 조금도 반갑지 않다는 듯이 쓴웃음을 지으며 대답했다.

"혼례 비용이 신부 값의 열 곱이나 든다는 건 얼마나 우스운 일입니까? 아버지가 돌아가시면 당연히 우리가 나누어 가질 재산인데, 형 혼자서 형의 허영을 위해 마구 쓴다는 건 말이 안 된다고요!"

왕룽은 이야기가 쉽사리 끝나지 않을 것을 알고 급히 말했다.

"그래, 이제 그만하도록 하지…… 네 형한테도 이야기해서 이 이상은 돈 얘길 못하게 하겠다. 그러면 되겠지. 네 말이 옳다!"

둘째 아들이 종이에다 자기 형이 쓴 돈을 일일이 적어서 내놓았다. 왕룽은 그 명세서가 꽤 긴 것만 보고도 당황해서 말했다.

"아직 아침밥을 먹지 못한데다 내 나이가 되면 정신이 없어. 이 문제는 다음에 이야기하자."

왕룽은 돌아서서 자기 방으로 들어갔다. 그렇게 해서 둘째 아들을 피했다.

그날 저녁, 그는 장남에게 일렀다.

"집을 칠하고 고치는 일은 이제 그만했으면 좋겠다. 이만하면 충분해. 무어라 하든 우리는 촌사람이니까."

그러나 아들은 굽히지 않고 대답했다.

"그건 그렇지가 않아요. 성 안 사람들은 요즘 우리 집을 왕 대가라고 부르기 시작했습니다. 그만한 지체에 알맞은 생활을 해야 합니다. 동생이 그저 돈밖에 모른다면 가문의 명예를 지키기 위해서는 우리 내외가 이 집을 떠맡겠어요."

왕룽은 사람들이 자기 집을 그렇게 부른다는 것을 모르고 있었다. 나이를 먹을수록 찻집에도 별로 가지 않았고, 또 둘째 아들이 그를 대신해서 일을 잘 보았기 때문에 곡물 상회에도 전혀 나가지 않았던 것이다. 그러나 어쨌든 그 소리는 그를 은근히 기쁘게 했다.

"하지만 아무리 대갓집이라 하더라도 우린 농사꾼 출신이니 땅에 뿌리를 박고 살아야 하는 법이다."

"옳은 말씀이지만 그저 땅에 뿌리만 박고 있어선 대가가 안 되지요. 가지를 뻗고 꽃을 피우고 열매도 맺게 하는 것이 대가다운 행동입니다."

왕룽은 아들이 자기에게 이처럼 쉽사리 대꾸하는 것이 좀 못마땅했다. 그래서 그는 말했다.

"어쨌든 내 의견은 아까 말한 그대로다. 이제부터 돈을 물쓰듯 하면 안 돼. 열매를 맺으려면 땅에 뿌리를 깊이 박고 있어야 하는 거야."

날도 저물었고, 왕룽은 장남이 그의 앞에서 물러가 주기를 바랐다. 혼자 황혼 속에 평화롭게 앉아 있고 싶었다. 이 아들과 같이 있으면 마음이 편하지가 않았다.

"이제부터 아버지 말씀대로 하겠습니다만, 또 한 가지 드릴 말씀이 있어요."

왕룽은 갑자기 들고 있던 담뱃대를 땅바닥에 팽개치고 소리를 질렀다.

"제발 부탁이니 마음 편히 날 내버려 두지 못하겠니?"

장남은 아랑곳 하지 않고 말을 이었다.

"이건 아버지의 아들인 제 막내동생에 대한 이야기예요. 그애를 언제까지나 무식하게 내버려 두어서는 안 됩니다. 뭐든 가르쳐야 합니다."

왕룽은 뜻하지 않던 이야기라 눈을 번쩍 떴다. 그는 막내아들의 장래에 대해 이미 결심한 바 있었던 터라 이렇게 말했다.

"이 이상 글을 아는 사람은 필요 없어. 둘이면 충분하단 말이다. 그앤 내가 죽은 뒤에 땅을 돌보도록 하겠다."

"그래서 그애가 밤마다 울고 있는 거예요. 얼굴이 그처럼 창백하고 비쩍 마르는 거라구요."

왕룽은 아직까지 막내아들에게 장차 무엇이 되고 싶으냐고 물어 볼 생각조차 한 적이 없었다. 다만 그의 아들 중 하나는 땅을 지켜야 한다고 혼자서 결정했을 따름이었다. 그는 땅바닥에 내동댕이쳤던 담뱃대를 천천히 주위들고 막내아들에 대한 생각을 했다. 막내아들은 제 어머니처럼 말없는 아이였다. 말이 없으니까 아무도 그를 주의해 보지 않았던 것이다.

"그애가 너한테 그런 말을 하든?"

왕룽은 불안한 듯이 장남에게 물었다.

"아버지가 직접 물어 보세요."

"그렇지만 하나라도 땅을 지켜야지!"

왕룽은 갑자기 싸우는 투로 소리를 질렀다.

"아버지의 신분으로는 아들을 농사꾼으로 만들 필요가 없는 처지예요.

첫째 그건 말도 안 됩니다. 사람들은 아버지를 구두쇠 영감이라고 욕할 거예요. '자기는 귀족 같은 생활을 하면서 제 아들은 머슴처럼 만들려고 한다'고 세상 사람들이 수군거릴 거예요."

아들은 아버지가 세상 사람들의 이야기에 굉장히 관심이 많다는 것을 알고 있으므로 약삭빠르게 그렇게 말하곤 다시 말을 이었다.

"가정교사를 불러 그애를 가르치든가, 어느 남쪽 도시의 학교에 보내 공부하게 하면 좋겠어요. 집에는 제가 있어 아버지를 도와 드릴 수 있고 둘째는 장사를 곤잘 하니, 막내는 제가 하고 싶은 대로 하도록 하시지요."

마침내 왕룽은 지고 말았다.

"이리 오라고 일러라."

잠시 후에 막내아들이 들어와 아버지 앞에 섰다. 왕룽은 막내가 얼마나 자랐나 자세히 쳐다보았다. 키가 훌쩍 큰 소년으로 묵직하고 말이 없는 것만은 꼭 제 어머니를 닮았다. 그 밖에는 아버지도 어머니도 닮지 않았다. 어머니 한테서는 볼 수 없었던 미모를 가졌으며 생긴 걸로 말하면 왕룽의 아이들 중에 제일이었다. 이제는 시집을 가서 남의 식구가 된 막내딸만큼 예쁘지는 않았지만, 이 아이의 예쁜 얼굴에 결점이 있다면 다만 이마를 가로지르고 있는 숱 많고 검은 두 눈썹뿐이었다. 창백한 얼굴에 비하면 지나치게 짙었다. 가뜩이나 잘 찌푸리는 이마에 찌푸릴 때마다 눈썹들이 서로 만나 한일(一)자가 되거나, 때로는 여덟팔(八)자가 되기 일쑤였다.

왕룽은 막내아들을 자세히 바라보고 충분히 관찰한 다음에 말했다.

"네 형 말이, 글을 배우고 싶다고 했다면서?"

아들은 입술을 거의 움직이지 않고 대답했다.

"예."

왕룽은 담뱃재를 털고 엄지손가락으로 천천히 새 담배를 넣었다.

"그렇다면 농사일을 하고 싶지 않다는 이야기지. 그래 자식이 여럿 있어도 내 농토에 남아 농사를 맡아 볼 녀석은 한 놈도 없구나."

왕룽은 쓰디쓴 마음에서 말했으나 아들은 아무 대답도 하지 않았다. 왕룽은 말없는 아들의 태도에 화가 치밀어서 냅다 소리를 질렀다.

"왜 말을 안 하니! 농사가 싫다고 한 게 사실이냐?"

소년은 또다시 딱 한 마디만 대답했다.

"예."

왕룽은 잠시 막내아들을 쳐다보면서 생각했다. 결국 자식들은 이놈이나 저놈이나 늙은 그가 감당하기엔 힘들었다. 그는 아들들한테 이용만 당한다는 생각이 들자 다시 버럭 소리를 질렀다.

"네가 뭘 하든, 내 알 바 아니다! 꼴 보기 싫어! 썩 나가!"

아들은 눈 깜짝할 사이에 나가 버렸다. 혼자 남은 왕룽은 곰곰이 생각했다. 뭐니뭐니해도 그의 두 딸이 아들보다 낫다는 생각이 들었다. 하나는 백치여서 먹을 것과 가지고 놀 헝겊만 주면 그 이상 아무것도 요구하지 않으며, 또 하나는 시집을 갔으므로 신경쓸 까닭이 없었다.

언제나 그랬듯이 왕룽은 아들들의 소원대로 해 줄 수밖에 없었다. 그는 장남을 불러 이렇게 말했다.

"원하거든 네 동생에게 가정교사를 붙여 주어라. 그리고 제가 하고 싶다는 대로 해 주고 그런 일로 나를 괴롭히지 마라."

다음에는 둘째 아들을 불러 당부했다.

"아무도 농사를 돌보지 않겠다니까, 이제부터는 소작료라든가 해마다 추수해서 들어오는 수입 같은 것은 네가 맡아 보아라. 너는 저울질도 잘하고 자질도 할 수 있으니까, 이제부터 너는 내 대리인이다."

둘째 아들은 몹시 기뻐했다. 이제는 돈이 모두 자기 손을 거치게 될 테니까 수입은 물론 필요 이상의 지출 또한 아버지에게 보고 할 수 있기 때문이었다.

그런데 왕룽은 이 둘째 아들이 장남보다도 더 이상하게 여겨졌다. 제 혼례에 돈을 쓰는 것도 아까워했고, 고기와 술을 준비하는 데도 세심했으며, 상도 두 가지로 차리게 했다. 알 만한 성 안 친구들을 위해서는 특별히 상을 차리게 하고, 마지못해 청하는 소작인이나 촌사람들에게는 앞뜰에 탁자를 놓고 값싼 고기와 술을 차리게 했다. 잘 먹지 못하는 그들이므로 조금만 낮게 차려도 산해진미로 생각한다는 것이었다. 그리고 부조로 들어오는 돈과 선물들도 일일이 지켜보았다. 뿐만 아니라 하인이나 종에게도 최소의 급료를 지불했다. 두쳉에게도 급료로 은전 두 닢밖에 주지 않아서, 그녀는 여러 사람들이 듣는 데서 조롱하듯 투덜거리기가 일쑤였다.

"진짜 부자는 돈에 이처럼 인색하지 않아요. 이 집 사람들은 이런 대갓집에 살 만한 자격이 없나 봐."

장남은 이런 말을 듣고 창피하게 생각했고 두쳉의 입방아가 두렵기도 했다. 그래서 그는 남몰래 그녀의 손에 돈을 덤으로 쥐어 주곤 했다.

이렇게 뜻이 안 맞는 형제는 잔칫날에도 서로 어긋났다. 손님들이 모두 상에 둘러앉고, 신부의 가마가 뜰 안으로 들어올 때였다.

장남은 별로 친하지 않은 친구 몇만 초대했을 뿐이었다. 동생의 인색함과 신부가 시골 처녀라는 사실을 창피하게 여겼기 때문이다. 형은 멸시하듯 곁에 서 있다가 한 마디 했다.

"내 동생은 아버지 지체로 보아서도 옥잔을 고를 수 있을 텐데 하필이면 흙병을 골랐단 말야."

그리고 동생 부부가 들어와서 예의에 따라 그와 그의 아내에게 절할 때에도 멸시하듯 뻣뻣하게 고개만 끄덕였다. 특히 그의 아내는 예의에 벗어나지 않을 만큼 아주 간단한 답례만을 했다.

이 큰 집안의 사람들 중에서 완전히 태평하고 즐겁게 사는 사람은 갓태어난 왕룽의 손자뿐이었다. 왕룽은 롄화가 쓰고 있는 거처의 뜰에 잇달린 방의 멋진 장식 침대에서 잤으나 눈을 뜨면 소박하고 어두운 그 토막집으로 돌아갔으면 하고 아쉬워지는 때가 있었다. 그곳에서는 식은 차를 아무데나 내버려도 화려한 가구를 더럽힐까 염려할 필요도 없었고, 또 한 발짝만 나가면 곧 그의 땅이었다.

왕룽의 장남은 돈을 써야 할 때에 마음껏 쓸 수가 없어서 자기의 가족이 다른 사람들에게 얕보이게 되나 않을까, 성 안 손님이 왔을 때 농부들이 대문으로 드나들어 체면을 상하지 않을까 두려워했다. 둘째 아들은 돈이 낭비될까 봐 노상 안달을 했으며, 막내아들은 농사를 배우는데 허송

한 세월을 그만큼 보충하려고 무진 애를 썼다.

그러나 근심 걱정 없이 집안을 돌아다니는 사람은 아장아장 걷는 장남의 아들뿐이었다. 왕룽은 그 손자에게서만 마음의 평화를 얻을 수 있었다. 손자를 바라보며 웃거나, 넘어질 양이면 붙들어 일으켜 주었다. 그는 또 자기의 아버지가 하던 것처럼 긴 띠로 손자의 허리를 묶어서 넘어지지 않게 잡고서 즐거워했다. 할아버지와 손자는 이 뜰에서 저 뜰로 돌아다녔다. 손자는 연못에 노는 고기를 가리키기도 하고 뜰의 꽃들을 마구 뜯기도 하면서 좋아했다.

맏며느리는 규칙적으로 임신을 하여 아이를 낳았다. 그리고 아이가 태어날 때마다 유모를 한 사람씩 들여 해마다 아이들과 종들이 늘어갔다. 누가 그에게 '맏아들 집안에 식구가 또 하나 늘었군요' 하고 말하면 그는 다만 웃으며 말했다.

"응, 응……. 얼마든지 낳으라지. 우린 옥토가 많으니까. 아무리 많아도 못 먹일 걱정은 없지."

둘째 며느리가 아이를 낳은 것은 왕룽에게는 몹시 기쁜 일이었다. 마치 맏동서에 대한 예의를 차리는 것처럼 첫딸을 낳았다. 이렇게 왕룽은 다섯 해 동안에 손자 넷과 손녀 셋을 보았으며, 온 집안은 애들의 웃는 소리와 우는 소리가 가득했다.

5년이란 세월은 인간의 한평생을 통해서 본다면 아무것도 아니지만, 어린애의 경우와 늙은이의 경우는 큰 차이가 있다. 지난 5년 동안에 왕룽은 손자 손녀 일곱을 얻은 한편, 꿈만 꾸며 살던 늙은 삼촌을 잃었다. 사실 왕룽은 이 노부부에게 의식을 마련해 주고, 원하는 대로 아편을 사 주는 것 외에는 삼촌에 대해서는 거의 잊고 있었다.

5년째 되던 겨울은 지독하게 추웠다. 성을 둘러싼 큰 도랑물이 얼어서 그 위를 마음대로 걸어다닐 수가 있었던 것은 왕룽의 기억으로는 이때가 처음이었다. 북동쪽에서 살을 에는 바람이 세차게 불어와 모피나 염소 가죽옷을 입어도 견디기 어려운 강추위였다. 왕룽의 대저택에서는 방마다 화로에 숯불을 피웠어도 숨을 쉬노라면 김이 서리는 그런 강추위였다.

왕룽은 삼촌이 침대에서 일어나 앉을 수도 없게 되었고, 몸을 움직이기만 해도 각혈을 한다는 말을 듣고 보러 가면서 좋은 관을 두 개 사다가 삼촌이 누워 있는 방에 들여놓게 했다. 자기의 뼈를 간직할 곳이 마련된 것을 보고 안심하고 눈을 감게 하기 위해서였다. 삼촌은 떨리는 목소리로 간신히 말을 했다.

"너는 친자식같이 날 돌봐 주었다. 어디를 돌아다니는지조차 모르는 내 친자식보다 오히려 네가 낫구나."

늙은 숙모는 그래도 남편보다는 정정했다. 그녀는 이렇게 말했다.

"만약에 그애가 돌아오기 전에 내가 죽거든 우리가 죽은 뒤에라도 장가를 들여 주겠다고 약속해 다오. 우리 후손이 끊어지지 않게."

왕룽은 그러겠노라고 약속했다.

어느 날 저녁, 여종이 국그릇을 가지러 갔더니 삼촌은 이미 죽어 있었다. 온누리에 눈보라가 치고, 살을 에는 듯한 추위가 있던 날, 왕룽은 삼촌의 관을 가족 묘지로 옮겨 그의 아버지보다는 조금 낮고 그 자신이 묻힐 자리보다는 조금 위에 고이 묻었다.

그리고 왕룽은 그의 전 가족에게 1년 동안 상복을 입도록 하였다. 그건 노인의 죽음을 진심으로 슬퍼해서가 아니라 대갓집의 체면상 마땅히 해야 할 일이라 생각되었기 때문이다.

삼촌이 죽은 뒤, 왕룽은 숙모를 농가에 혼자 있게 할 수 없어서 성 안 집으로 옮기도록 했다. 그리고 멀리 떨어진 방 한 칸을 주어 거처하게 하고 여종 하나를 붙여 주어 시중을 들게 했다. 장차 그녀가 들어가 눕게 될 관을 그녀 곁에 소중하게 두었다. 누렇게 말라서 조용히 누워 있는 것을 보니 묘한 생각이 들었다. 그 모습은 몰락해 버린 황 대인 집의 노마님과 흡사해서였다.

31

왕룽은 전쟁에 대한 소문은 들었으나 직접 본 적은 없었다. 다만 남쪽 도시에서 한 해 겨울을 보낼 때 군인들이 이동하는 것을 본 것이 고작이었다.

어느 날 점심을 먹으러 시장에서 집으로 돌아온 둘째 아들이 왕룽에게 말했다.

"쌀값이 갑자기 뛰었어요. 남쪽에서 전쟁이 일어났대요. 이젠 곡식을 팔지 말고 나중을 위해 잘 챙겨 둬야겠어요. 군대가 이리로 가까이 올수록 값이 자꾸 오를 테니까 그때 좋은 값에 팔아야지요."

왕룽은 식사를 하면서 이야기를 들었다.

"그래? 전쟁이란 건 신기한 모양이지. 어쩐지 나도 한번 보고 싶구나. 말만 들었지 직접 본 일이 없어서 말야."

속으로는 그전에 군대에 붙들려 갈까 봐 걱정했던 일이 생각났으나, 지금은 나이가 많은데다 또 부자였기 때문에 아무 두려움이 없었다. 그래서 그는 전쟁이 일어났다고 해도 별로 염려하지도 않고 오히려 호기심만 약간 생겼을 뿐이었다. 그는 둘째 아들에게 이렇게 말했다.

"곡식 문제는 네 생각대로 해라. 너에게 이미 맡겼으니까 말야."

그런 뒤에도 왕룽은 마음이 내키면 손자들과 놀거나 자고 먹고 담배를 피우며 때로는 그의 방에서 좀 떨어진 곳에 있는 백치 딸을 보러 가면서 소일하고 있었다.

그러던 초여름의 어느 날, 갑자기 몰려온 메뚜기 떼처럼 북서쪽에서 수많은 군인들이 밀어닥쳤다. 청명하게 갠 아침 나절이었다. 왕룽의 작은 손자가 종과 함께 대문 밖에서 바깥 구경을 하다가 회색 옷을 입은 남자들의 긴 행렬을 보자 할아버지에게 대뜸 뛰어나와서 소리쳤다.

"저기 나가 봐요, 할아버지!"

왕룽이 대문께로 따라나가 보니 과연 군인들이 집 앞 거리를 가득 메웠다. 아니 시내 전체를 가득 메운 채 와글거렸다. 무거운 군화를 신고 발을 맞추어 걸어가는 회색 복장의 군인들 수가 하도 많아서 왕룽은 갑자기 공기와 햇빛이 막혀 버린 듯한 느낌이 들었다. 자세히 보니 군인마다 칼 같은 것을 꽂은 묘한 무기를 지니고 있었다. 얼굴은 하나같이 사납고 거칠었다. 왕룽은 그 얼굴들을 보자마자 황급히 손자를 끌어당기고는 낮은 목소리로 말했다.

"안으로 들어가서 문을 잠그자. 저런 사람을 보면 못 써."

그러나 돌아설 겨를도 없이 행렬 중의 한 사람이 왕룽을 보고 큰 소리로 불렀다.

"아니, 내 사촌 형이 아니오?"

그 소리를 듣고 쳐다보니 바로 삼촌의 아들이었다. 다른 군인들과 같이 복장은 먼지투성이가 되었으나, 그 얼굴은 다른 사람보다 더 사납고 거칠어 보였다. 그는 너털웃음을 터뜨리면서 자기 패거리에게 소리쳤다.

"전우 여러분, 여기서 쉬도록 합시다. 이분은 내 사촌 형인데 큰 부자요!"

왕룽이 질겁을 한 채 움직이지도 못하고 있는 사이에 군인들은 대문 안으로 밀고 들어갔다. 그 한가운데로 휩쓸려 들어간 왕룽은 어찌할 바를 몰랐다. 병사들은 침상에 벌떡 드러눕는 놈, 못의 물을 손으로 떠 마시는 놈, 조각으로 장식된 탁자에 함부로 무기를 던져 놓거나 아무 데나 침을 뱉으며 서로 소란스럽게 떠들어대는 놈 등 별의별 놈이 다 있었다.

왕룽은 이 꼴을 더 참고 볼 수가 없어 손자를 끌고 맏아들을 찾으러 뛰어갔다. 책을 읽고 있던 아들은 왕룽이 가쁜 숨을 몰아쉬며 말하는 것을 듣고 신음 소리를 내면서 밖으로 나갔다.

그러나 그 역시 친척을 만나서 욕을 퍼부어야 할지, 공손히 대해야 할지 갈피를 잡을 수 없었다. 그는 다만 뒤따라온 아버지를 향해서 신음 섞인 소리로 입을 열었다.

"모두 칼을 가졌군요."

그는 하는 수 없이 오촌에게 인사를 하였다.

"아저씨, 잘 오셨습니다."

그러자 그의 오촌은 입을 크게 벌리고 싱글거렸다.

"손님을 좀 데리고 왔지 뭐냐."

"아저씨의 손님이라면 환영해야지요. 식사 준비를 할 테니 바쁘신 걸음이더라도 다들 자시도록 해 주세요."

상대방은 여전히 싱글거리며 말을 했다.

"그래 주면 좋겠다. 그러나 별로 서두를 건 없어. 우리들의 휴식은 닷새나 엿새, 아니 한 달이 될지 혹은 일이 년이 될지도 모르니까 말이야. 출동 명령이 내릴 때까지는 이 동네에 주둔해 있어야 해."

왕릉 부자는 이 말을 듣고 몹시 당황했으나 그렇다고 집안 도처에서 번득거리는 칼을 보고는 아무래도 싫은 내색을 보일 수는 없었다. 두 사람은 간신히 억지 웃음을 지어 보이며 말했다.

"그래도 좋아요. 좋고말고요."

왕릉의 장남은 식사 준비를 시키러 가는 것처럼 아버지의 손을 잡고 그곳에서 물러났다. 두 부자는 안채로 들어와서 중문 빗장을 굳게 닫고는 낭패한 얼굴로 서로 마주 바라볼 뿐 어떻게 할지를 몰랐다.

그때 둘째 아들이 달려와서 문을 두드렸다. 문을 열기가 무섭게 구르듯이 들어와서, 숨이 턱에 차 헐떡이며 말했다.

"동네 어느 집 할 것 없이 군인들이 다 들었어요……. 가난한 집에도요……. 그러나 거절해서는 안 된다는 걸 알리려고 왔어요. 오늘 우리 가게의 점원이 군인 이야기를 듣고 집에 돌아가 보니, 병든 마누라가 누워 있는 그 방에 군인들이 들어가 있더래요. 그래서 항의를 했더니 군인들은 그만 그를 칼로 쿡 찔렀다잖아요. 칼끝이 등뒤까지 푹 나온 모양이에요! 그러니까 무엇이든지 달라면 주어야 합니다. 그저 전쟁이 다른 지방으로 옮겨가기만 빌 수밖에 없어요."

세 부자는 괴로운 심정으로 서로 얼굴을 쳐다보며 제각기 자기들의 부녀자들을 저 혈기차고 굶주린 떼거리들로부터 보호할 궁리를 하고 있었다. 장남이 말했다.

"안사람들을 모두 뒤채 깊숙한 방에 들어가 있도록 하고 밤낮으로 지키기로 해요. 앞문은 잠가 두고 뒤 태평문은 언제든 급히 필요할 때 열 수 있도록 해 두어야 합니다."

세 사람은 그렇게 하기로 했다. 부녀자들을 몰아서 렌화와 여종들이 살고 있던 뒤채 방에서 군색하게나마 지내도록 했다. 왕룽과 맏아들은 밤낮으로 문을 지키고 둘째 아들도 틈틈이 교대했다.

그러나 왕룽의 사촌만은 친척인 이상 들어오지 못하게 할 수는 없었다. 그는 예사로 문을 두드리고 들어와서 번득이는 칼을 뽑아 들고는 마음대로 돌아다녔다. 장남은 더없이 쓰디쓴 얼굴로 뒤따라다녔으나 번득이는 칼을 보고는 무어라고 말할 용기가 나질 않았다. 그의 오촌은 이것저것 다 살피고 다녔고, 여자들도 일일이 비평을 했다.

그는 맏아들의 아내를 보고 음흉한 웃음을 지으며 말했다.

"네 색시는 대단한 미인이구나. 도회지 태생인데다 발도 연꽃 봉오리같이 작고 말야!"

그리고 왕룽의 둘째 며느리에 대해서도 말했다.

"이건 소담한 시골 홍당무 같아. 새빨간 고기 같기도 하고 말야."

이렇게 말한 것은 둘째 며느리가 얼굴이 붉고, 뼈대가 굵직 굵직하면서도 보기 싫지 않았기 때문이다. 맏며느리는 이 사나이의 눈길을 받을 때마다 몸을 움츠리고 소매로 얼굴을 가렸으나, 둘째 며느리는 활발하고 다부져서 오히려 지지 않고 웃으면서 말대꾸까지 했다.

"하지만 사람에 따라서는 얼얼한 무 맛이나 살코기를 좋아하는 사람도 있으니까요."

그러자 그는 곧 말을 되받았다.

"그렇지, 내 입맛이 바로 그래!"

그리고는 그녀의 손을 덥석 잡으려는 태도를 보였다.

왕룽의 장남은 서로 말을 건네서는 안 될 남녀가 스스럼없이 주고받는 행동을 보자 고통에 가까운 굴욕감을 느끼며 자기 아내의 눈치를 살폈다. 그는 뼈대 있는 가문에서 자란 아내 앞에서 아버지의 사촌과 제수가 보여 준 그 행동이 여간 부끄럽지가 않았다. 그 오촌은 자기 조카가 여편네 앞에서 기를 펴지 못하는 것을 알아채고 심술궂게 말을 뱉었다.

"아니, 나라면 저 따위 차고 맛없는 물고기 토막보다는 이런 살코기가 낫겠다."

이 말에 장남의 아내는 점잔을 빼며 일어서서 안으로 들어가 버렸다. 그는 천박한 웃음을 터뜨리며 그곳에서 물담뱃대를 빨고 있던 렌화에게 말을 건넸다.

"도회지 출신 여자들은 괜히 잘난 체만 하거든. 안 그래요, 마나님?"

그는 렌화를 살며시 바라보며 말을 계속했다.

"아주머니는 과연 마나님답군요. 만일 내 사촌이 부자라는 것을 내가 몰랐다 하더라도 아주머니만 봐도 알 수 있겠소. 어쩌면 살이 그렇게 쪘지요……? 맛있는 것만 잡수시니 그렇겠군요. 부잣집 마님이 아니고서야 그렇게 살이 찔 수가 없지!"

렌화는 이 사나이로부터 마님이라고 불려지는 것이 무척 기뻤다. 대갓집 부인에게만 붙여지는 존칭이기 때문이었다. 렌화는 살찐 목에서 나오는 굵은 소리로 웃다가 담뱃대의 재를 불어 내고는 그 담뱃대를 몸종에게 주어 담배를 다져 넣게 했다. 그리고 두칭을 힐끗 보며 말했다.

"이 버릇없는 사람, 농담을 제법 잘 하는구먼."

왕룽의 사촌은 이렇게 죄다 둘러보고는 자기 어머니를 만나러 갔다. 왕룽이 그를 안내했다. 그의 어머니는 침대에서 자고 있었는데 아들이 소리를 질러도 도무지 일어나지 않았다. 그래서 그녀의 아들이 어머니의 침대 머리맡을 총 개머리판으로 쿵쿵 쳐서 간신히 깨웠다. 눈을 뜬 그의 어머니는 아직도 꿈을 꾸고 있는 듯이 아들을 멍하니 바라보았다. 아들이 버럭 소리를 질렀다.

"뭐야, 아들이 돌아왔는데도 잠만 자다니!"

어머니는 침대에서 몸을 일으켜 또다시 바라보더니 이상스럽다는 듯이 말했다.

"아들? 정말 내 아들이라……."

그리고 그녀는 아들의 얼굴을 뚫어지게 바라보다가 이윽고 어쩔 줄 몰라하는 양 아편대를 내밀었다. 이보다 더 좋은 환영의 뜻이 없다고 생각한 듯이 몸종에게 일렀다.

"조금 넣어 드려라."

아들은 어머니를 노려보며 말했다.

"필요 없어요. 그런 것 난 싫소."

왕룽은 사촌이 자기를 원망할까 두려워서 서둘러 선수를 쳤다.

"숙모님이 조금만 덜했어도 이렇지는 않았을 텐데 말야. 아편값으로 매일 은화 몇 닢씩 들어가지만 자꾸만 청하시니 거역할 수도 없고……."

왕룽은 안타깝다는 듯 말하며 한숨을 지었다. 그리고 사촌의 눈치를 살폈으나 상대방은 묵묵히 어머니를 노려보고 있었다. 어머니가 마침내 벌렁 드러누워 다시 잠들어 버리자 아들은 일어나 총을 지팡이 삼아 그 방에서 퉁탕거리며 나가 버렸다.

왕룽과 그의 가족들은 바깥채에서 웅성거리고 있는 군대들보다 친척인 이 사나이를 더 미워하고 두려워했다. 하긴 그 떼거리들이 행패를 부리지 않는 것은 아니었다. 그들은 꽃이 핀 오얏나무와 편도나무 같은 관목들을 함부로 비틀거나 꺾어 버리고, 큰 가죽 구두로 의자에 새겨진 섬세한 조각을 마구 망가뜨렸다. 잉어와 금붕어가 노닐고 있던 연못은 그들의 배설물로 더럽혀져 물고기들은 하얀 배를 드러내고 죽어서 물 위에 뜬 채 썩어 갔다. 그래도 크게 밉거나 공포의 대상은 되지 않았다.

그들에 비해 왕룽의 사촌은 어디든지 마음대로 드나들며 여종들에게 눈독을 들였다. 왕룽과 아들들은 감시하느라 밤잠을 못 자 얼굴이 까칠하고 눈이 움푹 꺼졌다. 두쳉이 그것을 보고 이렇게 말했다.

"방법은 하나밖에 없어요. 저 남자가 여기 머물러 있는 동안 여종을 하나 붙여 주어서 기분을 풀게 하는 거예요. 그러지 않으면 엉뚱한 짓을 하게 될지도 몰라요."

왕룽은 이 묘안에 찬성했다. 집안이 이렇게 시끄러워서야 도무지 살아갈 재간이 없을 것 같았기 때문이다. 그래서 두쳉을 사촌에게 보내서 여종을 다 훑어보았다면 누가 좋더냐고 물어 보게 했다.

두쳉은 시키는 대로 갔다가 돌아와서 말했다.

"그는 마님 침대 옆에서 자는 얼굴이 파르스름한 작은 애가 좋다고 하더군요."

이 얼굴이 파르스름한 여종은 리화(梨花)라는 계집애로, 기근이 들었던 해에 왕룽이 산 애였다. 그 뒤에도 늘 몸이 약해서 모두가 그애를 귀여워해 주었고, 일이라야 두쳉의 일을 돕는다거나 롄화의 담뱃대에 담배를 넣거나 차를 따르거나 하는 일 따위만 시켰다. 왕룽의 사촌은 그런 일을 하는 리화를 눈여겨보았던 것이다.

롄화에게 차를 따르고 있던 그녀는 이야기를 듣더니 그만 울음을 터뜨렸다. 찻주전자를 떨어뜨려 주전자가 바닥에서 산산조각이 나고 차도 다 엎질러졌으나 그런 일에는 아랑곳하지 않았다. 그녀는 그대로 롄화 앞에 몸을 던져 머리를 바닥에 조아리며 신음하듯 말했다.

"마님, 전 싫어요. 싫어요. 전 그 사람이 무서워 죽겠어요."

롄화는 불쾌하게 여기고 내뱉듯이 쏘아붙였다.

"그 사람은 어디 별난 사낸 줄 아니? 계집에게는 사내란 결국 그저 그런 거야. 뭘 그렇게 법석을 떠는 거지?"

그리고 두쳉을 향해서 말했다.

"이애를 데리고 가서 그 사람에게 주어라."

어린 소녀는 보기에 애처로울 정도로 두 손을 합장하고, 공포에 싸여 금방이라도 죽을 것처럼 울었다. 작은 몸을 공포로 와들와들 떨면서 애원하듯이 이 얼굴 저 얼굴을 돌아보며 울었다.

왕룽의 아들들은 아버지의 애첩인 롄화에게 반대할 수도 없었거니와 그들의 아내들 역시 반대의 뜻을 입 밖에 낼 수 없었다. 막내아들도 마찬가지로 한쪽에 서서 리화를 응시하고 있었다. 그는 가슴에 두 주먹을 불끈 쥐고 그 새까만 눈썹을 한일자로 찡그리고 있었다. 그러나 말은 없었다. 왕룽은 사뭇 마음이 어지러웠다. 롄화를 화나게 만들고 싶진 않았지만 애가 불쌍해서 이 일을 어떻게 하면 좋을까 하고 어린 여종을 바라보았다. 리화도 왕룽의 얼굴에 나타난 그 표정을 보고는 그만 그의 앞으로 달려들어 그의 다리를 붙잡고 머리를 발에 갖다 대며 계속 흐느껴 울었다. 왕룽은 흐느낌에 들먹거리고 있는 소녀의 갸냘픈 어깨를 내려다보며, 동시에 사촌의 그 억세고 사나운 육체를 견주어 보았다. 사촌에 대한 혐오감이 살아나자 왕룽은 목소리를 낮추어 두쳉에게 일렀다.

"아무래도 이 어린 아이를 강제로 보내는 건 좋지 않아."

부드러운 그의 말에 렌화는 언성을 높여 말을 가로막았다.

"말한 대로 하는 게 좋아요! 언젠가는 계집의 몸으로 한 번은 겪어야할 사소한 일을 갖고 이렇게 울다니, 그건 바보 짓이에요."

그러나 왕룽은 침착했다. 그는 렌화에게 말했다.

"우선 다른 방법이 없는지 생각해 보기로 하지. 임자가 다른 여종을 원한다면 사주겠고 무엇이든 원하는 대로 해 주겠어. 아무튼 다른 수를 쓰도록 해야겠어."

이렇게 말하자 렌화는 일찍부터 외국제 새 루비 가락지를 갖고 싶던 참이라 갑자기 입을 다물어 버렸다. 왕룽은 두쳉에게 말했다.

'내 사촌에게 가서, 이 아이에겐 무서운 불치의 병이 있는데 그래도 좋은지 물어 봐라. 그러나 만약 병을 무서워한다면 병이 없는 다른 계집을 데리고 오겠다고 말하고 와."

그렇게 말하고 그는 둘레에 서 있는 여종을 둘러보았다. 모두가 얼굴을 가리고 킥킥 웃으며, 부끄러운 듯한 태도를 보였다. 그러나 스무 살 남짓된 건강한 촌뜨기 같은 계집 하나가 얼굴을 붉히고 웃으면서 말했다.

"저, 사내와 잔다는 얘길 여러 번 들었지만, 저라도 괜찮다면 한번 그래 보고 싶어요. 그 사람은 별로 무서운 사람 같지 않던데요, 뭐."

왕룽은 천만다행으로 생각했다.

"좋아, 그렇다면 네가 가거라!"

두쳉이 말했다.

"내게 바싹 따라와. 가장 가까운 열매부터 따먹으려고 덤비는 사내니까."

리화는 아직도 왕룽의 발 앞에 엎드려 있었다. 그러나 벌써 울음을 그치고, 오가는 얘기에 귀를 기울이고 있었다. 렌화는 이 여종에 대한 화가 아직 풀리지 않아 벌떡 일어나 한 마디 말도 없이 자기 방으로 들어가 버렸다. 왕룽은 조용히 리화를 일으켜 세웠다. 그녀는 고개를 숙이고 창백한 얼굴로 그의 앞에 섰다. 그 작고 고운 달걀 모양의 얼굴이 더없이 가냘프고 새삼 어여뻐 보였고, 작은 입술마저 얇고 발그레해 보였다. 왕룽은 부드럽게 타일렀다.

"하루나 이틀쯤 마님의 화가 풀릴 때까지 나서지 않는 게 좋아. 그리고 그 사람이 들어와서 너를 욕보이지 않도록 숨어 있어라."

그러자 그녀는 왕룽을 쳐다보며 정열이 담긴 시선을 남기고 그림자처럼 소리 없이 사라졌다.

사촌은 이 집에서 한 달 반 가량 머물러 있으면서 언제나 그 촌뜨기 계집을 데리고 잤다. 그녀는 임신한 사실을 온 집안에 자랑했다.

이윽고 갑작스러운 소집을 받고 그 떼거리들은 바람에 휩쓸려 가는 쓰레기같이 일시에 떠나가 버렸다. 왕룽의 사촌은 떠나기에 앞서 그의 허리에 칼을 차고, 총을 어깨에 멘 후 떼거리 앞에 서서 비웃듯이 말했다.

"내가 이제 살아 돌아오지 못한다고 해도 내 대신 자식을 만들어 두었지. 내 어머니께는 손자를 말야. 한두 달 머무는 동안 남들은 아무도 그러지 못했지만 난 자식을 남겨 둘 수가 있었단 말야. 이것이 군인생활 중 재미의 하나라는 거야. 떠난 뒤에 씨앗이 싹을 트면 수고할 사람은 내가 아닌 딴사람이란 말이야!"

그는 크게 웃고는 같이 왔던 군인들과 함께 떠나갔다.

32

군인들이 떠나간 뒤 왕룽과 그의 장남과 둘째, 이 세 사람은 오랜만에 의견의 일치를 보았다. 그것은 어질러진 집안을 말끔히 씻어 내야 한다는 것으로, 목수는 물론 석수까지 불러들였다. 하인들을 시켜 집안 청소를 깨끗이 하고, 목수에게 깨진 조각물이며 망가진 탁자들을 손보게 했다. 또한 연못을 청소하고 맑은 물로 채웠다. 장남은 연못에 또다시 점박이 무늬가 있는 금붕어를 사다 넣는 한편, 꽃나무도 다시 심고 아직 남아 있는 부러진 나무들도 곱게 가지를 잘랐다. 이렇게 함으로써 1년이 채 못 되어 집안은 그런 대로 깨끗하고 환하게 되었다. 따라서 식구들 제각기 자기네의 처소를 되찾았고, 모든 것이 질서를 회복했다.

왕룽은 사촌 동생의 애를 밴 여종을 숙모에게 보냈다. 숙모가 살 날이 얼마 남지 않았으므로 숙모가 죽으면 입관식도 하도록 명령했다. 여종은 딸을 낳았다. 왕룽은 그녀가 계집애를 낳은 걸 천만다행으로 생각했다. 그녀가 만약 아들을 낳았더라면 큰 소리치고 집안 식구로서 행세하려고 했을 것이지만, 다행히 계집애였기 때문에 여종이 여종을 낳은 결과밖에 되지 않아 그녀의 신분은 전과 조금도 변한 게 없었다.

그렇다고 해서 왕룽은 그녀에게 섭섭하게 대하지는 않았다. 숙모가 세상을 떠난 뒤 만약 그녀가 바란다면 그 방과 침대까지 주겠다고 단단히 약속했다. 이 집은 워낙 커서 방이 예순 개나 있었으므로 그애에게 방 하나쯤 내주어도 되었다. 그 외에 그녀에게 얼마쯤 은전도 주었다. 왕룽에게서 돈을 받을 때 그녀가 말했다.

"그 돈은 제가 시집갈 때까지 보관해 주세요. 그리고 어려운 청입니다만 농사짓는 사람이나 가난하더라도 착한 사람이 있으면 배필로 정해 주셨으면 해요. 서방님과 같이 지내다가 혼자 잠자리를 지키기가 여간 어려운 게 아녜요. 은혜는 잊지 않겠어요."

그녀의 소청에 왕룽은 쾌히 승낙했다. 그러면서 왕룽은 문득 한 가지 생각이 떠올랐다. 그 자신도 너무나 헐벗고 가난한 사람이 아니었던가. 그래서 아내를 얻으려고 바로 이 황 대인 집에 오지 않았던가. 그는 오랫동안 오란을 잊어버리고 있었다. 지금 비통한 심정으로 그녀를 생각하고 있었지만, 그것은 슬픔이라기보다 그 옛날의 버릴 수 없는 추억이었다. 또 오란은 그로부터 아득히 멀리 떨어져 있는 존재에 불과했다. 그는 매우 침통한 투로 말했다.

"숙모가 돌아가신 뒤 적당한 사람을 골라 주마. 숙모님은 아편을 그렇게 피우고는 오래 사시지 못할 게다."

어느 날 아침 그 여종이 와서 여쭈었다.

"이제는 약속한 대로 해 주셔야 돼요. 오늘 새벽에 마님께서는 돌아가시고 말았어요. 제 손으로 입관까지 했고요."

이렇게 되자 왕룽은 그의 소작인 가운데서 적당한 사람을 물색해 보았다. 마침 칭 서방을 죽게 만든 그 덩니박이 머슴이 문득 생각났다.

'그래, 그가 그렇게 한 것도 고의는 아니었어. 다른 사람과 마찬가지로 선량한 친구지. 지금 생각나는 건 그 친구뿐인걸.'

왕룽은 대청의 높직한 의자에 턱 걸터앉아서 두 사람을 앞에 불러다 놓고는 천천히 입을 열었다. 이 이상야릇한 순간을 충분히 즐기고 싶었다.

"이 봐, 네가 원하기만 하면 이 여자를 데리고 살아도 좋다. 이 여자는 내 사촌 동생 말고는 남자란 아무도 모른다."

총각은 왕룽의 말을 감지덕지 받아들였다. 그 여종은 몸이 튼튼할 뿐만 아니라 마음씨 또한 고왔다. 그 총각은 몹시 가난하기 때문에 이런 여자가 아니면 색시를 얻을 길이 없었다.

왕룽은 높직한 의자에서 내려왔다. 그는 이것으로써 자기 생애도 한물 갔거니 하는 생각이 들었다. 그가 그의 생애를 통하여 이루고자 마음먹었던 온갖 것을 다 이루었을 뿐더러 꿈도 꿀 수 없었던 일까지 성취했다. 그 모든 것을 어떻게 다 성취했는지 그 자신도 모를 일이었다. 이제야 비로소 그에게 진정한 평화가 찾아왔으며, 양지쪽에서 늘어지도록 낮잠을 잘 수 있겠다고 느꼈다. 그의 나이도 어느덧 예순여섯 살에 가까웠고, 그의 손자들은 무럭무럭 자라나고 있었다. 장남에게는 열 살 나는 맏이를 시작으로 아들이 셋이나 있었고, 둘째에게도 아들이 둘이 있었다. 가까운 장래에 셋째도 장가를 보내야겠고, 그것이 끝나면 왕룽은 걱정이 없는 한가한 노인이 될 수 있었다.

그러나 평화는 좀처럼 찾아오지 않았다. 각자의 처소에서 따로 살 때에는 그럴 수 없이 사이좋게 지내더니, 군인들이 들어와서 한 처소에 살 때부터는 서로 원수가 되어 버렸다. 며느리들은 틈만 있으면 싸워댔고 잘 놀아야 할 애들도 역시 만나기만 하면 티격태격이었다. 아이들 싸움이 어른 싸움이 되어 서로 자기 자식 편을 들어 상대방의 아이들을 때리곤 했다. 자연히 맏며느리와 둘째 며느리의 반목은 심해져 갔다.

맏며느리는 작은며느리가 나타날 때마다 고개를 똑바로 쳐들고 거만하게 소리내어 웃었다. 언젠가 맏며느리는 작은며느리가 지나갈 때 일부러 자기 남편에게 큰 소리로 지껄였다.

"그럼, 저 천덕궁이 계집의 바탕이 어련할라고요. 저런 여자를 집안 식구로 맞았다니, 기막힐 노릇이에요. 사내가 빨간 고깃덩어리 같다고 해도 뭐가 그리 좋은지 얼굴을 맞대고 히히덕거리니 말예요."

이 말을 들은 작은며느리는 대뜸 큰 소리로 뒤에서 대꾸했다.

"오라, 형님은 사내가 자기더러 찬 물고기 같다고 했더니 나를 시기하는 거로군요!"

이러면서 두 여인은 날이 갈수록 사이가 벌어져 앙심만 품게 되었다. 더구나 맏아들과 둘째 아들 의마저 좋지 않았기 때문에 그녀들의 갈등은 한층 더해 갈 뿐이었다. 맏아들은 성 안의 양가집에서 자란 아내가 자기와 자기 집안을 행여나 허술하게 볼까 그게 두려웠고, 둘째 아들은 그 나름대로 형의 씀씀이가 너무 헤픈 탓으로 유산을 분배받기 전에 형이 재산을 축내는 것을 못마땅하게 여겼다. 형의 입장에서 보면 동생이 아버지의 재산을 속속들이 알고 있고, 형인 자기가 쓰는 돈까지 자세히 알고 있을 뿐만 아니라 형인 자기는 어린애처럼 아버지에게 그 수입에 대해 이것저것 물으러 가지 않으면 안 될 형편이어서 이것이 형으로서 대단한 수치가 아닐 수 없었다. 그래서 아내들끼리의 싸움은 바로 형제간의 싸움으로 발전하기 십상이었고, 두 집은 성난 목소리가 그치지 않아, 왕룽은 이러한 가정불화에 은근히 속이 상했다.

또한 왕룽도 렌화와의 사이가 그전 같지 않았다. 리화를 구해 준 것이 원인이 되어 렌화와의 사이에 금이 가기 시작한 것이다. 그전과 다름없이 충직하게 렌화의 시중을 들어 종일 담배 심부름에서 온갖 잔일을 했고, 밤에도 렌화가 잠이 오지 않는다고 하면 그녀의 팔다리까지 주물러 주며 온갖 신경을 쓰지만, 그래도 렌화는 탐탁하게 여기질 않았다.

왕룽이 렌화의 방에 들어오면 그녀는 급히 리화를 방에서 내보냈고, 남편에게 왜 그 계집애를 눈독들이느냐고 노골적으로 질투했다. 왕룽으로서는 리화를 불쌍하게 생각했고, 그의 백치 딸처럼 돌봐 주어야 한다고 생각할 뿐이었다. 그러나 렌화가 빗대놓고 그를 비난하는 바람에 관심을 가지고 리화를 보니, 잠잠했던 그의 피가 다시금 끓어오름을 느꼈다.

그리하여 그는 웃으면서 렌화에게 말했다.

"뭐라고? 원 당치도 않은 소리. 일 년에 네댓 번도 당신 방에 올까말까 한 나한테 무슨 기운이 남아 있다고 그러는 거지?"

그러면서 왕룽은 곁눈질로 리화를 훔쳐보았다. 마음이 은근히 그리로 쏠리긴 했다.

더구나 렌화는 다른 일에는 얼뜨지만 단 한 가지, 다시 말해 남녀 관계에 있어서는 빨랐다. 남자는 늙으면서 짧은 기간 동안 불꽃처럼 청춘의 정열이 되살아난다는 것을 그녀는 환히 알고 있었다. 그래서 리화를 시기했으며 그 계집을 찻집에 팔겠다는 말까지 했다. 그러나 늙고 게으른 두쳉은 자신을 편하게 해 주지 못했기 때문에 내보내고 싶지 않기도 했다. 리화는 자기의 마님이 무얼 바라고 있는가를 재빠르게 판단하여 시원스럽게 처리해 나갔다. 그러니까 렌화로서도 팔아 버리고 싶지만 갈피를 잡을 수 없었고, 신경질만 더욱 늘어갈 뿐이었다. 이런 신경질 때문에 왕룽은 그녀를 대하기가 더 싫어져, 여러 날씩 그녀의 방에 들지 않았다. 세월이 가면 풀어지겠지, 그때까지 기다려 보자고 왕룽은 생각했다. 그러는 동안에도 왕룽은 그 자신도 미처 알 수 없이 그 청초하고 예쁘장한 리화에게 자꾸만 마음이 쏠리는 것은 어쩔 도리가 없었다.

그 무렵 아낙네들의 불화만으로는 부족했던지 왕룽의 막내아들이 색다른 문제를 일으켰다. 군인들이 집에 머물고 있을 때 그들이 지껄이는 이야기에 귀가 솔깃했던 모양이었다. 그 뒤부터는 늙은 가정교사에게 자청하여 《삼국지》며 《수호지》 같은 소설을 읽어 달라고 했고, 그의 머리는 허황된 꿈으로 가득 차게 되었다.

드디어 그는 아버지 앞에 나와서 말했다.

"저는 결심했습니다. 군인이 되어 전쟁에 나갈 것을 말입니다."

이 말에 왕룽은 소스라치게 놀랐다. 이것이야말로 그가 여태까지 받은 충격 중에서 가장 격심한 것이었다. 그래서 왕룽은 버럭 소리를 질렀다.

"그 따위 미친 소리가 어딨어? 나는 자식들 때문에 평생 속만 썩어야 한단 말이냐!"

그러나 다음 순간 막내아들의 검은 눈썹이 한일자로 그어져 꿈틀거리는 것을 보자 곧 다정한 목소리로 타일러 보려 했다.

"옛말에 이르기를 좋은 쇠로는 못을 만들지 않는다고 했듯이 훌륭한 사람은 군인이 되지 않는다고 했다. 너는 나에게 가장 소중한 막내아들이다. 네가 군대로 나가 이곳저곳 전쟁터로 돌아다닌다면 내가 한시라도 편히 잠을 이룰 수 없잖느냐?"

그러나 막내아들의 결심은 대단했다. 그는 아버지의 얼굴을 바라보고는 짙은 눈썹을 내려뜨며 이렇게 말했다.

"그래도 꼭 가야겠어요."

왕룽은 어떻게든 아들의 마음을 돌려 보려고 한층 부드럽게 말을 했다.

"네가 공부를 한다면 어디든 좋은 학교로 보내 주마. 남쪽 대학이든 또 진기한 것을 배우기 위해서라면 외국 유학이라도 보내 주겠다. 군대에만 안 가겠다면 네가 꼭 가고 싶은 데면 어디든지 보내 준다니까. 나처럼 돈도 있고 농토도 있는 사람이 자식을 군대에 보낸다면 그것처럼 남들에게 창피할 데가 또 어디 있겠느냐, 응?"

그러나 막내는 잠자코 있었다. 왕룽은 또다시 어르는 투로 말했다.

"무엇 때문에 군인이 되겠다는 거냐? 어디 이유나 들어 보자."

아버지의 말에 아들은 눈을 빛내며 입을 열었다.

"여지껏 들어 보지 못한 큰 전쟁이 일어나요. 생각도 못 했던 혁명과 투쟁의 전쟁이 말입니다. 그리고 우리의 토지는 해방됩니다!"

왕룽은 깜짝 놀랐다. 여태까지 세 아들로부터 이런 끔찍한 말을 들어 본 적이 없었다. 그는 이상해서 물었다.

"무슨 잠꼬대 같은 말인지 나는 하나도 못 알아듣겠구나. 그래, 우리의 땅이 해방되지 못한 게 뭐지? 우리는 현재 우리들 마음대로 소작을 주고 싶은 사람에게 줘서, 그 토지에서 나오는 돈과 좋은 곡식을 얻지 않니? 그래서 너희들도 호의호식하며 살아나간다. 그 이상 뭐가 있단 말이냐."

그러나 아들은 쓰디쓴 표정을 지으며 중얼거렸다.

"아버지는 모르실 겁니다. 아버지는 연로하셔서 아무것도 모르십니다."

왕룽은 어처구니없다는 듯 아들의 얼굴만 바라볼 뿐이었다. 막내의 젊은 얼굴은 고민으로 가득 차 있었다. 왕룽은 다시 생각해 보았다.

'나는 이 아들에게 무엇이든 다 해 주었다, 생명까지도. 내 뒤를 이어 농토를 관리할 애가 없어짐에도 불구하고, 나는 이 아들이 농사일을 등지는 것도 허락해 주지 않았는가. 그리고 집안에 공부한 자식을 둘씩이나 두고도 그 이상 가르칠 필요가 없는 공부까지 이 아들에게는 시키지 않았나.'

왕룽은 이렇게 생각하면서 아들의 얼굴을 뚫어지게 노려보고 나서 다시 생각하였다.

'하지만 이 자식이 가진 건 죄다 내게서 받은 게 아닌가.'

왕룽은 아들을 유심히 바라보았다. 아직 애송이긴 하나 이제는 늠름한 청년이었다. 그러나 욕정 같은 것으로 고민하는 눈치는 아니었다. 왕룽은 중얼거리듯 약간 음성을 높여 의심쩍게 말했다.

"그래, 무엇인지 필요한 게 한 가지 더 있는 모양이로구나. 참, 그렇지. 장가를 얼른 보내 주마."

그러나 아들은 갑자기 얼굴을 찡그리며 불타는 듯한 눈길로 아버지를 노려보았다. 그리고는 방금 한 말을 비꼬듯이 쏘아붙였다.

"그러시면 저는 정말 도망가 버리겠어요. 큰 형님처럼 여자가 만사 해결이 아니란 말입니다."

왕룽은 자기의 판단이 그릇됨을 알자 재빨리 변명하듯 말했다.

"아니, 아니…… 너를 장가보내겠다는 게 아니야. 내가 말한 건 네가 좋아하는 계집종이라도 있을까 해서……."

이 말에 막내는 팔짱을 끼고 거만하게 위엄을 갖추어 대답했다.

"저는 다른 남자들과는 다릅니다. 제게는 이상이 있습니다. 남다른 영광을 꿈꾸고 있단 말씀예요. 계집 따위는 어디나 널려 있습니다."

이렇게 말한 그는 갑자기 잊었던 것을 깨닫기라도 한 듯 교만스러운 태도를 바로잡고 팔짱을 풀고는 평상시와 다름없는 투로 말을 이었다.

"더욱이 우리 집의 종년들같이 추잡한 것들만 모아 놓기도 힘들 것입니다. 제가 좋아하는 종년이 있다면, 실은 좋아하는 것도 아닙니다만, 안채에 있는 얼굴이 예쁘장한 계집애를 빼놓고는 어디 예쁜 종년이라곤 있어야 말이죠."

왕룽은 막내의 말이 리화를 가리킨다는 것을 깨닫자 야릇한 질투를 느꼈다. 그는 불현듯 더 늙은 것 같은 생각이 들었다. 그는 늙어서 백발이 성성하고 몸이 비대하고 우둔한 데 비하여 그의 막내는 날씬하고 젊었다. 그 순간 그들은 부자간을 떠난 두 사내였다. 즉 노인과 청년이었다. 왕룽은 화를 내며 말했다.

"종년들에게 눈독들이면 못 써. 우리 집에서는 아들의 방탕한 행동을 눈감아 줄 순 없다. 우리는 바탕이 점잖고 건전한 시골 사람들이야. 그러므로 그 따위 짓을 우리 집안에선 용서 못해!"

그러자 막내는 눈을 부릅뜨고 검은 눈썹마저 치켜올리고선 어깨를 으쓱해 보이며 아버지에게 대들었다.

"아버지가 말을 먼저 꺼내 놓고서는 왜 그러시는 거죠?"

말을 끝내자 몸을 돌려 나가 버렸다.

왕룽은 혼자가 되어 자기 방 탁자 옆에 앉아서 한없는 슬픔과 밀려오는 고독을 느꼈다. 그는 중얼거렸다.

"하여간에 우리 집은 편한 구석이라고는 없군."

그의 마음은 갈피를 잡을 수 없이 뒤숭숭해 갖가지 분노가 들끓고 있었다. 그러나 그 자신은 이유를 알 수 없지만, 막내아들이 귀여운 리화에게 눈독을 들인다는 사실이 그에게 더욱더 노여움을 갖게 했다.

33

왕룽은 막내아들이 리화에 대해 한 말을 머리에서 지워 버릴 수가 없었다. 그리하여 그는 리화가 드나들 때마다 눈길을 떼지 않았다. 자신도 모르게 그의 마음은 리화에게 쏠리기만 했고, 그녀에게 흠뻑 빠져 있었다. 그렇다고 해서 입밖에 낼 성질의 것도 아니었다.

그 해 초여름 어느 날 밤이었다. 훈훈한 바람과 꽃 향기가 그윽한 속에 왕룽은 그의 방 앞뜰의 계수나무 아래 홀로 앉아 있었다. 계수나무의 꽃향기가 코를 찌르는 곳에 앉아 있자니까, 그의 피는 청춘을 되찾은 듯 뜨겁게 끓어오르며 혈관 속을 달렸다. 그날따라 아침부터 그랬다. 그래서 그는 밭에 나가 대지를 직접 자기 발로 느껴 보고 싶은 충동이 일었다. 신과 버선을 벗고 맨발로 흙을 느끼며 걸어 보고 싶었다.

그는 이제 성 안에 살고 있으며 그 자신 농부가 아닌데다가 대지주이며 부자였기에 남들에 대한 체면 때문에 차마 그렇게 하지는 못했다. 그는 초조한 마음으로 뜰을 서성거렸으며, 렌화가 나무 그늘에 앉아 담뱃대를 물고 있는 근처에는 아예 가지도 않았다. 그녀는 남자의 마음을 꿰뚫어보는 비상한 눈을 가지고 있었으므로 그의 안절부절못하는 이유를 금세 알아챌 것이기 때문이었다. 그러므로 그는 혼자서 어슬렁거리고 있었다. 그는 막내아들의 모습을 지울 수가 없었다. 키가 훤칠하고 검은 눈썹이 한일자로 쭉 그어진 늠름한 젊은이의 모습이 선명하게 떠올랐고, 그런 다음에는 리화의 모습이 떠올랐다.

그는 혼자 중얼거렸다.

"우리 막내놈은 딱 열여덟 살일 거고, 리화는 아마 열여덟은 조금 못 되었을 게다."

왕룽은 자신의 나이가 얼마 안 있어 70이 된다는 것을 생각하니 지금의 그 정열이 오히려 부끄러워졌다. 그래서 그는 딱 잡아 결단했다.

"리화를 그놈에게 주는 게 좋겠어."

왕룽은 이 말을 되풀이하며 그 자신을 타일렀다. 그러나 그렇게 말할 때마다 자기 살을 찌르는 듯한 아픔을 느꼈다.

그날은 몹시 쓸쓸하고 지루했다.

밤이 다가왔어도 그는 홀로 뜰에 앉아 있었다. 이 집에서 털어놓고 이야기할 상대란 한 사람도 없었다. 밤공기는 계수나무의 꽃향기를 함빡 품어 훈훈하기만 했다.

그 계수나무 아래 어둠 속에 앉아 있을 때 누군가 문 밖을 지나갔다. 얼핏 보니 리화인 것 같았다.

"리화야!"

그의 목소리는 속삭이듯 흘렀다. 리화는 걸음을 멈추고 소리에 귀기울였다.

"이리 온!"

재차 그의 목소리를 들은 리화는 약간 멈칫거리면서도 중문을 열고 들어와 그의 앞에 섰다. 어두컴컴해서 볼 수는 없었으나, 그래도 느낄 수 있었다.

왕룽은 손을 뻗어 리화의 적삼 소매를 잡고 숨이 막힌 투로 다시 입을 뗐다.

"얘야."

왕룽은 말이 끊겼다. 자기 자신이 너무나 늙었고, 리화 나이 또래의 손자와 손녀들이 있다는 생각이 들어 수치감에 앞서 말문이 막혔던 것이다. 왕룽은 다만 리화의 적삼만을 만지작거리고 있었다.

왕룽의 다음 말을 기다리고 있었던 리화는 그의 열기를 알아채고는 꽃잎이 떨어지듯 땅에 쓰러져 그의 발목을 부둥켜안고 엎드렸다. 그러자 왕룽이 입을 열었다.

"얘야, 나는 늙었어…… 너무나 늙었어."

왕룽의 말에 리화가 대꾸했다.

"저는 영감님이 좋아요…… 영감님이. 영감님은 친절하시거든요."

리화의 목소리는 어둠 속에서 마치 계수나무의 입김처럼 하늘거렸다.

왕룽은 리화에게 몸을 약간 굽히고는 다시 부드럽게 말했다.

"너처럼 작은 애는 키도 크고 몸이 튼튼한 젊은 사내를 낭군으로 맞아야 할 거야."

그리고 '내 막내아들 같은 애 말야' 하고 마음 속으로는 말했으나 결국 입밖에 내지는 못했다. 괜한 말을 했다가는 리화가 정말 그런 생각을 품게 될는지 모르기 때문이었고, 만약 그렇게 된다면 참을 수 없을 것 같았다.

리화는 말했다.

"젊은이들은 친절하지 못해요. 난폭하기만 하고요."

아직도 어린 티가 가시지 않은 목소리가 발 밑에서 떨며 울리는 것을 들은 왕룽은 리화에 대한 벅찬 애정이 가슴에서 끓어오르는 것을 느꼈다. 왕룽은 부드럽게 리화를 안아 일으켜 그의 방으로 데리고 들어갔다.

왕룽은 부드럽게 리화를 품에 안고 누워서, 늙어 축 처진 그의 살에 그녀의 가볍고 젊은 육체를 느끼는 것만으로 만족하였다. 낮에는 그녀를 바라보는 것과 그의 손에 그녀의 옷자락이 스치는 것으로 만족했다. 그리고 밤이면 그녀의 몸이 자기 곁에 조용히 누워 있는 것만으로 만족했다. 그렇듯 사랑하고 있으면서도 다만 그것만으로 만족할 수 있는 늘그막의 색다른 애욕에 그는 다시금 놀라움을 느꼈다.

리화로 말하자면 그리 정열이 많은 계집애는 아니었다. 그녀는 다만 왕룽을 아버지처럼 따르고, 실상 왕룽도 그녀를 한 이성으로서보다는 아직 어린 아이로만 여겼다.

그러나 이 일은 쉽사리 알려지지 않았지만 누구보다도 먼저 눈치챈 사람은 두쳉이었다. 두쳉은 어느 날 새벽에 리화가 왕룽의 방에서 몰래 빠져나오는 것을 보고 그녀를 붙잡았다. 그리고는 늙은 독수리 같은 눈을 빛내며 웃음을 지었다.

"오라, 또 영감님 방에서 나오는구먼."

방 안에서 이 소리를 들은 왕룽은 급히 옷을 주워 입고 밖으로 나와서는 어색한 웃음을 지으며, 한편 자랑스러운 듯이 낮은 목소리로 말했다.

"나는 말이다. 그애더러 젊은 사람한테 시집가라고 해도 한사코 늙은 사람한테 오겠다는구나."

"마님에게 고해바치기 좋은 일이군요."

두쳉은 심술궂은 눈을 번뜩이며 말했다.

"나도 어떻게 해서 이 일이 벌어졌는지 모르겠어. 내 본심은 계집을 끌어들일 생각이 아니었는데 어쩌다가 이렇게 되어 버렸구먼."

왕룽은 조용히 대답했다.

"좌우지간 마님께 여쭙겠어요."

두쳉이 이렇게 말하자 왕룽은 렌화가 노여워할 것이 무엇보다도 두려워 두쳉에게 청을 했다.

"말을 해도 좋겠지만 말야. 렌화가 내 앞에서 앙탈만 안 부리게 해 주면 은화를 주지."

짓궂게 웃으면서 고개를 흔들던 두쳉은 결국 승낙했다.

왕룽이 방에 들어가 한참 동안 기다리자 두쳉이 돌아와 말했다.

"그 얘기를 했더니 말예요. 처음에는 펄쩍 뛰시더군요. 그래서 이렇게 얘기했죠. 마님이 그전부터 가지고 싶었고, 또 영감님께서 사 주신다고 말씀하신 시계 이야기를 꺼냈죠. 그랬더니 마님께서 뭐라고 하신 줄 아세요. 홍옥반지도 한 손에 하나씩 끼도록 해 주시고, 또 생각나는 대로 다른 것도 청하시겠대요. 그리고는 리화를 대신할 몸종을 사 주시고, 리화는 마님 앞에 다시는 나타나지 말래요. 또한 영감님도 싫으니까 당분간 근접……"

왕룽은 그렇게 하겠다고 다짐했다.

"소원이라면 뭐든 사 주지, 돈은 얼마든지 있으니까."

왕룽은 렌화를 만나지 않게 된 게 오히려 기뻤다. 그리고 그 동안 렌화가 갖고 싶은 것을 갖게 되면 노여움도 풀리리라 생각했다.

나머지 세 아들이 문제였다. 왕룽은 자기가 한 일을 생각하면 그들과 얼굴을 맞대기가 이상하게도 쑥스러웠다. 그는 자신에게 말했다.

'나는 이 집의 가장인데, 내 돈으로 산 종을 내가 마음대로 하는 게 뭐

가 어쨌다는 거지?'

그러나 역시 부끄러움은 마찬가지였다. 그러는 반면 사람들이 자기를 할아버지라고만 여기고 있는데, 그 자신 아직도 원기왕성하다고 느낄 수 있어서 은근히 자랑스러운 마음도 들었다. 왕룽은 아들들이 그의 방으로 빨리 찾아오기를 기다렸다.

둘째 아들이 맨 먼저 찾아왔다. 둘째는 가뭄 때문에 금년 가을의 추수가 예년의 3분의 1밖에 안 될 것이라고 걱정이 태산 같았다. 그러나 왕룽으로서는 요즘 비가 오건, 가뭄이 들건 그런 것은 신경을 쓰지 않았다. 추수가 얼마 안 된다 해도 지난 해에 남은 돈과 양곡 시장에서도 받을 돈이 있을 뿐만 아니라, 둘째가 그를 대신해서 모은 막대한 돈을 비싼 이자로 늘리고 있기 때문에 걱정이 없었다.

아무튼 둘째는 그런 이야기를 하면서 슬금슬금 방 안을 둘러보는 눈치가 아마도 자기가 들은 소문을 확인하려고 리화를 찾고 있는 게 분명했으므로 왕룽은 침실에 숨어 있는 리화를 불러 냈다.

"애야, 차 좀 가져오너라. 내 아들 것도……"

그때서야 리화는 차를 가지고 나타났다. 창백할만큼 예쁜 얼굴은 복숭앗빛으로 붉어져 있었다. 그녀는 고개를 숙인 채 조심조심 걸어왔다. 둘째는 아직 소문을 믿을 수 없다는 듯 그녀를 빤히 쳐다보았다.

둘째는 리화에 대하여 한 마디도 하지 않고, 중단되었던 농토 얘기며 아편을 피우기 시작하여 농사일에 게으름을 피우는 소작인을 연말에 바꿔야겠다는 등의 이야기를 늘어놓았다.

부자간에 차를 마시며 이런 이야기를 주고받았으며, 둘째는 확인하려던 일을 모두 보고서야 물러갔다. 그리하여 둘째와의 대면은 쉽게 끝났다.

그날 한나절이 다 되어서야 장남이 찾아왔다. 왕룽은 장남의 당당한 풍채에 내심 두려움을 금치 못했다. 그래서 처음에는 리화를 부르지 않고, 담배만 뻐끔거리며 앉아 있었다. 장남은 점잔을 빼며 아버지에게 예의를 갖춰 문안 인사를 드렸다. 왕룽도 침착한 어투로 되도록이면 짧게 인사를 받았다. 그리고는 아들의 얼굴을 훑어보며 두려운 마음을 가라앉혔다.

왕룽은 장남이 성 안 출신인 그의 아내를 두려워하고 있고, 또 무엇보다도 점잖을 가장하려고 애쓴다는 점을 알고 있었다. 왕룽의 마음에는 그 자신도 의식하지 못한 농부의 정신이 되살아나서, 이전에도 그랬지만 장남에게 체면을 차리지 않으려 했고, 잘 보이려고도 하지 않았다. 그리하여 마음을 느긋하게 먹고 리화를 불렀다.

"자, 아들이 또 한 명 왔으니 차를 따라야지."

리화가 차를 따르는 동안 아버지와 아들은 아무 말 없이 앉아 있었다. 그녀가 물러간 뒤에야 찻잔을 들었다. 왕룽은 장남의 눈을 자세히 들여다보았다. 한 남자로서 은근히 부러워하는 표정이었다. 그들은 차를 마셨다. 이윽고 장남은 고르지 않은 탁한 목소리로 입을 열었다.

"저는 믿어지지 않습니다."

"아니, 내 집에서 내가 하고 싶은 일을 했는데, 왜 그러는 거지?"

왕룽은 태연하게 반문했다.

아들은 한숨을 푹 내쉬고는 잠시 뜸을 들였다가 말했다.

"물론 아버지는 돈이 많으시니까 마음내키는 일은 무엇이든 하실 수 있습니다. 하기야 남자란 한 여자로는 만족할 수 없는가 봅니다. 누구나 그런 시절이 오나 봐요."

왕룽은 속으로 웃었다. 장남이 본래 성욕이 왕성하다는 것을 알고 있었다. 그가 성 안에서 자란 정숙한 아내에게 언제까지나 죽어 지내지는 않을 것이며, 장차 언제고 그의 본성을 드러낼 것을 생각하니 왕룽은 웃음이 절로 나왔다.

장남은 그 이상 말하지 않고 그냥 앉아 있다가 무슨 생각이 떠오른 듯이 훌쩍 나가 버렸다. 왕룽은 담배만 피우며 앉아 있었다. 그는 늙어서도 이렇게 하고 싶은 일을 한 것이 여간 자랑스럽지가 않았다.

막내가 찾아왔을 때는 이미 밤이었다. 왕룽은 중간방에 앉아 탁자 위에 빨간 촛불을 켜놓고 담배를 피우며 앉아 있었다. 탁자 맞은편에는 리화가 양 손을 무릎에 얹어 놓고 입을 다문 채 그림처럼 앉아 있었다. 그녀는 때때로 어린애처럼 물끄러미 왕룽을 바라보았다. 왕룽은 그러한 리화를 보고 자기가 한 일을 자랑스럽게 느끼고 있었다.

이쯤에 셋째 아들이 들이닥쳤다. 어두컴컴한 안뜰에서 불쑥 나타난 그가 방 안에 들어서는 것을 본 사람은 아무도 없었다. 왕룽은 지난날 마을 사람들이 산에서 산 채로 잡아온 표범을 연상했다. 그 표범은 결박된 그대로였으나 적에게 달려들 것처럼 웅크린 자세였고 눈을 번뜩였었다. 막내의 눈빛이 바로 그러했다. 짙은 눈썹이 한일자로 무서울 정도로 치켜올라가 있었다. 막내는 잠시 그대로 장승처럼 서 있다가 나지막하나 힘 있는 목소리로 입을 열었다.

"이번에야말로 가겠습니다. 꼭 군인이 되겠어요."

왕룽으로서는 맏아들과 둘째는 그다지 두렵지 않았지만 태어날 때부터 별로 관심이 없던 이 막내가 갑자기 두려워졌다.

왕룽은 담배를 뻐끔거리면서 말더듬이같이 무얼 중얼거렸지만, 담뱃대를 입에서 뗐을 때엔 그나마도 말이 막혀 버렸다. 그는 아들을 노려보고 있을 뿐이었다. 막내는 되풀이해서 말했다.

"저는 가겠습니다. 이제 갑니다."

막내는 느닷없이 시선을 돌려 리화를 보았다. 시선이 부딪힌 리화는 그만 자지러지게 놀라 그를 보지 않으려고 애써 두 손으로 얼굴을 가렸다. 막내는 리화에게서 시선을 멀리하고 방에서 뛰쳐나갔다. 왕룽은 열려진 네모난 문으로 바깥을 내다보았다. 고요한 여름 밤이었다.

드디어 그는 리화를 향해 부드럽고 온화한 투로 말했다.

"리화야, 나는 너를 상대하기에는 너무나 늙었구나. 나는 그걸 알고 있단다. 나는 늙다리야."

왕룽의 자존심은 온데간데없고 애수에 젖어들기만 했다.

리화는 얼굴을 가리고 있던 손을 내리고는 그가 일찍이 들어 보지 못했을 정도로 절규하듯 소리쳤다.

"젊은이들은 인정이 없어요……. 저는 영감님이 제일 좋아요."

이튿날 아침 왕룽의 셋째 아들은 보이지 않았다. 어디로 떠났는지는 아무도 몰랐다.

34

　겨울로 접어들기 전 얼마 동안 늦가을의 더위가 있는 것과 마찬가지로 리화에 대한 왕룽의 애정도 그러했다. 그 기간이 지나자 왕룽의 정열도 꺼지기 시작했다.

　사랑의 불꽃이 꺼지자 왕룽은 갑자기 노쇠한 것같이 느껴졌다. 그러나 그는 여전히 리화를 좋아했다. 리화가 곁에 있으면서 그녀의 나이로서는 힘겨우리만큼 충실하고 끈기 있게 시중들어 주는 것이 커다란 위안이 되었다. 그는 그녀를 더할 수 없이 친절하게 대했다. 리화에 대한 왕룽의 사랑은 점차 아버지가 딸을 사랑하는 감정처럼 변해 갔다.

　또한 리화는 왕룽을 위해 그의 백치 딸에게도 친절했다. 그것은 왕룽에게 더할 수 없는 위로가 되었다. 어느 날 그는 자신이 오랫동안 구상하고 있던 일을 리화에게 말했다. 왕룽은 그가 죽고 나면 백치 딸이 어떻게 될 것인가에 대해 많은 걱정을 했다. 그 백치에게 관심을 가져 줄 사람은 왕룽 자신밖에 없었다. 왕룽은 약방에서 하얀 독약 한 종지를 사다가 보관해 두었다. 그 자신이 죽음을 맞을 때 그것은 백치 딸에게 먹이리라고 스스로 다짐하곤 했다. 그러나 아직도 그런 끔찍한 일을 한다는 것에 대해 그 자신의 죽음보다 더 무섭고 두렵게 생각하고 있었다. 그러던 차에 리화가 그에게 정성을 다하는 것을 보고 마음의 위안을 얻었다.

　어느 날 그는 리화를 불러놓고 이렇게 말했다.

　"내가 죽으면 말이다. 아무래도 내 딸을 맡을 사람은 너밖에 없을 것 같다. 그애는 근심도 없고 병에 걸린 적도 없으므로 내가 죽은 뒤에도 오래도록 살 거야. 하나 내가 없으면 아무도 걱정을 해 주지 않을 거고, 비오는 날이나 추운 겨울날 그애를 집 안으로 끌어들이지도 않을 거고, 햇볕이 나면 양지쪽에 데려가 주지도 않을 게다. 그애는 지금까지 제 어미와 내가 보살폈기 때문에 내가 죽게 되면 보나마나 이 집에서 쫓겨나 거리를 헤매게 될 거야. 그래서 난 그애를 위해 안전한 길을 마련해 두었다. 이 봉지를 잘 보관해 두었다가 내가 죽으면 그걸 밥에 섞어 그애에게 먹여 다오. 그리되면 나를 따라오게 될 테고 나도 마음을 놓을 수 있지 않겠니?"

리화는 왕룽의 손에 든 가루약 봉지를 보자 움찔거리면서도 상냥하게 말했다.

"전 벌레도 못 죽이는걸요. 그런데 하물며 사람의 목숨을 끊겠어요? 그런 염려는 놓으세요. 제가 대신해서 그 가엾은 따님을 보살피겠어요. 영감님이 저에 대해 각별하셨으니까요. 정말 저에게 다정하고 좋은 분은 영감님뿐이었어요."

리화의 말을 들은 왕룽은 가슴이 뭉클하여 울고 싶은 심정이었다. 그가 베풀어 준 친절에 이토록 보답해 준 사람은 한 사람도 없었다. 그는 진정으로 고마워서 리화에게 말했다.

"좌우간 이 약 봉지를 받아 두어라. 너밖에 믿을 사람이 없으니까. 그리고 할 말은 아니다만 너도 죽을 날이 있을 거고, 그리고 너마저 죽고 나면 아무도 없을 테니까 말이다. 정말 아무도 없구나. 내 며느리들은 아이들의 싸움과 자기네들의 싸움에 정신없고, 내 아들들은 그런 것에 생각이 미치지 못할 테니 말이다."

왕룽의 말뜻을 알고 리화는 약 봉지를 받고 나서는 더 이상 아무 말도 하지 않았다. 왕룽은 그녀가 몹시 든든하게 여겨졌다.

왕룽은 리화와 백치 딸밖에 없는 그의 처소에서 외롭게 살아갔다. 이따금 생각난 듯 바라보며 미안한 듯이 말했다.

"이렇게 지내는 것이 젊은 너에게 너무 적적할 것 같구나."

이런 말에 리화는 항상 왕룽의 은덕에 감사하고 있듯이 다정하게 대답하곤 했다.

"조용하기도 하고요, 안전하기도 해요."

어떤 때 왕룽은 말했다.

"난 말이다, 이렇게 늙어서 너에게 만족을 줄 만한 기력이 없구나."

그러나 리화는 시종일관 오직 감사하는 마음으로 대답했다.

"영감님은 저에게 다정하신걸요. 저는 어떤 남자에게라도 그 이상 바라지 않아요."

리화가 이렇게 대답했을 때 왕룽은 호기심으로 한 번은 이렇게 물었다.

"왜? 젊은 남자가 싫어? 너같이 젊은 나이에 남자들을 그렇게 두려워하다니……"

대답을 기다리며 그녀의 두 눈을 보자 공포의 빛이 서려 있었다. 그녀는 두 손으로 얼굴을 가리고는 소곤거리듯 말했다.

"영감님을 빼놓고는 어떤 남자라도 다 싫어요. 전 남자라면 누구도 다 미워요. 저를 판 아버지도 밉고요. 전 이제껏 남자들의 나쁜 점만 들었거든요. 다 미워요."

왕룽은 이상한 생각이 들어 말했다.

"나는 네가 말이다. 내 집에서 조용히 그리고 편안하게 살아온 줄로 알았었는데……"

"생각만 해도 몸서리쳐져요."

리화는 얼굴을 돌린 채 말을 이었다.

"정말 생각만 해도 끔찍해요. 전 다 미워요. 젊은 남자들은요."

리화는 그 이상 말하지 않았다. 왕룽은 생각에 잠겼다. 혹시 렌화가 자기가 경험한 여러 가지 얘기를 들려 주어 남자를 무서워하게 만든 것일까? 아니면 두쳉이 음탕한 이야기만 하여 몸서리쳐진 것일까? 그렇지 않다면 말은 않지만 남에게 감출 만한 비밀이 있는 것일까? 왕룽은 한숨을 짓고 더 이상 캐묻지 않기로 했다. 왕룽은 지금 무엇보다도 마음의 평화를 원하고 있었으며, 그의 백치 딸과 리화와 함께 자기 뜰에 앉아 편안히 있기만을 바라고 있었기 때문이다.

왕룽이 이렇게 하루하루를 보내는 동안 그의 노년은 더욱 빨리 지나갔고, 그의 아버지가 그랬던 것처럼 양지쪽에 앉아 졸기가 일쑤였다. 그의 인생은 이제 모두 끝났다고 생각했고, 또한 그것으로 만족하고 있었다.

극히 드문 일이기는 하였지만 다른 가족들의 뜰에 나가 보기도 했다.

또 그보다도 더더욱 드물게 렌화를 보러 가는 때도 있었다. 렌화는 리화에 대해서는 말하는 법이 없었고 그를 친절히 맞아 주었다. 렌화도 이제 늙어서 오로지 좋아하는 음식과 술 그리고 왕룽에게서 타내는 돈에 만족하고 있었다. 그녀와 두쳉은 여러 해 동안을 같이 지내오는 사이에 이제는 마님과 몸종으로서가 아니라 서로 친구가 되어, 한자리에 앉아서 이런저런 이야기로 소일했다. 그 이야기는 대개 그 옛날 남자들과 관계한 이야기였으며, 큰 소리로 담지 못할 경험담을 소리죽여 소곤거리며 먹고 마시고 하는 것으로 소일했다.

극히 드문 일이었으나 왕룽이 장남과 둘째 아들의 처소를 찾아가노라면 그들은 정성껏 그를 맞이했고 차를 가져오는 등 부산스러웠다. 왕룽은 이즈음에 낳은 손자를 보여 달라고도 했고, 또한 곧장 잊기가 일쑤였으므로 똑같은 질문을 반복하곤 했다.

"내 손자들이 몇이나 되더라?"

그럴라치면 옆에서 누가 곧장 대답했다.

"모두 합해서 열 아홉이죠. 손자가 열 하나, 손녀가 여덟입니다."

왕룽은 키득키득 웃고는 대답했다.

"해마다 둘씩 불어나는구나. 내가 잘 알지, 그렇지?"

그리고는 의자에 앉아 그의 주위에 모여들어 빤히 바라보는 손자들을 훑어보았다. 손자들은 제법 큰 소년들이었다. 왕룽은 손자들이 어떻게 생겼는지 물끄러미 바라보며 중얼거렸다.

"저놈은 제 증조부를 닮았고, 또 저놈은 사돈 류 생원을 쏙 빼 닮았군. 이놈은 내 어릴 때의 모습과 똑같고 말이야."

그러면서 손자들에게 물었다.

"너희들 모두 학교에 가서 사서(四書)를 배우니?"

그러면 손자들은 노인을 멸시하는 태도로 킬킬 웃어대며 말했다.

"할아버진 옛날 얘기를 하시네. 혁명 후에는 그런 책은 안 배워요."

왕룽은 생각에 잠겨 대답했다.

"오, 그래? 나도 혁명 이야기를 들은 적이 있다만, 나는 너무나 바빠서 그런 것에 귀를 기울이지 않았느니라. 농사일 때문이었지."

손자들은 킬킬거리면서 연신 웃어댔다. 왕룽은 아들 처소에 와서도 왠지 손님인 것 같은 느낌이 들어 일어서곤 했다.

그 후 얼마 지난 뒤에는 그나마도 다시는 아들들을 만나러 가지 않았다. 그러면서도 가끔 두칭에게 묻곤 했다.

"어때, 요즈음은 며느리들이 사이좋게 지내겠지?"

왕룽이 물으면 두칭은 뜰에 침을 탁 뱉고는 대답했다.

"그 사람들 말씀이죠? 얼마나 사이가 좋은지 서로 노려보는 고양이 같더군요. 그리고 맏아드님은 부인이 잔소리가 심하다고 싫증이 났대요. 너무 잘난 체하니까 그럴 만도 하죠, 뭐. 언제나 친정 자랑만 늘어놓으니 누가 좋다고 하겠어요. 그래서 맏아드님은 첩을 들인다는 소문이 있더군요. 요즘 찻집에 자주 나가는 모양이래요."

"그래?"

왕룽은 이 문제에 대하여 생각하는 듯싶더니 곧 흥미를 잃고, 불현듯 차가 마시고 싶다거나 이른 봄의 바람은 어깨가 으스스해진다거나 하는 것으로 생각이 바뀌곤 했다.

어느 때는 두칭에게 물었다.

"집 나간 막내한테서는 소식을 들었다는 사람이 없던가?"

그러나 이 집안의 일치고 모르는 일이 없는 두칭이 대답했다.

"글쎄요. 그 서방님은 통 편지를 안 하지만 남쪽에서 온 사람들의 말을 들으면 지금 높은 군인이 되어 있다나 봐요. 혁명인가 뭔가 하는 큰일을 하고 있다나요. 혁명이 뭔지는 모르지만 아마 무슨 장사가 아니겠어요?"

그러면 왕룽은 고개를 끄덕일 뿐이었다.

왕룽은 막내아들의 일을 좀더 생각해 보려고 하다가도 마음이 갈팡질팡했기 때문에 한 가지를 계속 생각할 수가 없었다. 먹을 것과 더운 차에 대한 욕구는 다른 어떤 것에 대한 욕구보다도 더 예민했다. 그러나 밤이 되어 추워지면 리화가 그 따스하고 젊은 몸으로 그의 옆에 누웠다. 리화가 그의 잠자리를 훈훈하게 해 주는 것이 유일한 위안이었다.

이렇게 봄은 몇 번이나 흘러갔다. 왕룽에겐 해가 갈수록 새 봄이 더욱 더 몽롱하게만 느껴졌다. 그러나 다만 한 가지만은 그렇지가 않았다. 그것은 땅에 대한 그의 남다른 애착이었다. 그는 농토를 떠나서 성 안의 큰 집을 쓰는 부자가 되었다. 그러나 그의 뿌리는 역시 대지에 박혀 있었기 때문에 여러 달 동안을 대지에 대해 잊고 있다가도 해마다 봄이 오면 발길은 자연히 밭으로 옮겨졌다. 그렇다고 그가 괭이를 잡을 수 있는 힘이 있는 건 아니었다. 어떤 때는 종을 시켜 침대를 옮겨 옛날에 살던 성 밖의 오랜 토막집에 가서 자기도 했다. 그러다가 날이 새면, 그는 밖으로 나와 떨리는 손으로 새 잎이 움터오르는 버들가지나 복숭아 가지를 꺾어서 하루 종일 손에 쥐고 있기도 했다.

어느 새 봄이 가 버리고 초여름이 가까워진 어느 날, 그는 그의 소유지 밭길을 지나서 낮은 언덕에 있는 담이 둘러져 있는 그의 가족묘지까지 왔다. 지팡이에 몸을 의지하고 부들부들 떨면서 무덤을 바라보며 그는 죽은 가족 하나하나를 회상했다. 그의 백치 딸과 리화를 빼놓고는 그 누구보다도 그의 기억에 생생했다. 그의 생각은 몇십 년 전의 옛날로 되돌아가 지난 일들이 낱낱이 새로워졌다. 류 생원 집에 시집간 둘째 딸에 대해서는 여태까지 아무 소식도 못 들었으나, 지금 그의 머리에 떠오르는 그녀는 그의 집에 있을 때의 모습 그대로 예쁘장한 아이였다. 그 아이는 부드러운 입술과 명주실처럼 빨간 뺨을 가지고 있었다. 그 딸도 여기에 잠들어 있는 죽은 사람의 한 사람처럼 생각되었다. 그는 추억에 잠겼다가 문득 생각했다.

'옳거니, 다음은 내 차례로군.'

왕룽은 장차 자신이 잠들 장소를 조심스럽게 찾아 보았다. 그의 아버지와 삼촌보다는 낮고 칭 서방보다는 위쪽인 오란과 비슷한 위치를 정했다. 그는 자기가 영면할 한 조각의 땅을 지켜보며 그의 땅에 돌아가 영원히 묻히게 될 자신을 그려 보았다. 그리고는 중얼거렸다.

'관을 보고 싶구나.'

왕룽은 성 안으로 돌아와 장남을 불러 말했다.

"할 말이 있다."

"말씀해 보세요. 아버지."

왕룽은 막상 입을 열었으나 갑자기 무슨 말을 하려고 했는지 생각이 나질 않았다. 그는 애써 명심한 일이 그토록 쉽게 잊혀져 원통한 나머지 눈물이 글썽해졌다. 그리하여 그는 리화를 불렀다.

"애야, 내가 하려던 말이 뭐였지?"

리화는 공손하게 물었다.

"오늘 어디를 가셨다 오셨지요?"

"밭에를 가 봤지."

짧게 대답한 왕룽은 그녀의 얼굴을 바라보며 기다렸다.

리화가 다시 물었다.

"어느 밭이지요?"

그때 왕룽의 기억이 갑자기 되살아나자 눈물이 글썽한 눈으로 웃으면서 소리쳤다.

"그렇지, 그래. 생각이 나는구나. 애야, 오늘 나는 내가 묻힐 땅을 보고 왔다. 네 조부와 증조부 묘의 바로 밑이고 네 어머니의 묘 옆이다. 그리고 내가 죽기 전에 내 관을 봐 두고 싶구나."

장남은 효자로서의 본분을 생각하며 큰 소리로 말했다.

"아버지, 돌아가신다는 말씀은 마세요. 하지만 아버지의 분부에는 따르겠습니다."

장남은 조각된 향나무 관을 사 왔었다.

왕룽은 그 관을 보고 흡족하게 여겨 그것을 그의 방 안에다 옮겨 놓게 하고는 매일 그것을 바라보았다.

그러던 어느 날 그는 갑자기 생각이 난 듯이 물었다.

"그렇지, 이 관을 성 밖 토막집에다 옮겨 놓게 하자. 그리고 나도 그 집으로 가 얼마 남지 않은 여생을 거기서 보내다가 죽는 게 좋겠구나."

아들들은 아버지의 결심이 대단한 것을 알아채고 아버지의 소원대로 해 주었다. 그리하여 왕룽은 리화와 백치 딸과 필요한 수의 종을 거느리고 옛 집인 토막집으로 돌아왔다. 그리고 그가 이룩해 놓은 가족은 그대로 성 안의 집에 남겨 두고, 그 자신은 그의 소유지에 있는 옛집에서 또다시 살게 되었다.

봄이 가고, 또 여름이 가고, 가을 추수 때가 되어 다시 겨울이 오기 전 잠시 따뜻한 가을 햇볕을 받으며 왕룽은 옛날 그의 아버지가 하던 버릇대로 양지쪽 토담에 기대 앉았다. 그는 먹을 것, 마실 것 그리고 그의 땅에 대한 것 이외에는 아무것도 생각하지 않았다. 땅에 대한 생각이라 할지라도 추수가 얼마나 될 것이며 무슨 씨를 뿌려야 할 것인가 하는 것들은 염두에도 없었고, 오로지 땅 자체만을 생각했다. 그는 이따금 허리를 굽히고는 손으로 흙을 긁어모아 쥐었다. 그렇게 한 줌의 흙을 쥐고 있으면 손가락 사이에 생명이 꿈틀거리는 것 같았다. 그는 그것으로 만족하였고 흙과 방 안에 놓여 있는 좋은 관에 대해 때때로 생각했다. 다정한 흙은 조금도 서두르지 않고 그가 흙으로 돌아올 날을 기다리고 있었다.

그의 아들들은 정성을 다하여 아버지를 섬겼다. 그들은 매일 오거나 아니면 하루 걸러 그를 찾아왔고, 노인네의 입에 맞는 음식을 장만해 왔다. 그러나 왕룽은 그 옛날 그의 아버지가 뜨거운 물에 탄 옥수수 가루를 저어 마시는 것을 좋아했듯 그걸 매우 좋아했다.

아들들이 매일 오지 않으면 그는 다소 불평을 하곤 했다. 그는 항상 곁에 붙어 있는 리화에게 물었다.

"그애들은 뭐가 그리 바쁠까?"

"다들 한창 일하실 나이가 아녜요. 큰서방님은 성 안의 부자 양반들한테 뽑혀 벼슬 한자리 하신다나 봐요. 그리고 첩을 들이셨대요. 그리고 작은 서방님은 혼자서 큰 곡물 상회를 냈대요."

왕룽은 리화의 말에 귀를 기울였으나 그 말을 모두 이해하지 못했고, 그의 땅을 내다보는 순간 모든 걸 잊어버리고 말았다.

그러던 어느 날 비록 잠시 동안이었으나 그는 의식을 되찾았다. 그날 두 아들이 찾아와서 그에게 공손히 인사를 하고 나갔다. 그들은 집 주위의 밭을 거닐었다. 왕룽은 아들 모르게 뒤를 밟았다. 그들이 걸음을 멈추자 그는 천천히 다가섰다. 형제는 부드러운 땅을 밟는 아버지의 발소리를 듣지 못했고, 지팡이 소리마저 듣지 못했다. 왕룽은 둘째 아들이 점잔을 빼며 말하는 것을 들었다.

"형님, 이 밭과 저 밭을 팝시다. 그리고 그 돈을 둘로 나눕시다. 그리고 형님의 몫은 제가 비싼 이자로 쓰겠습니다. 철도가 개통되었으니까 이제 해안 지방으로 쌀을 보낼 수 있다고요. 그리고 제가……"

왕룽의 귀를 울린 것은 '땅을 팝시다'란 말뿐이었다. 그는 억누를 수 없는 분노로 부르르 떨며 억양이 고르지 못한 목소리로 두서없이 소리질렀다.

"어째? 이놈! 이 게으른 놈아, 밭을 판다고!"

왕룽은 목이 메어 더 이상 말을 잇지 못하고 아들들이 양쪽에서 그를 부축했다. 왕룽은 통곡했다.

형제는 서로 번갈아 가며 위로하기 시작했다.

"아닙니다. 우린 절대로 땅을 팔 생각이 없습니다. 아니고말고요."

"집안이 망하는 거야……. 땅을 팔기 시작하면 말이다……."

왕룽의 말은 중간중간 끊어졌다.

"우리는 땅에서 나왔고, 다시 땅으로 돌아가야 한다……. 너희들도 땅만 가지고 있으면 살 수 있어…… 아무도 땅을 떼어 가지는 못한다……."

왕룽은 두 뺨으로 흐르는 눈물을 마르도록 그냥 내버려 두었다. 그리고 허리를 굽혀 한 줌의 흙을 움켜쥐면서 중얼거렸다.

"만약 땅을 팔게 된다면 그 길로 끝장이야."

아들들은 양쪽에서 팔을 잡아 부축하고 있었고, 왕룽은 따스하고 부드러운 흙을 그냥 움켜쥐고 있었다. 형제는 몇 번이고 번갈아 가며 위로의 말을 되풀이했다.

"마음놓으세요, 아버지. 땅은 절대로 팔지 않을 테니까요."

그러나 늙은 아버지 머리 위에서 두 형제는 서로 눈길을 보내며 야릇한 미소를 머금고 있었다. World Best

《대지 *The Good Earth*》 바로 읽기

격정으로 가득 찬 생애

펄 S. 벅(Pearl Sydenstricker Buck)은 그녀의 부모가 중국에서 10년 가량 선교사 생활을 하다 2년 동안 휴가를 받아 웨스트버지니아의 힐스브로에 가 있을 때 태어났다. 펄의 아버지는 독일, 어머니는 네덜란드계 사람으로서, 두 사람 모두 남북 전쟁 이전에 미국으로 이주해 왔다. 아버지는 젊은 시절부터 장로교 선교사로 중국에 건너가 있었다. 펄이 태어난 것은 그녀의 어머니가 건강이 좋지 않아 휴양하기 위해 고향인 웨스트버지니아의 시골에 돌아와 있을 때였다. 그 후 선교사 활동에 열심인 양친의 품에 안겨 생후 3개월 만에 중국으로 건너가 양쯔강 연안의 전장(鎭江)이라는 소도시에서 자라났다.

펄의 가족은 선교사들이 사는 거주지에서 생활하지 않고 중국인 주민 한가운데서 살았다. 어린 펄은 주로 중국인 유모 손에서 자랐기 때문에 영어보다도 중국어를 먼저 배웠고, 남빛의 중국 여자옷을 입고 중국인 소학교에 다녔다. 따라서 자신이 중국 아이인 줄 알았다고 한다. 그렇게 중국인과 동화되어 있었기 때문에 1900년에 산둥성(山東省)과 산시성(山四城)에서 의화단 사건이 일어나 폭도들이 백인들을 닥치는 대로 학살할 때에야 자신이 중국인과 다른 외국인이라는 것을 깨달았을 정도였다.

그녀는 어려서부터 엄격한 교육을 받았으며 우수한 학생임을 스스로 증명했다. 공(孔)선생이라는 중국인 노학자로부터 중국어와 한문을 배우는 한편 어머니로부터 글을 쓰는 시험을 따로 받기도 했다. 그녀의 어머니는 전도에 바쁜 아버지를 대신하여 그녀의 교육에 온 힘을 기울였다. 어머니는 개척자로서 고생한 선조의 이야기, 남북 전쟁 이야기 등을 들려 주었다. 그러나 그녀의 작품이 나오게 된 가장 중요한 밑거름이 된 것은 펄보다 먼저 태어났다가 죽은 두 아이에 이어서 그녀를 보살펴 준 유모 왕(王) 여인이었는데, 이 여자는 첫아들이 태어났을 때 그랬던 것처럼 부처님 모자를 그녀에게 씌워 주었고, 그녀의 소설에 나오는 장면처럼 끈으로 매어 어린아이가 도망가지 못하게 하기도 했다. 그녀가 들려 주는 중국 소설 이야기는 어린 펄의 상상을 자극시켰다. 또한 유년 시절 그녀의 상상 세계에 도움을 준 것은 정열적으로 탐독한 문학 작품의 힘이 크다. 특히 그녀는 디킨스의 작품을 좋아해서 그의 작품을 열심히 읽었다.

그녀가 유년 시절에서 소녀 시절을 보내던 무렵, 중국의 역사는 다양한 변화를 겪고 있었다. 청일 전쟁(淸日戰爭), 의화단(義和團)의 봉기, 서태후 (西太后)의 죽음, 신해 혁명(辛亥革命)과 같은 역사적 사건들이 잇따라 일어났다. 의화단의 폭동이 일어났을 때, 양쯔강(揚子江) 연안인 전장에 살고 있던 그녀의 가족들은 외국인이라 하여 습격을 당했으나 다행히도 위기를 모면했다.

한편 펄이 정규 교육을 받기 시작한 것은 상하이에서 미국인이 경영하는 미션계 미국인 여학생 기숙사에 입학하면서부터였다. 그녀는 특히 작문을 개인지도 받는 등 이곳 생활에 적응하려고 애를 썼으나 여러 모로 미국인보다 중국인에 더 가까웠던 그녀는 학우들과 어울리지 못해 1년도 못 가서 학교를 중퇴하고 말았다. 그러다가 17세 되던 해에 유럽과 영국을 거쳐 이듬해 미국에 돌아가 버지니아의 런치버그에 있는 랜돌프 메이컨 여자대학에 입학하여 심리학을 전공했다. 중국어에 능숙하여 다양한 중국 서적을 탐독할 수 있었던 그녀는 대학 시절, 마치 자신이 중국인 유학생같았다고 술회하고 있다. 대학에 입학하기 위해 부모를 따라 귀국하기까지의 18년 동안을 그녀는 중국인 틈에서 살았다. 펄은 중국에서 자라난 미국인이다. 물론 중국어도 마음대로 구사했으며 당시의 그녀에게는 중국만이 현실적인 것이고, 미국은 바다 저편에 있는 꿈의 나라에 지나지 않았다. 그러면서도 3학년 때에는 과대표로도 뽑혔고, 4학년 때에는 대학의 에세이 콘테스트에서 줄곧 수상하여 이미 자신의 필력을 과시했다. 1914년 대학을 졸업한 후에는 1년간 모교에서 조교로 머물러 있다가 병상에 누운 어머니를 간호하기 위하여 중국으로 돌아왔다.

어머니가 병에서 회복되자 펄은 장로교 전도회에서 농업 기술을 가르치도록 파견한 25세의 농업 전문가 존 로싱 벅(John Lossing Buck)과 1917년 결혼한다. 양친은 그가 펄의 남편이 될만큼 지적이지 못하다는 이유로 반대했다. 하지만 펄은 자신의 고독을 달래기 위해, 그리고 혼기가 되었는데도 별다른 남편감이 나타날 것 같지 않다는 이유로 그와 결혼했다. 그로부터 5년 동안 그녀는 남편과 함께 화베이(華北) 지방의 한 소도시에서 가난한 중국 농민들을 접하면서 한발(旱魃)과 기황(飢荒)에 시달리는 사람들의 현실을 생생하게 체험했다. 그러나 결혼 생활은 과연 양친의 예상대로 그리 성공적이지 못했다. 그들은 대화가 잘 되지 않았다. 그래서 펄은 행복한 가정 생활의 꿈을 버리고 다른 일에 정성을 쏟기 시작했다. 집을 손질한다든가, 이웃의 다른 중국 부인들과 이야기를 나눈다든가, 또 미국인 의사의 간호사로 따라다니면서 가난한 농가의 환자들을 돌보아 주고 군벌 싸움의 부상자들을 간호해 주었다. 이때의 경험은 뒷날 《대지》 3부작을 비롯하여 《어머니 The Mother》 등 중국 농민의 생활을 그린 작품에 큰 도움이 되었다.

이 무렵부터 중국 문제에 관한 평론을 쓰기 시작하여 1923년에 그녀는 「애틀랜틱」 잡지에 〈중국에서〉라는 짤막한 글을 발표한다. 1925년에는 1년간의 휴가를 얻어 남편과 함께 미국으로 돌아가 코넬 대학 대학원에서 영문학을 전공했다. 이때 〈중국과 동양〉이라는 글을 발표하여 로마 메신저상을 받음으로써 장래의 윤곽이 어렴풋이 드러나기 시작했다. 즉, 그녀는 첫 저서 《동풍서풍 East Wind West Wind》에서 시작하여 《대지》의 주인공인 왕룽의 현대에 사는 자손들의 이야기를 그린 소설 《붉은 흙 Red

Earth》을 집필하다 사망할 때까지 중국을 서양에 소개하는 작업을 계속했다. 이 밖에도 그녀가 쓴 두 단편이 「아시아 매거진」 지에 채택되어 그 상금과 고료로 모자라던 학비와 쪼들린 생활비를 충당하기도 했다.

코넬 대학에는 중국인 유학생들이 많았다. 그러나 그들 대부분은 미국인과는 거의 격리되다시피한 고독한 생활을 하고 있었다. 이를 본 펄은 그것은 중국인과 미국인의 상호 이해의 기회를 놓치는 것이기 때문에 양 쪽 모두에게 손해라고 생각했다. 그래서 시의 부녀회를 찾아가서 중국인 학생들을 초청하도록 권했으나 미국 부인들은 그녀처럼 동양인들에 대해 호의적이지 못해 좀처럼 응하지 않았다. 그녀는 이때를 회상하여 '그 부인들은 그들의 자녀가 동양인 자녀들과 평화로운 가운데 어울리지 못한다면 장차 전쟁터에서라도 어울리게 되고야 말 것임을 예견하지 못한 것이다' 라고 자서전에서 말했다.

이 무렵 펄은 자신의 딸 캐롤이 정신박약아라는 진단을 받고 큰 충격을 받았다. 의사는 그 아이가 성장하더라도 정상적이지는 못할 것이며, 따라서 일생 동안 그녀에게 큰 짐이 될 것이라고 생각했다. 그 딸은 경제적으로도 큰 부담이 되었다. 그녀는 앉아서 탄식의 한숨을 쉬는 대신 대응책을 강구해야만 했다. 중국에 관한 그녀의 글은 계속해서 「애틀랜틱」 지, 「포럼」 지 등에 실리게 되었다. 뒷날 《자라지 않는 아이 *The Child Who Never Grew*》라는 글을 써서 이때의 상황과 심경을 생생하게 기록하고 있다.

펄은 예일대학으로 옮겨 계속 영문학을 연구하여 M·A 학위를 취득했다. 1926년 남편과 함께 다시 중국으로 돌아오는 배 위에서 그녀는 후에 《동풍서풍》의 원형이라고 할 수 있는 〈중국 부인의 이야기〉를 썼다. 이 작품은 신구(新舊) 두 사상의 딜레마에 빠진 중국인 지식층의 남녀를 그린 것이다. 펄은 자신의 고향으로 생각했던 중국에 도착했는데, 그곳에서는 국민당과 공산당이 서로 손을 잡고 한창 북벌(北伐)에 나서고 있었다. 그 와중인 1927년 3월 중국 인민 혁명군이 난징에 진주했을 때, 중국에 대한 압제와 착취를 일삼는 백인들에 대한 탄압이 시작되었다. 모든 백인들과 그들의 집은 방화, 약탈, 무차별 학살의 표적이 되었다. 그녀의 가족은 1900년 의화단 사건에 이어 두 번째로 가깝게 지내던 중국인의 도움을 받아 가까스로 일본의 나카사키로 피신하여 목숨을 건졌다. 이때 중국인보다도 어떤 면에서는 더 진정한 중국인이라고 생각했던 펄은 백인이기 때문에 분노한 군중의 적이 되었다는 고뇌를 겪게 되었다. 중국의 민중들을 진심으로 사랑하고 있으면서도 외국인이라는 이유만으로 그들의 폭행을 받았다. 그들 가족은 여름과 가을을 나카사키에서 보냈다. 그리고 그녀의 본격적인 문학 활동도 시작되었다.

곧이어 1927년 4월, 난징의 군벌정치를 타도한 장개석(蔣介石)이 이끄는 국민당 정부가 수립되었다. 그는 공산당을 몰아 내고 서방 국가들과 제휴하는 정책을 취했다. 그 결과 피난갔던 백인들이 다시 돌아올 수 있었다. 그녀의 가족들도 상하이를 거쳐 그들의 집에 돌아왔다.

1928년 집으로 돌아와 보니 집은 불타고 그 안에 들어 있던 집필중인 원고도 불에 타고 없었다. 그러나 그녀는 개인적인 피해는 입었지만 중국의 민중들을 미워할 마음은 나지 않았다. 의화단 사건 때와는 달리 그 역사적 · 사회적 의의를 충분히 이해할 수 있었다. 중국 민중들에 대한 사랑이 더욱 깊어졌던 탓이다. 이보다 앞서 펄은 《동풍서풍》의 원고를 미국의 어떤 출판사에 보냈다. 그러나 당시만 해도 미국인은 중국에 대한 관심이 없던 때라 책은 출판되지 못하고 몇 해를 넘기다가 마침내 뉴욕의 존 데이(John Day) 출판사에 의해 출판되기에 이르렀다. 두 편의 단편 소설로 이루어진 이 작품은 당장 성공을 거두어 그녀는 작가 활동에 자신이 생겼다. 약탈된 집을 정리하고 어머니를 대신하여 가사를 돌보고, 병으로 누운 아버지를 간호하며 밤에는 대학의 강의까지 해 가면서 《대지》의 집필을 시작했다.

'어느 날 아침 나는 다락방을 치우고 커다란 중국식 책상 앞에 앉았다. 창 밖으로 낙타등처럼 생긴 산이 시야에 들어왔다. 그 후 나는 매일 아침 청소를 끝내고 나면 그곳에서 타이프로 《대지》의 원고를 쳤다. 내가 쓰려던 이야기는 오래 전부터 내 머리 속에 뚜렷이 형성되어 있었다. 사실 그것은 내가 살아오면서 보고 들었던 사건들을 통해서 확실하고도 빠르게 형성되었다. 나의 열정은 내가 깊이 사랑하고 찬양하는 중국의 농민과 일반 대중을 보며 느꼈던 노여움으로 해서 용솟음치고 있었다. 소설의 배경으로는 화베이(華北)의 시골을 택했고, 작품에 나오는 남쪽의 부유한 대도시는 바로 난징이다. 이러한 소재는 나에게 익숙한 것들이었고, 등장인물도 내가 나 자신처럼 잘 아는 사람들이었다. 나는 이 시기에 중국 농민들과 그들의 놀라운 힘, 선량하고 익살스러우며 민첩하고 슬기로운 기질, 냉소와 소박성, 타고난 재치, 자연스러운 생활 습성을 너무나 잘 알고 있었다. 중국 인구의 대부분을 차지하는 중국 농민은 너무나 우수한 백성들이며 그들이 무식한 까닭에 제대로 의사 표현을 하지 못한다는 것은 인류의 오해라고 생각되었다. 오랫동안 중국에서 살면서, 나는 무거운 짐을 등에 지고 짐승보다 더한 육체적인 고통 때문에 말라 비틀어진 농부의 얼굴을 볼 때마다 참을 수 없는 분노를 느끼곤 했다.'

《대지》가 나올 무렵 세계의 열강은 중국에서 서로의 이권을 다투는 중이었고, 중국내에서 농민들이 군벌의 압정에 시달리고 있었다. 그러한 환경 속에서도 대지를 믿고 사는 농민의 모습을, 인간답게 살아가려는 사람들의 운명을 이야기함으로써 국경과 시대를 초월하여 전세계의 독자들에게 깊은 감명을 안겨 주었다.

《대지》의 성공과는 반대로 이즈음 펄에게는 여러 가지 수난이 닥쳐왔다. 1931년에서 1932년 사이, 일본은 만주로부터 다시 중국 북부를 점령한 다음 장개석이 이끄는 국민당 정부가 공산당과 대결하기에 바쁜 틈을 타서 상하이를 점령하고는 양쯔강을 거슬러 올라갈 기세를 보였다. 난징에 주재한 미국 영사는 미국인 부녀자들에게 피난할 것을 명했다. 그리고 양쯔강에는 일찍이 없었던 홍수까지 겹쳤다. 병석에 누워 있던 그녀의 아버지도 피서지에서 객사했다. 펄은 양녀만을 데리고 베이징으로 피신하여 그곳에 머물면서 오전에는 집에서 창작을, 오후에는 도서관에서 《수호지》의 영역(英譯)을 계속했다. 1930년 베이징에서도 왕조명(汪兆銘)이란 군벌이 난징 정부와 대립하는 친일적인 정부를 수립했다. 관리의 부패가 극심하고 민중의 불평이 점차 높아져 국민당 정부가 난항을 거듭하고 있는 것을 보고 펄은 1932년 영주할 계획으로 미국으로 돌아갔다. 돌아온 해 11월, 뉴욕에서 선교 활동을 비판한 강연이 문제가 되어 장로교의 선교사 자격마저 내놓게 되었다. 또한 1935년에는 남편인 존 로싱 벅과 정식으로 이혼을 하고 펜실베니아의 퍼커 시에 정착한다. 뒷날 그녀가 술회한 바에 의하면 남편이 매우 전제적(專制的)이라 마음대로 펜을 잡을 수가 없었으며 이십 년 동안이나 견뎌 왔다고 했다.

한편 1931년에 《대지 The Good Earth》가 퓰리처 상을 타고, 같은 해에 그녀는 《대지》의 속편인 《아들들 Sons》을 발표했다. 그리고 1935년 《대지》가 윌리엄 단하울스 상을 받던 해에 《분열된 일가 A House Divided》까지 포함해서 3부작을 엮은 《대지 The House of Earth》를 출판한다. 그리고 자신의 책들을 출판하던 존 데이 출판사의 사장 리처드 J. 윌시(Richard J. Walsh)와 결혼한 후에야 비로소 미국 생활에 안정을 찾았다. 마침내 1938년에는 그녀에게 최고의 영예라고 할 수 있는 노벨 문학상이 주어진다.

펄의 많은 작품들이 아시아의 다른 나라와 미국을 배경으로 삼기는 했어도 그녀의 중국에 대한 사랑은 평생 동안 계속되었다. 기황과 공수에 시달리는 중국의 난민들을 위해 일했던 어머니와 마찬가지로 모든 인간의 고통이 자신이 헌신해야 할 일이라고 생각한 펄은 미국인과 아시아 인의 혼혈아들을 입양시키는 일에 헌신했고, 스스로 아홉 아이를 양자로 받아들여 키우기도 했다. 1941년에 '동서협회(East-West Association)'를 설립한 펄은 1949년 혼혈아를 돌보는 비영리 기관인 '환영의 집(Welcome House)'을 운영하기도 했고, 1964년에는 펄 S. 벅 재단을 설립했다.

펄은 워낙 다작의 작가여서 1년에 두세 권씩 엄청난 양의 작품을 발표했다. 그래서 오히려 판매에 방해가 되었기 때문에 존 세지스(John Sedges)라는 남자 이름으로도 1945년부터 1953년 사이에 다섯 권의 작품을 발표한 적도 있다. 펄은 1973년 3월 6일 폐암으로 사망할 때까지 소설, 단편, 수필, 아동 소설 등을 발표했고, 희곡도 쓰고, 공산주의와 인종 차별을 다룬 저서도 남겼다. 동서양을 무대로 80여 편의 작품을 남긴 펄은 세계에서 드문 대여류 작가임에 틀림없다.

《대지》의 이야기

1937년 시드니 플랭클린 감독이 폴 무니와 루이스 라이너를 주연시켜 불후의 영화로 만들기로 했고, 펄이 노벨상을 받는 데 가장 결정적인 역할을 했던 《대지》는 어느 누구도 부정할 수 없는 그녀의 대표작이다.

자신의 생활 배경과 남편의 일 때문에 펄은 중국인들의 농민 생활에 익숙했으며 그 자료를 그녀는 《대지》에서 작품화했다. 소박하고 가난한 농부 왕룽이 큰 부자가 되기까지의 과정을 추적하는 이 소설은 결혼 생활과 가족 관계, 기쁨과 고통, 인간의 나약성을 그렸으며, '영구한 요소들에 의해 인간의 존재성이 빚어진다'는 강렬한 현실 의식을 강조한다. 비옥한 땅의 가치와 근면한 노동, 검소함, 책임의 가치들이 숨김없이 표출되는 한편 중국인들이 겪는 경험이 지니는 현실성이 모든 문화권에 있어서 얼마나 보편적이냐 하는 사실도 두드러지게 제시된다.

《대지》는 왕룽이라는 가난한 농사꾼의 결혼식 이야기로부터 시작된다. 그의 아내 오란은 대지주인 황 대인의 종이었으나 왕룽의 아내가 되었다. 얼굴은 못생겼으나 인내심이 강하고 헌신적이며 애처로울만큼 자기 희생적인 여성의 본보기이다. 말수는 적으나 지혜로운 여인이었다. 왕룽은 이 아내에게 만족하여 농사에 전력을 다한다. 그 후 아기가 태어나고, 풍년이 계속되어 재산은 제법 불어나 새로 땅도 산다. 그러다가 큰 기근(饑饉)이 닥쳐 굶어 죽는 자가 날로 늘어나고 농민들은 살 길을 찾아 남쪽으로 떼를 지어 옮겨간다. 오란은 넷째 아이를 낳지만 죽고 만다. 그리고 왕룽 가족도 남쪽으로 내려가서 걸식을 하면서 비참한 생활을 하고, 딸마저 정신박약아가 된다. 그러다가 그 도시에 폭동이 일어난다. 군중들은 부자의 집을 약탈했는데 왕룽은 그때 돈을, 오란은 보석을 손에 넣는다. 그 덕택에 그들은 고향으로 돌아오고 왕룽은 넓은 농토를 사들여 부자가 된다. 오란은 또 쌍둥이를 낳는다. 맏아들은 학자로, 둘째 아들은 상인으로, 셋째 아들은 농사꾼으로 각각 교육시킨다. 그러나 왕룽은 성내 찻집에 있던 롄화를 첩으로 얻고 그녀에게 주기 위해 오란이 간직하고 있던 두 개의 진주마저 빼앗는 등 방탕한 생활을 한다. 그의 맏아들이 롄화와 가까워지려고 하다가 왕룽으로부터 집에서 쫓겨난다. 중병에 걸린 오란은 맏아들을 불러들여 결혼식을 보고 임종한다. 왕룽과 그의 가족은 오란이 종으로 일하던 황 대인의 대궐 같은 집으로 들어가 살게 된다. 왕룽은 어린 소녀 리화와 살면서 과거를 추억하고 인생의 황혼을 느낀다. 그러면서 왕룽의 1대가 서서히 끝난다.

《대지》의 두 속편은 첫작품이 거둔 성공의 후광을 살린 것이라 하겠는데, 《아들들》은 왕룽 아들의 세대, 즉 왕씨 집안의 제2대를 다룬 것이며, 《분열된 일가》는 왕룽의 손자들에게 초점을 모은 것이다(《아들들》, 《분열된 일가》는 혜원출판사 발행, 혜원 세계문학 38~39권 《대지 *The House of Earth*》 참고).

동서양의 이해

《대지》의 시대적 배경은 청(淸) 말기에서부터 중화민국의 탄생까지인데, 현대로 넘어오는 길목의 격동기가 밑에 깔려 있다. 그러나 작가는 시대적 배경은 거의 언급하지 않고 왕룽을 중심으로 하여 이야기를 진행시켜 나간다. 그리고 왕룽이 살고 있는 장소에 대해서도 상세한 설명이 없다. 단지 중국의 어느 북쪽 시골 이야기로 다루고 있다. 역사적인 사건들에 대한 조명도 별로 없다. 그것은 흙과 인간의 삶이라는 주체를 보다 강렬하게 표출시키기 위해서였다.

독자는 이 이야기를 읽어 나가는 동안 중국의 대지 그 자체가 주인공이라는 확신을 갖게 된다. 때와 장소를 초월하여 중국이라는 광막한 대지의 이미지가 선명하게 부각되어 있다. 이것은 펄이 아니고는 쓸 수 없는 이야기다. 왜냐하면 그녀만큼 중국의 내면을 깊이 알고 있었던 서양인은 달리 없을 것이기 때문이다. 중국 땅을 밟은 많은 외국인들이 있었지만 그녀만큼 중국과 중국인의 영혼 자체를 아는 이는 드물 것이다. 펄은 중국 대륙과 중국인의 삶을 자신의 삶과 동일시했다.

그렇다고 중국 배경의 작품만을 쓴 것은 아니다. 한국, 인도, 일본 등 동양 여러 나라를 소재로 한 작품도 썼고, 태평양 양쪽 대륙에 걸쳐 쓴 작품도 있으며, 미국을 배경으로 한 작품은 더욱 많다. 특히 미국으로 돌아간 뒤에는 미국 배경의 작품을 계속 썼지만 그녀의 작가적 기질은 분명히 중국적인 것에 기초하고 있다. 노벨 문학상을 수상하게 되었을 때 그녀는 수상 연설에서 '저의 창작력을 형성한 것은 미국 소설이 아니라 중국 소설입니다. 소설이란 무엇이며, 어떻게 전달하고 어떻게 써야 하는가 하는 것도 중국에서 배웠기 때문입니다'라고 말하면서 '중국의 소설'이라는 제목으로 한 차례 강연까지 하기도 했다.

이런 펄의 동양관에 대해 잠깐 살펴보기로 하자. 그녀는 자신의 수필 〈동양과 서양〉이라는 글에서 다음과 같이 말하고 있다. '나는 동양은 정신적이고 서양은 물질적이라는 일반론에 반대한다. 동양은 서양보다 더 정신적이지도 덜 정신적이지도 않으며, 또 서양은 동양보다 더 물질적이지도 덜 물질적이지도 않다. 단지 동서양에는 가치관의 차이가 있을 뿐이다. 즉 동양인은 서양인보다 인생에 더 많은 것을 요구한다. 또한 동양인은 서양인보다 인생을 즐기는데 더 큰 가치를 둔다. 동양인은 서양인처럼 물욕과 소유욕이 강하지 않으며, 아까운 인생을 일과 돈벌이하는 데만 바치는 것을 어리석게 생각한다. 그들은 담배 한 대와 차 한 잔에 마음의 평화를 즐기고 가족과 단란하게 지내는 것을 행복으로 삼는다. 동양인은 가족 단위이며, 가족 모두가 행복하지 않으면 어떤 개인도 행복할 수 없다고 생각한다. 따라서 가족이라는 울타리 안에서만 개인적인 자유를 찾을 수 있다. 노인은 그 가족 안에서 웃어른 대접을 받고, 어린 손자 손녀들은 사회 생활에 적합하도록 가정교육을 받는다. 그렇게 하여 모두 행복해져야 하며 행복을 인생 최고의 목적으로 삼는다.' 펄은 그러한 생활 철학을 서양인이 본받을 만하다고 주장하고 있다.

또 이렇게 말하기도 했다. '인간의 행복에 대한 강조는 동양이 서양에게 줄 수 있는 최대의 선물이라고 나는 믿는다. 서양인은 인간적인 행복을 도로 찾아야 할 것이다.' 그리고 동양인은 자신들의 행복을 증진시키기 위하여 서양인들로부터 병든 몸을 고치고 힘든 노고를 덜며 식량을 더 많이 생산할 수 있는 과학기술을 배워야 한다고 했다. 그렇게 동서양이 서로 상부상조하면 보다 더 살기 좋은 세계를 이룩할 수 있다고 믿었던 것이다. 그녀의 이런 동양관은 《대지》 3부작의 제3부인 《분열된 일가》에 매우 잘 표현되어 있다.

펄은 항상 대중의 인기를 끌었던 작가이다. 간결한 문체, 전통적인 가치관, 보편적인 주제를 다루는 능력이 탁월했기 때문이다. 펄 자신은 소설이라는 형식이 지식층을 위해 존재하는 위대한 문학의 한 분야라고 생각한 적이 없었다. 중국인 가정교사는 소설을 학자들에게는 어울리지 않는 대중 오락 형태로 간주하도록 가르쳤고, 펄도 평범한 사람들을 좋아했기 때문에 대중적인 작가가 되기를 원했다. 한편 주요한 작품 활동을 살펴보면, 1933년 《수호지》를 영어로 번역했고, 1936년에 선교사인 아버지의 생애를 그린 《투쟁하는 천사 *The Fighting Angel*》와 어머니 캐롤린 사이덴스트리커를 주인공으로 삼은 《어머니의 초상 *The Portrait of a Mother*》을 발표했다. 미국을 배경으로 한 첫소설 《자랑스런 마음 *This Proud Heart*》을 발표한 1938년 노벨상 위원회에서는 그녀에게 노벨상을 수여하며 대상 작품인 《대지》뿐만 아니라 그 두 작품도 '걸작'이라고 격찬했다. 그러나 대부분의 미국 비평가들은 펄이 별로 많은 작품을 쓰지 않았고 도전 의식도 결여되었으며, '미국' 작가라고 분류하기도 어렵다면서 노벨 문학상의 수상에 대해 못마땅한 반응을 보였다. 사실 펄은 미국보다도 유럽과 동양에서 더 유명한 작가였다.

미국내의 이런 냉담한 반응에 충격을 받은 펄은 이때부터 자신의 작품에 '의식'을 불어넣는 작업을 벌여 '대중의 뿌리를 찾아야 한다'는 주제를 공공연히 부르짖기도 했지만 이 주장에 있어서는 별로 성공을 거두지 못했다. 그러나 그 후의 작품에는 '통속을 벗어난 주제의식'이 드러나게 되었다.

후기 작품들 가운데 손꼽히는 것들로는 정신적인 사랑의 가치를 강조한

《여인들의 전당 *Pavilion of Women*》, 잡혼(雜婚)을 금지하는 법을 공박한 《숨은 꽃 *The Hidden Flower*》, 그리고 핵무기 사용을 비판한 《아침을 지배하라 *Command the Morning*》이다.

그 외에도 특히 우리 나라의 독자들에게 기억될 만한 작품으로는 1963년 한국을 여러 차례 방문하고 발표한 《살아 있는 갈대 *The Living Reed*》를 들 수 있다. 이 소설은 1883년부터 1945년에 이르기까지 한국의 김씨 집안이 겪는 사회적·정치적·경제적 격동을 그리고 있는데, 그 시대의 우리 나라 상류 가정의 변천을 잘 묘사하고 있다.

너무 많은 작품을 쓴 당연한 결과인지도 모르지만 펄 S. 벅의 후기 작품은 별로 좋은 평을 받지 못했다. 그러나 《대지》만큼은 그녀의 작품 세계에서 불멸의 성채로 우뚝 서 있을 것이다. 인간들의 이기주의와 끊임없이 따라붙는 불안과 감정의 묘사 등은 등장인물의 성격과 함께 독자들을 사로잡을 것이다. 뿐만 아니라 동양인을 가장 사랑한 푸른 눈의 이 여인에게 무한한 애정을 느끼게 될 것이다.

펄 S. 벅 연보

1892년 6월 26일 미국 웨스트버지니아 주 힐스브로에서 태어남. 성은 사이덴스트리커. 아버지 압살롬과 어머니 캐롤린은 중국에 파견된 선교사였음. 양친이 휴가로 잠시 귀국한 사이에 태어나 석 달 만에 양친을 따라 중국으로 건너가 양쯔강 연안의 전장이라는 소도시에서 생활함. 영어보다 먼저 중국어를 배우고, 중국의 풍습을 익힘.

1901년(9세) 그 무렵의 교육은 주로 어머니에게서 영어를, 중국인 가정교사 공선생으로부터 중국어를 13세까지 배움.

1907년(15세) 상하이에 있는 미국인 경영의 여학교에 잠시 다님.

1909년(17세) 유럽과 미국에서 수학함.

1910년(18세) 버지니아 주에 있는 랜돌프 메이컨 여자대학에 입학하기 위해 러시아를 거쳐 미국으로 돌아옴.

1914년(22세) 랜돌프 메이컨 여자대학을 졸업함. 1년 동안 그 학교의 조교 생활을 하다가 어머니의 병환으로 다시 중국으로 돌아와 2년간 병간호를 함.

1917년(25세) 난징대학에서 교편을 잡고 있던 농업 전문가 존 로싱 벅과 결혼함. 남편과 함께 화베이 지방에서 5년간 삶.

1921년(29세) 난징으로 옮겨 남편은 난징대학에서 농경법을 가르치고 펄은 영문학 강의를 맡음. 첫 딸이 태어남. 장로교육회의 선교사로 활동하면서 동남대학, 중앙대학에도 출강함. 10월, 어머니 캐롤린이 사망함.

1923년(31세) 이 무렵부터 평론을 쓰기 시작하여 〈중국에서〉를 「애틀랜틱」지 1월호에 발표함.

1924년(32세) 〈중국의 미〉를 「포럼」 지에, 〈중국의 학생기질〉을 「레이셔」 지에 각각 발표함.

1925년(33세) 딸의 병 때문에 미국으로 돌아감. 코넬 대학 대학원에서 영문학을 연구함. 1년 후 중국으로 돌아오는 그 배 안에서 《동풍서풍》의 원형이라고 할 수 있는 〈중국 부인의 이야기〉를 씀.

1927년(35세) 3월 북벌군이 난징에 침입, 외국인 일곱 명이 살해됨. 펄의 가족은 난을 피해 일본으로 건너가 나카사키에 머뭄.

1928년(36세) 가을에 다시 상하이로 돌아옴. 난징의 집으로 돌아갔지만 북벌의 약탈로 소설 원고를 잃어버림. 난징의 중앙대학에서 영문학 강의를 2년간 담당함.

1930년(38세) 난징에서 《대지》를 쓰기 시작함. 《동풍서풍》을 출판함.

1931년(39세) 3월, 《대지》를 출판함. 21개월간 베스트셀러가 되어 30개국 이상의 외국어로 번역되어 성공을 거둠. 이 작품으로 그 해의 퓰리처 상을 수상함. 9월, 만주사변이 발발함.

1932년(40세) 《젊은 혁명가》, 《아들들》을 출판함. 7월에 미국으로 돌아감. 뉴욕에서 선교 활동을 비판한 강연이 문제가 되어 선교사직을 그만둠.

1933년(41세) 중국에 돌아와 《수호지》와 단편집 《본처 그리고 그 밖의 작품》을 출판함.

1934년(42세) 《어머니》를 출판함. 미국에 영주할 결심으로 귀국함. 단편집 《원근》을 출판함.

1935년(43세) 《분열된 일가》를 출판함. 《대지》, 《아들들》과 《분열된 일가》를 한 권에 묶은 3부작 《대지 *The House of Earth*》를 출판함.

남편 존 로싱 벅과 정식으로 이혼하고 펜실베니아 주의 작은 시골에 정착함. 6월, 그녀의 작품 출판을 맡기로 한 존 데이 출판사의 사장 리처드 J.월시와 결혼함. 《대지》가 미국 예술원 하우웰스 메달을 받음.

1936년(44세) 미국 예술문학협회의 회원에 선출됨. 어머니에 대한 추억을 담은 《어머니의 초상》과 중국에서의 아버지의 선교 생활을 그린 《투쟁하는 천사》를 발표함. 이 두 작품은 《대지》와 함께 노벨 문학상을 받는데 큰 이유가 됨.

1938년(46세) 《제신(諸神)들》, 《자랑스런 마음》을 출판함. 12월 노벨 문학상을 수상함. 노벨상 심사위원회는 그 추천문에서 '그녀의 소설은 중국 농부의 생활을 서정적으로 가장 잘 묘사한 대단히 뛰어난 작품이다'라고 평함.

1939년(47세) 《애국자》, 평론집 《중국의 소설》을 출판함.

1940년(48세) 《다른 신들》, 《어린이를 위한 이야기》를 출판함.

1941년(49세) 단편집 《현재와 영원》, 평론집 《남성과 여성에 대하여》를 출판함. 인류의 상호 이해를 증진시키기 위하여 비영리 단체인 '동서협회'를 설립함.

1942년(50세) 소설 《용의 아들》을 비롯하여, 평론 《미국의 통일과 아시아》, 동화 《이웃 중국의 어린이들》, 《중국의 하늘》을 출판함.

1943년(51세) 평론 《나에게 있어서의 미국의 의미》, 동화 《물소 새끼들》, 《약속》을 출판함.

1944년(52세) 《영과 육》, 《어머니의 초상》과 《투쟁하는 천사》를 한 권으로 묶어 출판함.

1945년(53세) 평론 《민중에게 말하라》, 《도시인》, 동화 《중국의 소년 비행사》, 마샤 스코트와 함께 쓴 평론 《러시아에 대해 말하라》를 출판하고, 《결혼의 초상》을 출판함. 11월, 극(劇) 〈최초의 아내〉를 상연함.

1946년(54세) 《여인들의 전당》을 출판함.

1947년(55세) 평론 《그런 일이 어떻게 해서 일어났는가》, 《성난 아내》를 출판함.

1948년(56세) 동화 《해일》, 《모란꽃》을 출판함. 미국 아동연구회상을 수상함.

1949년(57세) 평론 《미국의 주장》, 소설 《향토》, 《영원한 사랑》을 출판함. 미국인과 동양인의 혼혈아를 돌보는 비영리 기관인 '환영의 집'을 설립하고 혼혈아 수십 명을 수용함.

1950년(58세) 《자라지 않는 아이》, 동화 《어느 맑은 날》을 출판함.

1951년(59세) 미국 예술원회원으로 선출됨. 그녀는 50명의 회원 중 단 두 사람의 여성 회원 중 한 사람이었음. 소설 《신의 인간들》을 출판함.

1952년(60세) 《숨은 꽃》, 《찬란한 행렬》을 출판함.

1953년(61세) 《집안에서 들리는 소리》, 《오라, 내 사랑아》, 동화 《중국을 변혁시킨 사람 쑨원》을 출판함.

1954년(62세) 《조니 잭과 그 어린 시절》, 자서전 《나의 몇 세계》를 출판함.

1955년(63세) 동화 《너도밤나무》를 출판함.

1956년(64세) 《서태후》를 출판함.

1957년(65세) 소설 《베이징에서 온 편지》와 동화 《크리스마스의 작은 그림들》을 출판함.

1958년(66세) 3월, 극(劇) 〈사막에서 일어난 일〉을 상연함. 《아침을 지배하라》를 출판함.

1959년(67세) 뮤지컬 〈크리스틴〉의 공동 제작을 맡음. 5월, 《해일》이 일본에서 영화화됨에 따라 시나리오 집필차 일본으로 갔으나 28일 남편 월시의 부고를 받고 귀국함. 8월, 다시 일본에 왔다가 11월에 한국을 처음 방문하고 서울·대구·부산 등지에서 강연함. 이때부터 한국의 전쟁 고아들에게 깊은 관심을 갖게 됨.

1960년(68세) 단편집 《14단편》을 출판함.

1961년(69세) 영화 시나리오 《사탄은 잠들지 않는다》가 소설로 출판됨.

1962년(70세) 한국 가정의 3대에 걸친 역사를 그린 소설 《살아 있는 갈대》를 출판함.

1963년(71세) 동화 《환영하는 아이들》, 《아이들의 기쁨》을 출판하고 그간의 단편을 한 권으로 묶어 《중국 이야기》라는 단편집을 펴냄. 10월에 두 번째로 한국을 방문하고 서울에 미아(美亞)혼혈아 복지사업을 위해 펄 S. 벅 재단 한국지부를 설치함.

1964년(72세) 《성묘》를 출판함.

1965년(73세) 《드넓은 하늘》과 수필집 《일본인》을 출판함.

1966년(74세) 《정오》를 출판함. 5, 6월에 세 번째로 한국을 방문하고 경기도 소사로 재단 사무실을 옮김. 한미혼혈고아의 수용 및 그들의 교육을 위한 '기획 센터'를 설치함.

1967년(75세) 《새해》를 출판함. 네 번째로 한국을 방문함. 이 무렵부터 건강이 나빠져 휠체어를 타고 부축을 받아야 할 정도였음.

1968년(76세) 1, 2월에 걸쳐 마지막으로 한국을 방문하여 쇠약한 건강에도 불구하고 약 천백여 명에 달하는 고아들을 직접 만남. 《양 마담의 세 딸》을 출판함.

1972년(80세) 10월, 담낭(膽囊) 수술을 받음.

1973년(81세) 3월 6일, 동양을 자기 몸처럼 사랑하던 《대지》의 작가 펄 S. 벅은 이날 밤 7시 25분, 조용히 눈을 감음. 그녀의 희망에 따라 가족장으로 단출한 장례식이 치러지고 시신은 펜실베니아 주 퍼커 시에 있는 자택 가까운 곳에 묻힘.

▲ 《대지》를 발표할 당시의 펄 S. 벅

▲ 웨스트버지니아의 힐스브로에 있는 펄 S. 벅이 태어 난 집

▲ 펄 S. 벅이 영문학을 연구했던 코넬 대학

▲ 펄 S. 벅이 영문학을 연구하여 M · A학위를 취득한 예일대학 하크네스 빌딩

▲ 펄 S. 벅의 제2의 고향이었던 난징

▲ 소설 《대지》를 있게 한 난징 부근의 양쯔강

▲ 영화 《대지》의 한 장면

▲ 노벨문학상 수상식에서 상을 받는 펄 S. 벅(1938년)

▲ 벼베기가 한창인 전형적인 중국 농촌 풍경

▲ 전쟁 혼혈 고아를 돌보려고 한국에 온 펄 S. 벅

▲ 고아들에게 특히 애정을 가졌던
노년의 펄 S. 벅

▲ 펜실베니아 저택에서 아이들과 즐거운 한
때를 보내는 펄 S. 벅

▲ 휴전감시위원단이 주둔하고 있는 판문점을
돌아보는 펄 S. 벅